KB275797

빠담빠담

그와 그녀의 심장 박동 소리

2

빠담 빠담… 그와 그녀의 심장 박동 소리 2
ⓒ 노희경, 2012

1판 1쇄 인쇄 2012년 2월 15일 인쇄 **1판 1쇄 발행** 2012년 2월 25일 발행
펴낸이 박종암 **펴낸곳** 도서출판 르네상스 **출판등록** 제313-2010-270호
디자인 허은정 **캘리그래피** 전은선 **작가 사진 제공** 안은화
주소 131-842 서울시 마포구 서교동 460-14번지 2층
전화 02-334-2751 **팩스** 02-332-2672 **전자우편** rene411@naver.com

ISBN 978-89-90828-57-6, 978-89-90828-55-2(전2권)

• 이 도서의 국립중앙도서관 출판시도서목록(CIP)은 e-CIP 홈페이지(www.nl.go.kr/ecip)와
  국가자료공동목록시스템(www.nl.go.kr/kolisnet)에서 이용하실 수 있습니다. (CIP제어번호 : CIP2012000744)

빠담 빠담

그와 그녀의 심장 박동 소리 2

노희경 대본집

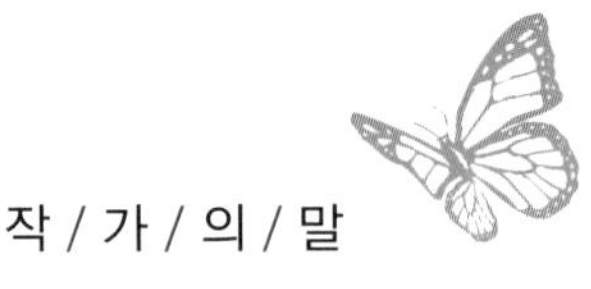

　오래전에 결론지은 일이다. 드라마 작업은 세상 어떤 일 중에서도 가장 말이 안 되는 일이다. 어이없는 일이다. 한 사람의 머릿속에서 나온 지도를 들고 감독, 연기자, 스태프까지, 무려 백여 명이 넘는 사람들이 함께 길을 찾아나서는 일이다. 근데 그 지도가 상세 지도가 아닌 모자라고 어설프기 짝이 없는 지도다. 지름길은 생략되고, 괜히 돌아가기도 하고, 이유 없이 주저앉아 쉬라고 하기도 하고, 알 수 없는 갈래길까지 종종 출몰하고, 가끔은 같은 사람 말인데도 '아' 다르고 '어' 달라서 당최 알아듣지 못할 때도 많다. 게다가, 목적지는 어딨는 건지, A4 용지 수백 장에 걸쳐서 그린 지도는 그린 사람도 목적지를 알고나 그린 건지 의심스럽기 그지없다. 근데 달리 어떤 부호를 써도, 어떤 장치를 해도, 그게 전달이 안 된다. 배우가 호흡으로 처리해야 되는 것이다. 감독이, 카메라를 이용해 느낌을 주고, 조명에, 편집, 소품, 해나 달, 바람, 하찮다 거들떠도 보지 않는 길가 들풀까지 이용해야만 간신히 해독되는, 참 난감한 일인 것이다.

　선무당이 사람 잡는다고, 어려선 내 지도가 꽤 상세 지도인줄 알았다. 그래서 내가 그린 지도로 내가 정한 목적지에 감독, 배우, 스태프는 물론 시청자까지 제대로 따라와 주리라, 믿어 의심치 않았던 때도 있었다. 데뷔 18년차, 이제야 내가 그린 지도가 내 눈에 보인다. 내 지도는 말이 안 된다. 그 모자란 지도를 펴들고, 목적지를 향해 선 감독과 배우, 스태프들은, 참 운 없는 사람들이다. 무모한 사람들이다. 적어도 목적지는 아는 지도를 그리자고, 그리고 가는 길은 험난해도 끝내 당도한 목적지가 가볼만 한 곳이었다고 믿게 하자고, 다짐에 다짐을 하고 글을 쓰지만, 《빠담빠담》 역시 다짐에서 끝난 작품이다. 전작과 별로 나은 것이 없다. 생각한다. 내가 죽기 전에, 가볼만 한 목적지를 찾을 수 있을까, 내가 죽기 전에 목적지를 향해 가는 그 길에 고단한 땀내만이 아닌, 한때라도 설익은 풀내 나는 5월이나, 10월 이른 서리 맞은 국화 같은 그런 글, 한 톨이라도 쓸 수 있을까? 그냥 살거나, 치열하게 살거나 둘 중 하나를 선택하라면 나는 오늘 죽어도 치열이다. 이 앙다물고 다시 해볼 일이다. 글 쓰는 일 말고는 별로 할 일도 없는데, 해보자 한다.

평생을 남 덕에 산다. 언제나 글의 모든 주제는 어머니와 아버지, 가족들이 보여준 세상이고, 소재는 내가 함부로 한, 지나간 사랑들이다. 일은 내가 저지르고, 해결은 감독과 배우, 스태프에게 맡기면서, 나이를 잘도 먹었다. 염치없는 일이고, 고마운 일이다.

작품을 마무리 지으며, 나문희 선생님 때문에 가슴이 아팠다. 나와 인연 맺은 지 18년, 그간 단 한 번도 찬란한 시청률로 보답을 못했다. 칠순 연세에 온몸으로 울게 해놓고, 다수가 잘 알지도 못하는 드라마를 한 편 또 짐 지웠다. '나중에 또 보자, 샘.' 뻔뻔스러워도 욕심을 부려본다.

나의 불친절한 지도에 친절한 이정표를 달아, 배우와 스텝을 인도한 김규태 감독에게 고맙다. 그리고, 배우 정우성과 한지민. 작가 인생에서 참 치열한 젊은 그들을 안 게 소중한 기억으로 남을 거다. 미소년 같은 김범과 재우, 민경, 태준도 함께해서 즐거웠다. 그리고 장항선 선생님께 많이 감사하다. 늘 뒷전에서, 부모처럼 든든히 버팀목이 되어준 촬영·조명 감독님과 스태프 분들에게 머리 숙여 너무 고맙다. 부디 차기 작품에선 가시는 길이 덜 고단들 하시길 진심으로 바란다.

작가 노 희 경

양 강 칠 역 　정우성

> "인간답게 살아본 적이라곤 한 번도 없는 그런 남자를 내가 하나
> 아는데요, 그런 애도, 남들처럼 여자랑 연애라는 걸‥ 할 수 있을까요?"

열아홉에 살인죄로 감옥에 들어갔다가 서른다섯이 되어서야 세상에 나온다. 하지만 세상에 대해 별반 기대도 미련도 없다. 잘난 친구 대신 살인죄를 뒤집어쓰면서, 돈 있고 빽 있으면 한 사람 인생 망치는 것쯤 일도 아닌 세상이라는 걸 뼈저리게 느낀 탓이다. 칼에 찔려 망신창이가 된 몸으로 간신히 살인 현장을 빠져 나왔을 때, 어머니가 자신을 보고도 못 본 척 외면해 버린 것 또한 일조를 했다. 그리고 더 밑바닥에는 어린 시절 세상을 떠난 형에 대한, 씻을 수 없는 죄책감이 있다. 아버지의 폭력을 피해 달아나던 중 벗겨진 자신의 신발을 주우러 갔다 당한 사고였던 까닭이다. 온 세상을 둘러봐도 비빌 언덕 하나 없는 강칠에게도 그를 믿어주는 단 한 사람이 있었다. 그리고 이젠 그 사람의 딸이 운명처럼 강칠 앞에 나타난다.

이 국 수 역 　김 범

> "오직 지금 이 순간이 기적을 만드는 열쇠지도 몰라.
> 지금 이 순간 니가 가장 원하는 걸 해.

귀엽고 넉살 좋고 엉뚱한 4차원 청년. 평생을 청소부로 일하며 고생만 하던 어머니가 위암에 걸리자, 현금 인출기를 털어 수술비를 마련하려다 잡혀 감방 생활을 하게 된다. '천사 같이 착한 놈이 왜 그랬냐' 는 어머니의 마지막 말 때문에 진짜 천사가 되기로 마음먹는다. 열 명, 스무 명은 몰라도 단 한 사람의 생명은 반드시 살려내는 천사. 그리고 그 단 한 사람이 바로 감옥에서 자신을 지켜준 양강칠이다.

정지나 역 한지민

> "내가 당신 없인 힘들어서 당신을 선택한 거야,
> 당신이 힘들까 봐가 아니라. 난, 언제나 내가 먼저야."

통영에서 동물병원을 운영하는 수의사. 딸이라면 사족을 못 쓰는 아버지와 친구처럼 다정한 어머니 밑에서 더할 나위 없이 행복한 유년을 보냈다. 그러나 삼촌 민호가 살해당하면서, 그녀의 행복한 유년도 막을 내린다. 아버지가 살해 용의자인 강칠에게 무자비한 폭력을 휘두르는 것을 본 어머니가 강칠을 비호하고 나서면서 두 사람이 별거에 이르게 된 것. 어머니는 강칠의 항소를 준비하다 지병인 천식 발작으로 끝내 세상을 뜨고 만다. 그 뒤 자신에게 집착하는 아버지에게서 벗어나려고 유학을 준비하던 중 우연히 강칠과 조우하게 된다. 그리고 어린아이처럼 천진하고도 열정적으로 지금 이 순간을 살아가는 그에게 자꾸만 마음이 끌린다.

김미자 역 나문희

> "나는 내 자식 그저 귀하게만 보이는데, 니들은 전과자로,
> 니들은 깡패 새끼로밖에 안 보고 이 대접할 줄 내가 아니까!"

강칠의 어머니로 통영 시장에서 생선 장사를 하며 살아간다. 큰아들 강우를 잃은 뒤 작은 아들 강칠을 데리고 집을 나와서 줄곧 혼자 살아왔다. 겉보기에는 입도 걸고 성정도 거친 듯하지만, 남의 자식인 국수나 효숙까지도 내 자식처럼 감싸 안는 따뜻한 어머니이다.

민효숙 역 김민경

> "내 여덟 살 때, 니 진짜 좋아했거든?
> 감방에 면회도 내 종종 갔잖아, 잊었나?"

통영 토박이로 국숫집을 하면서 두 살 난 딸을 홀로 키우는 이혼녀다. 홀로 지내는 강칠 모를 친엄마처럼 돌보는가 하면 강칠이 출소한 뒤 사회에 적응할 수 있도록 돕는다. 그 야말로 정 많고 변죽 좋고 의리 있는 캐릭터다. 어릴 적부터 강칠에게 좋은 감정을 품어 왔지만, 강칠과 지나가 깊은 사랑을 나누는 것을 지켜보며 마음을 접는다.

정 민 식 역 장항준

> "나는… 동생, 마누라, 딸까지 포기하는데,
> 왜 너는 아무것도 포기할 수가 없는데?"

지나의 아버지이자 정년퇴직이 머지 않은 형사. 아들처럼 키운 동생 민호를 죽인 범인 이 강칠이라고 굳게 믿고 있다. 천식을 앓던 아내가 강칠을 비호하다 세상을 떠난 뒤, 하나밖에 없는 딸 지나에게 몹시 집착한다.

김 영 철 _역 이재우

> "내 생애 가장 잘못한 일이 있음, 널 놓친 거야."

지나의 옛 연인이자 같은 동물병원에서 일하는 수의사이다. 종합병원 원장인 아버지의 뜻에 따라 의사가 되려 했지만, 자신을 경쟁자로 여기는 형을 배려해 수의사의 길을 택했다. 강칠과 지나가 점점 가까워지는 것을 보고 질투를 느낀다.

임 정 _역 최태준

> "나 능력 있거든요, 돈 없어도 날 모셔갈 대학들 줄 섰거든요?"

강칠이 어린 시절에 짝사랑했던, 그리고 딱 하룻밤을 함께 보낸 여자 임수미가 홀로 낳아 기른 아들. 전국 석차 일이 등을 다둘 만큼 천재적인 두뇌를 지녔다. 세상사에 무심하고 차가운 듯 보이지만 속은 누구보다 여리고 착한 아이다.

박 찬 걸 _역 김준성

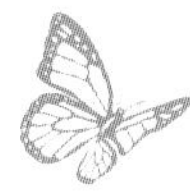

> "나한테 복수할 생각은 안 하는 게 좋을 거야."

현직 검사로 권력욕이 강하고 냉혹한 성격. 차기 대법관으로 거론되는 아버지에게 인정받고 싶은 욕구, 그 명성에 누를 끼치면 안 된다는 강박에 점점 더 악의 구렁텅이로 빠져든다. 자신의 어두운 비밀을 쥐고 있는 양강칠을 집요하게 감시하고 괴롭힌다.

용 / 어 / 정 / 리

디졸브 *
dissolve, DIS

한 화면이 점차 사라지면서 동시에 다른 화면이 점차 나타나는 장면전환 기법이다. 시간의 경과를 표현하거나 씬을 마무리 할 때 자주 쓴다.

몽타주 *
montage

따로따로 촬영한 화면을 적절하게 이어 붙여서 긴밀하고도 새로운 한 장면이나 내용을 구성하는 방법을 말한다.

씬 *
scene

드라마나 영화를 구성하는 극적 단위. 같은 장소, 같은 시간 안에서 이루어지는 일련의 행동이나 대사가 한 씬을 이룬다.

이펙트 *
Effect, (E)

효과음. 주로 화면 밖에서 들리는 대사나 음향에 의한 효과를 말한다.

인서트 *
insert, Ins

'끼워 넣다' 는 뜻으로 화면의 특정 상황이나 동작을 강조하기 위해 삽입한 화면을 말한다.

점프컷 *
jump-cut

장면을 급전환하여 연속적인 흐름을 깨뜨리는 편집 방식을 말한다. 점프컷을 적절히 사용하면 이야기 진행이 빨라져서 드라마나 영화 전개에 활력이 생기기도 한다.

페이드아웃 *
fade-out, F. O

장면전환 기법의 하나로 화면이 밝았다가 점차 어두워지면서 장면이 바뀌는 것을 말한다. 주로 시간의 경과를 나타내기 위해 쓴다.

페이드인 *
fade-in, F. I.

페이드아웃과 반대로 어두웠던 화면이 점차 밝아지면서 장면이 전환되는 것을 말한다. 주로 시간의 경과를 나타내기 위해 쓴다.

플래시백 *
flashback

몽타주 기법의 하나로 과거 회상을 나타내거나 환상적인 분위기를 만들 때 주로 사용한다.

플래시컷 *
flashcut

화면과 화면 사이에 삽입하는 아주 짧은 화면을 말한다. 주로 극적인 인상이나 시각적인 충격을 주기 위해 쓴다.

오버랩 *
overlap, O.L.

한 장면이 점점 사라지면서 다음 장면으로 점점 바뀌는 장면전환 기법을 말한다. 대사에서 앞 사람 말을 끊고 다음 사람이 말을 할 때도 오버랩이라고 한다.

CONTENTS

Padam Padam

제 11 부

그와 그녀의 심장 박동 소리 *Padam Padam…*

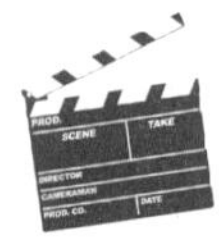

씬1.   지나의 집 안, 밤.

강 칠   (고개 숙이고, 울며, 맘 아픈, 가라앉은) 당신 엄마가.. 믿은 사람..

지 나   ...?!

강 칠   (지나를 보며, 맘 아픈, 울며) 당신 엄마가.. 믿은 사람...

지 나   (맘 아픈, 그러나 단호한) 하지만, 내 아빠는 안 믿은 사람.. 그지?

강 칠   (고개 끄덕이고, 맘 아픈) 난 증거를 찾을 거예요. 죽어도.. 무슨 일이
         있어도..

지 나   (눈물 나는, 단호한) 그래도, 그래도 난 너랑.. 헤어질 거야.

강 칠   (맘 아픈, 고개 끄덕이고, 보며) 나도 그럴 거야.

지 나   (맘 아픈, 보는)

강 칠   당신이 그러자면.. 나는.. 싫지만 그럴 거야. 걱정 마.

지 나   ..

강 칠   (울음 참으며, 고개 숙이고) ..싫다는데.. 안 있어.. 그건.. 실례니까.. (지
         나 보고) 안 해. (맘 아픈) 미안했고, 잘못했고, 건강하고, 잘 지내고..

지 나   ..

강 칠   미안했어. (하고, 팔을 내리고, 가는)

지 나   (이를 앙다물고, 흩어진 물건들을 가방에 넣다가, 한쪽에 있는 강칠이
         만들어준 목각을 보고, 제 가방을 목각 쪽에 던지고, 주저앉아 무릎에
         얼굴 파묻고, 엉엉 우는)

씬2.   몽타주1.

1, 호수 속에서, 강칠과 지나, 지나가던 물고기 보는,
2, 기차에서 입을 맞추던,
3, 폐가에서 강칠이 자는 지나의 발을 보던,

씬3.   달리는 강칠의 트럭, 밤.

강칠, 울면서, 운전해 가는,

씬4.   몽타주2.

1, 부산 골목에서, 둘이 손잡고 뛰던,
2, 8부, 폐가에서 입을 맞추던,

씬5.   동네 일각 앞, 밤.

지나, 울며 나와, 차를 타고 가는,

씬6.   약국 안, 밤.

민식, 안형사 드링크제를 먹으며 얘기하고 있는,

안형사   이번 오용학 사건이 양강칠하고 연관이 있을까요?
민 식   모르지, 그건.
안형사   설마.. 그놈이 십수 년이 지난 일을 복수할 맘을 낼까요?
민 식   4년 전에도 나오자마자, 폭력 사건에 휘말린 놈이야, 그런 놈을 뭘 믿어.
안형사   하긴... 아, 근데 진짜 그렇담 소름 돋는 일인데.. 이거. (하고, 민식 보며) 일단 지나랑 여행이나 잘 다녀와요! 간만에 부녀지간에 오붓하게. (약사 보고) 계산은 (민식 가리키며) 이쪽이요. (하고, 나가는)
민 식   (문 쪽 보며, 생각하는)
약 사   (어색하고, 조심스런) 저기 정형사님.
민 식   (보면)

약 사   저기 저번에 왜.. 온 남자 분이요.

민 식   ?

약 사   (어색하게 수줍게 웃으며) ..사촌 오빠예요.

민 식   ?

약 사   그냥.. 말씀드려야 할 거 같아서..

민 식   (아무렇지 않은) 그래요, 그럼 남자 없어요?

약 사   (어색한 웃음 짓고) 네.

민 식   (웃으며) 그럼 내가 선 자리 알아봐줘야겠네. (하고, 창가 보다, 지나 차 보고) 갈게요. (하고, 가는)

약 사   (따뜻하게 웃으며, 민식을 보는)

씬7.   도로, 밤.

민식, 트렁크에 짐을 싣고, 운전석으로 가며,

민 식   내려, 아빠가 몰게.

지 나   (내리고, 조수석에 타려는)

씬8.   지나의 차 안, 밤.

민 식   (안전벨트하며) 너 울었어, 얼굴이 왜 그래?

지 나   (어색하게 웃으며, 창가만 보며) 아니, 울긴 내가 왜 울어.

민 식   (좋은) 간만에 딸내미랑 여행 가니까, 기분 째진다. (하고, 운전해 가는)

지 나   (맘이 복잡한)

씬9.   작업실 안, 밤.

강칠, 막막하게 미니어처를 만드는,

씬10.   산, 낮.

지나, 민식, 힘들게 산을 오르는,

민 식   좀 쉬었다 가지?
지 나   힘들어?
민 식   내가 힘드냐, 니가 힘들지?
지 나   (웃으며, 농담하듯) 내 핑계 대지 말고, 아빠 힘들지?
민 식   아빠 알길 우습게 아는 놈. 니 아빠 아직 안 죽었어, 임마. 어디서.. 감
        히.. (하고, 가는)
지 나   (웃으며, 따라가는)

씬11.   효숙의 집 안, 낮.

        국수, 식탁에 앉아 밥을 국에 말아 먹고 있고, 효숙, 설거지하며 말하는,

효 숙   강칠이 얘긴 내한테 하지도 마라, 개자슥.. 지 주제에 내면 띵호와지,
        뭐.. 싫다꼬.. 쌤통이다. 정샘한테 그람 뭐 지가 먹힐 줄 알았나.. 돌은
        놈. 짝사랑하다 깨진 거 갖고, 뭐 집을 안 들어와? 아나 똥이다!
국 수   누나 참 쉽다. 좋아하는 것도 싫어하는 것도 (강조) 앗쌀하네.
효 숙   (웃으며) 여자 혼자 살면서, 그리 앗쌀하게 안 살았음 이만히 살고? (국
        수가 좋은 듯, 앞에 와 웃으며) 그나저나, 니 날개나 함 보여줘라?
국 수   (먹으며) 아무한테나 보이지 않거든.
효 숙   야, 내가 와 아무나고? 니 날개 돋게 한 사람인데.
국 수   (보면) ?
효 숙   니 좀 전에 그랬잖아, 니 등짝에 원랜 문신 같은 거만 생겨났는데.. 내랑
        입 맞추고 나서, 진짜 날개가 돋았다꼬? 그람 내가 아무나가 아이고, 날
        개 주인 맞잖아. (웃으며, 국수 등짝의 옷을 올리려 하며) 한번 보자 야.
국 수   (수줍고, 싫은) 어어어, 왜 이래! (하며, 국그릇 들고, 일어나려다)
효 숙   (달려들어) 보자이까!

        국수, '그러지 마' 하다가 넘어져, 국그릇을 뒤집어쓰고,
        효숙, 그 바람에 국수의 위에 엎어지게 되는, 웃다가, 국수 보고, 기분

이 이상해지는, 설레는.
국수, 아무렇지 않게, 국수 가닥을 얼굴에서 치우다가, 효숙 보고, 기분
이 이상한, 둘이 잠시 보는데,

효 숙　(당황한) 내..가 니 위에 엎어졌네.
국 수　.. (효숙만 보며, 설레는, 그런데 기분이 이상한, 좋지만은 않은, 낯선)
　　　그러게..
효 숙　나, 남들 봄 뭐라 카겠다.. 꼴이 이상해가..
국 수　(이 기분이 뭐지 싶은) 알면, 인나지.. 그만....
효 숙　(어색한) 참 내가.. 화장실 갈라다 말고.. 이라고 있네. (하며, 서둘러 화
　　　장실 쪽으로 가는데, 가슴이 뛰는)
국 수　(일어나, 가는 효숙 보며, 이상한) 뭐야.. 이 기분은 술 마신 거처럼.. 가
　　　슴이 뛰고... 귀찮게.. (하다, 문득 이상한 생각이 드는, 마구 뛰어나가는)
효 숙　(화장실로 가려다 보며) 와 저래, 또?

씬12.　바닷가, 방파제 위, 낮.

　　　국수, 바다를 내려다보고, 주변을 둘러보고, 사람이 없는지 확인한 후,
　　　긴장해, 옷을 벗으면, 검은 날개가 돋은,
　　　국수, 심호흡하고, 팔을 펴고, 날아보는, 순간, 날아가는, 국수, 기분이
　　　좋아, '와!' 하고 소리치다, 순간 총소리가 나고, 뭔가 이상해 가슴을
　　　보면, 가슴에서 피가 나는, 다시 그때 총성이 나고, 놀라, 뒤로 넘어지
　　　며 떨어져 내리는데, 이번엔 핏물이 빗물처럼, 얼굴과 몸 위로 후두둑
　　　떨어지고, 국수, '악! 강칠이 형!' 하고 소릴 지르며, 한없이 떨어지는,

국 수　(두려움에 차, 소리치는) 형, 강칠이 형!

씬13.　작업실 안, 낮.

국 수　(E) 강칠이 형! 강칠이 형!

강칠, 땀 흘리고 자다, 놀라, '악!' 하고 벌떡 일어나는,
그때, 강칠 모, 주변 정리를 하다, 그 소리에 놀라,

강칠 모   (주저앉으며) 아..아, 악..!
상 칠   (보면) ?

씬14.   산, 낮.

지나, 민식, 나란히 앉아 보온병의 차를 마시는,

민 식   (차 마시고, 서글프게 웃으며) 니가 갑자기, 삼촌 얘기 하니까.. 이상하
         다. 너 니 삼촌 얘기만 나옴 파르르 했잖아, 여적. 근데 왜 별안간 삼촌
         얘길 해?
지 나   그냥.. 삼촌 생각이 났어. (그리운 듯, 웃으며) 삼촌이 아빠 지갑에서 돈
         훔쳐 나 용돈 주고, 공범이라고 우길 때.. 엄마한테 아줌마 하며 장난칠
         때, 아빠가 나만 좋아한다고 애처럼 질투할 때.. 그럴 때 삼촌 보면 정
         말 애같이 귀여웠는데..
민 식   그게 귀엽냐, 콱 패 죽이고 싶지. 진짜 징글징글 속도 무지기 썩였다,
         그놈. 부모 사랑을 못 받아 그런가 성질도 거칠고... 그렇게 애를 먹이
         더니, 끝까지 갈 때까지.... 미친놈. 무슨 친구들끼리 짱을 먹는다고, 쌈
         질을 해선.. (일어나며) 가자, 그만.
지 나   (민식 보고, 안된, 애써 밝게) 아빠, 내려가서 밥은 누가 해?
민 식   니가 해야지. 누가 해?
지 나   밥은.. 아빠가 나보다 잘하잖아. 반찬은 몰라도..
민 식   내가 내 밥 조석으로 해 먹는 것도 싫어 죽겠는데, 딸년 밥까지 해주리?
지 나   그럼 사 먹어.
민 식   니가 사, 그럼.
지 나   내기 해, 그럼. 누가 빨리 내려가(나),
민 식   (말꼬리 자르며, 뛰어가며) 그런 거면 당근 내가 이기지!
지 나   (놀라, 뛰어가며) 아빠 조심해, 가다 넘어져!
민 식   (뛰어가며) 너나 조심해, 자식아.

씬15.　바닷가, 낮.

국수, 땅에 널브러져 누워있고, 날개가 사라지고, 얼굴에 피범벅이 사라지는, 천천히 국수 일어나 걸어가는데, '땅! 땅!' 총소리 두 번 들리는,

국 수　(화난 듯, 어두운 얼굴로 가는, 대체 총소리가 뭔가 싶은)

씬16.　수로 근처, 낮.

강칠, 사다리 밑에 먹이통을 붙이고, 자루에서 채소를 꺼내 몇 가지 놓는, 강칠 모, 서서, 강칠 보며,

강칠 모　(답답한, 걱정스런) 집 져놓고, 곰실곰실 여기다 니 살림 다 옮겨놓고, 빽함 집에도 안 들어오고... 잘하는 짓이다, 아조.

강 칠　(안 보고, 제 할 일만 하며) 나 여깄는 건 어떻게 알았어?

강칠 모　국수가 그러대. 니 정샘 혼자 좋아하다 채여서, 여기서 울고 자빠졌다고. 근데 뭐해?

강 칠　(안 보고, 하던 일만 하며) 오소리나 너구리가 여기 온대.. 걔들이 사람들 밭에 가는 게 먹을 게 없어 그런 거래, 그래서 사람 사는 데 오지 말고 여기서 먹으라고..

강칠 모　(안된, 보며, 담담히) 정샘이 들짐승, 산짐승 돌본다고 니도 흉내내나?

강 칠　(자루 들고, 가며) 일 안 해?

강칠 모　(따라가며) 물건 안 뗐어.

강 칠　따라오지 마, 많이 걸어야 돼. 집에 가.

강칠 모　일은.. 안 가나?

강 칠　자재 신청했어, 담주부터 나가.

강칠 모　정샘한테 채여, 속상하나?

강 칠　(멈춰 서서, 보면) ?

강칠 모　(보며, 안쓰런) 정샘이 니가 좋다, 그러니까 우리 사귀자 하니까, 대놓고 싶다 캐?

강 칠　(짐짓 담담히, 가며) 어.

강칠 모 (가며) 그게 낫네.

강 칠 뭐가 그게 낫냐?

강칠 모 기집년들 남자 맘에도 없으면서, 지지부진 남자 애타게 하는 것들이 을 매나 많은데.. 그러는 것보다야, 싫음 단박에 딱 잘라 싫다 그러는 게 낫지 뭐. (멈춰 시서, 강칠 보며, 안쓰럽지만, 단호한) 닌 아무두 안 좋아해.

강 칠 (서서, 보며) 뭐?

강칠 모 나나 너 자식이니까 미처 좋아할까? 너 볼 게 뭐 있어 여자가 좋다 그래? 내가 여자래도 싫어.. 넌..

강 칠 (눈가 붉은, 가며, 담담히, 엄마 맘도 알겠는) 못돼 처먹었어.

강칠 모 (맘은 아프지만) 입은 삐뚤어져도 말은 바로 하랬다고, 뭐 빤히 그런 걸 그렇다 그러지 그럼 아니라 그래. 에미니까 이런 말도 해. 니 낭중에 덜 아프라꼬. 그러니까, 감사히 들어, 쏘가지 피지 말고..

강 칠 (눈가 그렇해 가는, 답답한) 고만 좀 해! 엄마 말이 다 맞다 그래도 듣기 싫어. 말끝마다 암튼 사람 성질을 건드리고.. 못돼 처먹었어, 진짜.

씬17. 민식의 방 안, 밤.

지나, 민식, 바닥에 술상을 놓고 앉아있는,
민식, 술을 마시는, 이미 둘 다 조금 취한,

지 나 (민식을 가만 보며, 서글픈 웃음 지으며) 이상하다.. 이러고 있으니까.. 엄마 살아계실 땐 엄마랑 아빠랑 이렇게 술상 마주하고 있고, 난 저쪽 구석에 왕따 돼서 자고 있었는데, 이젠 내가 아빠랑 이렇게 술상을 마주하고,

민 식 임마, 뭘 니가 왕따가 돼? 니 엄마랑 내가 너한테 왕따 됐지. 니가 술 냄새 난다고 우리 피해, 맨날 구석 가 잤잖아. 귀 틀어막고.

지 나 아빠가 노랠 너무 부르잖아.

민 식 (말꼬리 자르며, 젓가락 들고 노래하는) 주안상 차려놓고, 마주 앉은 사 람아, 술이나..

지 나 (안쓰레 웃고) 엄마 보고 싶어?

민 식   (고개 젓는, 노래 부르는) ..

지 나   정말?

민 식   (술 마시고) 난 분명히 말하지만, 니 엄마도 니 삼촌도 보고 싶은 적, 단
         한 번도 없었어.. (하고, 창가 보며, 착잡한) 다만.. 그냥... 좀

지 나   (안쓰레 보며) 그냥 좀 뭐..

민 식   후회가 되지.

지 나   (안쓰런) 무슨.. 후회?

민 식   니 엄마도, 니 삼촌도... 그렇게 갈 줄 몰랐던 게... 그렇게 갈 줄 알았다
         면, 좀 잘해줄걸... 아빤 시간이 더 있는 줄 알았거든.. 그래서, 욕도 하
         고, 주먹도 쓰고...

지 나   (분위기 바꾸려, 민식이 부르던 노랠 부르는, 술병 들고, 민식에게 잔
         들라고 눈짓하는)

민 식   (웃고, 술잔을 받으며, 같이 노랠 부르는, DIS)

         * 점프컷, 시간 경과 》
         민식, 쪼그려 자고 있고, 지나, 이불을 가져다 덮어주고, 옆에 쪼그려
         앉아, 민식 보는데, 안쓰런,

씬18.   민식의 집 앞, 아침.

         지나, 전화하는,

지 나   (조심스런) 송영 변호사님께 전화도 문자도 몇 번을 드렸는데, 연락이
         없어서요.

비 서   (E) 지금 변호사님 안 계신데.. 약속 잡아드릴까요?

지 나   네. 전 윤미혜 씨라고 7년 전 양강칠 씨 사건을 의뢰했던 분 딸입니다.
         그 사건에 대해 궁금한 게 있다고 전해주세요.

씬19.   민식의 방 안, 아침.

         민식, 물을 마시며, 전화를 하고 있는,

민 식   일단 양강칠이 고향이 남해니까, 남해부터 뒤져, 부모가 있다며? 그럼
           한 번쯤은 서로 만났을 거 아냐? 그리고 출소 당시 같이 출소한 놈들도
           찾아보고,

씬20.   상천 경찰서 밖, 아침.

           안형사, 벽에 기대, 전화하는,

안형사   (좋은) 알았어요, 알았어, 그건 알았고, 근데.. 지금 중요한 건 그게 아
           니라 선배 강력계 복귀예요. 오늘 발령 났어. 아무래도 주검사가 손 쓴
           거 같애.

씬21.   민식의 방 안, 아침.

민 식   (이상한) 뭐, 주검사가?

씬22.   찬결의 사무실 안, 낮.

           찬결, 주검사 마주 앉아, 커피를 마시며 얘기하는,

찬 결   (보며) 아버지가요?
주검사   (웃으며, 대수롭지 않게) 그래, 물으시더라고, 오용학 사건을 누가 맡았
           냐고? 그래서 내가 맡았다고 했지.
찬 결   (커피를 마시는) 그러니까, 뭐라세요?
주검사   잘하라고. 명명백백하게.
찬 결   (가슴이 쿵 하는)
주검사   박검이 그 일로 오해받는다고 여기시는 거 같드라고. 양강칠이가 출소
           한 거 알았어?
찬 결   (차 마시며, 보고) 아뇨. 관심 없습니다.
주검사   아버님은 알고 계시든데? 자식과 연관된 건, 뭐든 다 관심이 있으신 거
           같애. 그게 부모지. 아버님 보면 난 애들한테 뭘 했나, 그런 생각이 들

어. (하고, 가다가, 돌아서며) 참,

찬 걸　　　(맘 아픈, 주검사를 보면)

주검사　　정형사님 알지, 정민호 형.

찬 걸　　　?!

주검사　　오용학 병원에 왔드라. (하고, 가는)

찬 걸　　　?!

씬23.　　찬걸 부의 사무실, 낮.

찬걸 부, 들어와 자리에 앉으면,
찬걸, 앉아있는,

찬걸 부　　웬일이냐, 여길?

찬 걸　　　왜 제 말을 안 믿으세요! (화난, 속상한, 눈가 붉어, 버럭) 놈들이 날 음해하는 거라구, 제가 몇 번을 말씀드려요, 근데 왜 아버진 제 말 안 믿으시고, 주검사한테 그 사건을 물으세요! 그게 사람들이 절 의심하는 빌미가 된단 생각 안 하셨어요! 강칠이가 보낸, 제 사진, 통장 다 날조된,

찬걸 부　　(맘 아픈, 무섭게 가라앉은) 양강칠이, 그걸 나한테 보낸 걸 니가 어떻게 아니? 난 말한 적이 없는데.

찬 걸　　　(아차 싶은) .. 강칠이가 저한테 그걸로 협박했습니다.

찬걸 부　　니가 협박당할 이유가 없음, 왜 협박을 당해! (하며, 서류를 찬걸의 얼굴에 던지고) 이 사건 끝날 때까지 나 볼 생각 하지 마. 집에도 오지 마! (하고, 가는)

찬 걸　　　...

씬24.　　중단된 공사장, 낮.

찬걸, 짱구(난감하고, 답답한)와 앞 부에서 나왔던 남자1(민식이 잡았던)과 함께 얘기하는, 증거물이 가짜라는 얘길 하고, 강칠과 민식을 뒷조사하라는 내용이다. 풀샷으로 보여주는,

찬 걸   (얘기하다, 차로 가서, 문 열고, 짱구 보며, 참담한) 니들이 귀찮은 만큼
        나도 귀찮아. 하지만 멈출 수도 없잖아. 니들이나 나나. 이 동네 떠나선
        살 방법도 모르고. 안 그래? (하고, 차 타고 가는)
짱 구   (답답하게 보고, 자기 차로 가는)

씬25.   민식의 집 안, 낮.

지 나   (가방에 물품들을 넣으며, 어색한 웃음 짓고) 내가 무슨 남잘.. 만나?
        아냐.
민 식   영철이 놈이 술 먹고 한 말이야, 그럼?
지 나   (어색한 거짓말) ..어.
민 식   아빤 니가 영철이 이해하고, 그냥 결혼했음 하는데. 그럼 너 유학 가는
        것도 안심이 될 거 같고. 남자들 철들면 무서워. 영철이 놈 철든 거 같
        애. 너도 이 남자 저 남자 만날 주변 못 되잖아. 어때?
지 나   (민식 보며) 남자 없음 아빠랑 살지 뭐.
민 식   (좋으면서, 싫은 척) 너랑 나랑 어쩌다 보니까, 좋지, 같이 붙어있음 맨
        날 쌈질인데, 뭘 같이 살어, 임마.
지 나   (웃으며, 놀리듯) 근데 왜 웃어?
민 식   내가 언제 웃어, 임마. 나와, 아빠도 서에 가봐야 돼. (하고, 가는)
지 나   (가는 민식 보고, 따라 나가는)

씬26.   병원 병실, 낮.

        강칠, 항암제를 맞고 있는,
        국수, 보호자석에 앉아있는,

국 수   참, 미쳤네, 미쳤어. 내가 있는데 돈 써가며 항암젤 왜 맞어?
강 칠   (담담한) 지나 씨랑 약속했어, 치료받기로. 헤어진 건 헤어진 거고 약속
        은 약속이니까.
국 수   암튼 제정신 아냐... 떠난 여자랑 한 약속이 무슨 약속이야.. 천사인 내
        말이나 잘 듣지.. (심각한, 생각하며) 아.. 그나저나 총소리.. 총소리..

그게 왜 난 거지. 궁금해, 미치겠네, 진짜...

강 칠   그래서 날갠 어떻게 된 거야? 진짜 없어졌어?

국 수   (속상한, 곰곰 생각하는) 어.

강 칠   근데 총소리가 왜 난 거야, 그것도 두 방씩이나?

국 수   몰라, 첨에 총소리가 날 땐 내 심장에서 피가 튀더니, 그담 총소리가 날
          땐 하늘에서 피가 비처럼.... 뭐지.. 알아야겠는데.. 뭐지, 이게.. (하고,
          가는)

강 칠   (걱정스런, 답답한) ?

씬27.   PC방 안, 밤.

          강칠(환자복에 웃옷만 걸친), 정이 게임을 하고 있는,
          강칠과 정이의 대결이다, 둘 다 열심이다.

정 이   (열심히 하며) 뭐가 이렇게 잘해, 혹시 날마다 일은 안 하고 게임만 한
          거 아니에요?

강 칠   (게임만 하며) 내가 자식아.. 너 먹여 살릴라고 밤이고 낮이고, 일하는
          거 보고도 몰라. 내가 자식아, 머리가 좋다고 몇 번을 말하냐?

민 희   (그 옆에서 거들며) 정말 아빠가 머리가 좋은가 보다.

강 칠   넌 정이 여자 친구야?

정 이   여자 친구는 무슨!

유 진   (다른 쪽에서 게임 하며) 아, 거 말 좀 그만해! 헷갈려 죽겠고만.

강 칠   (게임만 하며) 말하다 헷갈리는 수준이면 니 머리가 짱구지, 자식아, 누
          굴 탓해! 콱 그냥!

정 이   (열심히 하다, 죽는) 아우!

강 칠   (신난) 아자자자자! (정이 보며) 떡볶이, 아이스크림은 니가 사.

정 이   (일어나며) 나와요!

민 희   (일어나며) 나도, 나도.

정 이   (민희의 어깨 잡아, 앉히며) 끼지 마! 넌! (하고, 가는)

강 칠   (민희 보고, 웃으며) 저런 놈을 뭐 한다고 좋아하냐? 차라리 (턱으로 유
          진 가리키며) 차라리 쟤나 사겨. (하고, 나가고)

유 진   (민희에게) 니 내랑 사겨.

민 희   지랄 마라, 자슥아!

씬28.   아이스크림 차 앞, 밤.

        강칠, 아이스크림을 열심히 먹는,

        정이, 아이스크림을 먹으며 강칠 웃으며 보는,

정 이   여자한테 채이고, 떡볶이에 아이스크림에.. 그게 그렇게 맛있어요?

강 칠   억지로 먹는 거야, 임마, 억지로.

정 이   맛있게 먹는데?

강 칠   (입가 닦으며) 너 이 아빠 보고 배워라.

정 이   ?

강 칠   나중에 너도 커서 사랑을 하게 되면 나 같은 일 겪을 거 아냐? 그럼 그
        때 지금 이 아빠를 기억해. 여자한테 채여도 찌질하게 징징대지 않고,
        할 일은 하는. 멋진 아빠, 알았어?

정 이   (신기한) 속 안 상해요? 여자한테 채이고?

강 칠   (먹으며, 담백하게) 속상해, 아주 많이.

정 이   (안된) 치료 잘 받는 거죠?

강 칠   낼 주사 한 번 더 맞음, 1차 치료 끝이야. 할머니한텐 병원 온 거 말 안
        했지?

정 이   할머니 기절시킬 일 있어요, 효도는 못 할망정. 실연당해 술 마시고 작
        업실에 있다고 했어요. (걱정) 근데 아퍼서, 치료받는 거예요?

강 칠   (답답한, 괜히 시선 피하며) 아니. 일단 돈도 있고.. 정샘이랑 약속도 했
        고, 치료받는다고, (보고, 작게 웃으며) 너도 있고.

정 이   (웃으며) 나는 빼고,

강 칠   (농담조, 웃으며) 끼자.

정 이   (진지하게) 울고 싶음 울어요, 사랑하다 깨졌는데, 실실대고 웃으니까,
        이상해 보여.

강 칠   (보고, 서글프게 웃으며) 너 니 할머니 똑똑한 거 알지?

정 이   ?

강 칠   니 할머니 말은 거의 다 듣기 싫은데, (서글픈 웃음 띠고) 거의 다 맞어.

정 이   그런데?

강 칠   (보며) 그렇게 똑똑한 니 할머니가 엊그제 그러드라. 나 같은 놈은 아무
        도 사랑 안 한대.

정 이   ?

강 칠   (서글픈, 웃음 짓고, 맘 아픈, 짐짓 편하게) 아무도 사랑 못 할 놈을.. 근
        데, 한때라도 그 여자가.. 사랑을 해줬잖아, 됐지 그럼, 뭐. (서글픈 웃
        음 짓고) 나, 정지나가 사랑한 양강칠이야, 자식아.

정 이   (화난) 아빠가 왜 싫대? 이렇게 흐지부지 끝날 거면 첨부터 안 좋아하는
        게 낫지, 장난한대, 그 여잔?

강 칠   그 여자?

정 이   그래, 그 여자! (하는데, 전화가 오는)

강 칠   (보며) 전화받고, 집에 가. 너랑 이런 얘기 하는 거 쪽팔려. (하고, 가는)

정 이   (화난, 강칠 보다, 전화받으며) 네.

씬29.   서울, 택시 정류장, 밤.

        이석, 짐가방 들고 택시를 기다리며 전화를 하는,

이 석   정이니, 나 이석이다, 엄마 친구. 내가 서울에 왔는데, 널... 만나고 싶
        은데, 만날 수 있니?

씬30.   아이스크림 차 앞, 밤.

정 이   (가는 강칠 보는) ?!

강 칠   (가다, 돌아보고, 웃고) 옆길로 새지 말고 집에 들어가! (하고, 가는)

정 이   (전화하며, 가는) 어디.. 계신데요?

        * 점프컷 》
        짱구, 가는 정이와 강칠을 사진 찍고 돌아서서 가는,

씬31. 동물원, 낮.

강칠, 국수, 줄 그네를 타고, 건물을 청소하는,

강 칠 뭐? 효숙이랑 키스 한다고?
국 수 (일만 하며, 진지한) 누나랑 키스하고 날개가 난 거 같애, 해야겠어.
강 칠 (화나 보고, 일하며) 그래라, 나한테 반 죽을람 뭔 짓을 못 하냐. 해.
국 수 (버럭) 형은 효숙이 누나 싫다며? 그럼 나나 갖게 놔두지, 웬 질투야?
강 칠 (버럭) 걔가 물건이야? 니가 갖게?! 자식이.. 오냐오냐하니까, 끝 간 줄
       모르고 뎀비고 있어! 너 효숙이 손끝만 건드려. 콱 그냥 아작을 내버릴
       테니까! (하고, 일하는)
국 수 (밉게 보다, 일하며) 시설 보수한다며, 창은 왜 닦어?
강 칠 (일하며) 자재 들어올 동안만 할 거야, 놀면 뭐 해!

       그때, ‘여기요!’ 하는 소리 나고,
       강칠, 국수, 내려다보면,
       진영(여수의사, 동물연대 사람)과 여러 명의 다른 수의사들 노트를 들고,

진 영 (웃으며, 손 흔드는) 여기요, 여기!
국 수 왜요?
진 영 둘이 넘 멋져요! (하고, 친구들과 깔깔거리며, 장난치며 가고)
철 호 (앞 부에 나왔던, 동물연대 사람, 기분이 나쁜, 그냥 가는)
국 수 (웃으며) 뭐야? (하다, 일하는데, 강칠이 누군가를 보는 걸 느끼고, 아랠
       내려다보면)

       * 점프컷 》
       지나, 수의사 무리들 뒤쪽에서 생각 많게 가는,

국 수 (강칠에게) 뭘 봐, 끝난 사인데?
강 칠 (시선 돌려, 일하는)
국 수 아직도 좋아? 싫다는데, 좋아?

강 칠   (일만 하는) …

국 수   그렇게 좋음 어디 끌고 가서 그냥 둘이 한 번 자든가?

강 칠   (말이 끝나기 전에 뒤통수를 치는)

씬32.   동물원 구내식당 배식대, 낮.

          지나와 수의사들이 배식을 받고 있는,

          강칠, 지나 앞에 서있는,

          국수, 손을 닦고 온 듯, 옷에 손을 문지르면서, 지나 앞을 지나가며,

국 수   (지나만 듣게 작게) 형, 암 치료받았어요.

지 나   ? (보면)

국 수   경과가 죽이게 좋대. 암이 깨알보다 작대. 알고 있으라고. 궁금할 거 아
          냐.

진 영   (지나 보며) 저 사람 언니한테 뭐래?

지 나   (안 보고, 답답한) 아냐.

          * 점프컷 〉〉

국 수   (강칠의 앞으로 가서, 배식 받으며) 뒤에 지나 누나 봤어?

강 칠   (말없이 배식하는)

국 수   (배식 끝나고, 지나의 맞은편에 가서 앉는)

진 영   (좋은, 밥 먹다, 밥알 튕기며) 어머머머, 여기서 또 보네?

국 수   (싫은) 밥이나 좀 삼키고 말해요. 드럽게.

진 영   미안미안, (철호에게) 나 물 좀 떠다 줘?

철 호   니가 갖다 먹어.

진 영   좀 떠다 줘?

지 나   (밥만 먹는)

국 수   (지나 보고, 강칠 찾는)

강 칠   (식판 들고, 다른 자리에 가서 앉으려 하는)
          그때, 한 무리의 사람들 식판 들고 강칠에게,

남 자   (웃으며, 미안한) 저기, 여기 우리 팀 자린데.

강 칠   (답답한, 다른 자릴 찾으려 하면)

국 수   (수저 들고) 형, 여기! 다른 데 자리 없어!

강 칠   (밥 먹는 지나 뒷모습을 보다, 작심하고, 국수 옆에 가서 앉아, 밥을 크
          게 한 술 띠시 마구 먹는)

국 수   (우적우적 밥 먹는) ..

진 영   (좋은, 강칠에게) 둘이 원내 시설 보수한다면서요? 그럼 둘 다 목수예
          요? 사람들이 그러는데, 공예가라든데, 진짜 하는 일이 뭐예요? 목수,
          잡일꾼, 공예가?

철 호   뭘 그렇게 물어, 모르는 사람한테?

진 영   넌 물 안 떠와?

철 호   니가 떠 먹어!

진 형   좀 떠 와라!

강 칠   (일어나 가는)

지 나   (밥만 먹는)

철 호   내가 니 쫄따구냐, 물은 니가 떠다 먹어, 넌 손이 없어, 발이 없어?

진 영   물통 니가 더 가깝잖아!

남 자   야, 밥 좀 먹자! 왜 그렇게 싸워, 니들은?

철 호   (버럭) 니 물은 니가 떠다 먹어!

진 영   야!

강 칠   (물을 떠 와서, 진영 앞에 탁 하고 놓는)

지 나   (보는) ?!

진 영   (놀라고, 좋은) 어머.. 고맙습니다.

여자들   (철호에게, 웃으며) 와우! (하고, 철호 놀리듯, 박수 치며 웃는)

철 호   (기분 나쁜, 강칠 보며) 댁 뭐야?

국 수   뭐, 댁?

지 나   (철호의 말 듣고, 강칠 보면)

강 칠   (밥 먹는)

철 호   (화나) 댁 뭐냐고?

진 영   야, 너 왜 그래?

철 호   (일어나, 강칠 보며, 버럭) 야, 너 귀먹었어! 너 뭐냐고?!

국 수   (일어나며) 니가 일어나면?

강 칠   (국수 팔 잡아 앉히고, 철호 보며, 담담히) 시끄럽잖아요.

모두들   (보면)

강 칠   공공장소에서 둘 다 넘 시끄럽잖아.

진 영   (실망하고, 싫은)

철 호   귀 막음 되잖아, 그럼!

강 칠   (떠다 준 물잔의 물을 다 마셔버리는) 됐어, 이제? (하고, 밥 먹는)

동료들   (서로, 눈짓하며, 재밌단 듯) 오오오오...

철 호   (화나 가는)

진 영   (강칠 싫게 보며) 재수 없어. (가며) 야, 철호야!

강 칠   (밥 먹는)

지 나   (밥 먹는)

국 수   (둘을 번갈아 보고, 웃고)

씬33.   동물원 쓰레기장, 낮.

국수, 휘파람을 불며, 쓰레기통을 뒤져, 큰 통과 작은 호스 하나를 주워
가는,

씬34.   동물원 주차장, 낮.

국수, 지나의 차 주유구에 호스를 꼽고, 입으로 있는 힘껏 빨아서 통에
기름을 담는,

씬35.   주차장, 낮.

국수, 지나의 차 보닛 열어 배터리의 선을 이로 잘근잘근 씹어, 선을 헤
지게 해놓으며,

국 수   잊으면 딱 좋은데, 못 잊는다면야, 만나야지.

씬36.   동물원 일각(건물 뒤편 좁은 골목쯤), 낮.

        강칠, 자재를 들고 오다가, 지나 보고 멈추는,

강 칠   (담담한)
지 나   (조금 놀란, 어색한 보면)
강 칠   (지나가 지나갈 수 있게 한쪽으로 비켜주는)
지 나   (어색한, 좁은 길을 가는, 강칠과 아슬아슬하게 스치는)
강 칠   (담담히 있다가, 지나가 지나가면, 갈 길 가는)
지 나   (어색한, 신경 쓰이는, 가는)

씬37.   동물원 주차장, 낮.

        지나, 차를 시동 걸어서 가는,

씬38.   국도변, 낮.

        강칠의 트럭 달리는,
        국수, 운전해 가는
        강칠, 앞서 가는 지나의 차를 보는, 그러다, 이상한,
        지나의 차, 멈췄다 가다를 반복하는,
        강칠, 긴장해, 차를 보는,

국 수   (아무렇지 않게) 차가 고장 났나 보네, 쌤통이다. (하고, 지나의 차를 지
          나쳐 가는)

씬39.   지나의 차 안, 낮.

        지나, 답답한, 차가 멈추자, 시동을 걸어보는, 부릉거리다, 꺼지는, 그
        때, 보닛에서 연기가 나는, 지나, 놀라, 차 시동을 끄고 나와, 보닛을 열
        어보는,

* 점프컷 〉〉
국수의 트럭이 갑자기 급히 서는,

씬40.   강칠의 트럭 안 + 트럭 밖, 낮.

국 수   이런 똥차.
강 칠   왜 갑자기 시동이 꺼졌어?
국 수   내려서 좀 밀어.
강 칠   (답답한, 내려 문 닫으면)
국 수   (차 창문 열고) 형!
강 칠   왜?
국 수   (윙크하고) 난 니가 원하면 뭐든지 하는 수호천산 거 알지? 지나 누나,
         차 트렁크 봐봐. (하고, 가버리는)
강 칠   (차를 치며) 야야야, 뭐야, 너? 국수야, 국수야! (하고, 뛰다, 멈추고, 뒤
         쪽 보면)

* 점프컷 〉〉
지나, 전화를 걸다가, 난감해, 고개 들다, 강칠 보는,

지 나   (시선 피하며) 여기가 어딘진 자세히 모르겠는데, 부산에서 통영 가는
         국도 변이예요. 도로 번호요? 잘 모르겠는데, 제가 다시 전화드릴게요.
         (하고, 전화 끊는)

그때, 강칠 와서, 지나의 차 보며,

강 칠   차 보닛 좀 열어봐요.
지 나   ?
강 칠   열어봐요.
지 나   (열면)
강 칠   (보닛 보며) 물 있어요?
지 나   (차 안에서 물병 꺼내 주면)

강 칠   (제 웃옷을 벗어, 물을 묻히고, 과열된 배터리에 덮는)

지 나   ?

강 칠   (아무렇지 않게, 끊어진 배터리 선을 보고, 지나에게) 뒷트렁크 좀 열어
        봐요.

지 나   (어색한, 트렁크를 열고, 주유통 보고, 조금 놀라는) ?!

강 칠   (트렁크에서 주유통과 연장 도구를 꺼내며) 국수가 장난쳤어요.

지 나   ?

강 칠   (보닛으로 와서 연장을 사용해, 배터리 선을 잇는) 제 딴엔 내 생각 한
        다고 그런 거니까, 너무 기분 상해하지 마요.

지 나   (답답한, 머리 쓸어올리며, 한숨 쉬는)

강 칠   (기름을 주유구에 다 붓고) 다 됐어요. (하고, 트렁크에 주유통 넣고) 가
        세요. (하고, 길을 걷는)

지 나   (가는 강칠 보다, 어떻게 해야 할지 모르겠는, 차를 타려다, 다시 보고)
        타요!

강 칠   (그냥 가는)

지 나   통영 가는 버스 여기로 안 지나가요! (사이) 양강칠 씨!

강 칠   (그냥 가는)

지 나   (속상한 맘 참고) 걸어서 갈 거리가 아니라구요. 여긴 택시도 잘 안 서고..

강 칠   (멈춰 서서, 돌아보며) 충고 하나 합시다.

지 나   (보면)

강 칠   담부터 나 아는척하지 말아요.

지 나   ?

강 칠   (보며) 내가 길을 걸어가든 말든, 택시를 타든 뭘 타든, 고집을 부리든
        말든, 상관하지 말고,

지 나   (참담하게 보면)

강 칠   지나 씬 지나 씨 갈 길이나 가요. 네? (하고, 가는)

지 나   (화가 나는, 속상해, 차를 몰고 가는)

강 칠   (말없이 그냥 가는)

씬41.   다른 도로, 지나의 차 안, 낮.

지나, 속상하게 운전해 가는데, 생각이 복잡한, 맘 다잡고, 차를 유턴해서, 다시 강칠 쪽으로 차를 돌리는,

씬42.   도로, 낮.

강칠, 걸어가는데,
지나, 강칠 옆으로 차 세우고, 속상하게 차에서 내려, 강칠 보는,

지 나   (맘 아픈, 울지 않으려 애쓰는) 나한테 그딴 식으로밖에 말 못 해요?
강 칠   (가다, 멈춰서, 돌아보면)
지 나   (서운한, 눈가 붉은) 난 차 고쳐준 게 고마워서, 여긴 차가 없으니까, 내 딴엔 그쪽 생각해서, 그쪽 보는 게 나도 불편하고 힘들어도, 우리가 다시 시작은 못 해도, 차 정도는 같이 탈 수 있겠지 하고 어렵게 말 꺼냈는데... (맘 아픈, 속상한) 그쪽은 그딴 식으로밖에.. 나한테 못 해요?
강 칠   (가만 보다가, 맘 아픈, 차분한) 내가 이딴 식으로 당신을 안 대하면, 그럼 어떤 식으로 대해야 되는데요?
지 나   ?
강 칠   (지나 앞으로 다가와, 맘 아프게 보며, 서서히 격앙돼서 말하는) 안어? 아님 같이 손잡고 도망이라도 가자 그래?!
지 나   ...?!
강 칠   (맘 아픈, 버럭) 날 오해하고 떠나겠단 사람한테, 내가 좋아한다고 해서 내가 뭘 더 어떻게 할 수가 있는데?!
지 나   (눈가 그렁해, 맘 아프게 보는)
강 칠   (눈가 붉어, 격앙된 감정 누르고, 짐짓 차분히) 당신을 복수거리로 봤냐고?
지 나   (눈가 그렁해, 맘 아픈) ?
강 칠   (맘 아픈, 버럭) 당신은 내가.. 당신을 그럴 수 있다고 생각해?!
지 나   니가 한 말을 기억해, 복수한다는.
강 칠   (맘 아픈, 버럭) 박찬걸! 당신 삼촌을 찌른 박찬걸!
지 나   (눈가 그렁해 보는) ..
강 칠   (눈가 그렁해 보며, 맘 아픈) 내 말을, 믿든 안 믿든 그건 당신 몫이야.

난 할 말을 한 거고. 그리고 나한테 말 걸지 마.

지 나 (눈물 그렁해, 화난, 단호한) …

강 칠 (눈물 나는, 참고 말하는, 맘 아픈) 떠날려면 앗쌀하게 떠나요. 당신 엄마 교도소 유리창 너머에 두고, 9년을 좋아하고, 7년을 미워하지 않고 기다렸어! (맘 아픈, 소리치는) 안 보고, 안 만나고, 말하지 않고도 지금처럼 사랑하는 거, (차분히) 나한텐 아주아주 익숙한 일이야. 안 힘든다고, 난! (격앙되는) 괜찮다고 난, 그러니까, 가라고. (하고, 가는)

지 나 (눈물 나는, 참고, 맘이 복잡한, 차에 타 운전해 강칠을 스쳐 지나가는)

강 칠 (오기에 차, 담담히 걷는)

씬43. 거리, 밤.

효숙, 통 들고 나오며, 한쪽에서 기다리는 국수 보며,

효 숙 닌 안직 안 갔나?

국 수 (진지한) 뽀뽀하기 전엔 안 간다 했지?

효 숙 (어이없고, 속상해 보며) 닌 내 주둥이가 동네 주둥인 줄 아나?

국 수 누가 그렇대? 그냥 난 살신성인 좀 하란 거지? 천사를 위해서.

효 숙 (버럭, 속상한) 닌 낼 위해 뭘 할 긴데, 그람?! 와 내만 평생, 이 새끼 저 새끼 살신성인, 뒤치다꺼리 해야 하는데, 와?! 니가 천사가 되든 말든 낸 상관없다. 그리고 니 내 앞에 얼씬대지 마라, 내가 아주 니 땜에,

국 수 나 땜에 뭐? 내가 누나한테 뭘 어쨌는데?

효 숙 (눈빛이 흔들리는, 속상해 말하는) 내 맘이 흔들린다, 와? 내는 니 말대로 영자나 보고 살란다. 아 있는 이혼녀가 이게 뭔 짓인지.. 어린 니한테, 됐다, 다 싫다, 다 싫어! (하고, 가버리는)

국 수 (맘에 안 들게 보며, 소리치는) 뭐 언젠 우리가 좋아했냐! 싫긴 뭐가 싫어! (하고, 돌아서는데, 냅다, 뒤통수를 맞는) 아! (하고, 보고) 엄마! 왜?!

강칠 모 왜는, 왜는, 콱! (하고, 국수를 더 때리는)

국 수 (피하며) 모자 폭력단이야, 형도 엄마도 왜 날 자꾸 때려! 그러지 마, 아퍼!

강칠 모 (속상한) 효숙이 진심으로 좋아 안 해줄 거면 곁에 얼씬거리지도 마라, 니놈 열을 줘도 재랑 안 바꾸고, 강칠이 놈 둘을 줘도 재랑 안 바꾼다!

국 수   거짓말, 정말 강칠이 형 둘을 줘도 안 바꿔? 형은 친아들인데?

강칠 모   말이 그렇단 얘기지! 가뜩이나 첫 남자한테 당해, 애 덱고 어떻게든 살
         아볼라는 애를 니가 어디서 감히 농질을 칠라고! 내가 저년 생각하면
         자다가도 안쓰러, 속이 볶이누만! 농질하기만 해, 암튼. 내 집서 후두까
         쫓아버릴라니까! (하고, 리어카 끌고 가며, 속상한)

국 수   (속상한) 나도 다 이유가 있어서, 그런다 뭐! 알지도 못하면서.. (하고,
         가다, 갑자기 탕 소리가 나는, 국수, 숨이 멎는, 바닥에 무릎을 꿇는, 땀
         이 순식간에 나며, 힘든, 강칠 모를 부르려 하지만) 엄, 엄마.. (말이 안
         나오는, 그러다, 가슴이 이상해 보면, 가슴에서 피가 솟구치는, 놀라,
         멍한, 작게 토하듯) 형..

         * 플래시백 〉〉
         남자(얼굴이 보이지 않는, 총구만 선명하고, 주변 장소와 사람은 인식
         이 안 되는), 강칠을 향해, 총구를 겨누고, 총을 쏘는, 탕 소리 나는,

         * 현실 〉〉

국 수   형!

씬44.   통영 일각, 밤.

         국수, 달리며,

국 수   형, 강칠이 형!

씬45.   플래시백, 경찰서 안 일각, 밤.

         민식, 총을 청소하고 총을 겨눠보는,

씬46.   지나의 방 안, 밤.

지나, 샤워한 얼굴로 문자를 보는,

송 영   (E) 송영 변호삽니다. 낼 오전에 서초 법원에 일이 있습니다. 거기서
          뵙죠.

          지나, 전화를 끄는, F. O.

씬47.   남해 군청, 낮.

          안형사, 급하게 뛰쳐나와 차를 타는.

씬48.   통영 시장, 낮.

          길 건너편에서, 안형사, 장사하는 강칠 모를 걱정스레 보고, 차 몰아 가는,

씬49.   주검사 사무실 안, 낮.

          민식, 주검사와 앉아있고,
          민식, 범죄자 (마약 사범들) 사진 수첩을 하나하나 보는.
          주검사, 그런 민식을 보는,
          그때, 찬걸 노크하고, 문 여는,
          민식, 돌아보면,
          찬걸, 조금 놀라 보는,

주검사   그럼 그건 가져가서 보시죠?
민 식   네. (하고, 가방에 넣는)
주검사   박검 무슨 일이야?
찬 걸   그게 손검이 검사님하고 저하고, 좀 의논할 게 있대서.
주검사   (생각난 듯) 아, 청장님 뵈러 가는 거 말이구나, 들어와 앉아. 손검도 곧
          올 거야.
찬 걸   (민식 옆에 앉는)

민 식　(주검에게) 그럼 전 가보겠습니다. (하고, 가는)

주 검　그러세요.

찬 걸　(답답한)

씬50.　동물원 목공소, 낮.

　　　　강칠, 나무를 자르는, 열심히 하는, 일을 하다 멈추고,
　　　　물병을 들고 바깥으로 나가는,

씬51.　동물원 목공소 밖, 낮.

　　　　강칠, 나와 국수 옆에 앉는,

국 수　(무거운, 답답하고, 긴장한 표정으로 앉아 생각 많은)

강 칠　(물을 마시고, 물병 주면)

국 수　(안 보고) 안 마셔. (하고, 심각하게 생각하며, 강칠 안 보고) 대체 이게
　　　　무슨 일이지, 형이 왜 쓰러졌지?

강 칠　(보며, 답답한) 총 쏜 사람은.. 못 봤댔지?

국 수　어. (심각한, 두려운, 안 보고) 총 쏜 놈을 알아야 돼. 안 그럼 우리가 죽어.

강 칠　(걱정스레 보고) 넌 안 죽어. 넌 천사잖아.

국 수　(보며) 죽어. 덜떨어진 천사니까.

강 칠　죽어도 내가 살려.

국 수　(화난, 함부로 말하는) 니가 뭘 살려, 넌 천사도 아닌데!

강 칠　(국수 진지하게 보며) 넌 안 죽어. 니가 죽음 내가 살려. 내가 죽어도 너
　　　　는 살려.

국 수　(속상한, 강칠의 맘을 알겠는, 눈물 나는, 소매로 닦고, 강칠 옆에 서며,
　　　　맘 아픈) 아부지 말이 자꾸 생각나. 난 천하에 쓸데없는 놈이라고.. 뭐
　　　　하나 제대로 잘하는 게 없다고.. 기적은 세 번밖에 안 오는데, 그럼 이
　　　　번이 마지막 기적인데, 아부지 말대로 난 뭐 하나 제대로 하지도 못하
　　　　고, 천사도 못 되고, 일을 망칠 거 같애. 덜떨어지게.

강 칠　(답답한, 한숨 쉬는) 방법이 있을 거야, 늘 그랬던 거처럼.

그때, 인부 목소리 들리는 '양강칠 씨, 이국수 씨!'

강 칠　(문 쪽에 대고) 가요! (하고, 국수 보며) 가서 좀 자. 밤새 한잠도 못 잤
　　　잖아. (하고, 자재 들고 가는)
국 수　(강칠 보다, 목공소 안으로 들어가는)

씬52.　동물원 목공소 안, 낮.

국수, 한쪽에 벗어둔 옷을 입다가, 뭔가 이상해, 창가를 보면,

* 인서트. 환상 〉〉
남자, 총을 겨누는 모습이 느리게 흘러가는,

국 수　(두려운) ?!

씬53.　카페 안, 낮.

지나, 송영, 앉아 얘기하는,

송 영　(답답한) 당시에 항소해도 이길 확률은 없었습니다.
지 나　그런데 어머닌 왜 항소 준비를 하신 거죠?
송 영　(떨떠름한, 커피 마시는)
지 나　어머닌 아무런 이유 없이, 단지 양강칠 씨가 불쌍해서, 그 사람을 달랠
　　　목적으로 항소 준빌 할 만큼 감정적인 분은 아니셨어요.
송 영　양강칠 사건은 백 프로 증인에 의존한 사건입니다. 증거물이 아니라.
지 나　전 증거물이 있었다고 들었어요. 아빠가 형사셨어요, 증거물이 있다
　　　고, 그러니 엄마한테 항소를 하지 말라고 하면서.. 다투셨던 얘길 들었
　　　거든요.
송 영　(가방에서 민호의 등짝[깨끗이 씻긴]에 칼 상처가 두 개 난 사진을 보여
　　　주며) 이게 삼촌이 죽을 때 난 상첩니다. (하고, 칼 사진을 보여주며) 이
　　　게.. 당시 증거물이고요.

지 나   (두렵고, 맘 아픈, 사진을 보는, 눈가 붉어지는) 근데요?

송 영   (사진 보며, 가리키면서) 삼촌은 등 뒤에서 깊게 찔려, 폐까지 손상을 입
        었습니다. 이 상처가 폐를 찌른 상처고, 옆에 건 그냥 살짝 찌른 거죠.

지 나   ?

송 영   근데 칼엔 폐 조직이 안 보입니다. 칼은 두 개가 있었을 가능성이 있죠.
        치명상을 입힌 칼과 그렇지 않은 칼. 여기 사진의 칼은 치명상을 입힌
        칼이 아닙니다.

지 나   ?!

씬54.   달리는 지나의 차 안, 낮.

        지나, 맘 아프게 운전해 가는,

씬55.   회상, 밤.

강 칠   (고개 끄덕이고, 맘 아픈) 난 증거를 찾을 거예요. 죽어도.. 무슨 일이
        있어도..

씬56.   회상, 카페 안, 낮.

지 나   증거물은 찾을 수 없겠죠?

송 영   내가 범인이라면, 벌써 훼손했을 겁니다.

씬57.   달리는 지나의 차 안, 낮.

        지나, 운전해 가는,

지 나   (E) 증거가 없으면, 이길 수 없는 사건인데, 우리 어머닌 왜 그렇게 항
        소에 집착하셨을까요?

씬58.   회상, 카페 안, 낮.

송 영　　어머니한테 지고 이기고는 중요하지 않았어요. 어머닌 양강칠이한테..
　　　　누군가 한 사람은 자길 믿어주는 사람이 있다는 걸 알려주고 싶다고,
　　　　하셨어요. 그게 당신이면 하셨구요.

씬59.　　플래시백, 회상.

강 칠　　(고개 숙이고, 울며, 맘 아픈, 가라앉은) 당신 엄마가.. 믿은 사람..
지 나　　...?!
강 칠　　(지나를 보며, 맘 아픈, 울며) 당신 엄마가.. 믿은 사람...

씬60.　　도로, 낮.

　　　　지나의 차 멈추는,

씬61.　　지나의 차 안, 낮.

　　　　지나, 맘 아프게 우는,

씬62.　　회상 (8부 씬).

지 나　　(편안한, 단호한) 울 엄마 만난 거. 난 기적이라고 생각해요.
강 칠　　(맘 짠한) 맞다.. 둘이 만난 건 기적이겠다. 착한 사람 둘이, 엄마랑 딸
　　　　로. 정말 기적이네.
지 나　　(작게 웃으며) 울 엄말 꼭 아는 것처럼 말한다?

씬63.　　회상 (8부 씬).

강 칠　　내가 열심히 자격증 따고 모범수 되고 그런 건 다 그 여자 때문이에요.

씬64.　　플래시백, 회상.

강 칠   당신을 복수거리로 봤냐고?

지 나   (눈가 그렁해, 맘 아픈) ?

강 칠   (맘 아픈) 당신은 내가 당신을 그럴 수 있다고 생각해?

* 점프컷 〉〉

강 칠   떠날려면 앗쌀하게 떠나요. 당신 엄말 교도소 유리창 너머에 두고, 9년
        을 좋아하고, 7년을 미워하지 않고 기다렸어! (맘 아픈, 소리치는) 안 보
        고, 안 만나고, 말하지 않고도 지금처럼 사랑하는 거, 나한텐 아주아주
        익숙한 일이니까! (하고, 가는)

씬65.   회상, 플래시백.

        1, 어린 지나와 지나 모 (사진) 아이스크림 먹으며 장난치던,
        2, 어린 강칠이 맞을 때, 지나를 안아주던, 지나 모.

씬66.   도로, 지나의 차 안, 낮.

        지나, 두 손으로 얼굴을 가리고 엉엉 우는,

씬67.   민식의 집 안, 낮.

        안형사, 민식, 라면을 먹으며, 얘기하는,

민 식   양강칠인 통영에서 뭘 하고 사는데?

안형사   (걱정스런) 목수요. 철물점 가서 알아보니까, 지나 동물병원을 놈이 고
        쳤드라구요.

민 식   ?!

씬68.   민식의 집 밖+차 안, 낮.

민식, 서둘러 내려와 차를 타는,

안형사 (차 문을 두드리며) 정선배님, 어디 가요! 대체 이렇게 급하게 어딜 가?
민 식 (시동 걸고) 놈을 봤어! 내가 놈을 봤다고! (하고, 가는)
안형사 (가는 민식의 차 보며) 정선배!

씬69. 버스 정류장 앞, 낮.

강칠, 버스를 기다리고 있는, 그때, 지나의 차가 와서 멈춰 서는,

지 나 (차 창문 열고, 강칠 보고, 눈가 붉은) 차 타요.
강 칠 (가만 보다, 버스 오는 쪽 보며) 자꾸 말 시키지 맙시다. 나는 그쪽하고
서로 할 말 다 하면서, 편하게 볼 자신 없으니까.
지 나 (강칠 빤히 보며, 단호한) 차 타라고 했죠.
강 칠 (지나 가만 보는) …
지 나 …
강 칠 (잠시 생각하다, 차를 타는)
지 나 (운전해, 가는)

씬70. 달리는 지나의 차 안, 낮.

지나, 운전해 가는, 강칠, 담담하게 창가 보고 가는,

씬71. 동물병원 안, 낮.

영철, 개의 다리에 붕대를 감아주고, 민식, 그런 영철을 보며, 말하는,
영 철 (안 보고) 병원 고친 사람이요?
민 식 이름 알어?
영 철 양강칠 씨요. 이국수 씨랑, 왜?
민 식 (참담한, 생각하는)
영 철 왜 그 사람들이 궁금해요?

민 식   그냥.. 잘 고쳤길래. (생각하며) 영철아, 근데 왜 전번에 지나가 덫에 걸
         렸을 때 있잖아, 그때 지나 데리고 온 사람이 혹시, 그 목수라는 양강칠
         이냐?

영 철   (긴장한) ?

씬72.   한적한 곳, 길가. 해질녘.

         지나, 강칠, 차에서 나와 길가 벤치 같은 데 앉는,

강 칠   (답답한, 잠시 가만있다가) 말해요, 할 말 있으면.

지 나   ...

강 칠   (작게 한숨 쉬고, 가만있다가, 보며) 할 말 없음 나 갑니다. 그리고 담엔
         할 말 없음 나 부르지 말(아요),

지 나   (말꼬리 자르며, 안 보고, 맘 아픈, 차분한) 내 생각에 당신은 유죄야.

강 칠   (맘 아픈, 외면하는)

지 나   (안 보고, 맘 아픈, 눈가 그렁해, 참으려 애쓰며) 직접적인 증거가 없어
         도, 당신은 삼촌을 죽이려고 그 자리에 있었어. 그것도 죄가 돼. 그게
         10년 형을 받을 만큼은 아니라고 해도, 당신이 무죄라고 당당히 말하는
         건 뻔뻔스러워 보여.

강 칠   (맘 아픈)

지 나   (맘 아픈, 손바닥을 펴, 눈물 닦고, 차분히) 내 아버진 사랑하는 동생을
         잃었고, 나는 친구 같은 삼촌을 잃었어. 너만큼 우리도 억울해.

강 칠   ..

지 나   그러니까, 그냥 덮어. 증거물도 복수도.. 다 지난 일이야.

강 칠   ..

지 나   (강칠 보며, 맘 아픈) 내 어머니가.. 당신을 믿었어. 그리고 이제 내가
         당신을 믿을 거야. 그걸로 충분하지 않니?

강 칠   (눈가 그렁해, 맘 아픈, 단호한) ... 아니, 윤미혜 씬 날 안 믿었어. (하
         고, 지나 보며, 맘 아픈, 단호한) 다만 내가.. 불쌍했을 뿐이야.

지 나   ?!

강 칠   말로는 나를 믿는다고 했지만, 늘 눈빛이 불안불안. 혹시나, 어쩌면, 설

마 그러면서.. 그럼 난, 또 눈치 보며 주절주절 했던 말 또 하고, 했던 말 또 하고.. 내가 만약 당신 엄말 만난다면 뭐라고 하고 싶은지 알아. 증거물을 주면서.. 이제 날.. 불안해하지 않고, 편하게 믿어두 돼요, 그 말을 하고 싶어.

지 나   (맘 아픈, 눈물 나는)

강 칠   (맘 아픈, 일어나 지나 보며, 차분하다, 서서히 격앙되는) 덮는 건 쉬워. 벌써 형도 살았으니까. 공소시혼지, 뭔지 그것도 이미 지났을 테니까! 근데! 나도 한 번쯤은 당당하게 말하고 싶어. (버럭, 가슴을 치며, 눈물 나는) 나는 살인자가 아니다! 억울하다! 나한테 사과해! 나를 눈곱만큼 이라도 의심했던 사람들 싹 다 다 사과해! 윤미혜도, 정지나도 울 엄마 도, 국수도, 정이도 (버럭) 나한테 싹 다 사과해! (맘 아픈, 조금씩 격앙 되는) 덮어? 지난 일이니까? 당신은 그 일로 지금도 날 사랑하는 게 두 려운데, 왜 이게 지난 일이야?! 당신 아버지는 그 일로 아직도 화나 있 는데, 왜 이게 지난 일이야!

지 나   ...

강 칠   나한테 다신 말 걸지 마. 아는척도 하지 마. 내가 다시 당신을.. 만난다 면.. 그땐 안 보내. 보내줄 때 가. (하고, 걸어가는, 눈물 나는)

지나, 맘 아프게 울다, 차에 타는,

씬73.   지나의 차 안, 밤.

지나, 울다, 맘 잡고, 시동을 걸려는데, 손이 떨리는, 시동을 못 걸고, 눈물을 닦고, 다시 모질게 이를 앙다물고, 운전해 가는, 강칠을 스쳐 지 나가는, 두 사람 화면에 보이는,

씬74.   강칠 모의 집 근처, 밤.

강칠, 걸어가는,
그때, 전화 오는,

강 칠　　(전화기 보는, 지나다, 잠시 있다가, 받으며) 내 말이 말 같지 않아요? 내가 당신을 다시 만날 땐,

씬75.　작업실 안, 밤.

지 나　　(눈물 나는, 참고) 증거물 찾아요. 반드시.

씬76.　동네 일각, 밤.

강 칠　　…

씬77.　작업실 안, 밤.

지 나　　그리고, 내 엄마한테도 나한테도 당신을 의심했던 모든 사람들한테도 반드시 사과받아요.

씬78.　동네 일각, 밤.

강 칠　　(맘 아픈, 왈칵 눈물 나는, 옆의 벽에 기대는)

씬79.　작업실 안, 밤.

지 나　　그리고 지금은 나 보러 와요. 작업실이에요. 당신한테 모든 걸 사과하기 전에 내가 당신한테 헤어지자고 한 말.. 먼저 사과해야겠어. 기다릴게. (하고, 전화 끊고, 주변을 보다, 수납장을 열어보는)

씬80.　동네 일각, 밤.

강 칠　　(맘 아픈, 벅찬, 전화를 끊고, 돌아서는데)

누군가, 강칠의 뒷덜미를 잡고, 순간적으로 그대로 밀어, 벽에 강칠의

얼굴을 처박는,

씬81.   작업실 안, 밤.

지나, 수납장을 열어, 포장지를 꺼내 보는, 그리고, 침대맡에 앉아, 엄
마의 글씨에 손을 대보는, 그리고 냄새를 맡아보는, 눈가는 그렇해도,
울지 않는,

씬82.   동네 일각, 밤.

남자, 쉴 틈 없이 계속하는, 강칠, 피가 범벅이 되고, 강칠, 그 와중에
정신 차려, 남자의 멱살을 잡아, 벽에 밀치고, 강칠, 민식인 걸 확인하
고, 놀라는,

민 식   (강칠 얼굴에 침을 뱉고) 간만이다.
강 칠   (피를 흘리며, 숨을 몰아쉬고, 자기 배 쪽을 보면, 총이 겨눠진, 멍한,
         다시 민식을 보면)
민 식   (강칠을 보며, 숨을 고르고) 너랑 나랑 다시 만나지 말았어야 하는데,
         그지?

강칠, 멍하게, 민식을 보는 데서 엔딩.

제 12 부

그와 그녀의 심장 박동 소리 *Padam Padam…*

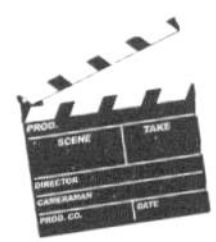

씬1.　　동네 일각, 밤(11부, 엔딩쯤).

　　　　민식(민식의 얼굴은 안 보이는), 강칠의 뒷덜미를 잡고, 벽에 강칠의 얼굴을 수차례 계속 처박는,

씬2.　　작업실 안, 밤.

　　　　지나, 수납장을 열어, 포장지를 꺼내 보는, 그리고, 침대맡에 앉아, 엄마의 글씨에 손을 대보는, 그리고 냄새를 맡아보는, 눈가는 그렁해도, 울지 않는,

정 이　　(E) 왜 물구나물 서?

씬3.　　학교 운동장(혹은 공원), 밤.

　　　　국수, 물구나무서서 생각이 많은,
　　　　정이, 국수를 보고 한쪽에 앉아 말하는,

국 수　　난 천사가 아니라, 박쥘지도 모르니까.
정 이　　(어이없는) ?
국 수　　(참담한, 화난) 혹시 아냐, 이러고 날이 새고 밤이 새고 있다 봄 다시 날개가 돋을지. 넌 도서관 안 가?

정 이   (속상한, 답답한) 삼촌 지금 울 아빠가,

국 수   (화나고, 답답한) 고만 해라.

정 이   나도 고만 하고 싶어, 근데 지금 울 아빠가 아빠란 확실한 증거가 없잖아.

국 수   (어이없게 보며) 아빠랑 아들 사이에 무슨 증거가 필요해! 성깔 닮고,
         생긴 거 닮고, 니 엄마랑 잤고, 그럼 끝이지, 자식아!

정 이   (지지 않고, 보며) 엄마한테 남자 사진이 두 장이 있었어. 하난 아빠고,

국 수   하난 남이고!

정 이   (답답한, 보며) 그 사람이.. 아빠면?

국 수   (바로 앉으며, 버럭) 그럼 유전자 검산지 뭔지 하든가! 할머니가 그렇게
         잘해주고, 니 아빠도 뭐 그렇게 잘해주는 건 없지만, 암튼... 너는 나쁜
         새끼야! 사춘기도 아니고, 털 날 데 다 나가지고 애처럼 징징대긴, (칠
         듯이) 콱!

정 이   (속상해, 일어나며) 나도 답답하니까, 하는 말이잖아! 아무것도 확실한
         게 없잖아! 내가 이런 말 삼촌한테 안 함 누구한테 해! (하고, 가는)

국 수   (보고, 화나는) 왜 다리 밑에 가냐? 그래, 가봐라, 혹시 아냐, 거기 니 아
         빠가 떼거지로 있을지?! 너는 남자도 아냐, 새끼야! 기집애도 아니고 계
         속 징징징.. 젖 달라는 것도 아니고... 뭐야. (하고, 다시 물구나물 서다
         가, 놀라는)

* 플래시백, 환상 》
총구를 겨눈 사람이 보이고, 순간적으로 하얗게 반사되어 안 보였던 얼
굴이 민식으로 부각되어 보이는,

* 현실 》

국 수   (놀라고, 두려운, 작게 궁시렁) 지, 지나 누나.. 아빠..다. (벌떡 일어나
         가는)

씬4.   거리, 밤.

국수, 마구 뛰어와 앞에 가는 정이를 보며,

국 수   야, 야, 나와, 나와, 니 아빠 죽어! (하며, 정일 치고, 마구 달리는) 나와!
정 이   (국수 보고, 놀라, 뛰어가는) 무슨 말이야! 삼촌! 같이 가!

씬5.   동네 일각, 밤.

남자, 쉴 틈 없이 계속 치는, 강칠, 피가 범벅이 되고, 강칠, 그 와중에
정신 차려, 남자의 멱살을 잡아, 벽에 밀치고, 강칠, 민식인 걸 확인하
고, 놀라는,

민 식   (강칠 얼굴에 침을 뱉고) 간만이다.
강 칠   (피를 흘리며, 숨을 몰아쉬고, 자기 배 쪽을 보면, 총이 겨눠진, 멍한,
        다시 민식을 두렵게 보면)
민 식   (강칠을 보며, 숨을 고르고) 너랑 나랑 다시 만나지 말았어야 하는데,
        그지?
강 칠   (정신없고, 놀란 표정으로 민식을 보는)
민 식   통영에 왜 왔냐? 나 죽이러 왔냐? 용학이 저렇게 된 것도 니 짓이지?
강 칠   그런 거 아, 아닙니(다),

민식, 총부리로 강칠의 얼굴을 치고,
강칠, 무릎을 꿇으면, 다시 발로 얼굴을 걷어차며,

민 식   내가 너 같은 놈 한두 번 상대하는 줄 아냐?! 이 개새끼야! (하고, 때리
        고, 다시 발로 얼굴을 밟으며) 니 손에 죽을 거면 지금껏 살지도 않았
        어! 여기서 내가 너 같은 놈 죽여도, 아무도 몰라, 이 버러지만도 못한
        새끼야!

* 점프컷 >>
국수, 정이, 뛰어오다, 그 모습을 보고,

정 이   (놀라고, 두려운) 삼촌....
국 수   (화난, 복수심에 떨며, 주변에 쓰레기봉투 쌓아놓은 데를 보고, 서둘러

뒤지다, 무기가 될 게 없어, 쓰레기봉투 두 개를 들고) 야, 이 쌍! (하고,
뛰어가 민식을 쓰레기봉투로 치고, 쓰레기봉투 터지고)

민 식   (돌아보면)

국수, 주먹ㅇ로 민식을 치려 하면,
민식, 피하고, 국수를 강칠처럼 잡아서, 벽에 그대로, 얼굴을 몇 번씩
박게 하는,

정 이   (놀라, 울상이 돼선, 한쪽의 각목을 보고, 뛰어가 집어들고선, 강칠 쪽
         으로 뛰어가며) 그만 해!
강 칠   (누워, 소리치는) 정이야, 오지 마!
정 이   (오다, 각목 든 채 멈추는)
강 칠   (누워, 힘들어하며) 정이 너 가! 여기 오지 마, 아빠 괜찮아! 집에 가!
민 식   (국수를 바닥에 밀치고, 정이 쪽 한 번 보고, 강칠에게 와서, 숨을 몰아
         쉬고, 답답한) 너, 여기 이 동네 무조건 떠나. 무조건. 고향이 여기든,
         니 에미가 여깃든.. 먹고사는 게 어쨌든... 무조건. 만약 다시 보면 너
         나한테 죽는다. (하고, 침을 뱉고 가는)
강 칠   (맘 아프게 민식을 보는) ...
국 수   (피가 나도, 민식 보며, 소리치는) 우리가 왜 떠나?! 우리가 뭘 잘못해서
         여길 떠나! 내가 힘이 없어 당신한테 맞은 줄 알어?! 영감탱이라 봐준
         거야, 쌍! 내가 당신 다시 만남 그땐 얄짤 없어, 안 봐줄 거야! 알았어?!
정 이   (각목 놓고, 누워있는 강칠에게 와, 무릎 꿇고, 맘 아픈, 걱정스런) 아빠..
강 칠   (멍하고, 아픈, 맘 아픈) ... 괜찮아, 괜찮아..

씬6.   영철의 집 안, 밤.

영철, 걱정스레, 그러나 차분한,

영 철   누구한테? ..알았어, 국수 씨, 일단 와, 내 오피스텔 어딘지 알지, 그래.
         (하고, 전화 끊고, 뭔가 준비하려고 일어나는)

씬7.   작업실 안, 밤.

지나, 한쪽으로 가서 형광등을 켜면, 작은 무대처럼 만들어진 곳에 동네가 예쁘게 목각이 되어 전시되어있는(지나와 강칠이 다녔던 곳이 예쁘게 미니어처로 만들어진), 따뜻한 맘이 든다. 가방에서, 강칠이 만들어 준 사람 (강칠, 지나를 닮은) 목각과 땡이 목각 등을 꺼내, 길 위에 놓는, 편안한, 그러다 시계를 보는 10시 50분이 다 된, 왜 안 오나 싶은,

씬8.   영철의 오피스텔 입구, 밤.

강칠, 가슴 밑이 아픈지, 불편해하며 영철의 집에서 나오고, 정이 따라 나오며 말하는,

정 이   (화나고, 속상해, 버럭 소리치는) 그 사람 누구예요? 아빠 친 사람 그 사람 누구냐고?! 왜 사람을 쳐?! 왜?! 사고 쳤어요? 깡패질했어? 그래서, 그 사람이 친 거야?

강 칠   (보며) 집에 가. 아빠, 국수 삼촌 약 사오면, 치료받고 갈 테니까, 넌 가.

정 이   말해요, 아빠가 잘못한 거면 내가 지금 경찰서에 아빠를 꼰지를 거고, 그 사람이 무고한 사람 친 거면, 내가 가서 줘팰 거니까!

강 칠   (아파도, 웃는) 지금 내가 니 아빠라고 걱정하냐?

정 이   (진지한) 말해요, 죄졌어요?

강 칠   (보는) ..

정 이   죄졌냐구!

강 칠   (보며) 니가 보고 배울까 봐 죄 안 져. 빵에서 나오곤 하늘을 우러러 잘못한 일 없어. (답답한, 진지한) 그 양반하고 나하고 오해가 있어. 풀 거야. 할머니한텐 국수 삼촌이랑 술 마신다, 그래. 잔소리 그만하고 가. (하고, 가는)

정 이   (속상해 보다가, 문자 오고, 문자를 보면)

이 석   (E) 정이야, 나 이석이다. 목요일 부산 터미널 쪽에서 6시에 보자.

정 이   (답답한, 가려는데)

국 수   (약봉지를 들고 들어서며) 뭐야, 너? 가?

정 이   (서둘러 핸드폰 넣고) 아빠가 가래. (하고 가려는데)
국 수   정이야, 니 아빠 지나 누나 못 만나게 해.
정 이   ?
국 수   오늘 니 아빠 친 인간, 지나 누나 아빠야! 알어? (하고, 가는데, 전화가
        오는, 반으며) 왜요?
정 이   ?!

씬9.   영철의 오피스텔 엘리베이터 안, 밤.

        국수, 전화하고 있는,

국 수   (짜증스런) 왜 밤늦게 전화예요? 둘이 헤어진 거 아냐? 헤어졌음 끝난
        거지, 애들 장난해? (사이) 뭐, 형을.. 만나기로 했다고?.. (답답한, 한숨
        쉬고, 단호한, 민식 때문에 지나가 경계되고, 싫은) 형.. 못 가요.. 디지
        게 누구한테 좀 맞았거든. (하고, 엘리베이터 서면, 나가는)

씬10.   작업실 안, 밤.

지 나   (걱정스런, 진지한, 차분한) 무슨 말이에요, 그게? 1시간 전에도 나랑
        통화했는데.. 많이.. 다쳤어요?

씬11.   영철의 오피스텔 복도 일각, 밤.

국 수   (화난, 진지한) 많이 다쳤음 내가 그 인간이 누구든 잡아 족치지, 그냥
        놔뒀을 거 같애?!
지 나   (E) 국수 씨, 강칠 씨, 바꿔줘요.
국 수   지금 주둥이 터져, 말할 상황 아니거든요.

씬12.   작업실 안, 밤.

지 나   (단호한, 진지한) 어딨어요? ..전화도 못 받을 만큼이면, 심각한 건데,

내가 갈게요, 거기 어디예요?

씬13.   영철의 오피스텔 복도 일각, 밤.

국 수   (작심한, 화나는 맘 감추고) ..내 생각엔 안 보는 게 좋을 거 같은데...
뭐 굳이 오겠다면야... 여기, 김샘 집입니다. (하고, 전화를 끊고 가며,
화난) 지 아빠가 사람 반 죽게 팬 꼴을 굳이 보겠다면야, 보여주지, 까
짓 것!

씬14.   작업실 근처 일각, 밤.

지나, 서둘러, 자기 차로 와, 문을 여는데, 전화벨이 울리고, 전화 보면,
민식이다, 지나, 전화를 다시 가방에 넣고, 차를 몰아 가는,

씬15.   도로 + 민식의 달리는 차 안, 밤.

민식, 스피커폰으로 지나에게 전화를 계속하다, 걱정스러워, 전화 끄
고, 차를 유턴해 돌아가는,

씬16.   영철의 집 화장실, 밤.

강칠, 세수하다가, 수도꼭지 잠그고, 출입구에 서있는 국수 보며,

강 칠   뭐?
국 수   (화난, 가라앉은) 정지나랑 헤어져, 죽고 싶지 않음. 아까 내가 말했지,
총 쏜 사람 지나 누나 아빠라고.. 더 가지 말고 둘 다 여기서 끝내.
강 칠   (답답한, 한숨 쉬고, 수건으로 얼굴 닦으며) 내 일은 내가 알아서 해.
국 수   (가만 보며) 형이 못 끝냄 정지나가 끝내는 수밖에, 여기로 정지나 오기
로 했어. 설마 그 꼬라지 보고도 형을 만난다 소린 못 하겠지. (하고, 나
가려 하면)
강 칠   (화나, 멱살 잡고 국수 보며) 너 지나 씨한테 정형사님 얘기 했어, 안

　　　　　　했어?

국 수　　(멱살 풀고, 담담히) 나 그 영감탱이 고소할 거야. (하고, 나가는)
강 칠　　(화나, 수건 아무 데나 던지고, 문을 열고 나가는)

씨17.　　영철의 집 안. 밤.

　　　　　　영철, 드레싱 준비를 하기 위해 반창고를 만지는,
　　　　　　국수, 앉아서, 얼굴에 얼음찜질을 하고 있는,
　　　　　　강칠, 욕실에서 나와, 옷을 입으며,

강 칠　　(화를 참으며) 내 전화기 내놔.
국 수　　(주며) 배터리 갔어. 왜 지나 누나 오지 말라게?
강 칠　　(전화기 받아서, 주머니에 넣으며, 화나 보며) 너 한마디만 더 해. (하
　　　　고, 영철의 집 전화로 전화하고, 신호음 소리 듣는데, 갑자기 먹통이 되
　　　　는, 국수 보면)
국 수　　(어느새, 전화기 코드를 뽑고, 앉으며, 영철에게) 김샘, 맞은 거 고소할
　　　　람 어딜 찾아가야 돼? 경철서야, 아님 변호사 사무실이야?
영 철　　(무슨 말인지 모르겠는) 무슨 소리야?
국 수　　(영철 보며) 지나 누나 아빠가 우리 팬 거야, 그래서 고소할라고, 내가.
강 칠　　(벌떡 일어나, 국수의 멱살을 잡고, 한쪽으로 밀며, 버럭) 너 진짜 왜
　　　　그래!
국 수　　(화난, 진지한, 가라앉은) 김샘한테 치료나 받어, 동네 소문 무서워 딴
　　　　병원도 못 가면서..
영 철　　(일어나, 걱정스런, 강칠 보며) 양강칠, 얘 무슨 말이야? 지나 아버님이
　　　　랑 니들 무슨 일 있었던 거야?
국 수　　(영철 쪽으로 고개 돌리며, 말하려 하는) 자세히 말해줘, 뭔 일이 있었
　　　　는지?

　　　　　　강칠, 국수의 멱살을 잡고, ‘너 나와!’ 하는데,
　　　　　　국수, 화나, 멱살 풀고, 머리로 강칠의 배를 그대로 들이박는,
　　　　　　강칠, 벽 쪽으로 나가떨어지며, 가슴 아파하는(벽에 기댄 상태가 된),

영 철 (국수의 가슴을 손으로 밀며) 야! 너 뭐야!

국 수 (영철의 팔을 잡아, 밀치고, 강칠 보며, 화난, 버럭) 기집애 땜에, 뒤질 거야?!

강 칠 (아픈) 고만 해. (벽에 기대 고개 숙이고, 땀 나고, 가슴이 아픈)

국 수 (버럭) 그 인간이 너두 나두 죽일 거야! 오늘 그 인간이 총 든 거 너두 봤지?! 너 기집애한테 환장했어?! 사랑도 쌍 적당히 하는 거지, 죽을 게 뻔한데 그게 뭐라고 목숨을 걸어, 쌍!

영 철 (강칠 보며, 이상한, 강칠 앞에 앉아) 너 왜 그래?

국 수 (아랑곳없이, 진지한) 너, 내가 분명히 말해, 지나 그 기집애랑 안 헤어짐 너 죽고 나 죽고 다 죽어, 알아, 등신아! (하고, 나가는)

강 칠 (아픈) ...

영 철 (이상한, 강칠 앞에 쭈그려 앉으며) 양강칠, 너 괜찮아, 양강칠!

강 칠 (아픈 거 참고) 전화해서, 지나 씨, 오지 말라 그래.

씬18. 영철의 집 안, 밤.

강칠, 베란다 난간에 기대서서, 힘이 들지만, 애써 참고, 숨을 고르는, 숨을 크게 들이쉬었다 내쉬었다 하는, 영철, 그런 강칠에게 반창고를 붙여주는,

영 철 지나가 전활 안 받네. 근데, 정말 국수 말대로 아버지가 총 들었어, 니들한테?

강 칠 그냥 욱하신 거야.

영 철 (답답한) 가슴은?

강 칠 (힘들지만, 짐짓 아무렇지 않게) 국수 자식 머리통이 돌덩이야. 괜찮아. 이제.

그때, 초인종 소리 나는,

강 칠 (답답한) 지나 씨한텐 말하지 마라, 아버님 얘기,

영 철 니들 잘 안 되길 빌고 비는 내가, 그걸 말할 거 같냐? 괜히 울고불고하

다 별거 아닌 사랑이 뜨겁게 달아오르게! 너나 말해서, 동정 사지 마.
(하고, 나가는)

강 칠   (아프지만 웃고) 싸가지 없는 것도 도움이 될 때가 있네. 맘에 든다, 너?
(하고, 자기 옷을 들어, 땀을 닦고, 베란다 의자에 앉아, 짐짓 안 아픈척
하는)

씬19.   영철의 오피스텔 복도, 밤.

영철, 문 열며, 지나 보고, 속상한, 말없이, 그냥 엘리베이터로 가는,
지나, 미안하게 영철 보고, 들어가는,
영철, 엘리베이터에서 버튼 누르고, 답답한,

씬20.   영철의 집 베란다, 밤.

지나, 속상하고, 맘 아프게 앉아, 한숨 쉬며, 머리를 쓸어올리는,
강칠, 아픈 거 참고, 내색하지 않으려, 어색하고 미안하게 웃으며,

강 칠   그게 .. 나도 안 싸울려고 했는데.. 여자가 안 된다는데, 남자가 자꾸 키슬
하려고 해서, 전번 날 지나 씨가 그랬잖아요. 여자가 안 된다 그러면, 안
되는 거라고.. 그래서, 남자한테 그 말 하니까, 다짜고짜... 막 주먹을..
지 나   (답답한) 상처 좀 봐요.
강 칠   괜찮은데..
지 나   (어느새, 강칠의 반창고를 뜯어서 관찰하듯 보고, 걱정되고, 답답한, 작
게 한숨 쉬고) 상처가 오래가겠다. 약 좀 덧발라요. (하고, 일어나려는데)
강 칠   (지나의 손을 잡고, 손을 가만 만지며, 손을 보며) 됐어요.
지 나   (속상한, 달래는) 담엔 그런 일 있으면 끼어들지 말고, 그냥 전화해요,
경찰에. 쌈 났으니, 오라고.
강 칠   네. (하고, 고개 끄덕이며, 손을 가만 보며, 맘이 아픈)
지 나   (차분히) 그리고.. 사과할게요, 헤어지자고 한 말은.
강 칠   (맘 아픈, 참고, 지나 보며) 지금이라도.. 가요.
지 나   (맘 아픈, 눈가 붉은, 서운한) ?!

강 칠   (보며, 맘 아픈, 진지한) 싫어서, 지나 씨가 나한테 잘못해서, 그러는 거
         아니에요. 잘못한 건 사과받음 그뿐이고, 난 한 번 좋았는데, 상대가 뭐
         잘못해서 싫어지고 그런 거 몰라.. 한 번 좋음 쭉 좋아.

지 나   (맘 아프게 보며) 근데, 왜.. 가래요?

강 칠   (맘 아픈) 다시 만나면 이젠 지나 씨가 간대도 내가 안 보낼 거니까.. 나
         는 꼴통이라, 한 번 그런다고 하면 (가슴이 아픈 걸, 참는, 맘 아픈 것까
         지 겹친, 말에 힘이 들어가는, 진지한) 정말.. 그러는 놈이니까. 지금이
         라도, 혹시, 나랑 끝까지 가는 게 안 되겠다 싶으면 가는 게 좋을 거예
         요. 그런데 다시 만나자고 해놓고, 저번처럼 또다시 날 버리겠다고 하
         고, 떠나겠다고 하면,

지 나   (맘 아프게, 눈가 붉어 보는) ..

강 칠   (맘 아픈, 그러나 단호하고 진지한) 그땐 내가 정말 많이.. 윤미혜 씨,
         당신 엄마를 떠나보낼 때보다 더 많이.. 아플 거예요... 아버지도 생각
         해얄 거예요.

지 나   ...

강 칠   피해 갈 수 없어. 감정적으로, 그냥 나한테 왔다간 당신도 나도 분명히
         상처받,

지 나   (눈물 그렁해, 입을 맞추는)

지나, 강칠, 울면서, 입을 맞추는,

강 칠   (더 깊게 입을 안 맞추고, 지나의 얼굴을 잡아서, 입을 떼고, 맘 아프게
         보며) 겁 없는 아가씨?

지 나   (보면)

강 칠   (맘 아픈, 진심인) 한 번만 더 물어, 당신이 지금이라도 나를 떠난다면,
         오늘 이렇게 와줬으니까.. 나는.... 이걸로 됐다, 그렇게 생각할게. 오해
         안 하고, 상처 안 받고, 이해할 수 있어, 난,

지 나   (말이 끝남과 동시에, 강칠의 얼굴을 잡고, 더 깊게 입을 맞추는)

강 칠   (맘 아픈, 지나를 안아, 무릎에 앉히고, 깊게 입을 맞추는)

씬21.   지나의 방 안, 밤.

민 식   (전화하는, 의심스런) 지나가 왜 너네 집에 있어? 너 거짓말하는 거 아냐?

씬22.   공원, 밤.

영 철   (전화하는, 순간 머리 굴리고) 거짓말은 무슨... 지금 지나, 화장실 갔어
         요. (사이, 차분한) 바로 나옴 집으로 돌려보낼게. 끊어요. (하고, 전화
         끊고 다시 전화하는, 사이) ..지나야, 아버지 지금 동물병원에 있대. 빨
         리 집에 가. 안 그럼 아버지 성질에 우리 집 온다. (하고, 끊고, 일어나
         가는)

씬23.   영철의 집 앞, 밤.

         지나, 가방 들고 나오고,
         강칠(아픈 것 참고, 땀이 난), 배웅하는,
         지나, 보며,

지 나   아빠만 아님 같이 있을 건데.. 전화할게요.
강 칠   (불쑥 입을 맞추고, 보는데, 맘이 짠한)
지 나   가서 누워요, 땀이 많이 나.
강 칠   당분간 우리 동네서 만나지 말아요.
지 나   ?
강 칠   그리고 만약 아버지가 아니, 아버지든 누구든 날 만나냐 그럼 아니라고
         해요. 내가 증거물을 찾아서, 오해를 풀 때까진. 절대 우리 만나는 거
         말하지 말아요, 약속해요, 그런다고?
지 나   (맘 아픈, 고개 끄덕이는)
강 칠   그리고, 증거물은 내가 알아서 할 테니까, 지나 씬 그 일에 신경 쓰지
         말기. 그냥 나랑 있는 이 순간만 생각하기, 알았죠?
지 나   네.
강 칠   그럼 지나 씨, 동물원 오는 날 동물원에서 봐요. 가.
지 나   또 봐요. (하고, 가는)
강 칠   (보다가, 갑자기 너무 아픈, 문을 닫는)

지 나   (뒤돌아, 강칠을 보려다, 문만 보고, 가는)

씬24.   영철의 거실 안, 밤.

영철, 들어와 웃옷 벗고, 주변을 보며, 강칠 찾지만, 없는, 그러다, 느낌
이 이상해, 베란다로 가면,
강칠, 고통스럽게 몸을 뒤틀고 있는, 영철, 놀라, 강칠에게 가서, 강칠
잡고,

영 철   양강칠, 너 왜 그래? 양강칠, 양강칠!

씬25.   효숙의 국숫집, 밤.

효숙, 테이블에 국수를 놓고,
국수, 그런 효숙을 뚫어져라 보는,
효숙, 다른 손님에게 국수를 가져다주며, 생글생글 웃으며 '맛있게 드
이소' 하고, 국수에게는 와서,

효 숙   가라, 닌. 장사 끝났다. (하고, 가려는데)
국 수   (팔목 잡으며, 진지한) 한 번만 하자.
효 숙   (보는데, 속상한) ?!
국 수   한 번만 하자고, 뽀뽀.
효 숙   (속상한, 팔을 뿌리치고, 옆의 건장한 남자들에게 국수를 놓으며) 아재.
         (턱으로 국수 가리키며, 진지하게) 쟈, 반만 죽여주소.
남 자   (웃으며) 와?
효 숙   아 덱고 혼자 산다꼬 날 간 보고 자꾸 내 주둥일 달라네. 저 자슥이.
남자들   뭐?! (하고, 국수를 험악하게 보는)
국 수   (남자들 보고, 조금 주눅 든, 효숙 보고 서운한, 일어나 가는) 에우!

씬26.   강칠 모의 방 안, 아침.

국수, 울상이 돼선 옷의 등짝 쪽만 벗어서, 한쪽 거울에 등을 대보는,
아무런 날개의 흔적도 없는,
강칠 모, 밥을 먹으며 그런 국수를 어이없게 보며,

강칠 모   (어이없는) 뭘 찾는나고?

국 수   날개.

강칠 모   (어이없는) 니가 닭이야, 병아리야, 꿩이야, 날갤 찾게?!

국 수   (벽에 기대앉는)

강칠 모   잠도 안 자고, 밥도 안 처먹고, 일도 안 가고, 뭐하는 짓이야, 대체, 진짜로?

국 수   (보며, 화난) 엄마가 뭔 상관인데? 효숙이 누나 하나랑 나 열을 줘도 안 바꾼다며? 왜 내가 잠 안 자고, 밥 안 먹고, 일 안 나감 돈 못 벌까 봐?

강칠 모   (어이없는, 입안 가득 밥 넣고) 지랄 염병, 굿을 하네! 내가 니가 돈 벌어다 줘, 여적 먹고살았나? 이 썩어 문드러질 놈아! 콱 그냥 미싱으로 주둥일 박아버릴까 보다.

국 수   (서운하게 보며) 엄만 내가 싫지?

강칠 모   (보며) 좋을 게 뭐 있어? (밥 먹으며) 내 자식도 구찮아, 죽겠구만, 남의 자식까지 내가.. 삼시 세 때 밥해 먹이고.. 빤스 빨래까지 해대고.... 에 우, 뭔누무 팔자가 이런 개 팔자가 다 있는지.. 아들 하나 있는 건 뻑함 외박질에 술 처먹고 얼굴은 시멘트에 왜 갈어? 감방서 나온 지 얼마 됐 다고, (국수 보며) 뭘 그렇게 멀뚱히 앉았어, 일 가지!

국 수   (서운한, 눈가 붉어) 그러는 거 아니다. 형도 엄마도 그러는 거 아냐?

강칠 모   (보며) 에베베베.. 왜 눈알은 벌게서 그래?

국 수   나는 형도 친형처럼, 엄마도 친엄마처럼, 정이도 진짜 조카처럼 생각했 는데, 이 집에선 내가 찬밥이고, 객식구야! 좋아, 다 필요 없어, 나 서울 갈 거야, 그런 줄 알어. (하고, 나가는)

강칠 모   (어이없게 보며) 갈 때 가더라도 밥이나 먹고 가! 국수야!

씬27.   영철의 집 거실 + 주방, 아침.

영철, 침실에서 나와, 거실 한쪽 보면, 강칠이 자던 자리의 이불이 개어

져있는, 강칠이 어디 갔나 싶은데, 부엌에서 소리 나, 보면, 강칠이 밥
하는 중이다.

강 칠　(영철 보며) 치료비 대신 밥을 했는데, 맛은 모르겠다.

영 철　(걱정스럽고, 의심스런, 단순히 맞아서 아픈 것 같지 않은) 양강칠.. 너
　　　어제 아픈 거 정말 국수 때문이야?

강 칠　그렇다니까.

영 철　(조심스런) 항암 치료 받고 있냐?

강 칠　1차 치료받았어. (보고 웃으며) 너 자가 치료란 말 들어봤냐? 나 치료한
　　　의사가.. 난 불사신이래. 간 이식받을 정도의 상태에서, 몇 달 만에 암
　　　세포가 콩알만 해졌대, 이런 경우가 종종 있다며? 웃기지? (하고, 밥을
　　　푸는)

영 철　(답답한) 아버지한테 맞았다고 해서 좋지 않은 감정 갖지 마. 나라도 너
　　　패. 곱게 곱게 애지중지하며 키운 딸을 너 같은 양아치가 넘보는데 가
　　　만있겠냐? 맞을만해, 너.

강 칠　(맘 아프게 밥 푸다가, 보며, 진지한) 김영철. 나도 그렇게 생각해, 난
　　　맞을만하다고. 그러니까, 넌 지나 씨나 이런 상황 알게 하지 마, 지나
　　　씨 아버님한테도 암말 말고.

영 철　(보며) 지나랑 헤어져. 고집 피지 말고!

강 칠　아니, 난 한번 가볼라고.

영 철　(보며) 뭘 가봐?

강 칠　(맘 아픈) 지나 씨랑... 한번 끝까지...

영 철　(안된, 속상한) ?

강 칠　(서글픈, 애써 웃으려 하지만 안 되는) 나.. 이런 사랑.. 첨이다. (하고,
　　　옷 들고 나가려는데)

영 철　(답답한, 진지한, 강칠 걱정도 하는) 웃기고 있네, 양아치 새끼가.. 무
　　　슨... 사랑은. 난 너 싫어, 재수 없고, 뻔뻔해서.

강 칠　(보면)

영 철　내가 너랑 말 주고받는다고, 어제 지나 만나게 자리 비켜줬다고, 내가
　　　너랑 지나 만나는 걸 혹시라도 용인한다고, 오해하지 마!

강 칠　(안 보고, 나가며) 걱정 마, 오해 안 해!

영 철   (답답하게 강칠 보다가, 답답하고 속상한, 방으로 가며) 아버지도 미쳤
         어, 진짜! 사람한테 총을 들고! (들어가, 문 쾅 닫는)

씬28.   동물병원 안, 낮.

         지나, 약장을 정리하며,

지 나   아빠 일 안 가?
민 식   (담담히, 빤히 지나를 보며) 유학 갈람 가라니까, 왜 말을 듣는 둥 마는
         둥 해, 너 유학 가고 싶어했잖아.
지 나   (주변 정리하며, 대수롭지 않게) 동물원 스터디가 12월까지야. 그거 끝
         나고 생각해보게.
민 식   (관찰하듯 보며) 다른 이유 때문에 그런 건 아니고?
지 나   (일하며, 무슨 말인지 모르겠는, 웃음 띤) 다른 이유가 뭐가 있어.. (아
         차 싶은, 민식 보며) 아, 아빠. 물론 아빠도 있지. (일하는)
민 식   (생각 많은, 강칠과 사귀는 건 아닌가 보다 싶은)

         그때, 영철 와서, 민식 보고, 화나, 말없이, 수의복으로 갈아입는,
         지나, 영철 조금은 불안하게 보는,

씬29.   동물원 일각, 낮.

         강칠, 일을 하는데, 국수, 걸어와 강칠 보면,

강 칠   (국수 보고, 답답한, 일하며) 김반장님 다녀가셨어, 여기 너 없는 거 보
         고, 왜 일을 이 따위로 하냐고, 이래서 일 어떻게 할 거냐고, 전과자들
         티 내냐고 그러시드라. (일만 하며, 한숨 쉬고) 국수야, 우리 양아치처
         럼 살지 말자, 어?
국 수   (속상한) 너는 내가 양아치 짓 하는 거로밖에 안 보여? 내 예지력은 단
         한 번도 틀린 적이 없어. (격앙된) 지나 누나 아버지 정형사가 이번엔
         형 널 죽일 거라고, 주먹으로 때리고, 발로 짓밟는 정도가 아니라, 이번

엔 총으로 널 죽일 거라고, 알아들어, 이 등신아!

강 칠 (두렵지만, 일만 하는, 답답하고, 속상한)

국 수 (속상하지만, 단호한) 선택해, 나야, 정지나야.

강 칠 (순간 욱해서, 일거릴 팽개치고, 국수를 보는데, 맘 아픈)

국 수 (눈가 붉어져, 서운한, 비아냥) 정지나..구나.. 어, 그래.. 그럼 난 없어
도 되겠네. 여기서 너랑 굿바이다 이 새끼야. (하고, 화나 걸어가는)

강 칠 (가는 국수 보다, 일하려다가, 다시 보며, 속상한) 너 어디 가!

국 수 (안 보고) 버스 타고 집에 갈 거다, 왜!

강 칠 (답답하게 가는 국수를 보다, 전화를 하는)

효 숙 (E) 뭐야, 넌?

강 칠 (답답한, 미안한) 미안한데, 부탁 하나 할라고. (하는데, 가슴이 아픈지,
가슴을 만지고, 힘든, 티 안 내려 애쓰는) 효숙아, 너 국수 좀 말려주라.
국수, 서울 간댄다.

씬30. 효숙의 국숫집, 낮.

효 숙 (어이없는) 꼴값 떠네. (하고, 전화를 끊고, 일하다, 전화하는) 니 어데야?

씬31. 학교 운동장, 낮.

정이, 가방 들고 나가는,
민희, 애들하고 놀다 정이 보며,

민 희 정이야, 너 야자 안 해? 어디 가?

정 이 (가고)

유 진 (농구하다, 그런 정이를 질투 나게 보는)

짱구, 차로 정이를 쫓아가는,

씬32. 우사, 낮.

지나, 영철 예방 접종을 하며, 주인에게 말하는,

지 나   (걱정하며) 외국 다녀오셨으면 신고하셔야 하는데, 신고하셨어요? 소
독은요?

주 인   (웃으며) 요즘 컴퓨터 좋대. 내가 축산 관계자로 등록이 돼서 공항서 바
로 간편하게 소독해주대. (하고, 가는)

지 나   (웃으며, 일하는데)

영 철   (답답한) 양강칠이랑, 너 정말 끝까지 갈 거야?

지 나   (일만 하는)

영 철   아버지한테도 말 못 하는 남잘 왜 만나? 아버지 놔두고 언제까지 몰래
사랑이 될 거 같애, 말도 안 되는 짓을 하고 있어, 자식이. (하고, 가는)

지 나   (일만 하는)

* 점프컷 〉〉

멀찍이, 민식, 생각 많게 땡이를 만지며, 서있는,
영철, 장갑을 벗으며, 민식의 옆에 와서 앉으며,

영 철   월차까지 내가면서, 딸 뒤꽁무니나 쫓아다니고, 아버지 지나가 딸이야,
마누라야?

민 식   ?

영 철   (답답해, 조금 격앙된) 지나 나이가 서른이에요! 지 일은 지가 알아서
할 나이라고? 지나 아버지 생각보다 똑똑하다고?!

민 식   (어이없는) 누가 뭐래?

영 철   아버지 되게 이상한 거 모르죠? 아무리 아버지 맘에 안 들어도, 어떻게
사람을... (아차 싶은, 지나에게) 지나야, 끝났음 가자! (하고, 차로 가는)

민 식   (무슨 말인가 싶은, 잘 모르겠는) ?

씬33.   민식의 집 안, 밤.

배식, 민식의 집을 조심스레 뒤져선, 스크랩북의 민호 사건을 보는,

씬34.　찬걸의 사무실 안, 밤.

찬걸, 심각하게 '어, 어' 하며 전화를 받는 모습이 보이는,

씬35.　도로, 건널목, 밤.

국수, 한쪽에 서서 효숙을 기다리는, 그러다, 건널목에 멈춰 선 차를 보고, 가려 하면, 정이가 이석의 차를 타려는 게 보이는,

국 수　야, 임정!
정 이　(국수를 못 보고, 그냥 차에 타는, 차 가고)
국 수　(정이가 탄 차 보고) 뭐야, 저 찬.

씬36.　달리는 이석의 차 안, 밤.

이 석　(웃으며) 엄말 많이 닮았다? 척 봐도 알겠는데?
정 이　(창가만 보며, 어색한) 어디 가요?
이 석　어디 갈까?

씬37.　동네 일각, 밤.

강칠 모, 물건 담긴 리어카 끌고 가고,
분희, 빈 리어카 끌고 뒤따라가며,

분 희　(강칠 모 보며) 아고, 아줌씨 생선이 한 상자네.. 안됐다, 수레 가득 물간 생선 싣고...
강칠 모　남 신경 쓰지 말고 너나 잘 살어.
분 희　(웃으며) 내야 잘 살지.. 참 근데, 동네 소문이 자자하대, 효숙이가 강칠이 말고 국수랑 꿍짝 맞아, 아파트 드나들고, 그런다꼬?
강칠 모　(가는) ...
분 희　(웃으며) 아이고, 내 보기엔 강칠이나 국수나 개나 소난데, 그 외중에

고른다꼬 애쓴다, 기집아. 그래, 남자가 좋나.

강 칠 모   (멈춰서, 째려보면)
분 희   (한쪽 보며, 반갑게) 아이고, 정샘, 김샘, 집에 가나.
강 칠 모   (보면)

영철의 차 멈추고, 민식, 영철, 지나, 나오는 게 보이는,

분 희   아이고, 정샘 아부지 오싰네, 안녕하십니꺼, 정샘 아부지?
민 식   (아랑곳 않고, 강칠 모 앞을 스쳐 지나가는, 강칠 모의 존재를 모르는)
영 철   장사 끝나시고, 가시나 봐요. 담에 뵐게요. (하고, 가면서, 강칠 모에게
        눈인사하는)
강 칠 모   (지나를 슬쩍 보는)
지 나   (어색하게 두사람에게 인사하고 가는)
분 희   아이고, 곱다, 우리 며느리하면 좋겠구마는. (하고, 가다, 이상해, 강칠
        모 보면)
강 칠 모   (가는 지나를 보는)
분 희   뭣을 그리 봐요, 집에 가지?

씬38.   한적한 거리(혹은 바닷가), 밤.

국수, 효숙 걸어가는, 말없이 둘 다 시큰둥한,

효 숙   (걷다 멈춰 서며, 눈 감고, 국수 앞에서) 해라. (하고, 입 내미는)
국 수   (조금 어색하게 효숙 보고, 주변을 살피는)
효 숙   (눈 감고, 자조적으로) 내 주둥인 동네 주둥이고.. 뭐 아낐다가 저승 가
        쓸 것도 아이고.. 내 팔자에 연애하고, 사랑받고, 가슴 설레게 키스하는
        건 언감생심이고... 드런 누무 팔자.
국 수   (아랑곳없이 주변 보고, 조심스레 입술을 대려는데)
효 숙   (서글픈, 눈 뜨고, 진지한) 국수야, 내가.. 그리 재수 없고 못났나?
국 수   (멈추고, 보면) ?
효 숙   내는 열두 살에 아빠 잃고 그때부터 우울증 앓는 엄마 대신해가 살림하

고, 동네 밭일 논일 품앗이 나가 돈 벌었다. 그래가, 간신히 고등학교 마치고, 공장 가, 남편 만나, 아 낳고, 무지기 맞고 살다, 이혼하고,

국 수　(미안한) 그런 얘기 나중에 함 안 돼, 지금은 입 맞추고?

효 숙　내... 산전수전 다 겪은 년이다. 근데, 그런 년한테도 순정은 있다. 내, 니가 쪼매 좋은갑다. 니 봄 쫌 설렌다. 우리 사귐 안 되나? 니 아나? 내 이제 서른 좀 넘었다, 근데 사랑 한 번 몬 해보고... 이렇게 몸 갖고 이용이나 당하고,

국 수　이용이 아니라, 누난 지금 천사한테 날개를 주는 거라고, 위대한 허, 헌신, 그래, 헌신이라고 이건.

효 숙　(속상한, 눈가 붉어) 니 내한테 입 맞춤 진짜 실수하는 기다! 그래도 하고 잡음 (다시 눈 감고) 해라. 미친놈아.

국 수　(미안하고, 속상한) 누나, 나는..

효 숙　낸 노리개다. 괜않다. 해라.

국 수　(속상하고 화나는, 효숙의 입술에 입을 대려다가, 못 하겠는) 에우, 진짜! (하고, 가다, 돌아서며, 속상한) 나도 누나 봄 조금은 가슴이 뛰어, 알어! 근데 난 인간이 아니라, 이런 기분이 별로라고! 알어? (하고, 가는)

효 숙　(국수를 보는) 무슨.. 소리야, 저게 다..

국 수　(속상한, 가는)

씬39.　동물원 일각, 밤.

강칠, 힘들게 일을 하는,
인부들, 가며,

인부들　퇴근 안 해?

강 칠　(일하며) 먼저 가세요?!

인부들　짝이 없어, 고생이네. (하고, 가는)

강 칠　(일하는)

씬40.　지나의 집 안, 밤.

민식, 영철, 지나, 밥을 먹는, 그때, 초인종 소리 나고,
지나, 인터폰 보면, 강칠 모 서있는,
지나, 민식을 의식하고, 인터폰 받으며,

지 나   안녕하세요.

강칠 모   (어색하게 웃으며) 정샘, 나... 좀 볼 수 없나?

지 나   곧 나갈게요. (하고, 인터폰 끊는데, 맘이 무거운) 환자 좀 보고 올게
           요. (하고, 나가는)

민 식   (이상한, 밥을 먹는)

씬41. 동물병원 안, 밤.

           강칠 모, 앉아있고,
           지나, 차를 준비하는,

강칠 모   (의자에 앉아, 어색하고, 초라한 웃음 짓고, 주변 보며) 아이고, 병원 안
           이 아주 근사하게 됐네, 우리 강칠이가.. 재주가 좋네. 진짜로..

지 나   (차를 가져와 주고, 맞은편에 앉는)

강칠 모   아이고, 무슨 차를 준다고.. 내 호강하네, 정샘 같은 사람한테 차를 다
           얻어 마시고.. (하고, 후후 불어, 먹다) 앗 뜨거라..

지 나   (어색하게 웃으며) 천천히 드세요.

강칠 모   (웃고) 내가 성질이 급해서.. (하고, 지나 보며) 내가 왜 왔는지 궁금하
           지, 정샘.

지 나   (어려운, 어색하게 웃으며) 네..

강칠 모   (어색하게 웃으며) 그게 내가 여 온 건, 아무래도 내가 정샘한테 미안하
           다고 말을 해얄 거 같아서.

지 나   ?

강칠 모   (어색한 웃음 짓고) 우리 강칠이가 그러는데.. 그놈이 정샘을 좋아한다
           고... 카든데, 정샘도 그거 아나?

지 나   (어색한, 어려운) 아.. 네..

강칠 모   (어색하고, 미안한 웃음 짓고) 아이고, 미친놈 말도 안 되게... 언감생심

지랄을 하지. 그 말 듣고 놀랐지, 정샘?

지 나   (미안하고, 난감한) 아, 아니..요.

강칠 모   걔가 머리가 모질라진 않은데.. 정샘도 알겠지만, 오래 빵간서 살다 보
         니, 뭘 몰라서.. 여자랑 남자면 다 연애가 되는 줄 알고... 근데, 정샘이
         걔 싫다 캤다며?

지 나   저, 그게 그런 게 아니라,

강칠 모   잘했다고,

지 나   ?

강칠 모   (어색하고, 미안한 웃음 짓고, 따뜻하게) 나는 정샘이 강칠이한테 그렇
         게 딱 잘라 싫다 그런 거 잘했다꼬, 그 말 할라꼬, 그렇게 딱 잘라 말해
         야 그놈이 알아듣지, 못 알아 처먹는다고.. 그 말 할라꼬..

지 나   (눈가 붉어지는, 강칠 모의 초라함이 맘 아픈)

강칠 모   애가 어제 안 들어왔는데, 술 먹고, 누구랑 시비가 붙었다고... 내가 이
         말 하는 건 그놈이 그러든지 말든지, 정샘은 신경 쓰지 말고, 그렇게 성
         질남 개차반이니까, 앗 뜨거라 하고, 무조건 보면 아는척도 말라고...

지 나   (머릴 쓸어올리고, 시선 피하는, 난감하고 미안한)

강칠 모   참.. (하고, 신문지로 싼 생선을 꺼내, 테이블에 놔주며) 이거 자반인데,
         물이 좋아서...

지 나   (자반을 가만 보는, 맘 아픈)

강칠 모   강칠이 일은 개한테 물렸다 생각하고.. 잊고.. 나는 그놈 효숙이나 효숙
         이 비슷한 애 골라 짝 지울라고 하니까.. 신경쓰지 말고.. (하고, 지나
         손 잡는)

지 나   (맘 아픈, 강칠 모 보는)

강칠 모   내 부탁해, 정샘. 그놈이랑은 이제 말도 섞지 마. (하고, 손 놓으며, 어
         색한 웃음 지으며) 아이고, 비린내 나겠다. 집 들어가 손 씻고. (하고,
         일어나면)

지 나   (일어나고)

강칠 모   나오지 마. 나 혼자 가. 내가 나가면서 문 닫을게. 앉어, 앉어. (하고,
         가는)

지 나   (가는 강칠 모 보고, 도로 자리에 앉으며, 자반 보며, 생각 많은, 맘 아픈)

씬42.   커피숍 안, 밤.

        정이, 이석 차를 마시는,

이 석   (따뜻한) 두 달간 서울이랑 지방 몇 군데 특강이 있어서.. 넌 전공은 뭐
        할 건지 생각해봤니?
정 이   과학자가 꿈인데,
이 석   과학자?
정 이   의대 갈까도 싶고..
이 석   의학도 과학이니까, 뭐 크게 다르진 않네, 내가 하는 연구가 신약 개발
        이거든, 근데 왜?
정 이   돈 잘 버니까.
이 석   (웃고) 의댄 돈 보고 가는 거 반댄데, 의댈 갈려면, 돈보다 생명이 우선
        이 돼야 될 거 같은데. (하고, 차를 마시고, 조심스레) 아빠하곤.. 사이
        가 어떠니?
정 이   뭐 만난 지 얼마 안 돼서.. 그래도 나쁜 편은 아니에요. (웃음 띤, 편하게)
        아빠가 철이 없어서 그렇지, 재밌어요. (보며) 미국에선.. 혼자 사세요?
이 석   아니, 아내하고 열 살, 열여덟 살 아들 둘하고.
정 이   ?!

씬43.   커피숍 밖, 밤.

        정이, 걸어가는,
        이석, 뛰어와 팔 잡으며,

이 석   정이야.
정 이   (뿌리치고) 됐어요, 버스 타고 가면 돼요. 안 바래다 줘도 돼.
이 석   친자 확인하자.
정 이   (화난, 참고, 보며) 가만 보니까 되게 이기적인 분이시네요. 아내도 있
        고, 아들이 둘씩이나 있으면서, 그 사람들한테 미안하지도 않으세요?
이 석   아내하고, 아들하고 상의한 일이야.

정 이   (어이없는, 속상한) 그랬더니, 그러래요, 가족들이.. 야, 성격 좋다.. 근
         데, 난 싫어요. (하고, 가려 하면)

이 석   니 엄마하고, 죽기 전까지 가끔 연락을 했었어.

정 이   (멈춰 서서, 돌아보면) ?!

이 석   니 엄마가 널 내 아들이라고 한 적은 없지만, 느낌이 있어. 친자 확인
         해보자, 어, 정이야.

정 이   ?

씬44.   강칠 모의 방 안, 밤.

         강칠 모, 누워있고, 국수, 바지를 벗는,

강칠 모   빤스 쪼가리는 어디서 그런 별난 걸 사.

국 수   (안 보고, 자리에 누우며, 강칠 모 등지고) 말 걸지 마. 효숙이 누나 하
         나랑 나 열이랑도 안 바꾼단 말 내가 가슴에 새겼어. 서울 간달 때도 안
         잡고, 이제 엄마는 나한테 엄마도 아냐, 아줌마지.

강칠 모   그래라.

국 수   (서운한) 뭐?

강칠 모   말이야, 바른말이지, 내가 왜 니 엄마냐, 아줌마지.

국 수   (버럭) 진짜 말 그렇게 할 거야! 정떨어지게!

강칠 모   (천장 보고, 누우며) 나는 강칠이가 내 말고 다른 사람한테 엄마 엄마
         하는 거 싫다. 낳아준 엄마, 길러준 엄마가 엄마지, 왜 남이 엄마야. 하
         늘에서라도 니 엄마가 들음 그 말이 을매나 서운해. (사이, 문득) 아이
         고.. (하고, 일어나, 한쪽의 이불 들추고, 닭을 꺼내며) 이거 묵자. 니 좋
         아한다고 샀는데, 안 식었네, 아랫목에다 놔서.

국 수   내가 올 줄도 몰랐으면서 거짓말하지 마.

강칠 모   (닭살을 손으로 뜯으며) 니가 올 줄 왜 몰라, 알지.

국 수   어떻게 아냐?

강칠 모   (살을 국수 입에 넣어주며) 너두 내 나이 돼봐, 다 알지.

국 수   사과해.

강칠 모   어떻게 함 돼.

국 수   고개 숙이고 미안해, 그래.

강칠 모   (보다, 고개 숙이고) 미안해. (하고, 닭 주며) 됐지, 닭이나 처먹어.

국 수   (먹고) 아줌마 하기 싫어, 가짜라도 엄마 해, 그냥.

강칠 모   알았어, 처먹기나 해.

그때, 대문 열리며,

강 칠   (E) 엄마 나 왔어. (하고, 방문 여는)

국 수   (얼른 이불 속에 누워, 자는척하는)

강 칠   (국수 보며) ?

씬45.   강칠 모의 집 전경, 아침.

강칠 모   (E, 버럭) 내가 뭐 경우에 없는 짓을 해, 경우에 없는 짓을 하긴!

씬46.   강칠 모의 부엌, 아침.

강칠, 이를 닦다가, 들어와, 밥을 푸는 강칠 모에게 대드는,

강 칠   (거품을 튀기며, 소리치는) 엄마가 왜 정샘을 만나, 말을 걸어, 말을 걸길!

강칠 모   니가 정샘 때문에 속상해, 쌈질이나 해대고, 집에도 안 들어오니까, 그
          렇잖아! 너 같은 놈이, 여염집 귀한 처녈 넘보는데, 에미가 돼서 그럼
          그게 미안하지 안 미안할 거 같나? 내가 정샘 엄마면 닌 이눔아, 내한
          테 뼈도 못 추려! 어디서 지 주제도 모르고, 좋아한다 소릴 해. 어디서!
          언감생심.

국 수   (들어서며) 잘한다, 울 엄마!

강 칠   (화나, 보는) ?

국 수   뭘 봐, 엄마가 잘하는데. (하고, 상을 차리는)

강 칠   (속상한) 나 밥 안 먹어. (하고, 나가는)

강칠 모   아이고, 밥 먹는 게 뭔 유세라고, 뻑함 밥을 안 처먹는다고, 밥 처먹기
          싫음 말어라, 이눔아! 밥 안 처먹음 니 배고프지, 내 배고프냐. (하고,

밥 퍼놓은 걸 다시, 밥솥에 쏟고, 휘휘 젓는)

씬47.　강칠 모의 방 안, 아침.

정이, 국수, 밥을 먹고 있는.

국 수　(밥 먹는 정이 꼬나보며) 너 사진 속 남자 만났지? 왜, 그 사람이 아빨
　　　까 봐?
정 이　(보는) ?
국 수　너는 의리라곤 눈곱만큼도 없는 새끼야.

그때, 강칠 모, 물그릇 들고 들어와, 앉으면,

국 수　(정이만 보며, 입 모양으로, 작게) 나쁜 놈.
정 이　(속상한, 밥 먹는)

씬48.　동물원 일각, 낮.

강칠, 답답한, 일하는,
국수, 한쪽에 앉아, 비아냥대는,

국 수　거봐, 엄마도 반대지. 다 반대야, 둘이 만나는 건.
강 칠　(화난, 일하며) 주둥이 닫어라.
국 수　(화난, 비웃음 짓고) 펠 기세다! (하고, 한숨 쉬고) 왜 한번 붙을래? 붙자
　　　그럼?
강 칠　(화나, 연장 내팽개치며) 너, 따라와, 새끼야. (하고, 가는)
국 수　(일어나 가며, 목을 꺾어, 소리 내고, 주먹을 손바닥에 치며) 누가 붙자
　　　면 겁날까 봐?

씬49.　들판 같은 곳(한적한), 낮.

강칠, 화나 걸어가는,
국수, 비아냥 섞인 웃음 지으며,

국 수   야, 진짜 붙자네, 여자가 무섭다, 동생 칠라고 일하다 말고, 뛰쳐나오고,
강 칠   (놀아보며, 화난, 버럭) 너 왜 그래?!
국 수   싸울람 확실히 싸워.. (하며, 웃옷을 벗으며) 말은 쌩! (하고, 강칠에게
         옷을 집어 던지고, 몸으로 강칠을 밀어, 넘어뜨리는)

두 사람, 엎치락뒤치락하는,
강칠이 두어 대 때리면, 다시 국수가 강칠을 때리고, 개싸움이 나는,
한참을 그러다, 국수, 눈가 그렁해, 강칠(맞아주는)을 깔고 앉아, 주먹
을 마구 날리다,

국 수   넌 왜 안 쳐?!
강 칠   (차분히, 보며) 더 쳐.
국 수   (맘 아프지만, 힘차게 때리는)
강 칠   (맞고, 보며) 더 쳐.
국 수   (화나, 눈가 그렁해, 두어 대 더 때리다가) 에으쌩! (하며, 옆에 눕는, 눈
         가 붉은)
강 칠   (국수 보며) 니가 어제 그랬지, 너냐, 정지나냐? 나는... 너냐, 나냐면,
         너야. 근데.. 너냐, 정지나냐 그러면 말 못 해. (국수 보며) 야, 새끼야,
         니가 내 동생이면 그런 질문은 하지 않아야지? 내가 너한테 나냐, 니
         엄마냐, 그럼 넌 뭐랄 건데?
국 수   (하늘 보며, 맘 아픈, 단호한) 엄마. (사이, 담담한, 진지한) 정지나랑 끝
         내. 이번이 내가 골백번 말했던 세 번째, 마지막 기적인 거 알어? 내 예
         지력이 피할 수 있는 건 피하라고, 미리 신호를 보내는 거라고. (보며,
         조금만 격앙된) 아무리 사랑이 좋아도, 이건 아냐! 니가 죽는다고, 형
         니가 죽는다고! 나는 울 엄마가 죽기 직전처럼, 중환자실에서 호스 꼽
         고, 내가 자기 막내아들인지 옆집 애새끼인지 못 알아보는 상태여도 지금
         살아만 있다면, 더 바랄 게 없어, 목숨 걸고 이건 아냐. 엄마 생각해.
강 칠   (국수 시선 피해, 하늘 보며) ..

국 수   (버럭) 죽고 싶어 환장하지 않았음 제발 그만 하라고!

강 칠   ... 나도 살라고 이러는 거야, 나는 지금 이게 사는 거 같아서.

국 수   ?

강 칠   (하늘만 보며, 먹먹한) 니가 지나 씨랑 헤어지지 말래도 우린 헤어지게 될 거야. 지나 씨 아버지가 날 죽여서든, 반대를 해서든. 우린 끝날 거야, 종국엔.

국 수   (보는) ?!

강 칠   (국수 보며, 눈가 붉은, 서글픈) 근데 국수야, 그럴 때 그러더라도, 나 가보게.. (하늘 보고) 아버지가 반대할 줄 뻔히 알면서.. 나 때문에 자기 엄마가 죽은 줄도 뻔히 알면서... 아무것도 없는 인간 대접 못 받는 양아치 새끼를, 게다가 암까지 걸린 놈을.. 증거물이 있는지 없는지도 모르면서, 그저 믿고.. 좋다고 하는... 지나 씨가.. 있는.. 이 순간이.. 그냥 아무 의미 없이 밥 주면 밥 먹고 해 뜨면 일하고, 해지면 자던 16년 감방 생활보다.. (맘 아픈, 눈물 흐르는) 이게 진짜 가슴이 콩닥콩닥하면서.. 살아있는 거 같아서.

국 수   (버럭, 악쓰는, 눈물 나는, 누운 채, 바닥을 두어 번 탁탁 치며) 아으쌩! (하고, 일어나 성큼성큼 가는)

강 칠   (일어나 가는 국수 보며) 가, 국수야! 니네 엄마도 니가 내 옆에 있어서 죽길 바라진 않을 거야, 그러니까, 가.

국 수   (성큼성큼 가다, 돌아서서, 다시 와 보며, 눈물 나는, 두렵지만, 참고 단호하게 말하는) 좋아, 좋다고, 가보자 어디! 어차피 여기서 형이랑 헤어지면 난 천사도 못 돼, 지가 수호해야 할 인간을 죽이고 수호천사가 되는 법은 없으니까! 그렇담, 천사도 못 되고 평생 덜떨어진 인간으로 사느니, 너 살리고 반드시 천사가 돼서, 엄마한테 갈 거야! 내가 너 살려 볼 거야. 끝까지. 대신.. (보며, 맘 아픈, 두려운, 울컥하는, 동생 같은) 내가 죽을 거 같으면, 형 니가 나, 형 니가 나 살려줘야 돼, 알았지?

강 칠   (맘 아픈, 눈물 나는, 서로 와락 안는) .. (사이, 눈물 참고, 차분한) 우리가 감방에서 힘들 때마다 죽고 싶을 때마다 한 말 잊지 않았지? (국수의 얼굴 두 손으로 잡고, 맘 아프지만, 단호히 말하는) 힘든 과거도 불안한 미래도 생각하지 말자.

국수, 강칠   (서로 보며, 맘 아픈) 우리에겐 오직, 이 순간만 있다. 내일은 내일,

오직 이 순간은.. 신나게! (하고, 맘 아프게, 서로 씩 웃고, 가는)

* 점프컷 〉〉
강칠, 국수 비장하게 웃으며 걸어가는, 느린 그림.

씬50. 민식의 집 안, 밤.

민식, 한쪽 의자에 앉아, 집 안에 난 발자국들과 어수선한 주변 상황을
심각하게 보는, 안형사, 전화하고 있다, 와서 옆에 앉으며,

안형사 족적 검사랑 지문 검사랑 한번 해보자구요. 수사반 사람들 곧 올 거예요.
민 식 (답답한) ..

씬51. 달리는 강칠의 트럭 안, 다른 날, 낮.

국 수 정말 증거물이 거깄는 거 확실해?
강 칠 용학이가 아버지 사진을 보낸 적이 있어.. 그때도 아버지 다리가 다쳤
다면서 아버지가 깁스한 사진을 보냈는데.. 아직까지 아버지가 깁슬 하
고 있는 게 이상해. 용학이가 고등학교 때려치고 접골원 다녔단 것도
생각이 나고.. 오늘 가서 확인해보면 알겠지?

씬52. 병원 일각, 낮.

용학 부(깁스한), 강칠 벤치에 앉아있는, 강칠, 용학 부의 깁스한 다릴
보는,

용학 부 (강칠이 건네주는 봉투를 받아, 열어보면, 돈이 보이는, 미안하게 강칠
보는)
강 칠 (용학 부의 다리를 보다가, 용학 부 보며) 아버지 깁스가 오래가네요?
용학 부 (조금 어색한) 안 낫네, 잘.
강 칠 (의심하는 눈빛으로) 그러게요, 날 때가 됐는데.. 용학인 의식 없죠, 아직?

용학 부 호흡기는 뗐어, 병실도 일반 병실로 옮기고.

강 칠 잘됐네요, 근데 병원비는 어떻게?

용학 부 검찰에서 대주대.

강 칠 (그렇구나 싶은) 나중에 또 올게요. (일어나면)

용학 부 강칠아, 증거물 있는 데.. 넌 알지?

강 칠 (보면) ?

용학 부 (보며) 용학이가 넌 알고 있다던데.. 알지? 근데 왜.. 안 찾아가?

강 칠 용학이 깨어나면 찾아갈게요. (하고, 가는)

용학 부 왜.. 지금 안 찾아가니?

강 칠 (돌아보며) 그게 용학이 목숨 줄이니까.. 어쩌면 아버님 목숨 줄도 되니
까요.... 잘 보관하고 계세요. (하고, 가는)

용학 부 돈 고맙다.

강 칠 (가는)

그때, 한쪽에서 그 모습을 보고 있던, 국수 나와, 강칠에게 주먹을 내밀
면, 강칠, 제 주먹으로 국수의 주먹을 치며,

강 칠 (앞만 보며) 맞는 거 같지?

국 수 확실히! 근데, 지나 누나 아빠한테 저 증거물을 어떻게 넘기지?

강 칠 정형사님은 안 돼. 잘못해, 다칠 수도 있어. 어떤 방법이 좋은지, 차근
차근 생각해보자.

국 수 좋아, 그러자. (하고는, 뭔가 이상해, 뒤돌면, 비상구 쪽의 느낌이 이상
한, 다시 가는)

* 점프컷 〉〉

비상구 쪽에서 짱구, 강칠과 국수 가는 것 보고, 앉아있는 용학 부를
보는,

* 점프컷 〉〉

국 수 (앞만 보고, 가며) 형, 하루 날 잡아, 용학이랑 용학이 아부지 다른 병원

으로 옮기자.

강 칠   (앞만 보고, 가며) 그지, 뭔가 찜찜하지?
국 수   어.

씬53.   비상구, 계단, 낮.

짱 구   (전화하는) 병원에 알아봤는데, 용학이 아버지 깁스는 병원에서 한 게
         아니랍니다. 아무래도 그 깁스, 용학이가 한 거 같습니다.

씬54.   찬걸의 사무실 안, 낮.

찬 걸   (자기도 답답한, 작심하고) 그랬겠네. 용학이가 접골원 다닌 적이 있거
         든. 아버지 모셔와. (하고, 전화를 끊는, F. O.)

씬55.   동물원 일각, 다른 날, 낮.

         국수, 일하고, 강칠, 소장에게 돈을 받고, 소장과 무슨 말을 하는, 어색
         한, 소장, 강칠의 팔을 쳐주며, 기분 좋게 가는, 강칠, 돈 봉투를 보며,
         이상한, 국수에게로 와, 국수 주는,

강 칠   이거 받아.
국 수   (일하다, 돈 봉투를 보는) 뭐야? (하고, 열어보고, 놀라는) 익! 이게 얼마
         야? (하고, 수표를 세보며) 와와?
강 칠   (웃음 띤) 갤러리 관장님이 말해서, 목각 몇 개 만들어줬는데, 갤러리에
         전시하고 싶다면서, 돈을 줬어.
국 수   뭐 갤러리? 그럼 형 이제 목수가 아니고, 목공예가가 되는 거야?
강 칠   (일하며, 어색한) 몰라. 소장님 말씀이 내가 한 목각을 사람들이 좋아
         한대.
국 수   거봐, 내가 형이 빵에서 나와 먹고살 거 걱정할 때 걱정 말랬지, 야, 엄
         마 좋아하시겠네. (하고, 일하는데)

음악 소리에 한쪽 보면,

밴드가 신나는 음악을 연주하고, 철호가 진영에게 무릎을 꿇고 반지를
주며 프러포즈를 하는, 지나와 주변의 동료들 박수를 치며, 좋아라 하
는 게 보이는,

철 호   나랑 결혼해줘라! 이진영!

주변 사람들   결혼해, 결혼해, 결혼해! (하며, 박수 치며, 장단 맞추고)

진 영   (뻐기듯, 좋은, 반지함 보며) 그래볼까.. (하며, 좋아서) 악! (하고, 소리
          치고, 철호의 입 맞추고) 야, 이거 얼마야, 얼마야, 다이아야, 다이아?

지 나   (진영을 보며, 좋고, 부러운) 야.. 너무하다.

진 영   (철호 얼굴 잡고) 말해봐 봐, 다이아야, 다이아?

철 호   다이아야.

진 영   악! (하고, 다시 철호의 입 맞추는)

지 나   (부러운, 그러다 강칠 쪽 보며, 웃고)

강 칠   (지나 보고, 철호 보며, 왠지 부러운, 일하면)

국 수   (일하며) 야, 어떻게 프로포즐 하는데 다이아냐, 소리가 나와? 뭐 다이아
          아니고 금이면 프로포즈 안 받게. 형, 우리가 빵에 있는 사이에 세상 여
          자들이 다 그지가 된 거 같애.. 남자들한테 뭘 그리 달래는 게 많은지..

강 칠   (부러운) 줄 수 있어서 주면 좋지 뭐.

국 수   (수건으로 얼굴 닦으며) 그런가. 암튼, 형 우리 낼은 여기 일거리도 없
          는데, 용학이한테 가자. 내가 곰곰 생각해봤는데, 지금 용학이나 용학
          이 아버지 입장 생각할 때가 아냐. 누명 벗는 게 첫 번째지. 자칫하면
          지나 누나 놓쳐. 지나 누나 아버지가 통영 떠나랬다며. 빨리 증거물 안
          찾음 또 전번 같은 일 생겨. 알지?

강 칠   (지나 보며) 그러자.

국 수   생각 잘했어. (하고, 짐 들고, 일하러 가는)

강 칠   (일하며, 진영을 부럽게 웃는 얼굴로 보고, 지나를 보는)

씬56.   번화한 부산 시내, 밤.

          강칠, 지나, 모자 구경을 하는,

지나, 강칠에게 모자를 이것저것 씌워주다 다 맘에 안 드는지, 고갤 젓고,

강 칠   (모자 고르는 지나 보며) 정말, 다이아 받은 친구 안 부러웠어요?
지 나   (모자만 고르며) 전혀.
강 칠   거짓말, 부러웠을 거 같은데,
지 나   (모자를 씌워주며, 웃음 띤, 단호한) 아뇨. 그냥 다른 게 부러웠어요.
강 칠   뭐요?
지 나   (웃고, 다른 모자를 씌워주며, 담담하게) 많은 사람들 앞에서 이 사람을
         사랑한다고, 말하는 거. 그리고, 이 사람이 나한테 어떻게 어떻게 해주
         드라, 하고 자랑하는 거. 나도 자랑이 하고 싶더라구요, 그렇게. (다시
         모자를 고르며, 옆의 여자가 사는 모자를 보며) 저게 이쁜데.. 남자 친
         구 줄라고 사나 보다.
강 칠   (순간, 자기 모자를 벗어, 지나의 머리에 씌워, 휙 돌려, 지나가 자기를
         보게 하며, 편한) 난 뭐 자랑할 게 없잖아요. 근데.. 나에 대해 뭘 자랑
         하게?
지 나   (웃고) 자랑할 거 많거든요. (손가락으로 꼽으며) 절대 안 삐치지, 가르
         쳐주면 말 잘 듣지, 내가 좋아하는 동물들 같이 좋아해주지, 갤러리에
         목공예품을 전시할 만큼 능력 있지.
강 칠   (감격스런, 지나의 모자를 당겨, 입을 맞추고, 아무렇지 않게 옆에서 모
         자 고르는 여자에게) 저기 그 모자, 내 애인이 내가 그 모잘 쓰면 더 잘
         어울릴 거 같다는데, 나한테 그 모자 파시면 안 돼요? 나는 사실 그 모
         자가 그냥 그런데.. 내 애인이 내가 그걸 꼭 썼으면 해서.. 나라면 아주
         끔찍하게 생각해주고, 내가 하는 짓은 뭐든 잘했다 그래줘서, 내가 꼭
         그걸 써주고 싶은데,
지 나   (강칠 팔 잡으며) 그냥 가요.
강 칠   가만있어봐요. (하고, 여자 보며) 부탁합니다.
여 자   (둘을 번갈아 보고, 웃으며) 칠천 원에 산 건데, 만 원 주면 팔게요.
강 칠   (웃고, 돈 꺼내며) 이만 원 드릴게요.
지 나   (웃으며, 그런 강칠 보고)

씬57.   통영 일각, 밤.

영철, 민식 걸어가는,

영 철 왜 또 와요, 지나 보고 간 지 며칠이나 됐다고?
민 식 오늘은 지나 보러 온 거 아냐, 그냥 기분이 영 그래서 너랑 술이나 마실
       라고. 근데 술집이 어디가 좋은가?

그때, 분희, 리어카 끌고 가며,

분 희 아이고, 정형사님 요즘 자주 보네.
민 식 아 예.. (하고, 어색한 인사하는)
분 희 근데 와 정형사님은 딸년을 혼자 살게 해요, 세상 무서분데.
영 철 (웃으며) 왜 지나가 혼자예요, 제가 있는데?
분 희 아이고, 김샘 있음 뭐 하노, 정샘은 양강칠인데..
민 식 ?
영 철 (민식 눈치 보며) 아니, 아줌만 무슨 그런 소릴..
분 희 (민식에게) 내가 봤잖아, 전번에.. 암튼 과년한 딸년은 혼자 살게 하는
       기 아이라. (하고, 가는)
영 철 (가는 분희 보다, 말꼬리 돌리는) 술집이.. 괜찮은 술집이.. (하다, 민식
       시선 의식하고 보면)
민 식 (영철 보며, 짐작이 가는, 무섭게 보며) 너 뭐 하는 짓이야, 이 자식아.
영 철 (걱정스레 보면) 아버지,
민 식 (그냥 가는)
영 철 아버지!

씬58. 번화가, 밤.

강칠, 지나, 상자에 담긴 병아리를 구경하는,
지나, 병아리 만지며,

지 나 어머, 얘 넘 귀엽죠?
강 칠 (병아리가 싫은) 별로.

지 나   이게 왜 별로예요, 얼마나 이쁜데..

강 칠   난 다른 동물은 다 좋은데 조류는 별로, 특히 얘는 딱 질색이에요.. 어
         려서 형하고 나하고 닭한테 쪼여가지고 반 죽다 살아났어요. 진짜 무서
         워 얘들! 눈빛만 선하지, 아주 사람한테 달려들 때 보면, 뱀보다 더 무
         섭다니까, 지나 씨가 몰라 그러지?

지 나   설마.. 얘들이 얼마나 귀여운데, 여기 입 봐요, 되게 귀여워? (하고, 강
         칠에게 들이밀며) 봐요, 여기.

강 칠   (싫은, 피하며, 일어나) 어어어, 하지 마, 진짜 싫고 무섭다니까, 난?

지 나   재미없다, 난 얘 이쁜데.. (하다, 강칠 보며) 우리 얘 사서 키울까요? 둘
         이 같이?

강 칠   (싫은) 걜 왜 키워요? 난 아들 하나 있는 거 키우기도 벅찬데?

씬59.   동물병원 안, 밤.

        영철, 들어오며, 지나에게 전화를 하는지, 심각한,
        전원이 꺼져있단 음성 메시지가 나오는, 영철, 핸드폰을 팽개치며, 난
        감한,

씬60.   동네 일각, 밤.

        분희, 민식, 얘기하는, 국도로 가서 폐가가 있다는 얘기를 하는, 길을
        가르쳐주기 위해, 방향을 손짓하는,
        강칠 모, 리어카 끌고 가다, 두 사람 보는,
        민식, 가는,
        분희, 강칠 모 보고 집 방향으로 가는,
        강칠 모, 이상한, 가는 민식을 보는,

씬61.   작업실 안, 밤.

        강칠, 상자에서 병아리들을 풀어놓으면, 병아리들 노는, 지나, 야채를
        들고, 병아리들에게 주며,

강 칠   (쪼그리고 앉아, 병아리를 풀어놓으며) 구구구구..

지 나   그건.. 비둘기. 얘는 (병아리 보며) 삐약삐약..

강 칠   아.. 삐약삐약.. (하고, 웃고, 일어나, 커피를 타려다가, 한쪽 보면, 동네
          미니어처에 지나와 강칠 목각, 땡이 목각 등이 있는, 그걸 들어보고, 지
          나를 다시 보는)

씬62.   작업실에서 떨어진 도로, 밤.

          민식, 차를 세우고, 걸어가는, 그러다, 지나의 차 보고, 가슴이 쿵 떨어
          지는, 걸어가는,

씬63.   작업실 안, 밤.

          강칠, 지나에게서 등을 돌리고, 커피 타면서,

강 칠   (병아리 보는 지나를 힐끗 보고) 여길 갤러리로요? (하고, 고개 돌리고,
          커피를 타며) 에이 말도 안 돼, 여기에 무슨 갤러리를 만들어요, 누가
          온다고, 그냥 여긴 우리 둘이 있는 곳으로 해요, 우리 둘만 단둘이, (하
          고, 찻잔을 들고, 돌아서는데, 병아리가 얼굴 앞으로, 튀어오르는) 야야
          야! 저리 가, 저리! (하고, 도망가는)

지 나   (웃긴) 어머머, 정말 무서워하나 봐, 뭐예요, 얘네들 애들이야.

강 칠   (찻잔 놓고, 쿠션으로 막으며) 암튼 난 싫어, 애들 보내. 야야, 저리 가!
          (하며, 도망가다, 지나를 등 뒤에서 잡고, 방패 삼아, 병아릴 피하는)

지 나   어지러워요.

          두 사람, 그렇게 즐거운데, 카메라, 한쪽으로 가면,
          창가에서, 민식, 그런 두 사람을 보며, 가슴이 쿵 떨어지는 데서 엔딩.

제 13 부

그와 그녀의 심장 박동 소리 *Padam Padam…*

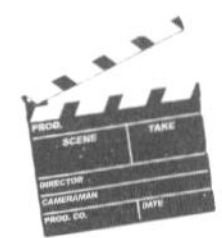

씬1.　　　작업실 안, 밤(12부, 엔딩 무렵).

지 나　(웃으며) 어머머, 정말 무서워하나 봐, 뭐예요, 얘네들 애들이야.
강 칠　(쿠션으로 막으며) 암튼 난 싫어요, 애들 보내. 야야, 저리 가! 엄마! 야,
　　　너 가! (하며, 도망가다, 지나를 등 뒤에서 잡고, 방패 삼아, 병아릴 피
　　　하는)

두 사람, 그렇게 즐거운데, 카메라, 한쪽으로 가면,

* 점프컷 〉〉
창가에서, 민식, 그런 두 사람을 보며, 가슴이 쿵 떨어지는데,
두 사람, 민식의 시선을 못 느끼는,
강칠, 지나 민식이 있는 것 모르고, 강칠, 여전히 지나를 방패 삼아서,
병아리들을 피해 뛰는,

지 나　(강칠이 웃긴) 어지러워, 애들이 강칠 씨, 어떻게 안 하니까, 그만 해요,
강 칠　장난 아니고, 진짜 난 애들이 싫다고요.. (하고, 지나를 번쩍 들어서, 침
　　　대 밖으로 나와, 지나를 빙빙 돌려, 방패 삼아, 병아릴 쫓는)

그때, 전화 오고,
강칠, 민식 쪽을 보는,

씬2.   작업실 밖, 밤.

민식, 순간 놀라, 숨어, 제 핸드폰 온 것을 눌러 끄는,

씬3.   동물병원 안, 밤.

영철, 서성이며, 다시 전화를 해보지만, 전원이 꺼져있는, 난감한, 다시
하는,

씬4.   작업실 밖, 밤.

민식, 몸을 숨긴 채, 가만있는, 전화벨이 계속 울리는,
창문 너머로, 강칠과 지나가 핸드폰을 찾는 게 보이는, 강칠, 자기 전화
를 찾으며 '전화가 어딨는 거야? (하다, 찾고) 여깄었네' 하고, 받으며,

강 칠   (E) 왜? 뭐, 게임? 얌마, 내가 니 아빠지, 니 친구냐?
민 식   (아빠란 말에 이상한) ?

씬5.   작업실 안, 밤.

강칠, 한쪽에 서서 정이의 전화를 받고 있고,
지나, 병아리를 작은 상자에 넣으며, 전화 내용을 듣는데, 강칠이 따뜻
하단 생각이 드는,

강 칠   (사이, 놀란) 뭐, 또 일 등 했어?
지 나   (강칠 옆에 서서, 전화기에 자기도 들으려는 듯, 귀를 대는)

씬6.   학교 복도, 밤.

정 이   (창밖으로, 이석을 보며, 맘이 불편하지만, 짐짓 담담히) 시험 봤다 함
         일 등이에요. 문제가 넘 쉬워. 용건은 무슨.. 아빠랑 게임하고 싶어서

전화했어요.

* 점프컷 〉〉
이석, 운동장, 한켠에서 정이를 기다리는,

씬7.　작업실 안, 밤.

강 칠　게임, 지금은 안 되는데..
지 나　(팔로 강칠을 툭 치며, 따뜻하게, 작게 말하는) 가요. 정이 서운하겠다. 아들이 일 등 하면 아빠가 상 주는 거예요, 원래.
강 칠　(지나랑 있고 싶지만, 참고, 전화하며) 알았어, 갈게. 근데 너 아빠가 혹시라도 져줄까 하는 기대는 갖지 마라. 승부는 승부야. (웃고) 그래 기다리고 있어. (하고, 전화 끊고, 지나 보는) ?
지 나　(강칠을 보며, 따뜻하게 웃고 있는)
강 칠　왜 그렇게 날 빤히 보며, 웃어요?

씬8.　학교 복도, 밤.

정이, 핸드폰 문자를 넣고, 이석을 보다, 돌아서는,

씬9.　학교 운동장, 밤.

이석, 문자를 보면,

정 이　(E) 오늘은 그냥 가세요, 아빠랑 약속이 있어요.
이 석　(참담한, 복도 쪽을 보면, 정이 가는 게 보이는)

씬10.　작업실 안, 밤.

강 칠　말해봐요, 왜 날 보고 웃었는지?
지 나　(안 보고, 맘 짠한) 그게.. 강칠 씨가, (보고, 작게 웃으며, 부럽고, 어색한) 진짜 아빠 같아서.

강 칠   (수줍고, 어색하게 웃으며) 진짜 아빠는 무슨.. 사실 아직 좀 어색해요,
       아빠란 말이 듣기도 낯간지럽고, 내 입으로 내가 아빠다 하기도 쑥스
       럽고..

지 나   (보며, 따뜻하게 웃으며) 잘하던데요, 뭘.

강 칠   연습한 결과예요. 정이 놈 덱고 올 때부터 밤마다 혼자 연습했어요. (여
       러 가지 톤으로 말하는) 아빠 아빠 아빠.. (쓸쓸하게 웃으며) 난 아버지
       랑 사이가 무척 안 좋았거든요.

지 나   (조심스런, 어렵게 말 꺼내는) 강칠 씨가 우리 아빠,

씬11.   작업실 밖, 밤.

민식, 참담한 더는 못 듣겠어서, 가려는데, 등 뒤에서 지나의 말소리가
들리는,

지 나   (맘 아픈, 애써 담담히, E) 미워하지 않았으면 해요.
민 식   (그 자리에 멈추는) ?!

씬12.   작업실 안, 밤.

지 나   (강칠을 못 보는 눈가 붉어지는)
강 칠   (안쓰레 보다가, 말하는) 내가.. 지나 씨 아빠를 왜.. 미워해요?
지 나   (못 보고, 맘 아픈, 눈가 그렁해) 강칠 씨 입장에선 미워할 수 있어요,
       이해해요. 그런데 나는.. 늘 나한테 당하는, 아빠가.. 많이 안쓰러워요..

씬13.   작업실 밖, 밤.

민식, 눈가 붉어져 작업실에서 등 돌린 채 가만있는,

씬14.   작업실 안, 밤.

강 칠   (안쓰레 보면) ..

지 나   (울지 않으려 애쓰며, 못 보고, 어렵게 말 꺼내는, 차분하게 말하려 하
        는) 엄마가.. 돌아가시던 날, 나한테 부탁했었어요. 변호사 만나러 같이
        가자고, 컨디션이 안 좋다고.

강 칠   (보면)

지 나   근데 안 갔어요. 엄마가 강칠 씨 일로 아빠랑 싸우는 게 싫기도 했고..
        친구들이랑 놀고 싶기도 했고..

강 칠   ..

지 나   (눈물 나지만, 참고, 병아리만 보며) 그래서 거짓말했어요, 도서관 간다
        고. 그리고 집에 엄마 없는지 아니까, 친구들하고 놀았어요. 엄마가 전
        화했었는데, (맘 아픈, 울지 않으려 애쓰는, 짐짓 차분히) 음악 틀어놓
        고, 노느라, 못 받았어요..

강 칠   (맘 아프게 보는) 어머니 돌아가셨단 소식은 누구한테 들었어요?

지 나   (강칠 안 보고, 눈물 닦으며, 맘 아픈 것 참고) 나중에.. 병원에서, 전화
        와서. 엄마가 돌아가시기 전까지 계속 날 찾았는데, 그래서 병원에서
        계속 전화했는데, 왜 안 받았냐고... 이 얘기 강칠 씨한테 첨 해요. 아빠
        한테도 할 수가 없었어요.

강 칠   (눈가 붉어 보면)

지 나   (눈물 나는, 맘 아픈, 강칠 보며) 엄마가 돌아가신 건 아빠 탓이라고 했
        어요, 그냥. 진짜는 나였으면서, 나는 빠지고. 다 아빠 탓이라고,

씬15.   작업실 앞, 밤.

        민식, 멍하니, 눈가 붉어져, 작업실을 등지고, 휘적휘적 내려가, 차를
        몰고 가는,

씬16.   작업실 안, 밤.

강 칠   (맘 아픈 지나의 뺨을 닦아주는)

지 나   (보며) 울 아빠 미워하지 말아요. 내가 충분히 상처 줬으니까, 강칠 씨는,

강 칠   (안아주는, 맘 아픈) 알았어요, 알았어. 그러니까, 울지 마, 쉬.. 쉬..

찬걸, 찬걸 부 앉아있는,

찬 걸   오용학 사건 제가 맡겠습니다. 분명히 양깅칠과 연관이 있을 겁니다.
         그러니까 주검사님이 오용학 사건에서 손을 떼게 도와주십시오.
찬걸 부   (맘 아픈) 널 도와주려는 거야. 니 힘으로 안 되니까, 주검사한테 도움
         을 청한 거고.
찬 걸   용학이 사건 제가 맡겠습니다.

그때, 문 열리고 주검사 들어오는,

주 검   (숨을 몰아쉬며 와서 앉아, 찬걸 부에게) 늦었습니다. 일이 좀 있어서.
찬걸 부   (자기의 핸드폰을 주검사에게 주는) 내 아들이 협박받은 내용들인데,
         자네가 이놈을 좀 구해주게.
주 검   (핸드폰을 보는, 그리고, 찬걸 부 보며) 네, 그러죠. (하고, 찬걸을 슬쩍
         보는)
찬 걸   (외면하는데, 난감한)

씬18.   도로, 밤.

지나, 차에 타고, 강칠, 차 밖에서 그런 지나를 배웅하는,

지 나   뭐가 그렇게 좋아요?
강 칠   (어색하게 웃으며, 지나를 보는) 그냥.. 꿈 같아요. 나 같은 놈이 일하는
         날이 있고, 노는 주말이 있고 그 주말에 뭐 하냐고, 일 없음 어디 같이
         가자고 하는 여자가 있는 게, 다 꿈 같애, 난.
지 나   (강칠의 머리카락을 만지고, 손 내리고, 다시 보며) 그거 알아요, 난 가
         끔 강칠 씨가 이 세상 사람이 아닌 거 같아요, 너무 순수해서,
강 칠   (따뜻하게 웃고) 아, 어른들이 이런 걸 두고 콩깍지가 씌었다 그러는구
         나. 근데 주말 여행 가면 우리.. 자고 와요?

지 나   (어이없게 웃으며) 진짜 이해 안 돼. 그런 얘길 어떻게 이렇게 뻔뻔하
       게.. 아들하고 재밌게 놀아요. (하고, 가는)
강 칠   (가는 지나를 보고, 한쪽에 세워진 트럭 쪽으로 가는)

씬19.   지나의 집 전경, 아침.

씬20.   지나의 거실, 아침.

         현관문을 따는 소리가 들리고, 지나, 화장실에서 머리에 수건을 두르고
         이를 닦으며 거실 쪽으로 나오며,

지 나   누구세요?
민 식   (들어오는)
지 나   아빠? 웬일이야, 이 새벽에?
민 식   (보는)
지 나   (걱정) 무슨 일.. 있어요?
민 식   (소파에 앉으며) 씻어.
지 나   그럼 잠깐 거실에 계세요. (하고, 방으로 들어가는)
민 식   (잠시 생각하다, 열린 지나의 방을 보고 들어가는)

씬21.   지나의 방 안, 아침.

         민식, 방으로 들어와 한쪽에 놓인, 지나 모 유품 상자를 여는, 그리곤,
         차분히 그 안의 것들을 보면, 윤미혜 것으로 보이는, 반지며, 목걸이 상
         자가 보이고, 민식, 그것을 보는데 맘이 아픈, 그러다, 양강칠의 자격증
         증서가 보이고, 편지가 보이는, 그리곤, 송영 변호사의 명함을 보는, 신
         경이 삐죽 서는, 그걸 보고, 전화를 하는,

송 영   (E) 여보세요?
민 식   (차분한, 막막한) 저는 윤미혜라는 사람 남편 됩니다. 최근에 혹시 제
       딸이 송영 변호사님을 만났나 해서, 전화드렸습니다.

송 영   (E, 조금 귀찮은) 아 네, 그게.. 만나서 제가 양강칠 씨, 자룔 드렸는데요.

민 식   자료...요? (하고, 상자를 뒤져보면, 사건 자료가 있는, 눈이 커지는, 가
        슴이 떨리는, 펴보는)

송 영   (E) 그때도 말씀드렸지만, 전 그 자료 외엔 달리 더 드릴 말씀이,

민 식   (전화를 끊고, 자료를 보는, 민호의 사진이며, 증거물 사진에 숨이 막힐
        듯한, 분노심에 눈이 그렁해지는)

        그런 얼굴 위로, 지나의 목소리가 들리는.

지 나   (뭔가 이상한, 긴장한 듯한) 아빠.. 여기서 뭐 해?

민 식   (담담히, 상자의 뚜껑을 닫고, 지나를 스쳐 나가는)

지 나   (가는 민식을 보다, 상자를 보는데, 심각해지는, 그리고 그 안을 보면,
        상자 안의 것들이 어질러진, 명함을 보고, 가슴이 쿵한, 상자를 다시 닫
        고, 한쪽에 놓고 나가는)

씬22.   지나의 거실, 아침.

지 나   (방에서 나와, 민식을 보며, 차분히) 내 방에서, 내 물건 뒤지는 일 다신
        하지 마, 아빠. 기분 별로 안 좋아.

민 식   (한쪽에 앉아, 고개 들어, 지나 보며) 얘기 좀 하자.

지 나   아침부터 수술 있어요, 나중에 해. (하고, 웃옷 걸치고, 나가는)

민 식   (가는 지나 보며, 생각 많은)

씬23.   지나의 동물병원 안, 낮.

        지나, 들어와 가운을 갈아입는데, 영철, 보며,

영 철   아버지 오셨니? 밖에 차 있던데?

지 나   (안 보고) 어.

영 철   (보며, 걱정스럽고, 답답한) 지나야.

지 나   (보면)

영 철   아버지가 너 양강칠이 만나는 거 아셨어.

지 나   (그 말에 순간 숨이 멎을 거 같은, 애써 그 감정 억누르고) 오빠, 수술
         준비하자. (하고, 수술실로 들어가는)

씬24.   수술실 안, 아침.

         지나, 세면대에서 손을 씻는데, 맘이 불안하고, 두려운,

씬25.   효숙의 집 안, 아침.

         효숙, 영자를 업고, 집안 곳곳에서 차 열쇠를 찾는,
         국수, 계란에 묻힌 빵을 구우며,

국 수   (토스트를 그릇에 담고, 냉장고에서 우유를 따르며) 영자 아빠가 재혼
         했단 말 듣고 싶어서, 지금 입이 그렇게 댓발인 거야? 그럼 뭐 영자 아
         빠도 젊은데 재혼해야지, 평생 누나만 보고 살까 봐? 혹시 누나 공주병
         이야? 누나는 강칠이 형, 나한테 틈만 나면 찝쩍댔으면서, 진짜 못돼
         처먹었다, 그렇게 안 봤는데?

효 숙   (차 키를 던져주고, 의자에 앉는) 차나 갖고 가뿌려.

국 수   (토스트와 우유 주며) 주방 보니까 밥 안 한 지 오래됐든데, 좀 먹어.

효 숙   (영자만 보며) 됐어.

국 수   아, 좀 먹어! 만든 사람 성일 생각해서.

효 숙   (토스트를 하나 먹으며) 됐나, 이제 가!

국 수   (속상한) 에으.. (하고, 한쪽에 놓인 키를 들고 가려다 효숙 보며) 나랑
         언제 영화 구경 가.

효 숙   (안 보고) 동정 따윈 필요 없어.

국 수   동정할 만큼 불쌍하지도 않거든?

효 숙   (토스트만 먹으며) 입술은 내 준다 캤지. 말만 해, 언제든.

국 수   입술은 누나가 진심으로 나한테 주고 싶을 때 줘.

효 숙   와?

국 수   내 맘이 그러래.

효 숙   ?!

국 수   지금 당장 내가 뭐 천사가 안 된다고 죽는 것도 아닌데.. 많이 먹어. (하고, 가는데 기분이 좋은)

효 숙   (멍한) 뭐래, 저게..

씬26.   강칠 모의 방 안, 아침.

         정이, 강칠, 밥 먹는,

강 칠   (눈치 보며) 야, 너 기집애처럼 삐쳤냐?

정 이   (먹기만 하는)

강 칠   얌마, 나는 니가 미성년잔 줄 깜박했지, 정말 PC방이 니들은 10시까진 줄 몰랐다고, 너 전번 전번 날은 거기서 밤샜잖아, 그래서 난 늦게 가도 되는 줄 알고,

         강칠 모, 물그릇을 들고 들어오는,

정 이   리어카 시장에 갖다줄게, 나와, 할머니. (하고, 가방 들고, 나가는)

강 칠   (문 쪽 보며) 자식, 진짜, 밴댕이 소갈머리같이,

강칠 모   (목에 두른, 수건으로 때리며) 그러게 애하고 한 약속을 왜 안 지켜!

강 칠   일이 있었다니까, 엄마는..

강칠 모   (강칠 보며) 니가 뭔 일이 있어! 나라 구해? 독립운동해?! 지랄.. 하는 짓마다 밉상이지. (하고, 나가는)

강 칠   (전화 오면 받으며, 밥 먹으며) 어, 지금 곧 나갈라고.. 쫌만 기다려.

씬27.   거리 일각, 아침.

         정이, 리어카를 몰고, 강칠 모, 뒤따라가며,

정 이   (화가 잔뜩 난, 신경이 자꾸 쓰이는) ...

강칠 모   너도 그렇다. 아빠가 일이 있어서 게임 나중에 하자, 그럼 네 그래야지,

뭘 그거 갖고 화를 내. 다 큰 놈이.

정 이   ..

강칠 모   쏘가지 못됐네, 진짜, 할미가 오냐오냐해 그래, 왜 그래? 참내, 일 같지
도 않은 일 갖고 괜시리 성을 내고.

정 이   (화나, 리어카를 탁 놓고, 뒤로 가는)

강칠 모   정이야.

뒤에서 이석의 차가 리어카를 따라오고 있는,
정이, 화나 그리로 가면,
이석, 차에서 나오는,

강칠 모   ?

정 이   (이석에게 화난, 버럭) 왜 자꾸 날 따라다녀요, 왜?!

이 석   얘기 좀 하자.

강칠 모   (옆에 와서) 누구.. (정이 보며) 누구야?

이 석   (인사하며) 전 정이 엄마랑 친구 되는 사람입니다. 말씀드리기 외람되
지만, 제가 정이의 생부일지도 몰라서,

정 이   (이석의 어깨를 쳐, 돌려세우며, 달려들듯, 눈가 붉어, 버럭) 지금 뭐 하
는 짓이에요!

강칠 모   (둘 다 왜 그런가 싶다) ?

씬28.   카페 앞, 낮.

이석, 앉아있고, 창밖으로 강칠 모와 정이가 보이는,
정이는 들어가지 말라고 소릴 치고, 강칠 모는 어서, 학교 가라 말하
고, 잡는 정이를 뿌리치며, 카페로 들어가는, 정이, 속상해, 둘을 보다
가 가고,
강칠 모, 이석 앞에 앉아, 이석을 보는,

씬29.   지나의 동물병원 수술실 안, 낮.

지나, 영철, 동물을 수술하는, 지나가 집도하는,

영 철　너 이제 어쩔 거야.
지 나　(수술만 하는) 말 시키지 마, 수술하잖아.
영 철　니 아비지 못 이겨, 부녀 사이 등질 거 아님, 여기서 끝내.
지 나　핀셋 좀 줘.
영 철　(주면)
지 나　(받아서, 일하는)

씬30.　지나의 집 안, 낮.

민식, 소파에 앉아 생각 많은,

국 수　(E) 형, 증거물 찾음 어쩔 거야?

씬31.　도로, 달리는 강칠(효숙의 것)의 차, 낮.

국 수　지나 누나 아빠한텐 안 준다며?
강 칠　(운전하는, 앞만 보며) 지나 씨 아버진 안 돼. 만약이라도 안 좋을 수
　　　　있어.
국 수　그럼 어떡할려고?
강 칠　지나 씨 엄마가 만났던 변호살 찾을 거야. 그 사람한텐 뭔가 항소할 단
　　　　서가 있을 거야.
국 수　공소시효 지난 사건도 항소가 돼?

씬32.　병원 주차장, 낮.

강칠의 차 서고,
강칠, 국수 내리는,

강 칠　(국수 보며) 증거물만 확실하면 돼. 옛날에 빵에 들어온 변호사가 그랬

어. 증거물만 있음 아무리 시간이 흘러도 재심받을 수 있다고. (하며,
병원 쪽으로 가려는데, 봉고차, 강칠 옆을 스쳐 지나가는)

* 점프컷 〉〉
봉고차, 배식이 운전하고, 짱구, 뒷좌석에서 발버둥치는 용학 부의 입
을 틀어막고 가는 게 보이는,

* 점프컷 〉〉

강 칠   (놀라, 낮게) 아버지...
국 수   뭐야? 왜 그래?
강 칠   (차를 향해, 뛰쳐가며) 국수야, 넌 병실로 가, 용학이 있나 봐!
국 수   (강칠에게 가려다, 뒤돌아서서, 병원으로 뛰어들어가는)

씬33.   병원 앞, 작은 도로, 낮.

강칠, 죽어라 봉고차를 쫓는, 배식, 운전하다, 옆에서 치고 나오는 차
때문에, 핸들을 꺾고, 강칠, 그 사이 죽어라 쫓아, 차 문을 여는데, 짱
구, 차를 타려는 강칠을 발로 미는,
강칠, 안 밀리고, 짱구의 멱살을 가까스로 잡는, 하지만 짱구의 발에 채
여 굴러떨어져 나뒹굴고,

씬34.   병원 일각, 낮.

국수, 병실에서 침대에 누운 용학이를 밀고 나와, 엘리베이터로 가는,
그때, 멀리 간호사, 가는 국수를 보며,

간호사   저기요, 환자를 어디로 데리고 가요?
국 수   (죽어라, 달리기만 하는) 우리 형이에요, 내가 알아서 할게요!
간호사   여보세요! (하고, 국수 쪽으로 가는)

* 점프컷 〉〉
엘리베이터 문 열리고, 주검사, 나와 병실로 가는데,
국수, 그 사이에 엘리베이터에 타는,
간호사, 국수 쪽으로 오며 '거기 서요!' 하는 소리에 주검사, 국수 쪽
보지만, 이미 국수, 엘리베이터 문을 닫는,
거의 동시에 주검사 엘리베이터 쪽으로 뛰어오며,

주검사   (닫히는, 엘리베이터 문을 두드리며) 야야야야!

          국수, 서둘러, 문을 닫고,

씬35.   병원 계단, 낮.

          주검사, 뛰어 내려가는,

씬36.   병원 현관, 엘리베이터 앞, 낮.

          국수, 용학을 업고, 뛰어나오고,

씬37.   주차장 + 차 안 + 병원 입구, 낮.

          강칠, 차를 몰아, 문 앞으로 가면, 국수, 용학을 업고 뛰어와 뒷좌석에
          타는데,
          주검사, 뛰쳐오며,

주검사   야, 너 누구야, 거기 서!

          국수, 놀라, 차 문 닫고, 강칠에게,

국 수   가! 형, 가!
강 칠   (기어를 움직여, 차를 출발시키는)

주검사, 가는 차를 탕탕 소리 나게 치다, 차가 가버리자, 그래도 포기 않고 달려가는,

주검사 야, 거기 서!

씬38. 공사장, 낮.

용학 부(의자에 앉은 채, 밧줄로 손이며 발목이 뒤로 묶이고, 재갈이 물린), 두려움에 땀을 흘리며, 발버둥치려 하지만 안 되는, 배식, 그런 용학 부를 잡고 있는,
짱구, 전기톱(석고를 자르는)을 작동해보는, 그러다, 전기톱의 시동이 걸리자, 그걸 들고 담담히 뒤돌아, 용학 부에게로 가는,

* 점프컷 〉〉
윙 하는 소리 (깁스를 자르는) 들리고, 용학 부, 두려움에 몸부림을 치지만, 소용없는,

씬39. 찬걸의 사무실 안, 낮.

찬걸, 참담하게 전화기를 놓는,

씬40. 한적한 도로, 낮.

배식의 차, 달려와 멈춰 서고, 차 문 열고 용학 부를 밀어버리고, 용학 부, 굴러떨어지는, 깁스가 풀린,

민 식 (E) 너 양강칠을 정말 몰라?

씬41. 동물병원 안, 낮.

지나, 수술하고, 맘이 무거운, 그러다 작심한 듯 차분한,

영철, 답답한, 수술하는,

민 식　(수술실 옆에 서서, 말하는) 아빠가 다시 물어, 너 양강칠이란 놈 정말
　　　　몰라?

지 나　(일만 하며, 차분히, 단호한) 지금 수술 중이에요. 수술 끝내고 말씀드
　　　　릴게요.

민 식　내가 벌써 몇 시간째 이러고 있는 줄 아냐?

영 철　아버지도 보다시피 오늘 수술이 많았잖아요. 지나가 수술 끝나면 말씀
　　　　드린다잖아요, 수술 중에 이러는 거 아니에요.

민 식　나도 일이 바빠, 대답만 해, 너 양강칠이 알어, 몰라?

영 철　(지나 보고, 답답한, 민식을 밀며) 아버지, 저 좀 봐요, 어서요! (하고,
　　　　민식을 밀고 나가는)

지 나　(수술만 하는)

씬42.　동물병원 안, 낮.

영철, 속상한 얼굴로 나와, 수술실과 멀리 떨어진 입구 쪽으로 나오고,
민식, 나오는,

영 철　(돌아보며, 속상한, 그닥 크지 않게) 아버지 대체 어디까지 아시고, 어
　　　　디까지 모르시는 거예요?

민 식　(보며, 차분히) 지나가 양강칠이 만나는 걸 넌 모른다고?

영 철　(버럭) 아버지가 이렇게 나오니까, 제가 말을 못 해요!

민 식　..

영 철　(지나가 들을까 싶어서, 수술실 쪽 보며, 목소리 낮춰) 양강칠이 아버지
　　　　가 팼죠? 지나가 누굴 만나든, 지나는 이제 성인이에요! 지 알아서 살
　　　　아도 법적으로 아무 문제 없는, 이제 서른이 넘어가는! 목수라서, 전과
　　　　자라서, 저도 아버지 싫어하실 거라고 예상은 했어요, 그렇다고 사람을
　　　　패요! 그것도 반 죽게! 제가 이런 말씀 드리기 뭐하지만, 이제야 지나가
　　　　왜 아버질 피해 그렇게 도망가고 싶어하는 줄 알겠어요, (맘 아픈) 이건
　　　　아니에요, 아버지!

민 식   (이상해, 수술실 쪽 보며) 수술 끝났냐?

영 철   (수술실 쪽 보면) ?

지 나   (눈가 붉지만, 차분히) 집으로 오세요. (하고, 집으로 가는)

민 식   (집으로 가려는데)

영 철   (팔 잡으며, 맘 아픈, 차분히) 아버지가 화를 내시면 내실수록 지나랑 양강칠인, 안 헤어져요. 시간 가면 끝날 사이예요. 참으세요, 네?

민 식   (담담히 팔을 빼고, 집으로 가는)

영 철   (한숨 쉬고, 가는 민식을 보는)

씬43.   지나의 집 안, 낮.

        지나, 차를 준비해서, 민식 앞에 놓고, 맞은편 자리에 앉는,

민 식   (지나를 빤히 보는)

지 나   (차를 마시는)

씬44.   요양원 병실, 해질녘.

        용학, 침대에 누워있는,

국 수   (E) 젠장, 어떻게 놈들이 알았지?

씬45.   요양원 일각, 밤.

        국수, 강칠 얘기하는,

국 수   형, 이제 어쩔 거야? 증거물은 날 샌 거 같은데?

강 칠   (골똘히 생각하는, 답답한, 국수 안 보고) 용학이 아버진 연락 없지?

국 수   없어. 살아나 계실지 모르겠어. (하고, 한숨 쉬고, 고개 틀다가)

용학 부   (지친, 휘적휘적 출입구를 들어오다, 쓰러지는)

국 수   아버지! (하고, 뛰어가는)

강 칠   (전화 오고, 받으며) 너 뭐야, 이 새끼야?!

씬46.   찬걸의 사무실, 밤.

찬 걸   (차분한) 증거물은 없어, ㄱ지?

씬47.   요양원, 밤.

강 칠   (화난, 가라앉은, 오기에 차) 증거물은 있어.. (하다가, 국수, 용학 부를
         한쪽으로 데리고 가는 걸 보는, 깁스는 풀린, 황당하고, 난감한, 어쩔
         줄을 모르겠지만, 차분히)
찬 걸   (E) 어디에, 아버지 깁스에?

씬48.   찬걸의 사무실 안, 밤.

찬 걸   (눈가 붉어지며) 나도 그런 줄 알았어, 용학이가 한때 접골원에서 일했
         으니까, 그럴지도 모른다고, 생각했어. (사이) 용학이가 우리 둘 다를
         가지고 논 거야. 그지?

씬49.   요양원 일각, 밤.

강 칠   (멍한, 정신 차리려 애쓰는) 아니, 용학이가 증거물을 없앨 이유가 없잖
         아. 증거물은 있어.

씬50.   찬걸의 사무실 안, 밤.

찬 걸   (차분하고, 막막한) 그래, 그럼 나한테 증거물을 가져오면 되겠네, 그런
         데, 넌 그럴 수 없을 거야, 증거물은 없으니까. 그리고 난 더는 이런 쓸
         데없는 장난에 휘말리고 싶지 않아. (사이) 너 아들도 있드라,

씬51.   요양원 일각, 밤.

강 칠 (눈가 붉어지는, 가슴이 쿵 하는)

씬52. 찬걸의 사무실 안, 밤.

찬 걸 엄마도 있고... 그 사람들하고, 마지막 작별 인사나 잘 해. (하고, 전화를 끊는)

씬53. 요양원 일각, 밤.

강 칠 ?! (전화기를 내려놓으며, 한쪽 벽에 기대, 멍한)

＊점프컷 〉〉
강칠의 그런 얼굴 위로, 국수, 용학 부를 한쪽에 앉혀놓고, 머리 벅벅 긁으며, 발광하듯, 소리치는, 용학 부에게 이야기를 다 들은듯한,

국 수 악, 악, 악!

＊점프컷 〉〉
강칠, 멍하니, 벽을 타고, 주저앉는데, 가슴이 아픈,

＊플래시컷 〉〉
1, 작업실 안 + 차 안, 밤.

지 나 (눈물 나는, 참고) 증거물 찾아요. 반드시.

2, 작업실 안 + 차 안, 밤.

지 나 그리고, 내 엄마한테도 나한테도 당신을 의심했던 모든 사람들한테도 반드시 사과받아요.

3, 강칠 모의 집 일각, 밤.

민식, 강칠 벽에 밀쳐, 마구 때리던,

* 현실 〉〉
강칠, 벽에 기대앉아, 가슴 아파서(암 때문에), 숨을 후후 내뱉는, 강칠,
자신도 모르게 눈물이 뚝 흐르는,

씬54.   지나의 집 안, 밤.

지나, 민식 가만있는,

민 식   (창가 보다, 지나 보며, 맘 아픈, 지친 듯) 나한테 무슨 말을 할까 머리
굴리지 마라. 양강칠을 모른다거나, 양강칠을 만나지 않았다거나, 그놈
이 보기보다 괜찮다거나, 그런 말은.. 하지 마. 니 입에서 양강칠이란
이름 석 자도 난 듣기가 싫으니까. 하지 마. 그냥.. 넌 유학 가.

지 나   (눈가 붉어져, 찻잔만 만지며) 그 사람이.. 범인이 아니에요.

민 식   (먹먹한) 내가.. 그놈 말은 하지 말라고 했을 건데..

지 나   (보며, 눈가 그렁하지만, 차분히) 유학은.. 제가 가고 싶을 때 갈 거예요.

민 식   (눈가 붉어지며, 차를 마시고, 내려놓고, 보고, 먹먹한) 너는 내가 안 무
섭냐?

지 나   (눈물 나는, 맘 아픈, 보고) 무서워..

민 식   ...내가 널 여기나, 내 집에 가두면?

지 나   (차분히 보는) ..

민 식   (보며, 맘 아프지만, 차분히) 내가 널 저 방이나 상천 내 방에 가둬두고
못 나오게 못을 박으면? 그리고, 나서, 집을 빼고, 널 차 안에 넣고, 공
항으로 가, 강제로 비행기를 태우면?

지 나   (눈가 그렁해, 맘 아프게 보며) ..나는.. 다시 돌아와요.

민 식   (쿵 하는, 막막하게 보며, 맘 아픈) 뭐?

지 나   (눈가 그렁해, 차마 못 보고, 맘 아프지만, 단호한) 아니면, 그 사람을
제가 있는 곳으로.. 부르겠죠.

민 식   (눈가 그렁해지는, 맘 아픈) 그럼 나는 백전백패네,

지 나   ...

민 식   애비가 돼서 딸년을 어쩔 순 없으니까, 밉다고 잡아 패 죽이지도 못하
        고.. 아버진... 언제나 (눈물 나는, 참고) 백전백패야, 너한테.. 그지?
지 나   (눈가 그렁해, 맘 아픈, 안 보고) ..네.
민 식   (눈가 그렁해, 맘 아파, 지나의 뺨을 치는)
지 나   (눈물 흐르는, 못 보고, 차분히) 미안해, 아빠.
민 식   (말이 끝나기 전에 탁자를 엎고, 나가는, 눈물 나지만, 울지 않으려 하
        고, 문을 쾅 소리 나게 닫는)
지 나   (가는 민식 못 보고, 이를 앙다물고, 눈물 흐르는, 일어나 가방을 챙기는)
영 철   (E) 아버지, 아버지, 아버지!

씬55. 동네 일각, 밤.

       민식, 차를 타고 가고,
       영철, '아버지' 하며 뛰어나와 그런 민식을 걱정스레 보는,

씬56. 요양원 병실, 밤.

       강칠, 용학을 맘 아프게 보고 있는, 용학 부, 멍하게 앉아있는,

용학 부 (눈치 보며, 조심스레) 강칠아, 요, 용학일.. 믿어야 된다.
강 칠   (참담하게 보면) ?
용학 부 용학이가 어려서 너한테 잘못한 일을 얼마나 후회했는지 모른다. 어려
        선 겁이 나서 이후엔 집안이 어려워 지 양심껏 못 살았지만, 너한테 언
        젠간 신세 갚을 거라고, 뻑하면 그랬어, 이놈이. 증거물은 있다.
강 칠   (맘 아픈, 안 믿는) 어디..요?
용학 부 그건.. 나도 모르지만, 용학이가 분명히 그랬어. 그 증거물로 너한테 신
        셀 갚을 거라고, 그리고 그 증거물은 니가 어딨는지 분명히 안다고, 너
        랑 지만 아는 곳에 지가 뒀다고.. 자기가 죽어도 니가 알 수 있는 곳에
        뒀다고..
강 칠   (고민하는, 잘 모르겠는) 그런데 왜 나는.. 모르겠죠, 증거물이 어딨는
        지.. (그러면서도 머릿속에선 어딨지 싶은)

용학 부	강칠아, 믿어야 된다, 우리 용학이 그렇게 나쁜 놈 아니다.

그때, 국수, 문지방에 서서,

국 수	(용학 부에게 화난) 용하인 나쁜 놈이거든요. 믿긴 뭘 믿어요, 저 개,
쌍.. 미친놈! 지금 아부지 이러는 거 용학이 병원비 우리한테 물리고,
아버지 뒷수발까지 우리한테 책임지라고, 우리한테 약 타는 거 내가 모
를 줄 알아요! 꿈 깨요, 아저씨, 내가 내 아부지도 잘 못 모셔! 일부러
아프지도 않은 다릴 깁스를 해서, 우릴 몇 달씩 엿 먹이고, 이젠 끝이
야, 아저씨도 용학이 놈도! 절대 안 믿어. (하고, 강칠에게) 형, 나와!
(하고, 가는)
강 칠	(가는)
용학 부	(가는 강칠 보다, 용학을 보는, 답답한)

씬57.	작업실 앞, 밤.

민식, 차를 몰고 와 세워두고, 안으로 들어가는.

씬58.	달리는 지나의 차 안, 밤.

지나, 눈가 붉어, 맘 아픈, 작심한 듯 운전하는,

씬59.	작업실 안, 밤.

민식, 담담히 주변을 둘러보다가, 미니어처를 보는, 한눈에도 지나와
강칠인 걸 알겠는, 민식, 주변에서 해머를 보고, 들어, 온통 그걸 박살
을 내며, 주변을 다 깨부수는, 침대며, 수납장이며를 마구 깨서, 발로
밟다가, 윤미혜의 글씨체를 보고, 그걸 던져버리고, 다시 깨는,

씬60.	플래시백.

민식이 총을 겨누고, 총을 쏘는, 탕 소리 나는,

씬61.　　작업실 앞 도로, 밤.

국수, 울상이 돼선, 차를 급정거하고,

국 수　에우썅! (하고, 차에서 내려 길을 걸어가는)

강 칠　(차에서 내려, 국수를 뒤따라가는)

국 수　(숨을 씩씩 고르며, 가다, 멈춰 서서, 강칠을 보며) 모든 일엔 이유가 있어. 그지, 형? 나는 천사야, 믿지? 그리고, 언제나, 죽기 직전에 형은 살아났어. 그리고 형 옆엔 언제나 내가 있어.. (하다, 울상 돼서, 하늘 보고, 불안하게, 소리치는) 그런데 이번엔 왜 나까지 죽어, 썅! 내가 죽음 내가 천사야! (하다가, 두 손으로 불안하게 얼굴을 비비고, 강칠 보며, 마주 선, 짐짓 차분히) 아냐, 아냐, 방법이 있을 거야. 방법이. 그지, 형.

강 칠　(차분한, 그냥 작업실 쪽으로 가는)

국 수　(따라가며, 혼자 궁시렁, 불안하지만, 진지하게 생각해서, 말하는) 형이 첨에 살아날 땐 살려는 형의 의지가 중요했어, 죽고 싶어 환장하다가, 살고 싶단 의지가 생기니까, 살아났어. 두 번짼.... 진실이었지. 그래, 세상 사람 다 미워 죽겠을 때, 저마다 그럴만한 이유가 있다고 생각하니까, 미움이 없어지고 살고 싶은 이유가 생겼어. 그렇다면 이번에도 뭔가 형하고 내가 살아날 열쇠가 있을 거야. 난 그게 형의 누명을 벗는 거라고 생각했는데.. 그게 아니면.. (강칠 보며) 설마, 썅, 우리가 이렇게 개죽음을 당하는 게 끝인데, 지금까지 그런 기적이 일어났겠어, 안 그래?

강 칠　(그냥 가는)

국 수　(막아서며) 뭐라고 얘기 좀 해봐, 작전을 짜야 될 거 아냐? 그냥 형이랑 나랑 비칠비칠 댕기다가, 총 맞아 뒤질 순 없잖아!

강 칠　(보며, 차분한) 방법이 없을 땐, 정면 승부도 방법이야.

국 수　?

강 칠　정형사님, 지나 씨 아버님을 만날 거야. 아직은 용학이가 살아있어. 용학이의 존재를 알리고, 증거물의 가능성도 알리고, 시간을 달라고 빌어

볼 거야.

국 수   믿어줄까?

강 칠   정형사님한테도 민호의 죽음에 대한 진실은 중요할 테니까, 마냥 무시
         하시진 못할 거야. 될 때까지 빌어보지 뭐. (하고, 그냥 가는)

국 수   (화난 듯, 인정하며, 비럭) 그리네, 썅! 좋아, 붙이! (깅칠을 따라가며)
         설마, 덩치 산만 한 젊은 놈 둘이서, 늙은 영감탱이 못 이길까, 붙어, 좋
         아, 썅! (하고, 강칠을 돌려세워, 다짐시키는) 근데 형, 너 나랑 한 가지
         만 약속해. 어떤 일이 있어도.. 죽지 마. 죽을 상황이 생기면, 우리 둘
         다 토끼는 거야, 미련하게, 달려드는 게 아니라, 알았지?

강 칠   (맘 아픈, 국수의 머릴 흐트리며) 가자. (하다가, 작업실 쪽에서 차가 나
         오는 걸 보는)

         민식의 차, 강칠 옆을 스쳐 가는,
         국수, 놀라, 민식을 보고, 작업실로 뛰어가는,
         강칠, 막막하게 가는 민식의 차를 보다, 작업실로 걸어가면,

씬62.   작업실 안, 밤.

         온통 안이 어질러지고, 부서진,
         국수, 강칠, 멍하게 그걸 보는,

국 수   (고갤 절레절레 저으며) 미쳤구나, 이 영감탱이..

강 칠   (윤미혜라고 적힌 글씨를 보고, 부서진 미니어처를 보며, 멍한, F. O)

씬63.   바다, 지나의 차 안, 동트는 새벽.

         지나, 피곤하고, 맘 아프게 멍하니, 동트는 걸 보고 있는,

영 철   (맘 아픈, E) 너한텐 연락이 갔구나. 됐다, 그럼. 잘 있는 거니까.

씬64.   동물병원 앞, 새벽.

강 칠   (뛰어서, 차로 가서, 운전해 가는, 맘 아프고, 급한)

영 철   (맘 아픈, E) 아무래도 지나는 너랑 끝까지 갈 모양이다. 지나, 아부지
         랑 붙었다. 많이 속상할 거다. 니가 위로해줘라.

씬65.   바닷가, 낮.

         강칠, 차를 세우고, 바닷가를 보면, 멀리, 지나의 차가 보이는,
         강칠, 걸어가는,

         * 점프컷 〉〉
         배식, 차에 앉아, 그런 강칠을 보는,

         * 점프컷 〉〉
         지나의 차 안, 낮.
         지나, 자고 있는, 강칠, 차창 너머로 자는 지나를 맘 아프게 보는,

씬66.   강칠 모의 집 안, 낮.

         강칠 모, 정이 마늘을 까는,

강칠 모   도서관이나, 가. 학교 안 가는 날이라고 공부 안 해, 의대 간다며.

정 이   정말 할머니가 그랬어? 그 남자한테 친자 확인받는다고?

강칠 모   그걸 받아야 뉘 자식인지 안다면 해야지, 왜 안 해?

정 이   (강칠 모 안쓰런, 속상한) 검사 안 받을 거야.

강칠 모   (보면) 받어.

정 이   (서운하고, 화난, 보며) 그래서 만약 검사해서, 내가 아빠 아들이 아니면?

강칠 모   (맘 아프지만, 소리치는) 니 아빠 아들 아니고 니가 그 남자 아들이면
         그 남자 따라가지 뭐. 별 수 있어! (마늘만 까며) 가. 니 아빠 아들 아님
         니 미국 가.

정 이   (서운한) 내가 귀찮아?

강칠 모   내 손주 새끼면 안 귀찮아도 남의 손주면 귀찮어. (하고, 부엌으로 가는)

정 이   (눈가 그렁해, 이를 앙다무는, 가방을 들고, 나가려다, 가방 놓고, 부엌
         으로 가서)

씬67. 강칠 모의 부엌, 낮.

정 이   아빠한텐 말하지 마, 그 남자 얘기 절대,
강칠 모   (속상한 맘 감추고, 나물을 무치며) 말할 거야. 그래서 검사받게 할 거야.
정 이   만약 내가 그 남자 자식이래도,
강칠 모   (주물거리던 나물을 그릇에 내팽개치며, 정이 보며, 눈가 그렁해, 버럭)
         니가 왜 그 자식 새끼야! 누가 봐도 넌 내 새낀데, 내가 검사받을 거야,
         그래서 그 자식이 내 새끼한테 찝쩍대지 못하게 내가 하고 말 거야, 어
         디, 남의 새끼를 지 새끼라고, 가, 공부해! 쓸데없이, 니가 니 아빠를 아
         빠 취급 안 하니까, 남이 널 달래잖어! 남이! (하고, 정이를 밀고, 나가는)
정 이   (눈가 그렁해, 멍한) …

씬68. 강칠 모의 방 안, 낮.

         강칠 모, 방에 들어와 벽에 기대앉아, 속상한,

씬69. 통영 카페 근처 도로 차 안, 낮.

         국수, 운전석에 앉아있고,
         효숙, 조수석에 영자를 안고 앉아있는,

국 수   뭐, 여기까지 와서 그냥 간다고?
효 숙   (제 생각에 빠진, 멍한)
국 수   (효숙 보고, 화나지만, 참고, 다시 앞에 서서 말하는) 왜, 애 아빠한테
         앨 보여주기 싫은데? 법원에서도 한 달에 한 번은 만나게 하랬다며?
효 숙   (맘 아픈, 단호한) 이용하는 기라, 아 덱고. 이혼하고, 여적 모른척하고,
         오지도 않다가 돈 많고 아 있는 여자 만나니까, 그 여자 환심 살라꼬,
국 수   (답답한) 그래서? 남자가 영자 안 보여줌 다시 법정에 친권이니 뭐니 갖

고, 시비 건뎄대며? 진짜 (밖으로 나가, 영자를 뺏어 안고) 일 크게 만들
지 말고, 끝내자, 어? 아주 보내는 것도 아니고, 얼굴만 보여줌 되잖아.
여기 있어, 갔다 올게. (하고, 가는)

효 숙   (속상해, 눈물 나는, 닦는)

씬70.   카페 밖, 낮.

국수, 영자를 안고 가다가, 뭔가 이상해, 한쪽 보면,
건달처럼 보이는 남자, 전화하는 게 보이는,

남 자   (웃으며) 낄낄.. 아직 몰라, 결혼식을 해야 내 여자지, 잠만 잤다고 내
여자냐, 자식.. 결혼식? 글쎄 여자가 의심이 많아서.. (하고, 카페 안의
여자를 보며, 웃으며) 그래, 그럼 또 전화하자. 어. (하고, 안으로 들어
가는)

국 수   (어이없게 남자를 보고 웃다가, 안으로 들어가는)

씬71.   카페 안, 낮.

남자, 여자와 웃으며, 얘기하는,

여 자   무슨 전활 나가서까지 해, 누구야?
남 자   우리 어머니야. 너랑 내 애 보러 왔다니까, 아주 좋아하신다.

국수, 들어와, 옆 테이블에 앉는,

남 자   (국수를 힐끗 보고, 여자에게) 근데 우리 식은 언제 올릴까? 어머니가
아프셔서 난 좀 급한데..
여 자   글쎄..
국 수   (가만 생각하다, 일어나 남자의 앞좌석에 앉으며) 우리 애 이쁘죠?
남 자   (차 마시다, 흘리며, 국수 보며) ?
여 자   ?

국 수   (남자 보며) 나 닮았죠?

남 자   (싫은) 뭐요?

국 수   (보며) 넌 애가 니 앤지, 누구 앤지도 모르겠지? (일어나며) 영자 보고
         싶음, 영자 분유 값이라도 대고 봐. (여자 보며) 정신 차려, 아줌마. 애
         양육비도 안 주고, 1년에 한 번 얼굴도 안 보러 오는 놈을 뭐가 좋다고,
         인생을 꼬라박을라 그래.

남 자   이 자식이.. 야, 너 뭐야? (하며, 일어나, 멱살 잡으려 하면)

         국수, 발을 걸어 넘어뜨리고,

국 수   애 다친다, (하고, 가는)

남 자   (일어나며) 너 뭐야, 너 효숙이 기둥서방이야, 뭐야!

여 자   (남자 뒤통수를 치며) 너는 뭐야, 이게 뭐 애 양육빌 안 줘? 완전 싸구려
         네, 이거. (하고, 가는)

남 자   (여자 쫓아가며) 승미야, 승미야! (하다, 넘어지고)

씬72.   거리 + 차 안, 낮.

         효숙, 차에 앉아있는데,
         국수, 와서 문 열고, 영자를 효숙에게 주고, 운전석에 앉으며,

국 수   남잘 만나도 어떻게 그런 놈을 만나냐? 눈이 삐어도 한참 삤지.

효 숙   야 와 덱고 왔노?

국 수   영자한테 그런 아빠 없는 게 백 번 낫겠어. 아주 딱 보니 뺀질이드라고.
         자식이. (하고, 주머니에서 노트 꺼내 별을 그리며) 내가 착한 짓 했으
         니까, 나 자신한테 별 구십팔 개. (하고, 별을 그리며) 영자 덱고 놀이공
         원이나 가자. (효숙에게 진지하게 맘이 가는, 영자와 장난치며, 웃는)
         호빵, 놀이공원 가자, 놀이공원. (하고, 운전하고)

효 숙   (국수가 좋은, 감격한)

씬73.   상천 약국 앞, 낮.

안형사, 민식 걸어가는,

안형사　확실한 정도가 아니라, 부산 경찰청 친구들이 주검사가 준 사진 파일
　　　　보고 난리 난리가 났어요. 자기들이 잡았다 놓친, 애들이 여기 다 있다
　　　　면서.
민　식　(생각 많게 걸어가는)
안형사　근데 오용학이 납치됐단 말은 대체 뭐죠?

그때, 약사, 뛰쳐나와,

약　사　정형사님!
민식, 안형사　(보면)
약　사　(걱정스런) 저기... 혹시, 집 내놓으셨어요?
안형사　집이요? (하고, 민식을 보면)
민　식　아침에 내놨는데, 소문 한번 빠르네. (하고, 세워둔 차에 타는)
안형사　(약사 보고, 조수석에 타고)

차 가고,
약사, 걱정스레 민식을 보면,

씬74.　민식의 차 안, 낮.

안형사　(안전벨트 매며) 정선배, 대체 집을 왜 내놨어요?
민　식　(운전해 가는)

씬75.　시골 장터, 낮.

강칠, 지나 장을 보는,
지나, 주변을 보며, 강칠 안 보고,
지　나　나물은 좀 사얄 거 같은데, 강칠 씨, 몸에 좋은 게 뭔질 모르겠네.
강　칠　나물은 다 좋은 거 아닌가?

지 나   (나물 보며) 할머니, 이거 어떻게 먹어요?
할머니   삶아서.
지 나   조금만 사고 싶은데, 팔아요?

     * 점프컷 〉〉
     강칠, 손에 뭔갈 잔뜩 든,
     지나, 생선을 사는,
     강칠, 그런 지나를 물끄러미 따뜻하고, 안쓰레 보기만 하는,

지 나   (생선 들며) 이거 좋아해요?
강 칠   난 뭐든 잘 먹어요.
지 나   (주인에게) 이거 주세요.

     * 점프컷 〉〉
     지나, 옷을 구경하며,

지 나   이것도 괜찮고, 이것도 괜찮고, (강칠 보며) 어느 게 더 나요!
강 칠   다 사요.
지 나   아니.. 이건 별로.... (하다가, 다른 거 들고) 이게 좋겠다! (하고, 강칠
        보고, 웃으며) 그죠!

     * 점프컷 〉〉
     시장 일각, 뻥튀기 장사, '뻥이요!' 하며, 뻥튀기를 튀기는,
     강칠, 지나, 쪼그리고 앉아, 귀를 막고,
     지나, 웃으며, 주인에게 '아저씨, 뻥튀기 그거 다 주세요!' 하는,

씬76.   시장 일각, 낮.

     강칠, 짐을 한 보따리 놓고 앉아있는,
     지나, 호떡을 사 오다가, 멈춰 서서, 강칠 보며,

지 나   무슨 짐이 그렇게 많아요?

강 칠   지나 씨가 산 건데.

지 나   (옆에 와, 앉으며) 미쳤다, 내가. (하고, 호떡을 하나 강칠을 주며, 먹으
         며, 아무렇지 않게) 난 내가 저렇게 많이 샀는 줄 몰랐어요, 좀 말리지?

강 칠   (호떡을 먹으며, 뜨거워하며) 다 쓸데가 있나 보다 했죠, 난.

지 나   (꿀물을 흘린 강칠의 입가를 닦아주며, 호떡을 먹으며) 나 오늘 집에 들
         어가지 말까 봐요.

강 칠   (아무렇지 않게) 그러든지.

지 나   (안 보고, 담담히) 나 안 이상해요?

강 칠   (보면) ?

지 나   왜 안 물어요?

강 칠   뭘요?

지 나   그냥 나 같으면 이것저것 물을 거 같은데, 왜 집엘 안 들어가려고 하
         냐? 왜 밤새 혼자 이 바닷가까지 왔느냐? 왜 여기 온다고 미리 말하지
         않았냐, 물건들은 왜 자꾸 사느냐? 등등. 나 같음 궁금한 게 많을 거 같
         은데.. (하고, 강칠 보는)

강 칠   (호떡 먹으며, 진지하게) 나도 첨엔 궁금했죠.... 대체 왜 이러나, 왜 이
         렇게 옷을 사고, 나물을 열두 가질 사고, 생선까지 살까? 이게 다 뭐지?
         그러다.. 아, 그래서 그런가 보다 했어요. (하고, 보는)

지 나   (따뜻하게 보며) 아, 그래서 그런가 보다? 그게 뭔데요? (하고, 호떡을
         먹는)

강 칠   (진지한 농담) 이건 분명, 나랑 같이 이 바닷가에서 살림 차리려는 증거
         다! 그렇다면 나는,

지 나   (먹다, 갑자기 팍 하고 깔깔대고 웃는, 호떡의 꿀물을 흘리고)

강 칠   무조건 고맙지. (하고, 아무렇지 않게 입가의 꿀물을 손가락으로 닦아
         서, 빨아 먹는, 자기 호떡을 다 먹고, 일어나며) 일어나요,

지 나   (웃으며) 어디 가게요?

강 칠   (가며) 집 얻으러요!

지 나   ?

씬77.   마을 입구, 해질녘.

지나(강냉이를 먹으며), 강칠(짐을 든), 서있는,
집을 탐색하듯 보는, 한 집을 보고, 고개 젓고, 다른 집을 보고, 고개 젓
다가, 다시 그 집을 보며,

지 나 나는 저 집이 맘에 드는데.
강 칠 (그 집을 보며) 별로... 마당이 넘 작아.
지 나 (웃으며, 강칠의 입에 강냉이 먹여주며) 맞아, 마당이 넘 작어. (하고,
다른 집 보며) 저긴?
강 칠 마당이 넘 커. 저긴 아들 딸 낳고 난 후에, 얻어요. (하고, 다른 집을 보는)
지 나 (보면) ?!
강 칠 (보며, 아무렇지 않게) 뭘 놀래? 아니, 살림 차린다면서 왜 애는 안 낳
게? 웃겨. (하고, 가는)
지 나 이건 프로포즈 아니에요. 아니, 프로포즈래도 이건 안 받아, 뭐야, 이
게. 얼렁뚱땅. (사이) 어디 가요?
강 칠 저기 파란 대문 집이요, 살림 차리기 딱 좋아! (하고, 가는)
지 나 와.. 이쁘다. (하고 가려 하다, 뒤도는 강칠을 보는) 왜요?
강 칠 (보고) 거깄어요, 나, 혼자 가요. 내가 저 집 빌릴람 주인한테 굽신대야 하
는데, 쪽팔리잖아. 쪽팔린 건 내가, 당신은 우아하게 여기. (하고, 가는)
지 나 (웃고) 파이팅!

씬78. 시골 집 앞, 해질녘.

할머니 (E) 낼 느즈막이 있다 가, 난 노인정서 자고 늦게 올 거니까. 된장이랑
김치도 먹고!
강 칠 (E) 감사합니다.
할머니 (나와, 가고)

씬79. 시골 집 부엌, 밤.

강칠, 된장찌개를 끓이는, 소시지를 넣는.
지나, '와, 냄새 죽인다, 근데 맛은' 하고, 맛을 보다, 얼굴이 좋은,

강 칠 (눈치 보며) 괜찮아요?

지 나 (웃던 얼굴, 갑자기 굳히며, 담담히) 먹어봐요, 괜찮나... (하고, 찬장을
        뒤지며) 뭐 없나?

강 칠 의외로 입맛이 까다롭구나?

지 나 (찬장에서 양념을 찾다가, 강칠 보며) 솔직히, 이거랑 밥 먹을 수 있어요?

강 칠 (보다, 인정하는) ...아뇨.

지 나 (강칠의 머리를 흐트리며, 애 다루듯) 그지, 인정할 건 해야지. (하고,
        냉장고에서 김치를 꺼내, 자르는)

강 칠 이거 된장찌갠데?

지 나 (김치 자르며) 소시지 넣은 된장찌개가 어딨어요? 이제부터 애 이름은
        부대찌개예요.

강 칠 아, 부대찌개!

지 나 (손으로 김치 먹고) 맛있다. (김치를 강칠에게 주고) 아..

        강칠, 먹으려 하면, 지나, 안 주고, 장난치는,
        강칠, 지나의 팔목을 잡고, 기어이 먹는, 손가락이 입안으로 쑥 들어가는,

씬80. 시골 마당, 밤.

        지나, 강칠의 머리 감겨주는, 강칠, 쪼그려 앉아, 대야에 머릴 박고 있
        고, 지나 앉아서, 머릴 벅벅 감기는,

강 칠 (고개 들려 하며) 내가 할게요!

지 나 (머리에 물을 부으며) 가만있어요! 물 튀어!

강 칠 대충 감겨요, 그냥. 엊그제도 머리 감았어요, 나.

지 나 (열심인) 머리 엊그제 감고 안 감는 게 아니라, 매일 감는 거예요.

강 칠 남자가 이러고 앉는 게 얼마나 힘든지 알아요, 다리에 쥐나.

지 나 (웃고, 머리 감기며) 어려서 엄마한테 많이 맞았죠? 씻기 싫어해서? (하
        고, 옆에 있는 대야의 물을 바가지로 붓는)

강 칠 (펄쩍 뛰며) 앗 차거!

지 나 (놀라) 미안 미안 미안. (하고, 다른 대야의 물을 바가지로 퍼 머리에 붓는)

강 칠   앗 뜨거!
지 나   (목에 두른 수건으로 강칠이 머릴 닦으며) 어떡해, 어떡해!

         그렇게, 장난치는, 전화 벨소리 울리는.

씬81.   검찰청 복도 일각, 밤.

         민식, 답답하게 전화하는,

영 철   (E) 뭐, 집을 내놔요? 아버지 정말 막가기로 하셨어요?
민 식   너랑 싸울 기운 없어, 집 내놔.

씬82.   동물병원 안, 밤.

영 철   (답답한, 술 마시고, 화난, 짐짓 참으며) 전 못 내놔요. 제가 그걸 왜 내
         놔요! 아버지가 하세요. (사이, 달래듯) 아버지가 이러면 지나 양강칠이
         랑 절대 안 끝나요, 하지 마라 하지 마라가 더 더 더 하게 만든다구요.
         지나, 지금도 양강칠이랑 있어요. 아버지가 화낸 덕에 아세요?! 왜 일
         을 이렇게 만드세요, 왜?! (하고, 전화를 끊고, 소파에 누워, 눈 감는)

씬83.   검찰청 복도 일각, 밤.

         민식, 전화 내려놓으며, 참담한, 그때, 전화가 오는, 보면, 양강칠이라
         고 쓰인, 전화를 받는,

민 식   둘이 같이 있냐?

씬84.   시골 집 방 안, 밤.
         지나, 방을 청소하고,

민 식   (E) 이게 니가 나한테 하는 복수냐?

씬85.   시골 집 밖, 밤.

강 칠   (맘 아픈, 눈가 붉어, 그러나 단호한) 만나 뵙고 말씀드리겠습니다.

씬86.   검찰청 복도 일각, 밤.

민 식   (차분한, 비장한) 날 보려면 죽길 각오하고 봐야 할 건데? 각오가 됐나
보지?

씬87.   시골 집 앞, 밤.

강 칠   ..네.

씬88.   검찰청 복도 일각, 밤.

민 식   그래? 그럼 낼 밤 9시, 수연 방파제에서 보자. (전화기 주머니에 넣고,
안주머니의 총을 꺼내, 총알을 확인하는데)

씬89.   시골 집 앞, 밤.

강칠, 전화를 끊고, 어두운 얼굴로 들어가고,

* 점프컷 ≫
배식, 한쪽에서 그 모습을 보고 있는,

국 수   (E) 내가 왜 이러지?

씬90.   편의점 앞, 밤.

국수, 편안하게 물건 사가지고 나와 몇 걸음 걸어가다가, 순간 탕 하는
총소리가 나고, 마치 총에 가슴을 맞은 듯, 그 자리에서 풀썩 무릎을 꿇

고, 제 가슴을 보면, 피가 뚝뚝 떨어지는, 그러다 이상해 한쪽 거리의
거울(차량 확인하는 볼록렌즈)에 강칠이 가슴에 총 맞은 모습이 비치
는, 거울을 보며,

고 수   (두렵고, 힘든) 형... 깅칠이 형, 깅칠이 형, 강칠이 형!

그 모습에서 엔딩.

제 14 부

그와 그녀의 심장 박동 소리 *Padam Padam…*

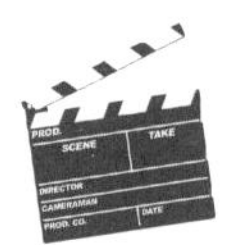

씬1.   편의점 앞, 밤.

국수, 편안하게 물건 사가지고 나와 몇 걸음 걸어가다가, 순간 탕 하는 총소리가 나고, 마치 총에 가슴을 맞은 듯, 그 자리에서 풀썩 무릎을 꿇고, 제 가슴을 보면, 피가 뚝뚝 떨어지는, 그러다 이상해 한쪽 거리의 거울(차량 확인하는 볼록렌즈)에 강칠이 가슴에 총 맞은 모습이 비치는, 거울을 보며,

국 수   (두렵고, 힘든) 형... 강칠이 형, 강칠이 형, 강칠이 형!

씬2.   검찰청 복도 일각, 밤.

민식, 전화기 주머니에 넣고, 안주머니의 총을 꺼내, 총알을 확인하고, 주머니에 넣고 가다가,

민 식   (E) 날 보려면 죽길 각오하고 봐야 할 건데? 각오가 됐나 보지?
강 칠   (E) 네.
민 식   (E) 그래? 그럼 낼 밤 9시, 수연 방파제에서 보자.

민식, 찬걸의 방을 지나는데,

주검사   (E, 담담한) 박검사, 오용학 납치범을 알아냈어, 내가.

민식, 멈춰 서는, 가슴이 쿵 하는, 열린 문틈 사이로 조심스레 안을 들
여다보면,
찬걸과 주검사가 보이는,

찬 걸   (서류를 보며, 무심히) 누군데요, 그게?
주검사   양강칠.
찬 걸   (보고) 그럼 양강칠을 잡아들이면 되겠네요. (하고, 웃고, 서류 보다, 민
식과 눈이 마주치는) ?!
주검사   (문 쪽 보며) 아, 정형사님.. 제 사무실에 가 계십시오, 제가 곧 가겠습
니다.

* 점프컷 〉〉

민 식   (가는데, 참담한, 양강칠이란 이름에 가슴이 쿵 하고, 신경이 쓰이는)
주검사   아무리 바빠도 내가 아주 재밌는 추릴 하나 했는데, 좀 듣고 가지?
찬 걸   ?

씬3.   시골 집 방 안, 밤.

강칠, 지나, 술을 마시는,

지 나   오늘 이상하게 소주가 달다. (하고, 물을 강칠 잔에 따라주며) 강칠 씬,
술 대신 물. 착한 환자니까. (하고, 다시 제 잔에 소주를 따르려 소주병
을 집으려 하면)
강 칠   (소주병을 잡는)
지 나   (보면)
강 칠   (소주병을 보면, 반 병 가까이 빈, 착잡한)
지 나   (잔을 강칠 앞에 내미는) 술.
강 칠   (걱정스레 지나를 보다가, 잔에 술을 따라주고)
지 나   (술을 마시면)
강 칠   (시계를 보면, 10가 넘은)

지 나 (서글프게 작게 웃는, 그러나 마음의 중심은 선, 술을 마시며) 시계 보
지 말아요, 집에 안 가.

강 칠 (시계 보다, 지나 보면) ?

지 나 강칠 씬 낮에 내가 한 말이 농담인 줄 알았나 보다, 난 아니었는데, (하
고, 다시 술을 따라 마시고, 강칠 보며) 나물 살 때부터 난 아니었어요.
이것저것 싸구려 옷가지 살 때도.. 고등어 자반 살 때도 집에 들어갈 맘
없었어요. (무릎을 세우고, 무릎에 제 얼굴을 기대고, 강칠 안 보고) 여
기서 우리가 장 본 거 다 먹을 때까지, 있어요.

강 칠 (지나를 가만 걱정스레 보는)

지 나 (아버지 생각에 맘이 아픈, 눈가 붉은, 그러나 마음의 중심은 있는) 술
을 넘 빨리 마셨나 핑 돈다. (사이, 강칠, 맘 아프지만, 짐짓 농담처럼)
겁먹었나 보다, 내가 집에 안 간대서?

강 칠 (보며, 차분히) 겁먹은 거처럼 보여요?

지 나 (강칠 보며, 맘 아픈, 애써 웃으며) 강칠 씨, 차라리 그냥 우리 둘이.. 이
대로 도망갈까?

강 칠 (맘 아프지만, 짐짓 밝게) 그러자. 지나 씨가 가고 싶음 가자. 근데 어디
로 갈까? 산으로? 들로? 아님 비행기 타고 멀리멀리?

지 나 (웃으며, 고개 끄덕이며) 그 자세, 정말 맘에 든다. (하고, 잔을 올리면)

강 칠 (지나의 잔에 물이 든 제 술잔을 부딪치며, 술을 마시듯 마시고, 잔 내
려놓으며) 달다! (하다가, 문득 지나를 보는데, 안쓰런)

지 나 (술을 마시고, 강칠을 외면하는데, 맘 아픈, 눈가 붉은, 애써 웃고, 강칠
보며, 괜한 말 하는) 갑자기 술이 너무 써.

씬4. 주검사 사무실 안, 밤.

안형사, 민식, 앉아있는,

민 식 (생각 많은) ..

안형사 아니, 주검산 대체 우릴 불러놓고 박검사랑 무슨 얘길 하는 거야.

민 식 ..

찬 걸 (E) 저를 오용학 사건의,

씬5.   찬걸의 사무실, 밤.

          찬걸(앉아있는), 주검사(서있는) 팽팽하게 서로를 보며 얘기하는,

찬 길   주범으로 보신다고요? 오용학과 전 둘도 없는 친구 사이였습니다.
주검사   자네 아버님한텐 오용학과 양강칠이 짜고 협박을 한다고 하지 않았나?
찬 걸   (아차 싶은, 보면) ?!
주검사   16년 전 정민호 사건에서 용의자로 몰린 자네랑, 양강칠 둘 중 양강칠
          이라고 범인을 지목한 오용학이 왜 이제와 자넬 협박할까?
찬 걸   증언의 대가를 요구한 겁니다.
주검사   아니, 오용학이 폐 조직이 있는 결정적 증거물을 가지고 있기 때문이지.
찬 걸   ?!
주검사   (다가서서, 찬걸을 빤히 보며) 자네 아버님도 인정했어. 당시에 검사 측
          에서 결정적 증거물로 볼 수 없는 칼을 증거물로 채택한 걸 묵인했단
          걸 지금은.. 후회하시지. (진심인) 그분은 그런 분이야, 자식 일이라고
          해도 한때 냉정을 잃었던 자신의 잘못을, 잊지 않으시지.
찬 걸   (맘 아픈)
주검사   아까 한 말을 마저 하면, 오용학은 16년 전 정민호 사건의 거짓 증언에
          대한 대가와 결정적 증거물을 넘기는 대가로 자네한테 돈을 받았어. 그
          런데, 자넨 돈을 줬지만, 오용학은 증거물을 넘기지 않았어. 그리고, 딜
          을 했겠지, 복수심에 불타는 양강칠에게 증거물을 주겠다. 돈을 더 달라.
찬 걸   (지지 않고) 검사님 추리대로라면 양강칠과 오용학은 한팰 건데, 그럼
          왜 양강칠이 오용학을 납치했을까요? (어이없단 듯 웃고) 결정적 증거
          물이 없는 이상, 제가 친구 오용학한테 베푼 호일 무시하지 말아주셨으
          면 합니다. (하고, 나가는데)
주검사   만약 양강칠이 오용학을 보호한다면?
찬 걸   (뒤돌아, 멈춰 선) ?!
주검사   (찬걸의 뒤에서) 만약, 자네로부터 양강칠이 증거물을 가진 오용학을 보
          호한다면.... 내 추리가 꽤 잘 들어맞지 않나? (하고, 찬걸을 스치고 가
          다) 참, 정형사님이 전에 자네에게 넘긴 마약 사범들 말야, 풀려났잖아,
          왜? 근데 그놈들이 다시 다른 마약 건에서 연루돼 수배 중인 거 아나?

찬 걸   (땀이 나는, 두렵고, 긴장한)

주검사   (보다, 가는)

찬 걸   (자리로 가, 전화하는) 정민식 형사한테도 애들 붙여.

씬6.   시골 집 안, 밤.

          강칠, 지나와 나란히 앉은, 강칠, 지나의 어깨에 손을 얹은,

          지나는 조금 취했고, 강칠은, 술을 마시지 않은,

          지나, 강칠의 너스레에 밝게 웃으며, 말하는,

강 칠   (지나 보며, 짐짓 밝게 얘기하는) 음.. 우리가 살 집은.. (진지하게 생각
         하며) 돌집으로 지어요, 산에서 돌을 주어다.. 나무는 불나고, 풀로 지
         음 바람에 날아가니까. 반드시 돌로 지어.

지 나   (웃긴) 집 짓는 돼지 삼 형제 중에.. 똑똑한 막내 돼지처럼? 돌로?

강 칠   (지나의 손을 만지며) 근데 이 손으로 돌 나르긴 그렇겠다, 자갈은 몰라
         도. (하고, 앞의 술잔을 집으려 하면)

지 나   (좀 취한, 강칠의 손등을 치고) 틈만 나면.. 안 돼. 환자의 자세가 안 돼
         있어. 강칠 씬 물. (하고, 물을 따라주는)

강 칠   (장난치는) 아이고 이렇게 많이 주심 제가 취하는데.. (하고, 물을 마시는)

지 나   노래해.

강 칠   (대뜸, 천장 보고, 노랠 부르는, 한참 부르다) 근데, 내가 손해 같다, 지
         나 씬 손이 작아서 집 만들 때도 돌도 못 들고.. 지나 씬 술 좋아하니까
         밤마다 지금처럼 술 마시면, 나는 암 환자라 술도 못 마시고 안주나 만
         들고..

지 나   (웃긴, 말꼬리 자르며, 명령하듯) 노래.

강 칠   (노래하다, 멈추고) 근데 결혼식은?

지 나   (웃다가, 멈추는) ?!

강 칠   결혼식은 해야 살죠? 그래야 같이 잠도 자고?

지 나   (맘 아픈, 짠한, 감추고, 짐짓 농담조) 언제부터 자기가 결혼하고 잤냐?
         내가 알기로 그쪽은 속도위반이 전문 아닌가? 정이도 속도위반으로 난
         거로 알고 있는데?

강 칠   (농담조로 진지하게) 속도위반은 한 번으로 족하거든요. 내가 지금껏
        사는 데 순서를 안 지키고 살아서 지금 내 꼴이 요 모양, 요 꼴이라고,
        그리고 아버진 아들의 본보기가 돼야 돼요. 내가 속도위반함 정이 놈이
        뭘 보고 배우겠어? (강조) 절대 안 돼, 순서대로 해, 결혼하고, 자고.
지 나   (진심을 알겠는, 맘 짠해, 웃으며) 그럼 지금 우리 둘이 할까, 결혼식?
강 칠   (농담하는) 에이.. 그럼 안 되지? 내가 결혼식에 대한 환상이 얼마나 많
        은데,
지 나   (웃으며, 짐짓 농담조) 암튼 은근 까다롭드라. 또 무슨 환상? 혹시, 뭐
        자긴 말 타고 나는 가마 타고?
강 칠   감빵에서.. 정신 교육의 일환으로 드라말 보여주거든요. 그때 젤 약발
        이 잘 받는 드라마가 뭔지 알아요? 아름다운 결혼식 장면이 있는 드라
        마나 영화예요. 성질나게 잘나가는 남자, 잘나가는 여자의 으리뻔쩍한
        결혼식이 아니라, 정말 아름다운 결혼식.
지 나   (웃고 있지만, 강칠이 안쓰런)
강 칠   소박하지만 깨끗한 식장에서, 양가 부모님을 앞에 딱 모셔두고.. 정이
        나, 국수, 효숙이나 김샘 같은 절친한 친구도 있는 데서... 사랑하는 두
        남녀가 주례 앞에 서는 거예요. 그리고 아주 진지하게 주례 앞에서 결
        혼 서약을 하는 거지. (흉내 내듯) 신랑은 지금 신부를 맞이해, 검은 머
        리가 파뿌리가 되도록 사랑하겠는가? 그러면.. 내가 (비장하게) 네 하
        고, 다시 주례가 신부한테 신부는 신랑을 맞아 비가 오나 눈이 오나 괴
        로울 때나 슬플 때나,
지 나   유치하다.
강 칠   (지나의 눈을 진지하게 보며) 그게 왜 유치해? 말장난하듯, 넌 내 꺼다,
        난 니 꺼다! 그러는 게 유치하지! 검은 머리가 파뿌리처럼 하얗게 될 때
        까지 미치게 사랑하는 게 왜 유치해요? 좋을 때만, 상대가 잘해줄 때만
        간사하게 좋아 좋아 하는 게 아니라, (진지하게) 비가 오나 눈이 오나,
        괴로울 때나 죽게 힘이 들 때나 헤어지고 싶을 때도 다시 한 번 사랑해
        볼려고 몸부림치는 거, 그게 안 멋져요? 난 멋진데.
지 나   (진지하게 보는, 강칠이가 이쁘단 생각이 드는, 맘 아픈, 술을 마시고,
        다시 강칠을 보며, 분위기 바꾸려) 노래.
강 칠   네! (하고, 다시 노랠 부르는)

지 나   (맘이 착잡한, 그런 강칠을 이쁘게 보는)

취해 웃는 지나와 강칠이 장난스레, 노랠 부르는 모습 보여지는,

씬7.   주검사 사무실 안, 밤.

          민식, 안형사, 앉아있고, 주검사 가방을 챙기는데,

주검사   (가방을 챙기다, 민식 보며, 단호한) 제가 정형사님께 부탁드린 건은 마
          약 사범 관련된 것만입니다. 오용학 사건이 아니라,
민 식   그것만 말씀해주십시오, 오용학이 납치범이 양강칠인지만, 그것만,
주검사   (버럭) 공적인 일에 사적인 감정 섞지 마세요. 제발! 저는 일이 있어 먼
          저 가보겠습니다. (하고, 일어나면)
안형사   (가는 주검사에게) 그럼 일단 저는 부산, 경기 쪽 마약반 형사들의 진술
          을 한번 모아보겠습니다.
주검사   (돌아보며) 진술을 받을 때 증거 될만한 것들 챙기는 거 잊지 마시고요.
          (하고, 문 닫고, 가는)
안형사   (가는 주검사 보다, 민식 보며) 양강칠이가 오용학을 납치했다면.. 왜
          주검이 가만있을까요? 선뱀 양강칠이가 오용학 사건의 범인이라고 보
          는 거 맞죠? 혹시, 주검은 박검사가 오용학 사건도 연루된 걸로 보고
          타이밍을 노리나?
민 식   (일어나는, 가는)
안형사   같이 가요. (하고, 나가는)

씬8.   도로, 밤.

          민식, 생각 많은, 안형사, 운전하는,

민 식   (생각 많은, 강칠이만 의심이 되는, 작심하는)
안형사   참 그리고 마약범 스크랩북 왜 확인 안 하세요, 전번 여름에 놓친 마약
          범, 스크랩북에 없었어요?

민 식   (말꼬리 자르며) 안형사.. 내가 아무래도.. 형사 일 그만둬얄 거 같애.
          (안 보고, 맘 아픈) 형사는 개인적인 감정으로 사건을 봄 안 되는데, 내
          가 그게.. 잘 안 되네..
안형사   일단 주검 말대로 마약 사범만 신경 쓰자구요, 우린. (민식 보다, 사이드
          미러를 보며) 저 치는 뭔데, 자꾸 따라오지? (하고, 차를 방향을 틀면)

          * 점프컷 〉〉
          남자1, 운전하다, 들킨 것 같아, 그냥 차를 몰아가며, 안형사를 안심시
          키는,

          * 점프컷 〉〉

안형사   잘못 봤나..
민 식   (창가 보며, 생각 많은) ..

씬9.   시골 집 전경, 어두운 새벽.

강 칠   (E) 지나 씨, 일어나봐.

씬10.   시골 집 안, 어두운 새벽.

          지나, 이불에서 덮고 자고, 강칠, 이불 밖에서 잔 듯한, 엎드려 지나를
          가만 보다, 말 거는.

강 칠   (머리 만지며) 지나 씨, 정지나... 눈 뜨고, 일어나봐 봐.
지 나   (안 뜨고) 나.. 졸려.. 조금만.
강 칠   우리 해 뜨는 거 보러 가자, 어?
지 나   추워.. 잘래..
강 칠   내가 안 춥게 해주면 갈래?
지 나   어.
강 칠   그래, 그럼.. 이렇게 하자. 잠깐만, 있어봐, 잠깐만.. (하며, 지나를 안

고, 이불을 씌우는, 지나, 여전히 자는)

씬11.　시골 집 마당, 새벽.

강칠, 방문 열고 나오는데, 이불에 지나를 둥둥 싸서는 어깨에 걸치고
나오는,

지 나　(졸린) 어디 가.. 해도 안 떴잖아요..
강 칠　에이, 해 보러 가는데, 지금 해가 뜨면 안 되지. (하고, 지나의 얼굴을
이불로 폭 싸는) 춥다, 이러고 가만있어. (하고, 가는)

씬12.　마을 동산(혹은, 바닷가), 새벽.

강칠, 지나를 둘러메고 노래를 흥얼거리며 가다가, 동트는 걸 보고, 멈
춰 서는, 가슴이 벅찬, 지나를 안고, 한쪽에 앉아, 눈이 부시지 않게 지
나의 눈을 가리고,

강 칠　자, 자, 기대하시라, 천천히 보기다, 눈부시니까, 눈 확 뜨지 말고.. 자,
보자.. (하고, 가린 손을 거두면)
지 나　(눈부신, 가늘게 눈을 뜨면)

* 점프컷 〉〉
해가 떠오르는,
지나, 가슴이 벅찬, 눈가가 그렁해지는, 강칠을 안는,
강칠, 안고,

강 칠　난요, 별로 닮고 싶은 사람도 없고, 뭐 특별히 되고 싶은 것도 없고, 부
러운 것도 없는데... 쟤, 태양은 되게 부러워.. 한결같이, 우리가 뭐 잘
해주는 것도 없는데, 사실 우린 지한테 뭐 관심도 없는데.. 쟨 서운하단
말 한마디 없이 매일 우리한테 오잖아. 늘 꿋꿋하게, 멋지게 그리고 폼
나게. 난 쫌 있다도 안을 수 있으니까, 지금은 지나 씨, 쟤 봐봐. 어?

지 나   (맘 아픈, 해 보는) ..

강 칠   이쁘지?

지 나   (강칠 보며, 맘 아픈) 전번 날 아빠한테,

강 칠   ?

지 나   (맘 아픈, 담담히, 말하는) 왜 그렇게 많이 맞았어요, 바보같이..

강 칠   (가만 보며) 몰랐음 했는데,

지 나   힘세니까, 주먹이라도 잡지.

강 칠   (작게 웃으며) 내가 자기 같은 딸 가졌음, 나도 그래.

지 나   (맘 아픈, 강칠을 보며) 내가 아무리 곰곰이.. 생각해봐도, 우리가 강칠
        씨가 생각하는 그런 결혼식은 할 수 없을 거 같아요. (눈가 붉은) 난 아
        빠를 아니까. 나한테 안 져줄 거예요. 절대.

강 칠   (따뜻하게 보며) 뭐가 젤 겁이 나요?

지 나   (눈가 그렁한) 많이 힘들 거예요, 날 포기하고 싶어질 만큼.

강 칠   내가 만약 힘이 들어 지나 씰 포기한다고 하면 냅다 버려버려요, 여자
        가 겁 없이 다 주는데도 포기한단 놈은 뒤도 돌아보지 말고, 버려. 그런
        놈은 지나 씨한테 절대 안 어울려. (맘 아프지만, 농담조로 웃으며) 그
        리고 우리한텐 마지막 방법이 있잖아, 삼십육계 줄행랑. 나도 지나 씨
        도 우리가 달리기 하난 잘하잖아.

지 나   (강칠을 꼭 안는, 눈물 나는)

강 칠   (눈 감고, 꼭 안고) 내가 사랑한다고 말한 적 있나?

지 나   기억이 안 나..

강 칠   사랑해요.

지 나   나도, 많이 사랑해.

        깊게 입 맞추는 두 사람 보이는, 해가 뜨는,
        강칠, 지나 입 떼고 서로를 보다가, 강칠, 지나에게 해를 턱으로 가리키
        며, 보자 하고, 같이 보는,

씬13.   효숙의 거실, 새벽.

        국수, 옷을 여기저기 놓고, 겉옷을 입고 한쪽에 쪼그려 자는, 효숙, 자

다 만 얼굴로 방에서 나와 그런 국수를 보며,

효 숙 　에으 진짜로... 건넌방 가서 자래니까, 기어이 여서 퍼질러 자네. (웃으
　　　며) 아고, 참 별시런 놈. (하고는, 한쪽 소파에 있는 담요 하나를 가져다
　　　국수에게 덮어주는)
국 수 　(E) 대체 몇 번을 말해야 믿겠어, 내가 천사란 말을!
효 숙 　(국수 보며) 이게.. 미쳤을까 진짜로? 우에 지가 천사라꼬.. 생각하게 됐
　　　으꼬, 뭔 정신적인 충격을 받아가.. 참내.

* 플래시백, 12부 〉〉

효 숙 　(속상해, 소리치는) 해! 해! 이놈아, 낼로 갖고 놀아, 어서!
국 수 　갖고 놀 만큼 누나가 아무렇지 않은 건 아니거든? 나도 누나 봄 조금은
　　　가슴이 뛰거든! (하고, 가는)

* 플래시백 〉〉
영자를 안고 웃던 국수.

* 현실 〉〉

효 숙 　(국수 이쁘게 보고) 일 성실히 하고, 인정도 있고, 전과만 빼믄 나무랄
　　　기 없는데,
국 수 　(E) 누나, 키스 한 번만 하자, 나, 날개 돋게.
효 숙 　정말.. 야가 내랑 입을 맞추면.. 날개가 돋을까? (같잖은) 에이.. 걍 하
　　　는 말이겠제, 내 후릴라꼬... (하고, 일어나려다가, 주변 살피고, 다시
　　　국수 보며) 아이다, 혹시 진짤지도 모르지, 확실히 미치지 않고서야..
　　　그리 진지하게 시종일관 천사라꼰 몬 하지, 사람이.. 마, 밑져야 본전이
　　　다. (하며, 설레고, 조심스런 맘으로, 국수의 입에 입을 맞추는)
국 수 　(자는)
효 숙 　(설레는) 자.. 이제.. (하고, 이불을 들춰보다가, 놀라, 이불을 덮고, 국
　　　수를 보는)

국 수　　(자는)

효 숙　　(심호흡하고, 다시, 이불을 들추면, 이불 속 국수의 등짝에 전번과는 다
　　　　른 핏빛 날개가 서서히 그려지는, 놀라, 눈이 커지는데)

그때, 집자기 국수 벌떡 일어나는,

효 숙　　(놀라, 소리치는) ..악! 악! (하며, 뒷걸음치는)

국 수　　(효숙을 보며, 신경질적으로[밤새 강칠 때문에 선잠 자고 긴장한]) 뭐
　　　　야? (하고, 일어나, 핸드폰으로 전화하며 화장실로 가는) 형은 왜 전활
　　　　안 받아. 짜증 나게.

효 숙　　(숨을 할딱거리며, 진정하려 하는) 저기.. 저기 진짜.. 사람이 아이가..

씬14.　　효숙의 화장실 안, 아침.

국수, 전화하다 문자를 넣는,

국 수　　(E) 강칠이 형 어디야, 빨리 나 있는 데로 와. 내 예지력이 이상해. 우리
　　　　둘이 자꾸 같이 죽어. 빨리 나한테 와. (하고, 핸드폰 내리고, 양치를 하
　　　　려는데, 효숙 들어오면) 어딜 들어와, 나 샤워할 건데?

효 숙　　(변기에 앉으며, 놀라, 기운 빠진) 니.. 니 사람이가. 귀..신이가, 아님
　　　　니 말대로 진짜 처, 천..사가.

국 수　　(양치하다, 보며) 누나가 애 엄만데 내가 누나 애 엄마지? 애 엄마지?
　　　　하고 뻔한 걸 천 번 만 번 말하면 누난 기분이 어때? 짜증 나겠지? 나도
　　　　그래, 딱 짜증 나. 가뜩이나, 간밤에 예지력 땜에 힘들어 죽겠는데.. 말
　　　　걸지 마. (하고, 거울 보며, 이를 닦는)

효 숙　　마, 만약.. 니가.. 천사면 와 사람 사는 델 왔노?

국 수　　(양치만 하며, 아무렇지 않게) 강칠이 형 지키러. 그게 내 임무니까. (다
　　　　시 거울 보며, 이마에 난 땀을 보며) 근데 왜 또 식은땀이 나지?

효 숙　　니 뭔.. 병 있는 거 아이가? 지난번도 막 아파하고.. 니 병원 가봤나?

국 수　　됐어. 나가.

효 숙　　(눈치 보다, 걱정스런) 니 만약, 만약에... 날개 돋음.. 그람 그땐 우에

되나?

국 수 (칫솔로 천장을 가리키며) 저기 가지. (하고, 다시 이를 닦는)

효 숙 (진짠가 싶은) 거게가 그래.. 가고 싶나?

국 수 (거울 보고, 이를 닦으며, 뒤로 손을 돌려 등짝 긁으며) 어.

효 숙 (국수의 등을 보면, 날개 문양이 슬쩍슬쩍 보이는, 멍한) ..와.. 거게가 그래 가고 싶나?

국 수 (진지하게 보면) 와는 없어, 갈 곳이니까 가는 거야. 누난 누나 집에 꼭 무슨 이유가 있어야 가, 집이니까 가지.

효 숙 (진지한) 니.. 거게 감 여게는.. 또 올 수 있나?

국 수 (보는)

효 숙 거겐.. 한 번 감 그람 다신 몬.. 오나?

국 수 아마도. 그럴걸. 울 엄마도 안 오는 거 보면.

효 숙 (진지하게, 울컥 속상한) 그람.. 거겐.. 저승이네. (하며, 냅다 뒤통수를 치며, 속상한) 지랄하네, 진짜로! (하고, 나가는)

국 수 (가만 효숙 보고, 양치를 벅벅 하는, 진지한, 생각 많은)

씬15.　효숙의 방 안, 아침.

효숙, 문 닫고 들어와, 영자 안고, 두렵고, 이상한,

효 숙 대체 이기 뭔 일일꼬.

씬16.　시골 집 인근, 마을 공터 같은 주차장, 낮.

강칠, 시골 집 앞에서 핸드폰으로 국수의 문자를 보는데, 다시 국수의 전화가 오는, 답답한, 안 받고, 핸드폰을 주머니에 넣고 가는,

＊점프컷 》》
지나, 서있고, 강칠, 오다가 지나 보며,

강 칠 왜 먼저 가라니까 안 갔어요?

지 나   같이 갈려고.

강 칠   어떻게 같이 가, 차가 있는데, 먼저 가요.

지 나   (머뭇대다, 타려다가, 다시 보며) 동물원 가면 내가 강칠 씨 따라갔다
         가, 강칠 씨 일하는 거 보고, 다시 돌아와도 되는데,

강 칠   오늘은 자재가 직어시, 구수만 가요, 난 다른 일이 있어서.. 먼저 가요,
         내가 같이 가는 데까지 뒤에서 따라갈게.

지 나   (살짝 강칠의 입에 입 맞추고, 애써 웃고) 전화할게요. (하고, 차 타고
         가는)

강 칠   (가는 지나 보다, 트럭에 오르는)

씬17.   도로+ 달리는 지나의 차 안, 낮.

         지나, 사이드미러로 강칠의 트럭이 오는 걸 보는, 그러고는 비상등을
         켰다 껐다를 반복하는,

         * 점프컷 〉〉
         강칠, 뒤에서 지나를 짠하게 보고 웃고, 차를 몰아, 앞으로 가서, 비상
         등을 켰다 껐다 하고 차를 다른 방향으로 틀어 가는, 지나, 가는 강칠을
         보고 반대 방향으로 차를 몰아 가는,

         * 점프컷 〉〉
         강칠, 생각 많은,

         * 플래시백 〉〉
         1, 민식, 어릴 때 자신을 짓밟던,
         2, 12부 초반, 민식, 벽에 사정없이 강칠을 처박던,
         민식, 총을 배에 겨누던, 뒷부분 편집해서 보여주는,

민 식   무조건 떠나. 무조건. 고향이 여기든, 니 에미가 여깄든.. 먹고사는 게
         어쨌든... 무조건. 다시 보면 나한테 죽는다.

* 점프컷, 현실 〉〉
강칠의 얼굴 위로,

민 식   (E) 날 보려면 죽길 각오해얄 건데, 죽길 각오했나 보네.

강칠, 차를 급하게 다시 돌려 가는,

씬18.   카페 안, 낮.

찬걸, 짱구를 만나고 있는,
짱구, 자신의 핸드폰을 건네고, 찬걸, 핸드폰의 사진을 보는,
민식, 지나의 집을 보는 동영상이 짧게 보이고, 이후, 강칠의 집을 보
다, 돌아서는 게 보이는,

찬 걸   (답답한)
짱 구   정민식 딸과 양강칠이가 친한 거 같드라구요.
찬 걸   (사진을 더 보면, 지나와 강칠이 시장에서 구경 다니는 사진을 보고, 짱
         구에게) 정민식과 양강칠 통화 내역이 있나?
짱 구   (서류를 꺼내 보여주며) 네.
찬 걸   (막막한) 둘이 손을 잡았나 보네.
짱 구   만약 용학이 증거물이 있고, 정민식과 양강칠이 손을 잡았다면, 지난
         사건들까지 모두 들춰져 일이 심각할 거 같은데...
찬 걸   (통화 내역을 보는, 막막한, 그러나 단호한) 둘이 만날 땔 기다려, 한꺼
         번에 둘을 해결한다면 더는 심각해질 일도 없겠지.
짱 구   ?
찬 걸   마산 쪽에서 들어온 니들 애들 다 풀어줄게. 실수 없이 해결해. 그리고,
         여기서 너랑 나랑 거래도 정리하자. (하고, 가는, 자신도 왜 이러는지
         모르겠는, 맘 아픈)
짱 구   (웃고)

씬19.   정이의 학교 운동장, 낮.

강칠, 트럭을 세우고 내리는데,

민 희   안녕하세요.
강 칠   (보고, 웃으며) 어.. 이쁜이네.
민 희   정이 보러 오셨어요, (손으로 징소를 가리기며) 정이 저기, 실내 운동장
         에 있는데..
강 칠   고맙다. (가려 하면)
민 희   근데 아저씨 정이 요즘 이상해요,
강 칠   (보면)
민 희   학교에서 말도 안 하고, 맨날 우울해가.. 있고, 그리고 자꾸 어떤 남자
         도 찾아오구요.
강 칠   뭐, 남자가 찾아와?

씬20.   실내 운동장, 낮.

정이, 농구를 열심히 하는,

* 플래시백 〉〉
이석, 친자 확인 검사를 하자는, 엄마와 연락이 계속 오갔다는,
강칠 모, 니가 왜 남의 자식이야 하는 장면과 강칠이가 6부에서 배를
보이며, '맞네, 내 아들' 하던 모습, 목욕하며 웃던 강칠 모습 등이 정
이의 농구하는 모습과 컷컷 플래시백으로 오가는,
정이, 속상한데도 농구를 하는데, 그때, 강칠 나타나, 공을 낚아채, 공
을 튀기며, 농구대에 넣는,
정이, 보면,
강칠, 공을 주며,

강 칠   (경기할 태세를 갖추고) 일 대 영. 나는 저쪽 넌 이쪽. 시작!
정 이   (좋은, 공을 튀기며, 괜히 팅기듯) 왜 왔어요?
강 칠   (공을 뺏으려 하며) 니가 내 아들은 아들인가 보다, 맘이 울적한 순간에
         눈앞에 니 얼굴이 싹 지나가는데, 갑자기 무지 보고 싶드라고.

정 이   (공을 튀기며) 칫, 정샘이랑 신나게 외박해놓고, 괜히.. 할 말 없으니까.
        근데, 정샘 아빠 안 무서워요, 그렇게 맞아놓고.. 그냥 딴 여자 만나요.
        여자 많잖아.
강 칠   (공을 뺏으려 하며) 쓸데없는 말 마, 자식아. 사내 새끼가 한번 좋아함
        끝인 거지, 뭐 이 여자 저 여자 찝쩍대. 등신같이. (하고, 공을 뺏어서,
        골대에 공을 넣고, 신난, 박수 치며) 아자, 아자, 아자!
정 이   (보며, 담담히) 할머니한테 얘기 들었어요?
강 칠   뭔 얘기?
정 이   내가 아들이라고 하는 사람이 나타났단 얘기요?
강 칠   ?

씬21.   통영 병원(이후에 15부에 나오는 병원과 같은 병원), 낮.

        강칠 모, 병원으로 들어가는데,
        이석, 그 뒤에서 부르는,

이 석   저기, 어머니,
강칠 모 (보며, 황당한, 화난) 미쳤는갑네, 내가 왜 당신 엄마야! 보자 보자 하니
        까. 검사받으러 왔음 곱게 검사나 받어! (하고, 병원으로 들어가는)
이 석   (답답한, 가는)

씬22.   동물병원 안, 낮.

        영철, 우는 아이를 안고 있는 아줌마와 상담을 하는,

영 철   (아줌마에게 친절하게 설명하는) 그게 저희 수의사는 동물보호법에 따
        라 동물은 판매하지 않아서, (종이에 동물 보호 상담 센터 1577-0954
        라고 적어주는) 근데 여기 동물 보호 상담 센터를 통해 지자체에서 보
        호하는 동물을 입양할 수 있으니까 한번 상담받아보세요.
아줌마   아.. 아이고 감사해요, 선생님. 선생님 말씀 잘 들었지?
영 철   (아이 머리 쓰다듬으며) 동물 입양 받으면 잘 키우기다.

아줌마, 아이 고맙습니다. (하고, 가고)

그때, 지나, 한쪽에서 차를 타서, 영철의 앞에 놔주는,

영 철   (차를 보는 둥 마는 둥 하고, 컴퓨터를 하는, 여행 시이트를 보는)
지 나   뭘 그렇게 봐?
영 철   (맘 아프지만, 담담히 사이트만 보며) 여기저기 좋은 데가 너무 많네.. 어딜 갈까... (클릭하며) 그래, 일단 강원도가 좋겠다, 통영 와 살면서 눈 보기 힘들었는데.. 눈 온 산에서 빙벽이나 타면서..
지 나   (찻잔만 보는) 강원도 가게?
영 철   (보고, 맘 아프지만, 단호한, 짐짓 가볍게) 어.. 애완동물 보던 놈이, 너랑 같이 있을라고 가축 공부하고, 낯선 통영까지 내려왔는데... 이젠 있을 이유가 없잖아. 참 오늘 아침 부동산에서 연락왔는데, 아버지가 어제 동물병원 내났다드라. 아무래도 너랑 같이 양강칠 없는 어디로든 가실 모양이야.
지 나   ...
영 철   (맘 아픈, 진지한) 내가 이렇게 말을 하는데도 놀라는 척도 안 하는 거 보니까, (걱정스런) 넌 나보다 아버지보다 더 큰 비장의.. 무길.. 준비.. 했나 보다?
지 나   (맘 아프지만, 차분한) 그 사람은 순진해서, 자기가 맞아주고, 아버지한테 열 번 스무 번 무릎을 꿇고 빌면, 언젠간, 아빠가 허락을 할 거라고 믿는 거 같애.. 근데, 나는 그 사람만큼 순진하지 않아. 우리한텐.. 방법이 없어. (맘 아픈, 그러나 단호한) 둘이 여기 떠나게.
영 철   ?
지 나   나, 유학 갈려는 곳에 같이 갈까 싶어. 구청에 다녀왔는데 가능할 거 같애. (맘 아픈) 다른 방법이 있으면 알려줘, 그 방법이 뭐든 해볼게.
영 철   (답답한, 맘 아픈) 둘이 헤어지면 쉬워. 전과자라고 무조건 반대하는 건, 그래, 니 말대로라면 편견 이상, 그 무엇도 아니겠지. 근데, 아픈 건 어쩔래? 완치 확률이 아무리 높아도 암 환자야.
지 나   (맘 아프게 보며, 단호한) 그만한 생각은 나도 해. 최악의 상황에서 최선을 찾을 거야. 난 찾을 수 있어.

영 철   (맘 아픈, 한숨 쉬고 고개 돌리고, 일어나 가며) 씻고 올게. 나가서, 바
         람이나 쐬자.
지 나   (맘 아픈) ..

씬23.   거리, 낮.

         강칠, 트럭을 거칠게 몰고 와, 문을 쾅 닫고, 병원으로 들어가는, 화난,
         정이, 조수석에서 나와, 강칠 잡으며, 걱정스런,

정 이   아빠, 아빠,
강 칠   (화난, 속상한, 팔을 뿌리치며, 팰 듯이, 버럭 소리치는) 안 놔, 콱! 왜
         잡어? 날 왜 잡어? 야, 자식아, 너 아빨 뭘로 봐! 물로 봐! 이게 그냥,
         콱! 콱, 그냥! (하고, 돌아서는데)
강칠 모   (어느새 앞에 와, 정이에게) 너는 가, 검사받고, (강칠의 가슴을 두 손으
         로 밀며) 너는 에미랑 얘기 좀 해.
강 칠   (답답한, 강칠 모 보며) 엄마까지 내 성질을 돋우지 말고, 나와! 그리고,
         쟤가 무슨 검살 받어?! 무슨 검살 받어, 쟤가!
강칠 모   (가로막고, 강칠의 가슴을 밀며, 소리치는) 뭐가 무서 검살 못 받어, 뭐
         가 무서서!
정 이   (화난, 눈가 그렁해, 오기에 차 병원으로 가는)
강 칠   야야야야!
정 이   (가며, 화난) 난 무조건 아빠 자식이니까, 걱정 말아요!
강 칠   근데 왜 가! 내 자식인데, 니가 왜 가! 너 안 와!
강칠 모   (가로막으며, 강칠 밀며, 맘 아픈) 에미랑 얘기해, 에미랑 얘기해!

씬24.   병원 복도 벤치, 낮.

         이석, 앉아있는.
         정이, 화나서 와서 묻는,

정 이   검사실 어디예요?

이 석   (일어나, 정이 보며, 턱으로 한쪽 가리키며) 저쪽.

정 이   (검사실로 들어가는)

씬25.   병원 일각, 낮.

          강칠, 강칠 모 벤치에 나란히 앉은,
          강칠, 어이없고 속상해, 강칠 모 보며,

강 칠   하하.. 말 되는 소릴 해, 노친네? 정이가 무슨 이석이 놈 아들일 수도
          있어? (하고, 일어나려 하면)

강칠 모   (모질게 강칠 손을 꽉 잡고 안 놔주는)

강 칠   (속상해, 버럭) 내가 아무리 대가리가 나빠도 여자랑 잤는지 말았는지
          도 기억을 못 할 거 같어?!

강칠 모   (맘 아프지만, 담담한)

강 칠   막말로 정이 엄마가 저놈하고 잤다 치자, 그래 둘이 도망간다고 날 버
          렸으니까, 잤을 수도 있겠지! 그래도 정인 내 아들이야!

강칠 모   ..

강 칠   아니, 만약 정이가 그놈 아들이래도 난 정이 못 줘! 이석이 놈이 어떤
          놈인지 엄마가 알어? 공부 잘하고 돈 많은 집안의 외동아들로 어려서
          부터 이 기집애 저 기집애 들쑤시고 다녔던 놈이라고! 수미 말고도 그
          자식이랑 잔 여자애들 줄 세우면 여기 100미터는 줄 설걸! 난 수미한테
          버림받았지만, 수미는 그놈한테 버림받았어! 여자 버린 놈이 아들은 안
          버릴까! (잡힌 손목을 빼려 하며) 이거 놔, 이거 놔, 가보게!

강칠 모   (맘 아픈) 못 놔.

강 칠   (버럭, 속상한) 진짜, 왜 이래, 엄마!

강칠 모   (안 보고) 이석인지 뭔지, 내 보니 아주 멀쩡한 놈이야.

강 칠   뭐?

강칠 모   너도 어려선 개망나니더니, 이제 사람 구실 하잖어, 뭐 너만 변해, 그놈
          도 변하지. 그놈이 을마나 귀하게 생겼는지 몰라, (눈가 붉어져, 속상
          한) 을마나 신사 같은지, 성질나게 신사 같아, 아주!

강 칠   (속상한, 안 보고, 화난) 신사 같든 말든.. 정인 내 아들이거든!

강칠 모 니 아들이면 검사 못 받을 이유 없고, 정이가 그놈 아들이면.. (맘 아픈) 그놈한테 보내. 그게 사람 도리지, 남의 자식을 어찌 좋다고 끼고 살아. 말도 안 되지.

강 칠 (맘 아픈, 순간 몸도 아픈) 언젠 우리가.. 말 되게 살았어! (땀이 나는, 숨을 고르는, 강칠 모 안 보게 다른 데 보며) 어쨌든, 난.. 못 보내.

강칠 모 (아픈 강칠, 알아채지 못하고) 니 아들이면 보낼 이유 없어. 그리고 아무리 니 팔자랑 내 팔자가 개쓰레기 같은 팔자래도 설마 아들하고 손주까지 뺏기는 일이 일어나겠어. 난 자식 죽어, 넌 누명 쓰고 천 날 만 날 빵간서 살다 나와, 그만함 전생에 부물 팔아먹었대도 대가를 치르고도 남지. (하다, 강칠 모에게 몸 아픈 걸 들키고 싶지 않아, 가는 강칠을 보며) 어디 가?

강 칠 (땀 흘리며, 안 보고, 가며, 짐짓 크게 소리치는) 오줌 싸러 가, 왜?!

씬26. 병원 화장실 안, 낮.

강칠, 힘들게 들어오는, 정신이 아찔하게 아픈, 소변보던 남자들을 밀치고, 화장실 문을 열고 들어가, 벽에 두 손을 짚고, 크게 숨을 몰아쉬며, 고통을 참는.

씬27. 경찰서 안, 낮.

민식, 사직서를 쓰고 있는,

* 점프컷 〉〉
민식, 사직서를 다 쓰고, 서랍에 넣고 나가는,

씬28. 경찰서 숙직실, 낮.

민식, 담담히 총기를 만지는,

* 플래시컷 〉〉

1, 어린 강칠, 때리던, 그때, 자신을 원망스레 보던 지나 모와 지나의
모습.
2, 작업실에서, 강칠과 지나가 웃던,
3, 주검사, 오용학의 납치범이 양강칠이라고 한 말.
4, 13부 지나가 '네' 하는데, 뺨 때리던 자신의 모습.

민식, 총알을 담담히 끼우는,

안형사　출동도 없는데, 왜 총을 만져요?

민 식　(총만 보며) ..그냥.

안형사　?

씬29.　카페 앞 길, 낮.

트럭 안에 강칠 모, 정이가 앉아있는 게 보이는,
강칠 모, 카페 안을 보면, 강칠, 이석 있는,

씬30.　카페 안, 낮.

이석, 강칠 마주 보고 앉아있는,

이 석　(보면)

강 칠　(양팔을 탁자에 올리고, 이석을 빤히 보며, 화난, 가라앉은) 내가 17년
전에 너한테 수미가 너 좋아하니까, 너 유학 갈 때 덱고 가랬지? 그런
데, 너 어쨌어? 둘이 한 달 도망가 동거하고 결국은 수미 버리고 미국
으로 날렀지?

이 석　나랑 한 달 같이 있을 때 수미가 이미 임신을 했었어.

강 칠　(멍한) ?!

이 석　너랑 자기 이전에 이미 나랑 관계가.. 있었어. 정이 내가 미국으로 데려
갈게. (하고, 가려 하면)

강 칠　(앉은 채, 화나, 이석을 밀쳐, 자리에 앉히는, 화를 참으며) 내가.. 만만

해? 내가 니 눈엔 엄마 하나 아들 하나 있는 것도 못 지킬 만큼 만만해
보여? 수미가 임신 중이었다고, 그걸 알고도 떠났다고? 그럼 넌 진짜
개자식이지? 그런 개자식한테 내가 내 아들을 어떻게 보내?

이 석   ...

강 칠   미국에 있는 마누라랑 애들한테도 한국에 정이 있다고 말했냐?

이 석   그래, 조금 힘들어하지만, 이해해줄 거야. 정이 공부를 잘하드라. 의학
          공부하고 싶대, 내가 도와줄 수,

강 칠   (말꼬리 자르며, 버럭, 화난) 누가 너더러 도와달래?! 정이 공부 내가 시
          켜! 울 엄마가, 내가, 죽어라 일을 왜 하는데! 그리고 뭐, 가족들이 이해
          해줄 거야? 니가 이해하람 니 가족들이 이해하냐? 니 자식 열 몇 살이
          라고.. 그 어린 놈이 갑자기 생겨난 형을 어떻게 이해해! 니 마누라가
          이해할 거라고? 뭘 이해해? 니가 열아홉에 임신한 여잘 버린 개자식인
          걸 이해해?! 니 가족은 널 이해하고, 너 떠난 걸 수미가 이해해주고, 정
          이는 니가 자길 버린 걸 이해하고, 나는 니가 정일 데려가겠단 걸 이해
          하고, 그렇게 넌 다 받아 처먹기만 하고, 그럼 넌 뭘 할 건데?! 이 개자
          식아! (하고, 가는)

이 석   (참담한, 맘 아프게 강칠을 보다, 고개 돌리는)

씬31.   도로 + 강칠의 트럭 안, 낮.

          강칠, 운전석에 타는,

강칠 모   (강칠 걱정스레 보며) 얼굴빛이 왜 그래? 둘이 뭔 말을 했길래?

강 칠   나 동물원 일 가야 돼, 내려요.

강칠 모   (마지못해) 알았어. (하고, 내리는)

정 이   난.. 아빠랑 할머니랑 같이 살 거야, 무슨 일이 있어도.

강 칠   (속상한, 버럭) 그런 놈이, 이석 저 인간을 미국에서 한국까지 불러들
          여?!

정 이   (소매로 눈가 닦고, 고개 숙인) 잘못했어. 그건 정말 잘못했어.

강 칠   (말꼬리 자르며, 화나는, 속상한) 울긴 사내자식이, 왜 울어?! 이런 일로
          울면, 앞으로 세상 어떻게 살라 그래! (맘 아픈) 아빠가 혹시라도 아프

거나 어떻게 되면 니가 할머니 모시고 가장 노릇 해야 되는데, 애처럼
징징 짜긴.. 자식이.. 내려, 임마!

정 이   (내리려는데)

강 칠   (보며) 정이야. 너 만약 아빠한테 무슨 일 생기면..

정 이   (보면)

강 칠   (제 사정이 맘 아픈, 참고) 아냐, 가.

정이, 가는, 강칠 모 한쪽에 앉아있다가, 정이 차에서 내리면 같이 가는,
강칠, 그 모습을 보는데, 속상한, 그때, 전화 오는,

국 수   (E) 형 왜 전활 안 받아, 내가 몇 번을 전화했는데, 빨리 작업장으로 와!
           어디야, 대체!

강 칠   국수야... 나.. 지나 씨 아버님 만나러 간다. 나 혼자 갈게, 넌, 오지 마,

씬32.   동물원, 낮.

국수, 일하다, 전화하며,

국 수   (버럭) 미쳤어, 혼자서! 죽어도 같이 죽어, 절대 혼자 못 가. 어디야? 지
           금 어디냐고?!

씬33.   강칠의 트럭 안, 낮.

강 칠   (맘 아프지만, 단호한) 니가 보는 예지력인지 뭔지 그게 틀린 적이 없다
           면, 국수야, 우린 같이 가면 안 돼. 너까지 뭔 일 생기면, 울 엄마, 정이
           어떡해, 자식아. 내가 없음 넌 나 대신 스페어잖아, (맘 아픈) 국수야,
           그러니까,

씬34.   동물원, 낮.

국 수   (눈가 붉어, 버럭) 그러니까는 뭐가 그러니까야! (그러다, 한쪽 거울을

보며, 예지력을 느끼는지, 눈에 힘을 주는) 그리고 난 형 니 스페어가
아니라, (하고, 거울을 보면, 국수의 눈동자에 강칠이 트럭에서 전화하
는 모습이 맺히는) 수호천사야.

씬35.　강칠의 트럭 안, 낮.

강 칠　(단호한) 그래도 너랑 같인 못 가. 날 위해서도 널 위해서도 안 돼.

씬36.　동물원, 낮.

국 수　(차분한, 진지한) 그럼 거기, 트럭 안에 잠시 있어.

씬37.　강칠의 트럭 안, 낮.

강 칠　? (주변 보며, 이상한) 너 어딨어? .. 뭐야, 나 보여?

씬38.　동물원, 낮.

국 수　(진지한) 난 사람 아니라고 했지. 내가 갈게, 거깄어. 딴 데 가면 죽어,
나한테! (하고, 전화 끊고, 미친 듯이 뛰어가는)

씬39.　동물원 밖 + 달리는 택시 안, 낮.

　　　　국수, 뛰어와 가는 택시를 '택시!' 하고 불러, 잡아타고, 가는,

국 수　통영이요! (그러다, 등이 아픈지, 등 쪽을 만지다, 뭔가 자꾸 이상한지,
옷 속으로 손을 넣어, 등을 긁다가, 뭔가 잡혀, 빼서 보면, 날개 깃털이
다, 놀라, 기사 보고, 유리에 등을 살짝 비추면, 검은 털이 돋아나는, 옷
을 내리고, 기사가 볼까, 짐짓 태연한 척 좌석에 등 기대고, 차분히, 궁
시렁) 내가 이겼어. 다들 이제 싹 다 죽었어. (하며, 제 손바닥에 제 주
먹을 치는)

씬40.   도로, 낮.

        강칠, 전화 끊고, 국수가 오기 전에 가야겠단 생각으로, 그냥 가는,

    ↘ 점프컷 〉〉
        배식, 차를 몰아 강칠을 쫓는,

씬41.   강칠 모의 방 안, 밤.

        강칠 모, 밥을 먹는,
        효숙, 그 옆에 앉아, 말 거는,

강칠 모 왜 국수가 떠난대?

효 숙 (답답하고, 난감하고) 그긴 아이고, 국수가 왜 뻑함 날개 달고 어데 간
         다잖아, 왜? 그래서.. 묻는 긴데, 엄마 니도 혹시... 국수 등에 난 날개
         쪼가리,

강칠 모 (입에 밥 물고, 보면) ?

효 숙 아이다. 밥 묵으라. (하고, 한숨 쉬고 가는)

강칠 모 (답답한) 말을 할람 하고 말람 말지, 띄엄띄엄 뭐래? 저게.. (속상한, 밥
         먹는) 강칠이나 그냥 좋아하지, 왜 국수한테 맘을 주고..

분 희 (E) 효숙아, 니 어데 가노? (사이) 저게 으른이 말하는데, 말대꾸도 않
         고.. (하고, 문 열며) 아주매, 있나?

강칠 모 또 뭐로 사람 염장을 지를려고 와?

분 희 (들어와, 앉아, 김칠 손으로 집어 먹으며) 염장은 무슨.. 아주매가 장사
         도 안 나오고, 내가 쪼매 걱정이 되가 왔지.

강칠 모 (밥 먹다) ?

분 희 저기.. 정샘 아부지가 아주매한테 뭔 말 안 하든가?

강칠 모 뭔 말?

분 희 그기 지난 밤에 정샘 아부지가, 막 눈을 부리부리해가 무섭구로 날로
         노려보매, 양강칠이가 우리 지나랑 사귑니까, 안 사귑니까 하매 막 다
         구치매 말하라꼬 종주먹을 대드라꼬.. 그 양반이 형사잖아, 형사!

강칠 모 (두려운, 그래도 침을 튀기며, 소리치는) 형사면 뭐, 형사면 뭐, 죄 없는
        앨 뭐 어쩌게?

분 희   (침 튀긴 얼굴 닦고) 형사면 뭐가가 아이지! 듣자니, 강칠인 누명 쓴 적
        이 있다매? 만약 이번에도 형사가 뭔 짓을 일으켜가 또 누명 씌움 우짤
        라꼬! 형사들은 머리가 똑똑해가, 그랄 수 있다!

강칠 모 ?!

분 희   (생각난 듯, 손뼉 치며) 참, 민구네가 그러드라?

강칠 모 뭐, 뭘?

분 희   전번 날 밤에 경운기 타고 가는데, 밤에 막 망치질 소리가 나가 어데서
        나는 소린고 싶어가, 소릴 찾아갔드이, 강칠이가 있는 델 지나 아부지
        가 깨부수더라꼬! 맞다, 그랬다! 내 그 중한 걸 듣고도 깜박했네, 말해
        준다 카고.

강칠 모 (놀라, 보는) ?

씬42. 도로, 달리는 트럭, 밤.

        강칠, 운전해 가는, 강칠 모의 전화가 계속 울리는, 강칠, 맘 아프지만,
        무시하고 가는, 전화 끊기고, 이번엔 국수의 전화가 오는, 맘 아픈, 그
        러다, 백미러 보면, 배식이 보이는, 강칠, 배식을 쫓기 위해 차를 급하
        게 유턴하고, 그 바람에 배식, 놀라, 차를 급하게 틀다, 다른 쪽에서 오
        는, 국수의 차와 부딪히며 빙그르르 도는,

        * 점프컷 〉〉
        국수, 택시에서 내려, 멀리 가는 강칠의 차를 쫓으며, 강칠을 부르는,

국 수   형, 형! 강칠이 형! 같이 가, 넌 나 없인 죽는다고, 이 등신아!

씬43. 강칠의 차 안, 밤.

        강칠, 트럭을 몰며, 백미러로 국수를 보고도, 그대로 가는, 맘 아픈,

씬44.　　경찰서 계단, 밤.

안형사, 뛰쳐 내려가며 전화하는,

안형사　　선배, 왜 사표 냈어요? (사이) 지금 어디예요? 말해요, 어딘지? 왜 사표
　　　　　내고 총을 가져갔는지 말하라고? 어디야, 지금 어디야?

씬45.　　통닭집, 저녁 무렵.

영철, 콜라를 마시고, 민식은 맥주 한 잔을 앞에 둔,

민 식　　(전화 받고 가만있는)
안형사　　(E) 말해요, 지금 어딨냐구요? 선배 나랑 만나요, 나랑 만나!
민 식　　(전화기의 전원을 끄는)
영 철　　(쓸쓸히, 웃으며) 내가 제주 가도 아버지 보러 자주 올게. 우린, 친구니
　　　　　까? (하고, 콜라 마시고, 민식을 보며) 근데, 왜 술 안 드셔? 난 먹고 싶
　　　　　어도 차 가져와 못 먹는데.
민 식　　(시계를 보면, 7시가 넘어가는, 생각 많은)
영 철　　(안쓰런) 아버지, 아버지가 지세요, 사랑은요, 아부지, 지는 거예요. 전
　　　　　과자, 못 배운 거, 우린 디게 걸리잖아요, 격에 안 맞아서. 근데 지나는
　　　　　요, 그딴 게 장애가 안 돼요. 그런 앤 못 이겨요, 아버지가 안 지면 지나
　　　　　잃어요.
민 식　　(담담히 보며) 왜 지나가 날 버리고 양강칠이랑 도망이라도 간대디?
영 철　　(답답하게, 보면)
민 식　　(생각하다, 일어나 차를 타는)
영 철　　(일어나, 차 문 앞에 서서, 말하는) 아부지.. 우리 집시다, 네?
민 식　　(운전석에 앉아 영철 보며) 나는 양강칠이 만나러 간다.
영 철　　양강칠을요?
민 식　　지나.. 어쩌다가라도 들여다봐라. (하고, 가는)
영 철　　그게 무슨... 말이에요? (가는 차를 따라가며, 답답하고, 놀란) 아, 아버
　　　　　지, 아버지!

그때, 안형사, 뛰어와 민식의 차를 따라가며,

안형사　정선배, 정선배!
영 철　(소리 난 쪽 돌아보면) ?
안형사　(차를 쫓아가며) 차 세워, 정선배, 어디 가! 총 갖고 대체 어디 가냐고?
　　　　　정선배!
영 철　?!

＊ 점프컷 ≫
민식, 차를 몰고 가고,

＊ 점프컷 ≫
남자1, 민식의 차를 쫓아가며, 전화하는,

씬46.　렌터카 사무실 앞, 밤.

배식, 전화하며, 나와서, 차를 몰아 가는,

배 식　알았어, 그리로 갈게. (하고, 가는)

씬47.　찬걸의 사무실 안, 밤.

찬걸, 창가를 막막히 보는 게 보이는,

씬48.　도로, 밤.

국수, '형, 강칠이 형' 땀을 흘리며 죽어라 뛰다가, 뭔가 이상해, 주변
을 보면, 도로가 아닌 들판이다.

국 수　(두려운) 내, 내가, 왜, 여기.. 여기가 어디야?... (주변 보다, 두려워, 소
　　　　리치는) 형! 강칠이 형! (하고, 뛰어가며) 강칠이 형! (하는데, 갑자기,

날개가 옷을 뚫고, 나와, 날아가는, 날아가며) 악!

씬49.   작업실 근처, 도로, 달리는 지나의 차 안, 밤.

         지나, 스피커폰으로 강칠에게 전화해보는,

씬50.   달리는 강칠의 트럭 안, 밤.

         지나의 전화 벨소리 울리는,
         강칠, 맘 아픈, 그대로 가는,

씬51.   작업실 근처 도로, 밤.

         영철, 지나를 기다리며 전화를 하고 있는,
         지나, 차 와서 멈추고 내려, 급한 걸음으로 작업실로 가는,

영 철   (따라가며) 양강칠이 전화 연락 안 되지?
지 나   (걱정스런) 어.
영 철   아버지도 안 돼. (그러다, 작업실 보며) 누가 있다.
지 나   (멈춰 선, 보면, 불이 켜진, 멍한)
영 철   넌 여깄어. (하고, 걸어가며) 거기 누구 있어요? 혹시.. 아버지? 아버지,
         안에 있어요! 아버지!
지 나   (가는)

씬52.   작업실 안 + 밖, 밤.

         영철, 뛰어 들어와 문 앞에 서서, 멍한,

강칠 모   (부서진 작업실 한쪽에 앉아, 멍한, 영철 보는)
영 철   아주머니, 왜, 왜.. 여기가?
강칠 모   (지나 오는 거 보는) 니 아부지가 죄다 깨부순 거 구경하러, 왔나?

지 나   (들어오다, 집 모양 보고, 멍한, 눈가 붉은, 포장지가 찢어지고 미니어
         처가 깨진 게 보이는)

강칠 모   (일어나며, 속상한, 격앙된) 너 사람 말을 뭘로 듣나?! 내가 니한테 강칠
         이 만나지 말라고 당부했나, 안 했나! 했나, 안 했나! (하고, 달려들려
         하는데)

영 철   (몸으로 강칠 모 말리며) 아주머니, 지나는 모르는 일이에요, 지나는 모
         르는 일이에요!

지 나   (멍한, 맘 아픈 벽에 기대서는)

강칠 모   (지나에게, 소리치는) 모르긴 뭘 몰라! 니가 머리가 모잘라 몰라, 왜 이
         런 일이 생길 줄 모르나! 못 배운 내도 이런 일 생길 줄 불 보듯 뻔히 알
         겠는데, 왜 배운 니가 모르나! 내가 니더러 내 자식 만나지 마랄 때 니
         생각해서 그런 줄 알아, 내 자식 생각해 그랬지!

영 철   (강칠 모를 밖으로 몰며, 맘 아픈) 아주머니, 진정하세요, 일단 진정하
         시고, 나중에, 나중에, 따로 말씀하세요, 네.

지 나   (이를 앙다물고, 맘 아프게 눈물 나는)

강칠 모   (끌려가며) 나는 내 자식 그저 귀하게만 보이는데, 니들은 전과자로, 니
         들은 깡패 새끼로밖에 안 보고 이 대접할 줄 내가 아니까! 내가 니한테
         빌었잖아! 나이 많은 사람이 어린 니한테 팔던 고등어 들고 가, 머리까
         지 숙여가며 만나지 말라고, 그놈이 좋대도 만나지 말라고 했나, 안 했
         나! 이년아!

영 철   아주머니..

지 나   (맘 아픈, 이 앙다물고 울며 나가는)

강칠 모   다신 내 자식 찾지 마라! 니도 니 아버지가 감당이 안 되는데, 뭘 누무
         얼어 죽을 연애질을 한다고, 지랄을 해서,

씬53.   작업실 밖, 밤.

         지나, 울며 가는,

강칠 모   (E) 내 자식 가슴에 상체길 내, 니들이! (사이) 나가! 니도!

영철, 나오고,

강칠 모 (E) 니들이 죽어라 좋다고 해서 부몰 버릴 거야, 어쩔 거야! 이러지도
        못하고 저러지도 못할 거면, 으른이 그만두랄 때 그만둬야지! 왜, 이 사
        단을 만들어, 사단을 만들길!

        영철, 가는 지나를 보며, 따라가는, 답답한,

씬54. 작업실 근처 도로, 밤.

        지나, 차에 기대 터져 나오는 눈물을 참으려 애쓰는,
        영철, 걸어와 지나 앞에 서며, 걱정스런,

영 철   일단 집에 가자, 지나야. 일단 집에 가서,
지 나   (숨을 몰아쉬고, 단호하게, 맘 아픈) 경찰에 신고해, 우리 아버지..
영 철   (맘 아프게 보면) ?!
지 나   (울부짖는) 경찰에 신고해! 우리 아버지!

씬55. 방파제 있는 근처, 포장마차, 밤.

        민식, 생각 많게 앉아있다가, 무심히 고개 들면, 강칠의 트럭이 오는 게
        보이는, 가만 보는, 그러곤, 바바리코트 안에 숨겨진 총을 한 번 보고,
        긴장한, 그러다 고개 들면,

씬56. 강칠의 트럭 안 + 포장마차, 밤.

        강칠, 멀리 민식을 보고, 전화기를 주머니에 넣고, 차에서 내려오는, 그
        리고 맞은편 자리에 앉는,

민 식   (술잔에 술을 따라, 한 잔 마시고, 강칠을 보며) 내가 살아선 다시 널 보
        고 싶지 않았는데..? 어젯밤 지나랑은 잘 있었냐?

강 칠   (땀이 흐르는, 민식을 보는)

그런 두 사람의 팽팽한 모습에서 엔딩.

강 칠   (땀이 흐르는, 민식을 보는)

그런 두 사람의 팽팽한 모습에서 엔딩.

제 15 부

그와 그녀의 심장 박동 소리 *Padam Padam*⋯

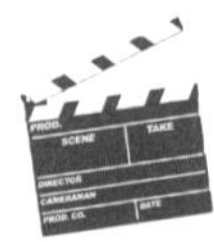

씬1.   방파제 있는 근처, 포장마차, 밤.

민식, 생각 많게 앉아있다가, 무심히 고개 들면, 강칠의 트럭이 오는 게
보이는, 가만 보는, 그러곤, 바바리코트 안에 숨겨진 총을 한 번 보고,
긴장한, 그러다 고개 들면,

씬2.   강칠의 트럭 안 + 포장마차, 밤.

강칠, 멀리 민식을 보고, 전화기를 주머니에 넣고, 차에서 내려오는, 그
리고 맞은편 자리에 앉는,

민 식   (술잔에 술을 따라, 한 잔 마시고, 강칠을 보며) 내가 살아선 다시 널 보
고 싶지 않았는데..? 어젯밤 지나랑은 잘 있었냐?
강 칠   (땀이 흐르는, 민식을 보는)

* 점프컷 〉〉
남자1, 조금 멀리 민식의 자리를 등지고 앉아있는, 그때, 배식이 와서
앉는, 배식, 남자1, 서로 눈짓을 주고받는, 남자1, 자릴 뜨는, 이어서,
배식도 돈을 테이블에 놓고, 자릴 뜨는.
그때, 전화 오고,
강칠, 주머니에서 핸드폰 꺼내 보면, 지나다.

민 식   전원 꺼.

강 칠   (전원을 끄는, 그리고 민식을 보는)

지 나   (속상한, 격앙된, E) 우리 아버지 경찰에 신고해!

씬3.   작업실 밖, 밤.

지 나   (숨을 몰아쉬고, 단호하게, 맘 아픈) 경찰에 신고해, 우리 아버지..

영 철   (맘 아프게 보면) ?!

지 나   (울부짖는) 경찰에 신고해! 우리 아버지!

씬4.   작업실 안, 밤.

         강칠 모, 속상해, 소매로 눈물 닦으며 작업실을 치우는,

강칠 모   지들이 잘났음 을마나 잘나서, 사람한테 이래, 기껏 백 년도 못 살 인
         생, 천년만년 살 것처럼.. 하늘 무선 줄 모르는 인간들..

씬5.   도로 + 달리는 경찰차 안, 밤.

         안형사, 다른 경찰과 차를 타고 달리는, 뒤에 경찰차가 두 대 정도 더
         오는,

안형사   (전화하는) 아직 몰라, 정선배가 양강칠을 만났는지 어떤지.. 근데 국도
         변 CCTV에 양강칠의 트럭하고 정선배 차가 같이 찍혔어. 방파제 근처
         에서 둘의 차가 없어졌고, 내가 정선배님 찾으면 연락할게, 자녠 지나
         랑 집에 가 있어! (하고, 전화 끊고, 무전기로 말하는) 우린 6번 국도로
         간다, 3호차는 태영주유소 쪽으로 돌아가.

씬6.   작업실 도로, 밤.

영 철   (난감한, 전화 끊고, 짐짓 태연하게, 지나 쪽으로 가서, 지나를 안심시

키려, 거짓말하는) 아, 안형사님이, 여기저기 아버지 행방 찾아보는 중
이래. 집에 가 있으래, 전화한대. 차 타.

지 나 ..
영 철 (달래는) 지나야.
지 나 (맘 아픈, 눈물 참고, 화도 나는, 조수석에 타는)
영 철 (차에 타는, 걱정스레 지나 보고 운전해 가는)

씬7. 도로, 밤(14부 엔딩 무렵 상황).

국수, '아, 악!' 두려움에 소릴 지르며, 하늘을 나는,

씬8. 방파제, 밤.

민식, 강칠 앉아있는,

민 식 (술을 마시고, 차갑게 보며) 나한테 원망이 많았나 보다?
강 칠 (맘 아픈, 두려운, 눈가 붉은, 그러나 단호하게) 형을 잃어봐서, 형제 잃
        은 맘을 압니다. 다 이해한다곤 못 해도, 마냥 싫고 원망스럽지만은 않
        았습니다. 그리고, 지나 씨 만난 건.. 우연입니다, 계획된 거 아닙니다.
민 식 내가 니 변명 같은 그 말들을 들으러 평생 다닌 직장에 사직서 내고,
        (옷을 벌려 총을 보여주며) 총을 들었는 줄 아냐?
강 칠 (총을 보고, 눈가 붉어, 맘 아픈, 그러나 단호한) 저 역시 변명이나 하려
        고 억울한 16년 수감 생활을 마치고, 위험하게 용학이까지 납치한 건
        아닙니다.
민 식 ?
강 칠 용학이가 깨어날 때까지만 기다려주십시오. 용학이가 깨어나면, 제 누
        명을 벗길 증거물을,
민 식 (말꼬리 자르며) 그 증거물이 진짜래도 난 니가 싫다.
강 칠 ..
민 식 우리 민홀 너 말고 누가 죽였든, 어쨌든 민호는 이미 죽었으니까! 난 지
        금 민호 일로 널 만난 게 아니라, 지나 일로 널 만난 거야. (맘 아픈, 눈

가 붉어, 강하게, 가라앉은) 너 같은 놈을 알지, 오기 빼면 아무것도 없
는 놈들.. 원망이, 자랑인 놈들, 지 상처만 상천 줄 아는 놈들.. 왜, 우
리.. 지나가 너 같은 놈을 만나야, 되나?

강 칠 (보며, 맘 아픈, 눈가 붉은) 지나 씨랑은.. 못 헤어집니다.

민 식 ..

강 칠 더는 제 인생의 어떤 것도 포기하지 않겠습니다. 죄송합니다.

민 식 (말꼬리 자르며, 주먹을 날려, 강칠을 뒤로 넘어트리고, 걸어가, 넘어진
강칠의 목을 발로 밟고) 나는... 동생, 마누라, 딸까지 포기하는데, 왜
너는 아무것도 포기할 수가 없는데?

강 칠 (아파도, 맘 아프게 민식을 보는)

민 식 널 죽여놓고 내가 살겠단 생각은 안 해. 그럴 생각이었으면, 사람들이
오가는 이런 데로 안 오지. 적어도 우리 둘 시첼 치워줄 사람들은 있어
야 하니까.

강 칠 ...

민 식 내가 형사래도 사람 죽인 경험이 없어. 그래서, 한 번만 더 기횔 줄라
고. 내가 화장실에 다녀올 거야. 그럼 넌 그 사이에 여길 떠나. 통영이
아닌, 다른 데로 가. 지나 두고 혼자 가. (하고, 주변 보고, 다시 강칠 보
며) 근데 가기 싫음 안 가도.. 좋아. 너 나 둘 다 사라짐.. 그뿐이니까,
안 그래? (하고, 맘 아프게 강칠을 힘껏 짓밟고, 비칠거리며, 가는)

강 칠 (맘 아픈, 두 손으로 얼굴을 비비고, 누워, 숨을 고르는)

강칠, 일어나, 테이블에 앉아, 술을 한 잔 따르다가, 뭔가 이상해, 앞을
보면, 민식이 화장실(조금 멀리 있는)로 들어가는데, 남자1, 뒤에서 민
식의 목을 졸라, 화장실로 끌고 들어가는 게 보이는, 강칠, 놀라, 화장
실로 뛰어가고, 화장실로 들어서려 하면, 어느새 나타난, 배식, 끈으로
강칠의 목을 조르는, 강칠, 있는 힘껏 배식을 치고, 둘이 심하게 몸싸움
을 하고, 강칠, 배식을 여러 번 밟고, 배식이 몸을 못 가누는 사이, 화장
실로 들어가며,

강 칠 정형사님.

씬9.　　화장실 안, 밤.

아무도 없는, 강칠, 긴장해, 화장실 문 아랠 보는, 발이 안 보이는,

강 칠　　(두려운) 저, 정형사님...

강칠, 기척이 없자, 화장실 문 하날 열어보면, 없는, 다시, 옆으로 가서
아랠 보면, 없는, 그렇게 끝까지 가보는데 없는, 강칠, 주변을 경계하
며, 다시 입구 쪽으로 가려는데, 갑자기 강칠의 옆쪽 화장실에서, 민식
이 발로 화장실 문을 차고, 나오는 바람에 강칠, 문을 맞고, 쓰러지고,
그때, 남자1(여전히 민식의 목을 조른 채)도 함께 나오는, 두 사람 엎치
락뒤치락하고, 강칠, 놀라, 달려가, 남자1의 목을 조르는(민식을 잡은
팔을 놓게 하기 위해), 세 사람 그렇게 엎치락뒤치락 실랑이를 하는데,
남자1, 거칠게 뒤로 힘을 줘, 뒤에 있는 강칠을 벽에 머리가 쾅 하고 부
딪히게 하고, 그 바람에 강칠, 남자1을 잡고 있던 손을 놓고, 뒤통수에
서 피를 흘리고 쓰러지면, 남자1, 그 사이, 바닥을 기어가는 민식의 뒷
덜미를 잡아, 세워 벽에 기대게 하고, 배를 칼로 찌르는,

강 칠　　(그걸 보고 놀라 뛰어가며, 비명을 지르는) 정형사님!

씬10.　　도로, 달리는 트럭 안, 해질녘(14부 씬 재편집, 환상).

강칠(앞의 상황을 아는, 두려운 감정이 배가가 된, 땀이 범벅인), 차를
급하게 유턴하고, 그 바람에 배식 놀라, 차를 급하게 틀다, 다른 쪽에
서 오는, 국수의 차와 부딪히며 빙그르르 도는,
국수(14부와는 다르게 모든 걸 아는듯한, 얼굴이다, 땀이 범벅이 된),
택시 안에서 내려, 멀리 가는 강칠의 차를 쫓으며, 강칠을 부르는,

국 수　　형, 형! 강칠이 형!

씬11.　　달리는 강칠의 차 안, 밤.

강칠, 놀라, 브레이크를 밟는, 그때, 국수, 달려와 강칠을 밀고, 운전석
에 타, 운전하는,

국 수   (땀에 흥건한, 차를 달리며, 다급하게 말하는, 사이드미러로 뒷차 확인
        하고, 강친 슬쩍 보고, 앞 보고 운전해 가며) 그렇게 왜 혼자 가, 이 등
        신아!
강 칠   (두려운, 땀을 흘리며, 말하는) 국, 국수야, 정형사님이 어떤 놈들한테
        칼에.. 찔렸어.
국 수   나두 다 알어, 왠지 모르겠는데, 그냥 다 내 머릿속에 그림이 그려져.
        나도 날개가 다 돋아 하늘을 날다, 갑자기 여기야.
강 칠   뭐?
국 수   근데 이상하네, 내 예지력은 한 번도 틀린 적이 없는데, 왜 지나 누나
        아빠가 총을 안 쏘고, 칼에 찔린 거지? 그리고 지금까지 기적이 일어날
        때, (강칠 보고) 늘 형이 죽었잖아? (다시, 앞 보며) 근데, 왜, 이번엔 지
        나 누나 아빠가 죽었는데, 시간이 거꾸로 가고, 형하고 나하고 동시에
        이러지? 지난번엔 형만 그랬잖아?
강 칠   (앞만 보며, 멍한) 국수야, 차 멈춰.
국 수   (강칠 보고) 왜? (하다, 앞을 보고 놀라, '이런' 하고 놀라 차를 급하게
        끽 하고 세우고, 강칠의 목덜미를 잡아, 숙이게 하는)

씬12.   방파제 앞, (앞 씬이 편집된), 밤.

        민식, 트럭을 유심히 보고는, 바바리코트 안에 숨겨진 총을 한 번 보고,
        긴장한, 다시 트럭을 보는,

씬13.   강칠의 트럭 안, 밤.

        강칠, 국수, 차 밑으로 고갤 숙이고 있는,

국 수   (땀을 비 오듯, 흘리며, 강칠 보며, 짐짓 차분하려 하며) 미치겠네, 왜
        갑자기 여기야, 또?

강 칠   (숨을 헉헉대며, 차분하려 하며) 국수야, 나.. 정형사님 찌른 놈들이 누
        군지, 알 거 같애.

국 수   누군데?

강 칠   덤빈 놈들이 두 놈인데 한 놈은 확실히 찬걸이 쪽 놈이야, 날 늘 쫓아
        다니던. 한 놈은 모르겠고..

국 수   (생각하고, 결정을 내리듯, 차분한) 그렇다면, 도망가자.

강 칠   어떻게 그래, 저기서 정형사님이 날 기다리고 있는데..

국 수   찬걸이 쪽 놈이 형 죽일려다가, 괜히 지나 누나 아빠가 죽은 거 아냐?
        그럼 형이 지나 누나 아빨 안 만나고, 그냥 가면... 저 아저씨도 형 기다
        리다 안 오나 부다 하고 가겠지. 그럼 저 아저씨가 칼에 찔리는 일도 안
        일어날 거고..

강 칠   (맞다 싶은) 차 몰아.

국 수   (갑자기 차를 몰아, 도로로 가는)

        * 점프컷 〉〉

        민식, 가는 트럭을 보는, 왠가 싶은,

씬14.   도로 + 달리는 강칠의 트럭 안, 밤.

강 칠   (뒤를 돌아보며) 더 밟아, 더!

국 수   (기어를 움직여, 빠르게 가며) 그, 근데 이상하다... 왜 내 예지력하고
        다르지? 왜 형이 총에 안 맞고, 지나 누나 아빠가 칼에 맞았는데, 시간
        이 거꾸로 가지? 왜? (하고, 강칠 보면)

강 칠   (숨을 몰아쉬며, 뭔가 생각난, 애써 차분하려 하며) 아무래도 지금 당장
        여길 떠나야겠어. 아까, 정형사님이 우리가 차를 세우고 다시 운전해 가
        는 걸 본 거 같애. 우릴 쫓아올지도 몰라. (사이) 아무래도 난 이 길로 지
        나 씨랑 통영 떠야겠어, 날 장호리에서 세워줘. 그리고 넌 이 길로 집에
        가서 엄마랑 정이 텍고 일단 서울로 가 있어, 내가 지나 씨 만나서, 장솔
        옮기고, 너한테 전화하면 엄마랑 정이랑 데리고 내가 있는 곳으로 와.

        * 점프컷 〉〉

그때, 국수 차를 끽 하고 세우는,

* 점프컷 〉〉

국 수 (강칠 보며, 맘 흘리며, 차분히) 지금부터 내가 하는 말 잘 들어. 지금까
지 우리한테 일어난 기적하고 이번 기적은 달라. 지금까지 일어난 두
번의 기적은 모두 형한테 일어난 일이야. 형이 교수대에서 죽었는데 살
아나고, 형이 차에 치였는데 살아나고.. 근데 이번엔 형이 안 죽고 다른
사람이 죽는데도, 시간이 왔다갔다해. 도망가면 좋겠지만, 그럴 수 없
다면, 그 이율 찾아야 돼.
강 칠 (두려운) 그게 뭐야?
국 수 첫 번째 기적은.. 형이 살고 싶어하는 의지가 있을 때 살아날 수 있었
어. 그리고, 두 번째 기적에선 형이 오해한 진실을 보니까.. 빠져나왔
어. 지금까지, 기적이 일어날 때마다 우린 뭔가 아주 중요한 것들을 배
웠다고.. 그렇다면 세 번째 기적은.. 죽을 사람을 살리는 거야.
강 칠 놈이.. 칼을 들었어.. 쉽지 않아.
국 수 (진지하게, 맘 아프지만, 단호하게) 주먹으로 해결해, 그러다 안 되면,
(차분한, 강조) 칼을 뺏어서, 형이.. 먼저 찌를 수 있으면 찔러.
강 칠 (말꼬리 자르며, 눈가 붉어, 국수를 보는, 두려운, 맘 아픈, 격앙되는)
난 못 해! 내가 왜.. 사람을 해쳐! 난 못 해!
국 수 (정신 차리라고 강칠의 멱살을 잡는, 차분하고, 진지한) 정형사를 놈한
테서 구하면 정형사가 맘이 변해, 지나 누나를 형한테 줄지도 모르지.
총은 헛거야. 지금 상황으로 보면 내가 본 정형사가 총 쏘는 장면은...
헛거라고. 찔러. 이건 정당방위야!
강 칠 (이 앙다물고, 맘 아픈, 가라앉은) 난 안 해. 없는 놈한테 전과자인 놈한
테 정당방위란 판결을 내리는 거 봤어! 다른 방법을 찾아, (소리치는)
넌 천사잖아, 새끼야! 이건 방법도 아냐! 내가 어떻게 다시 칼을 들어?!
그렇겐 못 해, 다른 방법, 다른 방법 없어, 진짜 없어!
국 수 (맘 아프게 보며, 진지한) 미안해, 알잖아, 난 덜떨어진 천산 거.
강 칠 (국수를 멱살을 잡아, 버럭) 그래도 알 건 다 알잖아! 나보다 니가 낫잖
아! 다른 방법을 찾아, 다른 방법 찾아봐! (하다, 눈이 커지는, 멍한, 국

수가 없는) 국수..야!

* 점프컷 〉〉
카메라 풀샷으로 보여주면, 도로와 트럭이 모래성처럼 부서지는,

강 칠　(주변을 두리번거리며, 버럭) 국수야!

씬15.　화장실, 밤.

남자1(여전히 민식의 목을 조른 채)도 함께 나오는, 두 사람 엎치락뒤치락하고, 강칠, 보는,

국 수　(E) 주먹으로 해결해, 그러다 안 되면, 칼을 뺏어서, 형이.. 먼저 찌를 수 있으면 찔러. 형이 죽는 것보다, 지나 누나 아빠가 죽는 것보다 그놈이 죽는 게 낫잖아.

강칠, 맘 아프지만, 달려가, 남자1의 목을 조르는(민식을 잡은 팔을 놓게 하기 위해), 세 사람 그렇게 엎치락뒤치락 실랑이를 하는데, 남자1, 거칠게 뒤로 힘을 주려는 걸 강칠이 알아채고, 순간적으로 몸을 돌리게 하고, 그 바람에 남자1, 손을 놓쳐, 민식을 놓치고,
강칠, 맘 아픈, 눈가 그렁해, 남자1의 칼 든 손을 비틀어, 칼을 떨어뜨리게 하는, 그리곤 칼을 들어, 멀리 던지려 하는데, 남자1, 다른 칼로 강칠을 등 뒤에서 찌르고, 강칠, 아픔을 참고, 뒤돌아, 눈물을 흘리며, 이를 앙다물고, 남자1을 칼로 찌르는,

국 수　(E) 이건 정당방위야, 정당방위야.
강 칠　(E) 없는 놈한테 전과자인 놈한테 정당방위란 판결을 내리는 거 봤어!
국 수　(E) 세 번째 기적은 죽을 사람을 살리는 거야, 안 그럼 이 죽고 죽이는 악몽에서 벗어날 수 없어. 이건 정당방위야.
강 칠　(고통스레 울며, 칼로 남자1을 찌르는)
국 수　(악을 쓰는, E) 뭐야, 뭘 더 원해! 우리 보고 뭘 더 어쩌라고!

씬16.   도로, 밤.

            트럭 서고, 그 안에서 국수 내리며, 하늘을 향해 소리치는,
            강칠, 내려 트럭에 기대 눈물 그렁한, 맘 아프고, 두려운, 제 손을 보는,

국 수   죽을 사람 살렸는데, 뭘 더 어쩌라고, 천사가 사람을 찌르라고 했는데,
         뭘 더 하라고! 형이, 사람 살리려고 칼까지 들었는데, 이제 뭘 더 어쩌
         라고! 뭘 더!
강 칠   (먹먹하게 기댄 채, 포기한 듯 보이는, 눈물 나는) 니 예지력이 맞았어.
         총은 아니어도...이건 내가 죽어야 끝나는 싸움이야.
국 수   (보며, 울부짖는) 입 닥쳐!
강 칠   ...
국 수   (눈가 그렁해, 강칠의 멱살을 잡고, 맘 아픈) 이게 마지막 세 번째 기적
         인데, 마지막이.. 남 대신 죽는 개죽음이라고?!
강 칠   (국수 보는, 맘 아픈) 그게, 아니면.. 왜 자꾸 같은 일이 계속 일어나..
         나, 난 잘못한 것도 없는데.. 왜 자꾸..
국 수   (버럭) 그럼 그게 무슨 기적이야! 벌이지! (설명하듯, 진지하고 차분한)
         기적은 그런 게 아냐? 좋은 게 기적이야, 죽는 게 아니라! 지금까지 좋
         았잖아, 안 그래?!
강 칠   그래.
국 수   (맘 아파, 울며) 정형사 구하지 마. 정형사를 구하면, 정형사가, 형을 죽
         일 거야. 예지력이 맞았어. 형이 죽어야 끝나는 싸움이야.
강 칠   ?
국 수   (맘 아픈, 울지 않으려 하지만, 울음이 나는) 차라리.. 그냥 반복하자, 그
         냥 형. 이 짓을 누가 벌이는진 모르지만, 하늘이든 땅이든, 형하고 나랑
         맞짱을 뜨는 거야, 누가 지치나.. 한번 해보자고. 반복하면 어때? 우리가
         다시 여기서 만나면 어때?! 다시 우리 둘이 만나고 다시 우리 둘이 있고,
         그래, 차라리 그러자. 천 번 만 번 그러는 게 낫지, 형이 죽는 건 안 돼.
강 칠   (맘 아프게 고개 떨구면, 제 몸이 다리부터 모래성처럼 부서지는, 국수
         보며, 막막한) 국수야, 내가 이상해..
국 수   (놀라, 강칠을 보면)

강 칠	(모래성처럼 사라지는, 눈물이 그렁한)
국 수	(울며, 소리치는) 가지 마, 가지 마, 형, 나랑 여기 있자, 형, 가지 마.
강 칠	(슬픈 눈으로, 울 것 같은 얼굴로 사라지는)
국 수	형. (울부짖는) 형!

* 점프컷 〉〉

카메라, 풀샷으로 보여지면, 초반부에 있던 들판에 국수가 서있는,

| 국 수 | 형! (하며, 뛰는데, 날개가 돋고, 날아가는) |

| 씬17. | 화장실 안, 밤. |

강칠, 울며(이제 모든 상황을 아는), 맘 아프지만, 달려가, 남자1의 목을 조르는(민식을 잡은 팔을 놓게 하기 위해), 세 사람 그렇게 엎치락뒤치락 실랑이를 하는데, 남자1, 거칠게 뒤로 힘을 주려는 걸 강칠이 알아채고, 순간적으로 몸을 돌리게 하고, 그 바람에 남자1, 손을 놓쳐, 민식을 놓치고,

| 국 수 | (E) 정형사 구하지 마. 정형사를 구하면, 정형사가, 형을 죽일 거야. 예지력이 맞았어. 형이 죽어야 끝나는 싸움이야. |

강칠, 맘 아픈, 눈가 그렁해, 남자1의 칼 든 손을 비틀어, 칼을 떨어뜨리게 하려는데, 그사이, 남자1, 칼을 들어 순식간에 강칠의 배를 앞 씬보다 여러 번 찌르는, 그 화면 위로, 국수의 말이 들리는, 아래의 그림까지 계속 이어지는,

| 국 수 | (E) 차라리.. 그냥 반복하자, 그냥 형. 이 짓을 누가 벌이는진 모르지만, 하늘이든 땅이든, 형하고 나랑 맞짱을 뜨는 거야, 누가 지치나.. 한번 해보자고. 반복하면 어때? 우리가 다시 여기서 만나면 어때?! 다시 우리 둘이 만나고 다시 우리 둘이 있고, 그래, 차라리 그러자. 천 번 만 번 그러는 게 낫지, 형이 죽는 건 안 돼. (울며, 소리치는) 형, 형, 강칠이 형! |

강칠, 칼에 찔려 바닥을 기어가는 남자1, 민식을 다시 찌르려, 멱살을
잡아, 벽에 기대게 하는데, 강칠, 와서 남자1의 목을 조르면, 남자1, 손
을 뒤로 해, 다시 한번 강칠을 찌르고, 강칠, 치명적인지, 이번엔 남자1
의 목을 감았던 손을 놓치고, 비칠비칠 뒷걸음쳐, 화장실 안으로 (등 쪽
으로) 넘어지는데, 강칠, 피 흐르는 배를 보고, 놀라고 정신없는, 그런
강칠의 가슴 위로 총이 발사되는,
강칠, 총 맞은 델 보면, 천사 목걸이가 부서지고,

* 플래시백 〉〉
국수, 하늘에서 총을 맞고, 떨어지는(이게, 국수가 총 맞는 상황으로 연
관되는),

* 점프컷 〉〉
강칠, 두렵고 멍해, 앞을 보면, 민식, 강칠에게 총을 겨누고 있는,

강 칠　(멍한) 저, 정형사님... (싸이렌 소리 울리는, 멍한, 고개 떨구고, 피 흐
　　　　르는 제 배만 보는데, 다시 한 발의 총성이 나는)

씬18.　화장실 근처, 밤.

국수, 화장실 벽에 쾅! 소릴 내며 얼굴을 부딪히며(그 바람에 이마와 광
대뼈에 상처가 나, 피가 나는), 떨어져 쓰러지는, 풀샷으로 보여주면,
밤거리에 날개 달린, 국수만 있고, 배식과 남자1 차로 도망가고, 이내
멀리 경찰차가 사이렌을 울리며 오는, 경찰차의 빛이 국수에게 다가오
면, 국수의 날개가 빠르게 사라지고, 가슴의 피도 사라지는, 경찰차, 멈
추고,

안형사　(차에서 나와, 소리치는) 도로에 사람이 쓰러졌다, 구급차 불러, 구급차
　　　　불러!

씬19.　화장실 앞, 밤.

응급차와 경찰차들 서고, 주변에 사람들 모여든, 형사들, 바리케이드를 치며, '접근 금지입니다, 비키세요, 비키세요!' 하고, 기절한 강칠, 국수(벽에 부딪혀, 얼굴과 몸에 찰과상만 있는), 들것에 실려 가고, 이내, 응급차 떠나고,

안형사, 답답하게 강칠 보다, 한쪽 건물 계단에 앉아있는, 민식(총을 손에 들고, 멍한)에게로 가서, 답답하게 보고, 앉아있는 민식의 총을 뺏어서 총알 확인하는, 두 발이 없는, 안형사, 민식의 옆에 앉아 말하는,

안형사 (답답한) 양강칠이 맞은 총.. 선배 거예요?
민 식 (담담한, 그러나 숨이 가쁜) 어. (하고, 경찰차에 타서 전화 거는)

씬20. 동네 일각, 밤.

지나, 울며 뛰어가고, 영철, 걱정돼서, 뛰어와, 뛰어가는, 지나를 뒤에서 안는,

영 철 (맘 아픈) 진정해, 지나야, 진정해.
지 나 (울부짖는, 몸부림치며) 놔! 이거 놔!

그런 지나 옆으로, 택시 타고 가는 강칠 모(소매로 눈물 닦고 가는)와 지나가 한 화면에 잡히는, 강칠 모, 정이 못 보는,

씬21. 차 안, 밤.

민 식 네.. 제 총에 맞았습니다.

씬22. 주검사의 사무실 안, 밤.

주검사 (전화받으며 답답한, 고개 끄덕이는) 일단 정형사님은 제가 갈 때까지 그 누구하고도 말하지 마십시오. 서에서 뵙죠. (하고, 컴퓨터를 보는, CCTV 내용이다, 용학의 차 사고가 나던 장면, 범인들이, 선글라스를

끼거나 모자를 써, 얼굴이 보이지 않는, 답답한)

씬23.　도로, 밤.

찬걸, 한쪽 차에 있어있고,
건너편에 짱구가 차 안에 앉아있는 배식과 남자1에게 돈을 건네주고,
배식, 운전해, 차 이내 출발하고, 짱구, 건너와 찬걸에게 말하는,

짱 구　애들은 곧 한국을 떠날 겁니다. 검사님도 몸조심하십시오. (하고, 뒤차
타고 가는)

찬 걸　(맘이 무거운, 생각이 많은) …

씬24.　수술실(통영에서 강칠이 항암 치료를 받던), 밤.

강칠, 수술대로 옮겨지고, 의사들, 빠르게 수술 준비를 하는, 혈액을 공
급하고, 마취를 하고, 의사2, 메스로 강칠의 옷을 자르는,

의사1　잠깐 이 환자, 지난번 항암 치료받았던 환자 아니야?

간호사　?

의사1　(간호사에게) 외래 진료 카드 가져와봐. (하며, 다른 간호사에게) 알콜..

간호사　(강칠의 상처 부위에 알코올을 붓는)

씬25.　수술실 앞, 밤.

국수, 땀범벅이 돼서 얼굴이 까진 채, 위에 환자복을 입고 수술실 쪽으
로 걸어가는, 그런 국수를 효숙과 간호사가 말리는,

국 수　(강칠이 걱정돼서, 힘든, 악쓰는) 나와! 나와, 강칠이 형한테 가게,

효 숙　강칠이 수술 드갔다, 이 병원 의사 선생님들이 죄다 들러붙어가 살릴라
꼬 수술한다, 그라니 강칠인 걱정 말고, 드가 검사받아라, 이러다 니가
죽겠다, 어, 국수야!

간호사   (국수를 끌려 하며) 이국수 씨, 이러시면 안 돼요, 하던 검사 마저 받으
          시고,
국 수   (힘든, 정신없는, 수술실 쪽으로 가려 하며, 소리 지를 힘도 없는) 난 괜
          찮아.. 형이, 강칠이 형이... 총을.. 강칠이 형이.... (하고, 효숙의 품에
          쓰러지는)
효 숙   (울며, 국수 안고, 주저앉으며) 야가 와 이카노, 야가..

          그때, 정이, 강칠 모 달려오며,

정 이   (놀라) 국수 삼촌! (하며, 달려가, 국수를 안고)
간호사   일단, 검사실로 옮겨요.
정 이   (국수를 업고, 검사실로 달리는)
효 숙   (울고, 그러다 강칠 모 보면)
강칠 모   (힘든, 벽에 손 짚고, 주저앉는) 효, 효숙아.. 대체 우리 강칠이한테, 국
          수한테 이게 다 무슨 일이가..

씬26.   병원 주차장, 밤.

          택시 서고, 지나, 이내 나와, 병원으로 뛰어 들어가는데, 영철, 나와 같
          이 뛰어가고,

씬27.   수술실 근처, 밤.

          지나, 허둥지둥, 수술실을 확인하고, 가는데, 그런 지나의 얼굴 위로,

강칠 모   (눈가 붉어, 화난) 니가 여길 와 오나?

          * 점프컷 》
          강칠 모, 효숙(강칠 모의 손을 잡고), 정이, 벤치에 앉아있는,
          지나, 강칠 모 보고, 눈가 붉지만, 아랑곳없이, 수술실에서 나오는, 간
          호사1에게,

지 나　　양강칠 씨, 어떻게 됐나요?

간호사1　수술 중이에요, 지금 수술 중이니까, 나중에, 담당 선생님한테 말씀하세요. (하고, 가려 하면)

지 나　　(간호사 잡으며, 맘 아픈, 단호한) 수술 안 들어간 의사 분들 중에, 양강칠 씨 상태에 대해서, 아는 분 있으면 만나게 해주세요.

강칠 모　(화나, 일어나, 지나를 거칠게 돌려세우며, 울부짖는) 니가 여길 왜 와! 이년아, 니가 여기가 어디라고 와!

효숙, 정이, 뛰어와 강칠 모를 말리고,

지 나　　(눈물 나지만, 이를 앙다물고, 벽에 기대 있는)

효 숙　　(지나를 치려는 강칠 모를 뒤에서 안고, 말리며) 엄마, 엄마, 이카지 마라! 엄마!

강칠 모　(효숙에게 허리가 붙들려, 지나를 치지 못하고, 지나에게 소리치는) 아버진 총 쏘고, 딸년은, 수술실 오고, 니들 다 뭔 짓이가! 우리 강칠이한테 다 뭔 짓이가!

영 철　　(맘 아픈, 지나의 팔 잡고) 가자, 지나야.

간호사1　(속상한, 가는)

지 나　　(팔 뿌리치고, 가는 간호사1 막으며, 울지 않으려 애쓰며) 수술실에 들어가, 현재 양강칠 씨 상태가 어떤지 보고 와주세요!

강칠 모　(여전히 효숙에게 안긴 채) 니가 뭔데 강칠이가 궁금해, 니가 뭔데 강칠이가 궁금해!

지 나　　(말꼬리 자르며, 지지 않고, 간호사1에게, 울부짖는) 뭐 해요, 수술실 들어가라니까! 수술실 들어가, 지금 양강칠 씨가 어떤 상탠지, 보고 오라니까! 내 아버지가 대체 양강칠 씰 어떻게 했는지, 보고 와, 누구든! 강칠 씨가 살아있단 얘기 듣기 전까진, 난 여기서 한 발짝도 안 움직이고, 이렇게 소리 지를 테니까, 제발 보고 오라고요, 제발!

씬28.　　몽타주.

　　　1, 취조실 안, 밤

민식, 수갑을 차고 들어와 한쪽에 앉으며, 답답한, 안형사, 그런 민식을
보는,
2, 병원 검사실, 밤.
국수, 검사 받고,
3, 수술실, 밤.
의사1, 강칠의 몸에서 총알을 꺼내, 그릇에 담으면, 옆에 있던 간호사,
총알을 들고 나가는,

씬29. 수술실 출입구 앞(보호자가 들어올 수 없는), 밤.

형사, 간호사가 가져온 총알을 비닐에 담아 가는,

씬30. 수술실 안, 밤.

의사2, 개복한 강칠의 배를 보고, 심각한(노랗게 화농처럼 전이된 암세
포를 본), 의사들과 서로 눈빛을 주고받는, 서로 보며 고갤 젓는, 의사
1, 한쪽에 붙은 강칠의 수술 전 CT와 현재의 몸을 보며, 왜 이런지 모르
겠단 표정이다.

의사2 총상도 총상이지만, 암이 더 문젠데요 (눈으로 강칠 몸을 가리키며) 대
체 몸이 이 지경이 됐는데, 어떻게 움직일 수가 있지?
의사1 지난번 치료 때만 하더라도, 상태가 좋았는데, 나도 모르겠네. (하고,
의사2에게) 일단 보호자들한테 현재 환자의 상태를 알리고 와.
의사2 (수술 장갑 벗고, 나가고)
의사1 (수술하고)
강 칠 ..

씬31. 수술실 밖, 밤.

풀샷으로 보여주는.
의사2, 나오고,

의자에 앉아있던, 강칠 모, 정이, 효숙 의사2에게로 가는,

지나, 영철, 한쪽 벽에 기대서있다가, 의사2에게로 가는,

의사2　(강칠 모에게) 총알도 제거가 되고, 찢어진 장기들도 꿰맸는데, 개복을
　　　해보니까, 암세포가 이미 여기저기..

강칠 모　암..세포라니?

효 숙　무, 무슨 소립니꺼, 초, 총 맞은 아가 벼, 별안간 암이라이, 지금 양강칠
　　　씨 얘기하는 거 맞십니꺼?

의사2　모르셨습니까, 벌써 1차 항암 치료도 받은 상탠데..

정 이　(왈칵하는, 강칠 모를 안고, 우는)

지 나　전이가.. 전이가.. 됐나요?

강칠 모　?

의사2　(지나 보며) 네, 이미 장기 곳곳으로, 전이가 심각한 상탭니다. 저희가 눈
　　　에 보이는 암 조직은 최대한 제거하고 있지만, 암이 워낙 전이가 심해,

강칠 모　(말꼬리 자르며, 휘청이며, 주저앉으며) 이게 다.. 뭔 소리야, 지금.. 강
　　　칠이가 왜 암이야.. 아아아... (비명도 못 지르고, '아' 소리만 내며, 주
　　　저앉아, 우는) 아아아.. 아아아아.... 이게 다 뭔 소리야? 아아아..

효숙, 정이　(울고)

지나, 휘청이며, 벽에 기대 주르르 내려앉으며, 이를 앙다물고 우는,
영철, 맘 아픈, 벽에 기대는,

F. I.

시간 경과, 새벽.
강칠, 간호사에 의해 수술실에서 나와 중환자실로 가는,

간호사   보호자 분들은 여기 계세요, 중환자실로 옮길 겁니다. 거긴 들어오실
         수 없어요..

         강칠 모, 효숙, 정이 울며 따라가는,
         벤치에서 지나, 나오는 강칠을 보고, 눈물만 그렁해, 멍하니 보는,
         영철, 벤치에서 일어나, 중환자실로 가는 강칠을 보는,
         지나, 일어나, 중환자실이 아닌, 다른 출구로 가는,
         영철, 지나가 가는 줄 모르는, 강칠이 중환자실로 들어가는 걸 다 지켜
         본 후, 뒤돌면, 지나가 없는,

씬32.   달리는 택시 안, 낮.

         지나, 눈물 흘리며 가는,

         * 몽타주 〉〉
         1, 4부에서 '노래방, 여행하기' 하며 나한테 살 날이 며칠 안 남았다면
         하고 싶은 것들을 말하며, 웃던 강칠.
         2, 시골 집에서 강칠, 새벽에 지나를 이불로 돌돌 말아 들쳐메고 가던,
         3, 강칠, 지나, 해를 보며, 입을 맞추던,

씬33.   상천 경찰서 취조실, 복도, 낮.

         지나, 맘 아프고, 화난, 그 옆에 안형사 앉아 달래듯 말하는,

안형사   현장에서 아빠 탄피가 나오긴 했지만, 아직 검찰 조사도 안 끝났고.. 지
         나야, 아빠 만나서, 너무 뭐라고 하지 마.
지 나   (안 보고) 아빠 어딨어요.
안형사   (답답한, 한숨 쉬고) 두 번째 방.
지 나   (일어나, 들어가는)

씬34.   취조실 안, 낮에서 밤으로 디졸브.

민식(수갑 찬), 지나 마주 앉아있는,
지나, 탁자에 팔을 괴고, 머릴 짚고, 민식 안 보고, 눈물만 뚝뚝 떨구는,
막막하고, 맘 아픈,

지 나   ...
민 식   (시계 보고, 지나 보며, 맘 아프지만, 담담한) 할 말.. 없으면... 가.
지 나   (그대로 가만있는)
민 식   (지나를 보며) 곧 검사가 올 거야.
지 나   (생각하며, 맘 아프지만, 참고 오기에 차, 안 보고, 말꼬리 자르며) 조용
           히 해요.
민 식   (맘 아픈, 보는) 양..강칠 수술은 잘 끝났단 얘길 들었는데... 아까, 안형
           사가 그러든데.. 별안간 간암은.. 무슨 소리야? 넌 걔가 아픈 줄,
지 나   (말꼬리 자르며, 맘 아프지만, 분노에 차, 짐짓 차분한) 조용히 하랬죠,
           제가. 묻는 말에만 대답하세요. (맘 아픈) 그 사람.. 아빠가.. 쐈어?
민 식   (답답하게 지나 보며) 아니.
지 나   (여전히 머릴 짚고) 그럼.. 누가 쐈어?
민 식   ..너한테 지금은 말할 수가.. 없어. 어쩔 수 없는 상황에서,
지 나   (맘 아픈, 보며, 말꼬리 자르며, 차분히) 어쩔 수 없는 상태에서, 정당방
           위야? 총 안 든 사람이 총 든 사람을 몰아붙여, 어쩔 수 없이 이런 일이
           벌어지고, 아빤 정당방위로 가는 건가, 그래?
민 식   ..
지 나   삼촌 때처럼 조작된 증거물과 조작된 상황으로, 다시 그 사람을 범인으
           로.. 몰게? 전과자니까 쉽겠지, 누구라도 아빠 말을 믿을 테니까.
민 식   (맘 아프게 보면) ...
지 나   다시 한 번 물을게, 그 사람.. 아버지가 쐈어?
민 식   (지나를 보며, 맘 아픈) 넌 내가 어떤 말을 해도, 안 믿을 작정이면서,
           왜 묻냐?
지 나   (왈칵 눈물 나는 참고, 맘 아픈) 내가 아는 아빤 충분히 그럴 수 있는 사
           람인데.. 왜? 내가.. 믿어야 되는데?!
민 식   (맘 아픈) ..
지 나   (울지 않으려 해도, 안 되는, 맘 아픈, 막막한, 소리치지 않는) 엄말 때

리고, 죄 없는 사람을 짓밟고, 뻑하면 형사란 신분을 내세워 폭력을 휘
두르고, 내가 어려서부터 지금까지 본 아빠는.. 충분히 그럴 수 있는 사
람이야. 안 그래?

민 식   (눈물 나는, 맘 아픈, 고개 숙인)
지 나   상황이 어떻게 돼서, 아빠가 무죄란 판정이 나도, 난 그 사람한테 총을
          들고 간, 아빨.. 용서할 수 없어. 아빠.. 우리.. 다신 보지 말자. (하고,
          나가며, 문을 쾅 닫는)
민 식   (먹먹한, 왈칵하지만, 참는) ...
주검사   (들어와 앉으며, 한쪽의 CCTV 확인하면, CCTV 불이 꺼지는) 이제.. 말
          씀하셔도 됩니다.
민 식   (담담하게 보며) 총은 내가 아닌 다른 놈이 쐈습니다. 난 그놈을 잡으려
          고 총을 쐈는데, 이미 도망간 후였어요.

씬35.   취조실 복도, 밤.

          지나, 울며, 나와 복도를 걷다가, 한쪽 계단에 앉는,
          영철, 와서는, 지나 곁에 앉는,

영 철   강칠인 아직... 못 깨어났다...
지 나   (두 손으로 얼굴 가리고, 엉엉 우는)
영 철   .. (맘 아픈, 고개 돌려, 다른 데 보는)

씬36.   중환자실 밖, 다른 날, 낮.

          안형사가 있고, 경찰들이 둘 정도 있는,

씬37.   중환자실 안, 낮.

          강칠, 병실에 누워있는, 호흡기를 한, 정이, 강칠을 맘 아프게 보는,

씬38.   병원 일각, 낮.

강칠 모, 벽에 기대 뒷짐진 채 고개 숙인, 간호사, 강칠 모 보다, 시켈 보고,

간호사　저기.. 하실 말씀이 뭔지, 제가 일이 많아서..

강칠 모　(먹먹한, 어렵게 말 꺼내는) 내가.. 못 배워, 그래 뭐 잘 몰라서.. 어제 그제 내둥 의사 선생한테 물어서 뭔 말을 들어도 뭐라는 건지 도대체가 통 못 알아듣겠어서.. 간호사 선생한테.. 다시 한 번 좀.. 물어볼라꼬,

간호사　(보면) ?

강칠 모　우리 아들 이번 수술할 때.. 암세포를 다 떼냈다 카든데 와 병이 안 난다고 그러나? 나는 그게 아무리 잠을 안 자고 생각해도 이해가 안 돼서.. 암 덩어리가 있어서 떼냈음.. 된 거 아이가?

간호사　눈에 보이지 않는 조직이, 숨어 있거든요. 암이란 게 그래요.

강칠 모　가족끼리 간을 나눠줄 수도 있다는데.. 내가 나이만 먹었지, 건강한데.. (맘 아프게 꺼내는) 만약 내가.. 안 되면, 우, 우리 애 아들..은? 우에 안 되나?

간호사　(난감하고, 안쓰런)

강칠 모　(조심스런, 맘 아픈, 참고) 나눠 줄 정도가 아니라.. 통째로 필요한 거지, 우리 앤?

간호사　저 그게요, 어머니,

강칠 모　(눈치 보며, 어려운, 주변 살피고, 사람 없는 것 보고) 내가 듣자니, 뭐 돈 있는 사람들은 간을.. 사서라도.. 병든 간을 새 간으로 바꾼다는데... (주변 눈치 보고, 간호사 보며) 내가 죄 짓는 줄은 아는데.. 내가.. 돈이 없어 뵈도, 돈이 좀 있어. 쟤 먼 데 갔을 때 오면 줄라고 죽어라 모은 게.. 간이 아무리 비싸도.. 간을 살 수 있음 사고 싶은데, 누구한테 그런 걸 부탁해야 되는지 몰라서.. 간호사 선생은 뭐 아는 게 있나 싶어서,

간호사　이미.. 간이식이 안 되는 상태예요, 폐나 다른 장기도 손상이 심하고...

강칠 모　(먹먹한, 사이) 아.. (맘 아픈, 고개 떨구며, 짐짓 덤덤하게) ..그래.. 그럼 안 되지 뭐. 배운 사람들이 안 된다면 안 되는 거지 뭐.

간호사　죄송해요. (하고, 가는)

강칠 모　(맘이 무너지는, 벽에 등을 기댄 채, 참으려 해도 눈물이 뚝뚝 흐르는, 울지 않으려 해도 흐느끼는)

씬39.   방파제 근처 화장실 안, 다른 날, 낮.

주검사, 입구 쪽의 총 맞은 흔적을 보고, 탄피를 다시 찾으면, 구석에
한 발이 더 있는, 의미심장하게 보는, 주변에 뚜렷한 발자국 흔적들을
보는, 국과수 사람들 들어와 사진을 찍고, 족적을 채취하는,

씬40.   취조실 안, 다른 날, 낮.

민식, 수갑 찬 채, 스크랩북에서, 남자1을 찾아, 보는,

* 플래시백 〉〉
4부, 민식, 마약범(남자1)에게 수갑을 채우던.
민식, 주검사 앞에 사진을 돌려 보여주는,
주검사, 스크랩북에서 남자1의 사진을 빼내 보는, 진지한,

씬41.   학교 운동장 벤치, 낮.

정이(교복 입은), 이석과 뭔가 얘길 하다가, 울며, 교문 쪽으로 가면, 이
석, 정이의 팔을 잡아 돌려세우며,

이 석   (맘 아픈, 차분히) ..니가 혼란스러울 거 알아, 그런데, 나는 이런 결과
         이미 예상했어.
정 이   (팔 뿌리치며, 울음 참고, 차분히) 검사 결과 같은 거 필요 없어요. 분명
         히 말하지만, 다신 내 앞에 나타나지 말아요, 난 양강칠 씨 아들이에요.
         누가 뭐래도 우리 아빠 양강칠 씨라구요! (하고, 길가로 가는, 울음 참
         고, 맘 아픈)
이 석   (답답한, 가는 정이를 보는)

* 점프컷 〉〉
민희, 유진, 한쪽에서 정이를 걱정스레 보는,

* 점프컷 〉〉

정이, 울며 가는,

씬42.　진료실, 낮.

효숙, 걱정스럽고 조심스런 맘으로 앉아있는,

의 사　양성 돌발성 두위 현훈이라고 (귀 사진을 보며) 여기 세반고리관에 이
　　　석이 들어가, 생긴 현상인데, (효숙 보며) 이게 환청, 어지럼증, 구토니
　　　하는 갖은 증상을 동반하면서,
효 숙　(의사에게) 그 병이 걸림 날개도 나나요?
의 사　(이상한) 날개요?
효 숙　(조심스런) 그기.. 몸에 막.. 날개 같은 문신이 벌겋게...
의 사　?
효 숙　(고개 돌리며, 한숨) 내가 뭔 소릴 하나... 지금..

씬43.　중환자실 복도, 낮.

영철, 지나 앉아있는데,
국수, 그 앞을 지나가는,

영 철　국수 씨,
지 나　(그제야, 고개 들어, 국수를 보면)
국 수　(말없이, 그냥 중환자실로 들어가는)

씬44.　중환자실, 낮.

강칠 모, 수건으로 강칠의 발가락을 꼼꼼히 닦고 있는,
국수, 옆에 앉는,

강칠 모　(보면) 밥은?

국 수   (강칠 보는데, 맘 아픈, 옆에 앉으며, 강칠만 보며) 먹었어..

강칠 모   어지럼증은?

국 수   (강칠만 보며) 약 먹음 된대. 집에 가, 목욕하고 옷도 갈아입고 그러고 와.

강칠 모   됐어, 누가 볼 꺼라고 옷을 갈아입어.

국 수   (보며, 짠하게 웃으며) 내가.. 그리고 형이. 말 들어, 미워하기 전에.

강칠 모   알았어. 집구석 치우고, 정이 밥 주고, 올게. (하고, 일어나 가는)

국 수   (가는 강칠 모 보고, 커튼을 치는)

간호사   (E) 면회 시간 끝났습니다, 보호자 분들 나가주세요.

국 수   (침대 밑의 보조의자에 누워, 침대 밑에, 들어가 숨는)

간호사   (커튼 열고, 보호자가 없는 것 확인하고, 다시 커튼을 치는)

씬45.   중환자실 앞, 낮.

강칠 모, 나오다가, 지나를 보고,

강칠 모   (속상한) 너는 뭐 한다고 안 가고, 거 퍼질러 앉아,

지 나   (일어나, 인사하면)

강칠 모   (뭔가 말하려다가, 참고, 가며, 답답해, 가슴을 주먹으로 쾅쾅 치는)

지 나   (다시, 자리에 앉는)

씬46.   강칠 모의 방 안, 밤.

강칠 모, 정이, 밥을 먹으며 말하는,
강칠 모, 밥을 맛없어도 꾸역꾸역 먹으려 애쓰고,
정이, 밥을 마지못해 먹다가 말하는,

정 이   (눈가 붉어, 말하는) 왜 안 된대? 내가 아들인데 왜 간을 못 준대? 난 건
           강한데? 왜?

강칠 모   (밥 먹으며, 담담히) 늦어도.. 한참 늦었대.

정 이   (왈칵 울음 나는, 못 보는)

강칠 모   (맘 아프지만, 밥 먹으며) 밥 먹어, 왜 그래, 밥상머리서. 헬민 니 애비

믿어. 그놈이 16년을 억울하게 빵에 있다가도 멀쩡히 살아 온 놈이야.
남들 같았어봐, 화병 나 목을 매든, 우짜든 했지. 니 애비 만만히 보지
마라, 을마나 목숨 줄이 질긴데, 내가 퇴원함 온갖 약초 다 구해서, 죽
어라 달여 멕일 기다. 그라니, 초상난 것처럼 있지 말고, (생선 뜯어, 밥
에 놔주며) 밥 묵어.

정 이   (맘 아픈, 울음 나도, 참고, 먹고) 어.

강칠 모   (다시 반찬 놔주며) 핼미가.. 니 아빠 못 살림 사람 년이 아이다. 두고
        봐, 살려내지, 이 핼미가. (하고, 속상해도, 밥을 우악스레 먹는)

씬47.   중환자실 안, 밤.

국수, 가만 눈 뜨고 침대 밑, 보조 침대에 누워있다가 나와, 강칠을 보
다, 가만 심박동기와 호흡기를 보는, 그리고, 호흡기를 떼고, 심박동기
의 전원을 끄는, 심박동기 꺼지는, 그리고, 환자복을 벗고(러닝 입은),
의자에 앉아, 강칠의 손을 잡는,

* 점프컷 ≫
풀샷으로 보여주면, 강칠의 손을 꼭 잡은, 국수의 등에 흰 날개가 난,
그리고, 창가로 구름 사이에 한 줄기 빛이 있는, 날개가 몇 번 퍼득이
다, 이내, 국수의 몸으로 쑥 들어가는,

강 칠   ....

국 수   (맘 아프지만, 담담히, 진지한) 이제 난 언제든 날 수 있어. 근데, 형,내
        가 널 살리는 건 아니었나 봐. 수호천사 같은 건 없나 봐. 그냥 난 나대
        로 천사고, 형 넌.. 그냥 니 팔자대로 사는 건가 봐. 우린, 별갠가 봐. 형
        니 말대로 인생은 아름다운 강물처럼 이쁘게 흐르는 게 아니라, 형 니
        말대로, 엿같이 엿같이 혼자 흘러가는 게 인생인가 봐. 나는 널 살릴 수
        없나 봐. (빛을 보며) 아마도 난 이제 저 빛을 따라가면.. 형 너랑은 끝
        이겠지. 근데.. 나.. 안 따라갈라고. (하고, 강칠을 보며) 형 니 곁에 있
        을라고. 늘 신세만 졌는데,

*플래시백〉

교도소, 식당 안(혹은 목공소), 낮.
강칠(피범벅이 된), 커다란 테이블에서 의자 들고, 수감자 오지 못하게
칠 듯이 '콱! 콱! 오지 마, 오지 마!' 하고, 으름장을 놓는, 국수(피범벅
이 된)는 맞아서, 테이블 위에 기절해있는,

강 칠   누구든, 누구든 우리 국수 건들기만 해, 내가 다 죽여버릴 거야, 다!

*현실 〉〉

국 수   또 신세 지곤 갈 수 없잖아. 그건 도리가 아니지. 의리도 아니고, 근데,
       형, 난 널.. (눈물 나는, 참고) 살릴 수가 없어. 엄마도 내가 못 살리고
       그냥 보낸 게 이제야 생각이 나. 그게 세상에, 하늘과 땅에, 똑같이 적
       용되는 법칙인가 봐. 우린 다 혼잔가 봐. 그러니까, (손을 꽉 잡는) 형,
       니가.. 인나. 살려고 해봐. 기억해봐, 살고 싶었던 때를,
강 칠   ....
국 수   난 그때 좋았는데, 잡채 걸고, 형 너랑 귀휴 걸고 축구할 때,
강 칠   ....
국 수   (E) 형, 나랑 정말 귀휴 가는 거다. 지고 나서 딴말함 짤 없는 거 알지?

*플래시컷 〉〉

강 칠   (공을 뺏으려, 긴장한, 웃음 띤) 내가 니들한테 진다고? 웃기고 있네.
국 수   (공을 가지고 놀며, 웃으며) 왜 세상 나가는 게 무서? 그렇다고 빵에서
       평생 살 순 없잖아, 나가자, 형.
강 칠   빵에서 평생 살면 뭐 어때? 밥 주고 재워주고 축구하고, 을마나 신나,
       이렇게! (하며, 공을 뺏어서, 제 편에게 주고)

       강칠 편, 헤딩을 해서, 공을 넣는, 기쁘게 세리머니하고,

국 수   (E) 그때 그거 별것도 아니었는데도,

강칠, 누워있는,

국 수   (강칠만 보며) 정말 그거 별것도 아닌데, 우리 되게 신나고 좋았어, 그지?
강 칠   ...
국 수   남들은 그렇게 기분 좋을람 복권 당첨이나, 돼야 좋을 건데, 그때 우린,
        독방만 안 가도 좋았고, 어쩌다 콩밥 말고 비빔국수만 나와도 신났어,
        그지?
강 칠   ...
국 수   (생각하며, 맘 아픈, 참고) 또 언제가 좋았지? .. 맞다, 빵에서 나와 엄마
        한테 돈 첨 벌어다 줄 때.

        * 플래시백, 6부 〉〉
        강칠 모, 돈을 주으면,
        강칠, '빨리, 주워, 안 그럼 내가 도로 뺏어간다' 하며 웃을 때,

        * 플래시백, 7부 〉〉
        노래방 가서, 강칠 모, 강칠, 정이, 국수, 효숙 노래 부를 때,

국 수   (울지 않으려 하며, 안 되나 싶어, 맘 아픈, E) 형 너랑 나랑 엄마랑 정
        이랑 효숙이 누나까지 노래방 갔을 때도 진짜 재밌었는데, 그지?

        * 현실 〉〉

국 수   그럼 지나 누나랑 첫키스 할 때, 생각나?
강 칠   ..
국 수   (절망스런, 참고) 아니면, 둘이 헤어졌다 다시 만날 때?
강 칠   ...
국 수   그것도 아니면.. 그것도 니가 살아야 할 이유가 아니면.. 형.. (눈물 나
        는) 제발.. 형. 니가.. 아직은 죽을 수 없는 이율 생각해!
강 칠   ..

국 수   내가, 엄마가, 정이가, 지나 누나가 형, 널 보낼 수 없는 이윤 니가 아니
       까, 너도 니가 살아야 할 이율 찾아! 아직은 죽을 수 없는 이율 찾아..
       제발 형...
강 칠   (감은 눈에서, 눈물이 나는)
국 수   (손을 보면, 강칠이 손에 힘을 주는, 왈칵 울음이 나는)

       그때, 효숙, 커튼 열고 서서, 우는 국수를 보고, 가슴이 쿵 하는, 심박동
       기를 보면, 꺼진, 담담하려 하며, 국수에게

효 숙   이기 와.. 이라노, 국수야,

       그때, 팍 소리와 함께, 심박동기 전원이 켜지는,

효 숙   (놀란)

       * 인서트 〉〉
       심박동기가 움직이는,
       국수, 울음을 참고, 강칠의 손을 잡고,

국 수   의사 불러. (하고, 나가는)
효 숙   (국수를 멍하니 보고, 강칠의 호흡기가 빼진 걸 보고는, 강칠의 코에 숨
       을 쉬나 안 쉬나, 손바닥을 대보고, 얼굴을 대보고, 숨을 쉬자, 울음이
       왈칵 나는, 대견한 듯, 강칠의 머리를 쓸어주며) ..선상님, 의사 선상님!

씬48.   병원 복도, 밤.

       지나, 한쪽을 보면, 의사1, 달려와 중환자실로 들어가는,
       영철, 지나, 걱정스러운데, 그때, 국수, 중환자실에서 나와,
       지나 앞에 서는,

지 나   (눈가 붉어, 멍한, 보면)

국 수   가요, 집에.. 형.. 살았어.

지 나   (울컥하는, 안도하며 눈 감는) ..

영 철   자가 호흡해? 호흡기 뗐어?

국 수   네. 아주 잘해요. 이제 엄마 오실 거예요, 내가 형이 말할 수 있게 되면,
         전화할게. (하고, 가는)

지 나   (멍한, 일어나, 가는데, 휘청하지만, 다시 정신 차려 벽을 잡고 걸어가
         는, 눈물이 나는, 그래도 흐트러지지 않고, 가는)

영 철   (그런 지나를 가만 부축 안 하고, 맘 아프게 보고, 따라가며) 안형사님
         이 그러는데, 다행히 아버지가 총 쏜 게 아니라고 한대.

지 나   (가는)

영 철   (걱정스런, 지나 보며, 가는)

씬49.   비상구 계단, 밤.

         국수, 들어와 계단에 앉는, 땀이 흥건한, 힘든, 숨을 몰아쉬는, 그러면
         서도 뭔가 단호한 표정이다, F. I.

강 칠   (E, 이상한) 어떻게 사람이 일주일을... 넘게,

씬50.   1인실 병실, 낮.

         강칠, 누워있고, 의사1, 상처를 치료하는,

강 칠   의식 없이 누워있죠?

의 사1   그래도 의식이 회복돼서 다행입니다. 외상은 치료가 아주 잘 되고 있습
         니다.. 통증은?

강 칠   참을만..해요..

의 사1   (답답하고, 걱정스런) 이번에 수술하면서 개복을 해보니까, 암세포가,

         그때, 강칠 모, 식판 들고 들어오며,

강칠 모   가요!

강 칠   ?

의 사1   ?

강칠 모   (간암 얘기하는 게 걸리는) 밥 나와서.. 애 밥 묵어야 돼, 할 말 있음 남
          중에 해요. 죽고 살 일 아님. (하고, 한쪽에 앉으며) 일어나.

강 칠   (힘들게 일어나 앉는)

의 사1   (강칠 모 보다, 강칠 보며) 오후 진료 때 뵙죠. (하고, 가려다, 강칠 모
          보다, 답답하게 가는)

강칠 모   (미음을 먹이며) 먹어.

강 칠   (숟가락 뺏어, 먹으며) 손은 멀쩡해. 근데 화났어?

강칠 모   오후에 형사들이 온대. 대질 심문인가 뭔가 한다대?

강 칠   알어, 국수한테 들었어.

강칠 모   진짜 정샘 아부지가 너 쐈어, 정샘 만난다고?

강 칠   (거짓말하는, 버벅대며, 짐짓 큰소리) 마, 말도 안 되는 소리 하네. 혀,
          형사가 사람을 총으로 왜 쏴, 쓸데없는 말 말고, 내 핸드폰 어딨어?

강칠 모   왜?

강 칠   알면서 뭘 물어? 지나 씨한테,

강칠 모   (말 끝나기, 무섭게, 숟가락 뺏어 미음을 입에 떠 넣어주며) 이거나 먹어.

강 칠   (어이없이 강칠 모를 보면)

국 수   (와서, 앉으며) 어디 엄말 그따위로 봐? 눈을 흘기면서.. 곱게 봐야지.
          그지, 엄마, (하고, 강칠에게 가만있으라 윙크를 하는)

강 칠   (알아채고, 미음 먹으며, 강칠 모에게) 알았어, 삐치지 마, 나 전화 안
          할 거니까, 어? 나 전화 안 하고 죽 먹으니까, 어?

씬51.   병원 복도, 낮.

          국수, 강칠을 휠체어에 태우고 가는,
          강칠 모, 오다 그 모습 보며,

강칠 모   어디 가노, 니넨?

국 수   화장실.

강칠 모   그냥 소변기에 앉아 쌈 되지, 뭐하러.. (휠체어 손잡이를 잡는)

강 칠   아, 노친네 진짜.. 집에 가! 내가 무슨 죽을병 걸렸냐? 엄마가 그러니까
내가 더 아퍼, 왜 그래, 진짜! 좀 놔두라고, 좀! (하고, 자기가 휠체어 몰
고 가는)

국 수   (가는 강칠을 보고, 상칠 모 보네) 임마 바람만 쐬고 올게, 금방 올게,
빨리 올게, 어?

강칠 모   (강칠 보며, 속상한) 바람만 쐬고 퍼뜩 와. (하고, 가는)

강 칠   (가며 강칠 모에게) 그럼 바람만 쐬고 오지, 내가 배 터져서, 뭐 동넬 뛰
어다닐까 봐, 신경 쓸 거나 안 쓸 거나..

국 수   (와서, 밀며) 말이 좀 심해. 아프지만 않았음, 나한테 한 대 맞았어.

강 칠   엄마 겪어보고도 몰라, 이렇게 안 함, 절대 못 빠져나와. 지나 씨한테
연락했지.

국 수   그럼.

강 칠   나, 머리 좀 만져줘 봐, 좀 이쁘게.

국 수   (앞으로 와, 머리를 만져주고) 이.

강 칠   (이를 보이는)

국 수   (손톱으로 이에 묻은 티끌을 제거하고, 보는) 됐어. (하고, 엘리베이터
를 타는)

강 칠   (엘리베이터를 타며) 참, 넌 어디 다치거나 아픈 데 없지? 날갠 어떻게
됐어? 니가 준 천사 목걸이가 깨져서 너한테 무슨 일 났나, 걱정했는
데, 괜찮아?

국 수   날개 다시 났어.

강 칠   (보는)

국 수   (주머니에서 나무 날개 목걸이를 다시 꺼내 입을 맞추고, 강칠의 목에
걸어주는)

강 칠   (목걸이 보고, 국수 보는) ?!

국 수   (휠체어를 양손으로 잡고, 강칠을 보며) 날개 나 봤자, 나는 거 외엔 암
것도 없지만, 형도 안 다치게 못 하고.. 형, 누명도 못 벗기고, 얼핏 보
면 사람 새끼도 아니고, 새 새끼도 아니지만, (강칠의 눈을 힘 있게 보
며) 중요한 건.. 우리가 이젠 기적을 만들 만큼 강해졌단 거야.

강 칠   우리가.. 강해져?

국 수   (강칠 힘 있게 보며, 불쑥 진지한) 지나 누나 아빠랑 딜해.

강 칠   무, 무슨.. 딜?

국 수   지나 누나 아빠가 형 너한테 총을 안 쐈다고 우기고 있어. 그러니까, 형
         넌 총 쏜 거 말 안 할 테니까, 지나 누나 달라 그래.

강 칠   ?

국 수   생각하지 마, 총 쏘고도 안 쐈다고 하는 인간이야. 그냥 내 말대로 해.
         지나 누나 잃기 싫으면! 가자. (하고, 휠체어를 밀고, 엘리베이터를 나
         가는)

강 칠   (답답한)

씬52.   공원, 낮.

지나, 서서 전화를 하고 있는,

지 나   네, 네, 일주일 안에 오시면 돼요, 저희가 폐업 신고를 해서, 그때까진
         정리가 돼야 하거든요, 네, 죄송합니다. (하고, 전화 끊고, 다시 전화하
         는) 네, 여기 내 친구 동물병원인데, 사료상이죠, 제가 물건 보내지 말
         라고 (하다가, 뭔가 이상해, 한쪽을 보면)

강칠, 휠체어에 앉아, 밝게 지나를 보고 웃고 있는,

강 칠   (장난치는) 야, 지나다, 정지나다.

지 나   (눈물이 왈칵 나는, 짐짓 차분히) 전화 다시 드릴게요. (하고, 전화를 끊
         고, 강칠 보며, 눈물이 그렁해지는)

* 점프컷 〉〉

국 수   (강칠에게) 전화해, 얘기 끝나면. (하고, 가는)

강 칠   (가는 국수 보고, 휠체어를 밀며, 지나를 돌며, 장난치는) 와, 지나다, 양
         강칠이가 꿈속에서도 보고 싶던 정지나다!

지 나   (어느새, 휠체어를 모는)

강 칠 에이 이럼 안 되지, 간만에 봤는데.. 보자마자, 입도 안 맞춰주고, 어디 가요?

지 나 (울음 참고, 휠체어 밀며) 10분만 참아요, 그담에 입 맞춰 줄게.

강 칠 왜 10분이나 참아야 하는데, 왜?

씬53. 사진관 안 낮.

강칠, 배에 붕대를 하고, 휠체어에 앉아있고, 지나, 강칠의 환자복을 벗기고, 사진관에서 주는 남방을 입히는,

강 칠 왜 내가.. 사진을 찍어요?

지 나 (앉아, 남방의 단추를 채워주며) ...

강 칠 지나 씨, 왜 내가 사진을 찍어야 하는데..

지 나 (단추만 채우며) 여권 만들어요.

강 칠 여권? .. 외국 나갈 때 쓰는 거? 그건.. 왜?

지 나 (단추를 다 채우고, 사진사 쪽 보면, 뭔가 사진 찍을 준비를 하는 것, 확인하고, 일어나, 강칠의 입을 맞춰주고, 보며, 눈가 그렁해, 단호한) 우리 둘이 여기 떠나게.

강칠, 지나 마주 보는 데서 엔딩.

제 16 부

그와 그녀의 심장 박동 소리 *Padam Padam…*

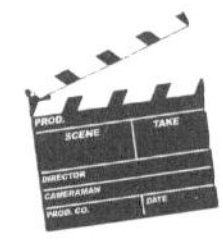

씬1.   사진관 안 낮.

강칠, 배에 붕대를 하고, 휠체어에 앉아있고, 지나, 강칠의 환자복을 벗기고, 사진관에서 주는 남방을 입히는,

강 칠   여권? ..외국 나갈 때 쓰는 거?
지 나   네.
강 칠   그건.. 왜?
지 나   (단추를 다 채우고, 사진사 쪽 보면, 뭔가 사진 찍을 준비를 하는 것, 확인하고, 일어나, 강칠의 입을 맞춰주고, 보며, 눈가 그렁해, 단호한) 우리 둘이.. 여기 떠나게.
강 칠   ?
민 식   (E) 양강칠을 쏜..

씬2.   도로 + 경찰차 안, 낮.

뒷좌석에, 민식, 주검사가 탄, 안형사가 탄,

민 식   총을 쏜 놈들의 행방은.. 어떻게, 찾았나요?
주 검   그게 쉽지 않네요, 자칫 이러다 양강칠 증언에 의존해 판결이 날 수도 있을 거 같습니다.
민 식   ?

씬3.　　　사진관, 낮.

　　　강칠, 여권용 사진을 찍는, 셔터와 플래시 터지는,

씬4.　　　파스타 집 안, 낮.

　　　강칠(의자 빼고, 휠체어에 앉은), 지나 마주 앉아 파스타를 먹는,
　　　강칠은 안 먹고, 지나만 먹는, 조금만 맛없게 먹는,

강 칠　　(따뜻한) 팍팍 먹지. 난 그렇게 먹는 거 깨작거리는 여자 싫은데.
지 나　　(많이 떠서, 먹는)
강 칠　　꼭꼭 씹고.
지 나　　(웃으며, 꼭꼭 씹는)
강 칠　　(지나를 빤히 보며, 웃음 띤) 근데, 내가 쪽팔려도 말을 해얄 거 같아서
　　　　그런데..
지 나　　(보면) ?
강 칠　　나 일본어 못하는데, 내가 아는 일본어라곤 (손가락을 꼽으며) 구라, 이
　　　　빠이, 소데스까, 소데스네, 센세이, 아리가또 고자이마스, .. 야마.. 그
　　　　리고 없는데.
지 나　　(강칠 빤히 보며, 웃고) 내가 가르쳐줄게요.
강 칠　　(버럭) 일본어도 해요?
지 나　　조금. (따뜻하게 웃고, 편안하게, 일본어로 말하고 일본어로 했던 말을
　　　　한국어로 하는) 당신이랑 그곳에 가서, 결혼을 하고 싶은데, 당신이 나
　　　　한테 프로포즈를 안 할 거 같아서 걱정이 된다, 근데, 나는 괜찮다. 내
　　　　가 하면 되니(까),
강 칠　　(말꼬리 자르며) 내가 할 거야.
지 나　　(감격스런, 보면)
강 칠　　날 뭘로 보고.. (어색하고, 쑥스럽고, 맘 짠해 지나 보고, 애써 웃음을
　　　　띠는, 그러면서도 진지한) 내가 말이야, 당신한테 프로포즐 어떻게 할
　　　　건지 한번 들어볼래? 일단, 있잖아.. (맘이 짠해, 먹먹한) 내가 당신 앞
　　　　에 무릎을 딱 꿇고.. 있잖아, 이건 아주 중요한 거야, 왜냐, 난 평생 그

누구 앞에서도 무릎을 꿇어본 적이 없거든. 암튼, 그런 내가 당신 앞에
서 진지하게 무릎을 딱 꿇고, 평생 사랑하자고, 평생 같이 살자고, 평생
함께.. 행복하자고 그렇게 말하면서.. 반지를 줄 거야.

지 나   (눈가 그렁해, 웃으며, 가슴 벅차 작게 입술을 모으고, 한숨을 뱉고)
후.. 기대..된다. (하고, 파스타를 포크로 돌돌 말며, 생각하는)

강 칠   (맘 짠해, 웃는, 지나가 참 이쁘단 생각이 드는) 근데 거기 눈 많이 와
요? 나 눈 좋아하는데! 난 맘이 검어 그런가, 흰 건 다 좋아, 눈도 좋고,
음.. 눈이 좋아. (그러다, 지나의 얼굴이 조금 어두워진 걸 보며, 말 거
는) 근데 표정이.. 이상하다?

지 나   (포크 놓고, 강칠 보며, 걱정되고, 맘 짠한) 오늘 아빠랑, 대질 심문한다
고 들었어요,

강 칠   (말꼬리 자르며, 단호한) 지나 씨, 총 쏜 사람.. 정형사님 아니야.

지 나   (맘 아프게 보는데, 믿지 않는, 배려인 줄 알겠는) 날 위해서, 강칠 씨
가, 배려하는 거 알아(요),

강 칠   (답답한, 단호한) 배려는 무슨! 총 맞은 내가 아니라는데, 누가 그래! 지
나 씨, 내 말 똑똑히 들어, (진지한) 날, 믿어야 돼. 지나 씨 아빠가 아
냐. 그리고 분명히 말하는데, 아빠는 별일 없을 거예요. 진짜. 그러니
까, 지나 씨는 아무 걱정 말고,

지 나   (말꼬리 자르며, 맘 아픈, 참고) 강칠 씨가 우리 아빨 이해한다 해도 난
이해할 수 없어요.

강 칠   (안쓰레 보는)

지 나   (울지 않으려 하며, 단호한) 근데.. 내가 강칠 씰 선택했으니까, 그게 아
빠한텐 가장 큰 복술 테니까, 남은 시간은 우리 둘만 생각해.

강 칠   (맘 아픈, 보는)

지 나   내가 하고 싶은 말은 그게 전부야. 파스타 먹을게요. (하고, 파스타를
먹고 싶지 않아도, 먹는)

강 칠   (지나 보다, 창가를 보면)

카페 밖에서, 국수, 시계를 가리키고, 가야 된다고 눈짓하는, 그리고 한
쪽으로 가, 기다리는,

씬5.   병원 일각, 낮.

    국수, 화나, 강칠의 휠체어를 끌고 와 한쪽에 내팽개치듯 휠체어를 놓
    고, 강칠을 빤히 보는,

강 칠   (답답하고, 속상한) 다른 방법이 있을 거야. 내가 사정하면, 정형사님
        도 이번엔 저번처럼 마냥 싫다고만 못 하실 거야. 그러니까, 내가 다시
        사정,
국 수   (맘 아프게 이를 앙다물고, 오는 강칠의 뺨을 치는)
강 칠   (멍하니 보는) ?!
국 수   (맘 아프지만, 강칠을 뚫어지게 보며, 강하게) 방법이 있는데 내가 너한
        테 이럴 거 같애?
강 칠   (맘 아프게 보다, 참고) 너 흥분했어. 집에 가, 정형사님 일은 내가 알
        아서,
국 수   (말꼬리 자르며) 형, 니가 만약 정형사님이 총을 안 쐈다고 위증하고 딜
        을 하지 않는다면, 난 주검사한테 엄마한테 니가 정지나를 위해 위증한
        다고 말할 거야.
강 칠   국수야!
국 수   (버럭) 더 이상 뭘 더 잃어!
강 칠   ?
국 수   (힘주어 말하는, 맘 아픈) 가진 거라곤 쥐뿔도 없는 게 몸도 엉망인 게,
        정지나까지 잃겠다고?! 남 생각한다고 꼴갑 떨지 말고, 너나 잘 살어!
강 칠   모, 몸이 엉망이..라니, 그게 무슨 말이야?
국 수   (맘 아픈, 강칠의 눈만 보며, 단호한) 엄마한테 말할 거야.
강 칠   ?!
국 수   (강하게) 내가 말한 대로 딜 할래, 아님, 엄마가 알고, 주검사가 알고,
        정지나가 알고, 이판사판 개판 나는 거 볼래? 선택해.
강 칠   (답답한) ...
국 수   선택해!

씬6.   병실 안, 낮.

강칠, 민식(수갑 찬), 주검사 앉아있고,
강칠 모, 앉아있는, 민식의 멱살을 잡아 흔들며, 악쓰고, 국수, 한쪽에
앉아, 강칠만 빤히 보고 있는, 효숙, 그런 강칠 모를 끌고, 안형사, 민식
을 잡은 강칠 모의 손을 잡고 풀려 하는,

강칠 모 니가 안 쐈으면 누가 쏴! 누가! 강칠이 총 맞은 날 형사들이, 총 든 놈이
       늙은 형사라는데, 그 자리에 니 있었다며, 니가 안 쏘면 누가 총을 쏘노!
안형사 (옷 뜯는 강칠 모 손을 떼내며) 그래서, 아주머니 명명백백 밝히려 조사
       하잖아요, 지금!
효 숙   (울상 짓고) 엄마, 가자, 엄마.
강칠 모 (끌려가며) 니도 자식 둔 부모면서, 어떻게 이랄 수가 있어, 어떻게! 내 자
       식한테 무슨 일남 니들은 온전히 살 줄 알어, 하늘이 천벌을 안 내리면,

씬7.   병실 밖, 낮.

       경찰들, 두엇 서있는, 강칠 모, 끌려나오며,

강칠 모 내 손에 죽을 줄 알으라! 어떻게 사람이 사람한테 총을 쏴, 어떻게 사람
       이 사람을 죽일 생각을 해, 어떻게, 그래, 어떻게!!

       안형사, 문 닫고, 나오는,

씬8.   병실 안, 낮.

       강칠, 민식, 주검사, 앉아있는, 주검사 옆에 녹음기와 컴퓨터가 켜진,

주검사 (국수 보며) 좀 나가주셨으면 좋겠는데..
국 수   (강칠만 보며, 위압적으로 제 말을 들었으면 하는, 강한) 형, 나 나갈까?
       나 나가도 될까?
강 칠   (안 보고) ..
국 수   나가지 말고, 내가 말해?

강 칠   (작심한) 나가.

국 수   형 잊지 마, 우리가 기적을 만들어보자고, 어?

민식, 주검사   (두 사람을 보면) ?

국 수   (강칠에게 재촉하듯) 어?

강 칠   .. 어.

국 수   믿고 간다 그럼. (하고, 나가며, 민식의 의자를 일부러 건드리는)

민 식   (그 바람에 의자가 휘청하는)

강 칠   .. (고개 숙인 채, 맘 아픈)

주검사   (가는 국수 보며) 양강칠 씨, 그날 사건이 전부 기억이 납니까?

강 칠   (민식 안 보고) ..네.

주검사   두 사람을 쫓은 남자들.. 아는 사람인가요?

강 칠   화장실 안에 있는 놈은.. 모르고, 밖에서 본 놈은 아는 놈입니다.

주검사, 민식   ?

강 칠   (주검사를 보며) 정형사님이 화장실로 누군가에게 끌려 들어가서, 제가
          바로 따라 들어갔는데, 어떤 놈이, 제 목을 졸랐습니다. 방어하고 보니
          까, 4년 전에 제가 수감 생활하고 나왔을 때, 노숙자 폭행 사건 당사자
          라고 우기던 놈이었습니다.

주검사   (한쪽에 있는 컴을 보여주며) 이 사진들 속 인물들이 맞습니까?

강 칠   (보면)

          출입국 심사를 통과하는, 남자1과 배식이 보이는,

강 칠   (배식 보며) 네.

주검사   사건 당일, 중국으로 도피했습니다. 중국 당국에 수사 공조를 부탁해놓
          은 상탭니다. 놈들이 어떤 이유로 이러는 거 같습니까? 짐작되는 배후
          는 있습니까?

강 칠   박찬걸 검사.

민 식   ..

주검사   (가만 보다, 말 잇는) 이번 총기 사건으로 돌아와, 총을 쏜 사람은.. 누
          구죠? 여기 있는 정민식 형사님이 맞습니까?

민 식   (강칠을 보는, 담담한)

강 칠   (민식을 보는)

주검사   정민식 형사님은 당시, 화장실에서 양강칠 씨도 본 남자가 총을 쐈다고
        했습니다. 그 말이 맞나요?

강 칠   (민식을 보는, 불안한)

강칠, 얼굴 위로, 탕 소리가 나고,

* 플래시백 〉〉
민식, 총을 든.

* 현실 〉〉

민 식   (강칠을 담담히 보는)

강 칠   (민식을 담담히 보는)

주검사   양강칠.. 씨?

강 칠   (민식을 보며, 맘 아픈, 담담히) 제가.. 잠시, 정형사님과 단둘이서만 얘
        길 하고 싶은데.. 괜찮을까요?

민 식   (보는) ..

주검사   (민식과 강칠을 번갈아 보며) 사건에 관한 얘기면 제 앞에서 하십시오,
        둘이 한 얘긴 증언 채택이 안 됩니다. 제가 있는 데서..

강 칠   오 분이면 됩니다.

주검사   (민식을 보면)

민 식   (고갤 끄덕이는)

주검사   그럼.. 전 밖에 있겠습니다. (하고, 일어나 나가는)

민 식   (나가는 주검사를 보다, 강칠을 보는)

씬9.   병실 밖, 낮.

안형사, 주검사 병실에서 나와 조금 떨어진 벽에 기대서있는,
주검사, 국수를 보면,
국수, 벽에 기대서있는, 굳은,

씬10.   병실 안, 낮.

강 칠   (민식을 가만 보다, 맘 아프지만, 눈가 붉은, 그러나 단호한) 총은 정형
         사님이 아닌, 다른 놈이 쐈다고 하겠습니다. 대신,

민 식   ?

강 칠   지나 씨랑 제가.. 여길 떠나서.. 조용히 살 수 있게 해주십시오,

민 식   (눈가 그렁해, 강칠의 멱살을 잡으며, 너무 화나, 소리도 못 지르겠는,
         가라앉은) 너 뭐야, 이 새끼야..? 내가 왜 총을 쏴? 내가 언제 총을 쏴?!
         총은 아까 사진에 있던 그놈이 쐈잖아, 너두.. 너두.. 니 두 눈으로 똑똑
         히 (버럭) 분명히 봤잖아?!

강 칠   (지지 않고, 보며, 눈가 붉은) 봤죠, 분명히.

민 식   근데 왜 그래, 너?

강 칠   분명히, 그놈은.. 칼을 휘둘렀습니다. 그리고, 총은 정형사님이.. 쐈습
         니다.

민 식   (화나고, 어이없는) 뭐, 뭐?

강 칠   (말꼬리 자르며, 맘 아픈, 눈가 붉어, 그러나 단호한) 이번엔 어떤 일이
         있어도, 순순히 당하지만은 않겠습니다. 제가 위증을 하는 댓가로... 지
         나 씨랑 절 그냥 놔두십시오.

민 식   (이게 다 무슨 말인가 싶다) 너도 아까 칼 든 놈들이 찬걸이 쪽 애들이
         라고 했잖아, 그, 근데.. 근데, 내가 총을 쏜 게 말이 돼! 난 널 살리려고
         총을 쐈어?!

강 칠   (맘 아픈, 눈가 붉어) 박찬걸이 날 해치려다 정형사님까지 얽혀든 건 머
         리가 모자른 저도 알겠습니다. 그 일은.. 유감입니다. 그래도, 절 쏜 건
         정형사님입니다.

민 식   (할 말이 없는, 눈가 그렁해, 강칠의 멱살을 잡으며) 너.. 너.. 너?

강 칠   (민식을 보며, 단호한, 맘 아픈, 버럭) 주검사님!

         그때, 주검사, 안형사, 문을 열고 들어와, 두 사람을 보고, 놀라, 민식이
         잡은 멱살을 풀게 하고,

주검사   왜, 왜 그래요, 정형사님?

민 식   (어이없고, 기가 막힌, 의자에 털썩 주저앉는, 그러면서도 강칠에게서
        원망스런 눈빛을 못 떼는)
강 칠   (맘 아픈, 민식을 보며, 조금 숨을 씩씩 고르며) 주, 주검사님, 죄송한
        데.. 제가 오, 오늘은.. 그날 사건이 부분, 부분.. 기억이 잘 안 나네요.
        (하고, 한쪽 보면)

병실 안의 유리로, 국수, 강칠을 뚫어져라 보고 있는,

주검사   (국수, 강칠 보는)
강 칠   (국수 보다, 민식을 보며, 맘 아픈) 제가 기억이 나면, 연락을 드리겠습
        니다. 뭐 길어도... 일주일 정도면,
민 식   (강칠을 원망스레 보는) ?
강 칠   (피하지 않고 보며, 마치 민식에게 묻듯) 기억이 되살아나겠죠, 아마도.

씬11.   병실 밖, 낮.

국수, 병실 복도를 걷다가, 제 수첩을 꺼내 이국수 이름에 검은 별을 그
리고, 가는,

씬12.   동물병원, 낮.

지나, 영철, 영석 얘기하고 있는,

영 석   암세포가 신경세포를 조금씩 비켜 간 것뿐이야, 하지만, 조금 지나면
        통증이 올 거야, 황달도 올 거고. 환자가 어쩌면 통증이 왔는데도 숨기
        는지도 모르고, 병원 근처에서 한시도 떠나면 안 돼.
지 나   오빠의 허락을 구하는 게 아니에요, 진통제 구해주세요.
영 석   (영철을 보면)
영 철   지나야,
지 나   담 주에 퇴원하면 떠날 거예요, 이번 주 토요일까지 약을 구했으면 해요,
영 철   (말꼬리 자르며) 사건이 진행 중인 이상, 양강칠이 한국을 떠날 순 없어.

지 나   (맘 아픈) 오늘 대질 심문이 끝나면, 사건은 정리가,

영 철   (말꼬리 자르며, 버럭) 너한테 떠나지 말란 얘기가 아냐!

지나, 영석   (보면)

영 철   (답답한, 숨 고르고, 진정하고) 내가 어제 강원도 다녀왔어. 너무 아름다
          운 곳이야. 공기도 좋고, 집도 있어. 내가 대충 쓸 수 있게 손도 보고 왔
          어. 농가 컨설팅 일도 잡아놨고, 야생동물협회 일도 할 수 있어. 무엇보
          다 시내에 형이 병원장을 아는 병원도 있어서, 강칠이 아플 때 의지할
          수도 있어, 거기 가 있어. (맘 아픈) 아버지가 찾으면 난 모른다고 할게.

지 나   (맘 아픈, 고마운, 외면하는)

영 철   (지나 안쓰레 보며, 맘 아픈) 양강칠이랑 넌 끝까지 갈 거잖아, 안 말려.
          근데 이 상태론, 양강칠 멀리 못 가.

영 석   영철이 말 들어라, 지나야. (하고, 지나의 등을 쳐주고, 가는)

영 철   (맘 아픈, 고개 숙인, 눈가 붉은) 그리고 너도, (맘 아픈, 보며) 아버지가
          어떻게 되는진 알고 싶잖아.. 가까이 있어. (하고, 가는)

지 나   (왈칵 눈물이 나는)

땡 이   (지나를 위로하듯, 핥거나, 옆에 있는)

지 나   (땡이 만지고, 일어나, 상자에 짐을 싸는, 맘 아픈)

씬13.   취조실 안, 밤.

          민식(참담한), 앉아있고, 주검사, 얘기하는,

주검사   (답답한) 오늘 국과수 검사 결과가 나왔는데, 지난번 정형사님 집에서 찾
          은 족적과 이번 총기 사건이 있었던 화장실에서 찾은 족적이 같습니다.

민 식   (보며, 이상한) 그게.. 그.. 족적이.. 양강칠이가 아니라, 마약범 놈이..
          라구요?

주검사   박찬걸이 아무래도 양강칠과 정형사님이 오용학 사건을 뒤지는 걸 알
          고, 오래전부터 이 일을 계획한 거 같습니다. 일이 이렇게 흘러가면 양
          강칠이 정민호 사건의 피해자라는 주장도 신빙성이 있습니다.

민 식   (답답한) 그럼 양강칠이가 철천지 웬수인 박찬걸과 날, 한꺼번에 엮을
          생각인가 보군요.

주검사   만약 양강칠이, 총 쏜 사람이 정형사님이라고 할 경우, 정형사님이 이
        사건의 용의선상에서 벗어날 순 없을 거 같습니다. 박찬걸은 심증과 정
        황만 있을 뿐이지만, 정형사님에 관한 증거물은, 현장에서 나온 탄피
        며, 화약 잔흔, 총기 지문, 현장 출동한 경찰들 증언까지, 너무 많아요.
        정형사님의 무죄를 입증할 방법은 양강칠뿐입니다.
민 식   (막막한) ...
주검사   (그때, 핸드폰 소리에, 문자 보고, 민식 보며) 박찬걸이 절 만나자는데
        요?
민 식   ?

씬14.   아이스크림 차 앞, 밤.

        정이, 민희와 서있는,

민 희   니가 그럼 말해줌 되잖아, 왜 그런지? 학교에서도 말도 안 하고, 웃지
        도 않고,
정 이   내가 언제 웃었냐?
민 희   그래도 가끔 나 보면 웃었거든?
정 이   착각하네. (하고, 한쪽 보면)

        유진, 서있는,

정 이   유진이한테 가.
민 희   (서운한) 너 정말 내가 유진이한테 가길 바래?
정 이   그래. (하고, 한쪽 보며) 여기예요.
지 나   (오다가, 소리 난 쪽 보는) ?
정 이   (아이스크림을 사며) 딸기 두 개요.
민 희   (속상해, 유진에게 가는) 야, 우리도 맛있는 거 먹으러 가자!
유 진   (웃고, 가며) 뭐 사줄까?
지 나   (아이들 보고, 정이가 앉은, 옆자리에 앉아 보며) 안녕.
정 이   (아이스크림 주며, 인사하고, 먹는)

지 나	(정이를 가만 보고, 웃으며) 나, 니가 전화해서 깜짝 놀랬다. 좀 설레기
	도 하고. 근데, 우리 정식으로 통성명한 적은 없지 않니? 난 정지나.
	(하고, 손 내밀면)
정 이	(악수하며, 어색한) 임정..입니다.
지 나	(아이스크림 먹으녀, 정일 자세히 보고, 웃으며) 근데, 우리 뭐리고 서
	로 불러야 되니? 난 너 이름 부름 될 거 같은데, 넌.. 누나가.. 낫나?
정 이	(어색한, 웃음 짓고) 아빠 여자 친군데, 누난 그렇죠, 아줌마죠.
지 나	(웃으며, 아이스크림 먹다) 뭐, 뭐, 아, 아줌마?

씬15.	병원 로비, 밤.

	강칠, 목발을 짚고 나가는, 착잡한,

강칠 모	(E) 뭐 한다고 배가 터져, 밤마실을 간다고..

씬16.	병원 일각, 밤.

	국수, 강칠 모 의자에 앉아 얘기하는,

국 수	(벽에 기대 앞만 보며, 생각 많은) 운동하래잖아, 의사가... 그래야 상처
	도 빨리 아문다잖아.
강칠 모	옷이라도 더 든든히 입을걸..
국 수	(앞만 보며) 엄마, 형한테 의사가 한 말.. 어쩌면 형이 한두 달밖에 못
	산다는 그 말.. 해야 되지, 않을까?
강칠 모	(맘 아프지만, 단호히) 말해야지.. 조만간.
국 수	형이 그 말 듣고 실망하고 포기함 어쩌지?
강칠 모	(속상해, 버럭) 포긴 무신..?! 암 걸림 뭐 다 죽는 줄 아나! 작년에 폐암
	걸려 다 죽는다 그런 강 씨도 멀쩡히 지금은 배까지 타고, 병원에 있는
	사람들한테 물어봐도, 3개월 6개월밖엔 못 산단 사람들이, 죄다 기적적
	으로 살아 돌아당긴다는데, 뭐한다고 포길 해! 우리 강칠이 내가 그렇
	게 약해빠지게 안 키웠어. 그라니까, 니도 기운차려.

국 수	(편안하게 웃으며) 내가 엄말 좋아하는 이유가 바로 이거야. 끝까지 강한 거.

강칠 모	힘든 일도 천 번 만 번 오면, 기적도 천 번 만 번 오지, 그래야 공평치. 힘든 일은 있고, 기적은 없으면 그게 뭔 지랄 같은 일이야. 그리고 까짓 거 내 지금껏 단돈 십 원이라도 누가 거져 줘서 산 적 없는데, 기적도 안 오면 만들면 그뿐이다. 걱정 마.

국 수	(눈가 붉어, 웃으며) 그래, 걱정 안 할게. 나도 형한테 그렇게 말했지만, 정말 그런가, 자신이 없었는데.. 엄마 말 들으니까, 이제 자신이 생긴다. 나 이젠 하늘로 가도 되겠다.

강칠 모	뭐?

국 수	(창가를 가리키는) 저기..

	* 인서트, 창밖 〉〉
	구름 사이로 빛이 내려오는.

	* 현실 〉〉

국 수	저 빛 보이지?

강칠 모	(보며) 뭐래? (하며, 국수가 턱으로 가리킨 하늘을 보면, 아무것도 안 보이는) 뭐가 보여?

국 수	날.. 천국으로 데려갈 빛 안 보여?

강칠 모	(국수 보며, 어이없는, 속상한) 강칠이 아퍼 속상한 것도 머리가 돌 지경인데, 니까지, 왜 그래? 헛걸 보고.. 밥 먹게, 와. (하고, 가는)

효 숙	(오며) 엄마, 반찬 가져다 났다, 묵으라.

강칠 모	국수 밥 멕이게 같이 와. (하고, 가고)

국 수	(빛만 보는)

효 숙	(옆에 와) 강칠이 오빤 굳이굳이 혼자 바람 쐬러 갔나? (하다, 창가를 무심히 보다, 놀라는) 저기 뭐꼬?

국 수	(효숙 보고 웃으며) 엄만 안 보인다는데, 누난.. 보이나 보네?

효 숙	(빛 보다, 국수 보며, 가슴이 떨리는) 니.. 날개도 났나.

국 수	(보며, 고개 끄덕이는)

효 숙   함.. 보여줄 수 있나..

국 수   (가만 보다, 고개 끄덕이고, 비상구로 가는)

효 숙   (따라가는)

씬17.   옥상, 밤.

         국수, 효숙 옥상으로 와 서는, 두 사람이 사이가 좀 떨어진,

국 수   거기서, 봐. 날개가 커.

효 숙   ...

국 수   (무표정한, 웃옷 벗으면, 날개가 펼쳐지는, 조금 날아오르는)

효 숙   (보다, 놀라, 주저앉는)

씬18.   카페 안, 밤.

         강칠, 목발을 짚고, 카페로 들어서서, 이석이 있는 자리로 와 앉는, 종
         업원에게,

강 칠   오렌지 주스요. (하고, 이석 보며) 미국에 가면 가지, 왜 날 보재?

이 석   (강칠 담담히 보는) ...

씬19.   아이스크림 차 앞, 밤.

정 이   (한손에 아이스크림 들고, 고개 숙인 채, 눈물을 뚝뚝 흘리는)

지 나   (안쓰레 보며) 아빤.. 아시니?

정 이   (손 빼고, 눈물 닦고, 지나 안 보고, 힘 있게 말하는) 아뇨. 하지만 알겠
         죠. 언젠간.

지 나   (맘 아픈) 남이 말해서 아는 것보단 니가 말하는 게 날 거.. 같은데..

정 이   (눈가 붉어, 보며) 내가 울 아빠가 누구 말을 젤 잘 들을까.. 몇 날 며칠
         곰곰이 생각해봤어요, 그러다 아줌마 생각이 났어요.

지 나   ...

정 이 아빠한테 나 미국 보내지 말라고, 말해주세요. 내가 남이래도... (눈물 나지만 참고) 보내지 말라고... 울 아빠나 할머니.. 내가 잘되는 길이라면 무조건 자기들이 싫든 좋든 상관없이 나 위할 사람들이에요, 그런데 내가 진짜 원하는 건 여기서 아빠랑 할머니랑 사는 거예요. 미국 안 가도 여기서 공부해 성공할 수 있어요, 난.

지 나 (안쓰레 보는)

정 이 아줌마가 도와주세요.

지 나 (맘 아픈, 정이의 손을 보다, 잡는) 손이 꼭 아빠다..

정 이 도와줄 거죠?

지 나 (고개 끄덕이는, 눈가 붉어, 웃으며) 그럼.

정 이 (울지 않으려 애쓰며, 짐짓 밝게) 울 아빠도 절대 안 떠날 거고?

지 나 프로포즈 기다리는 중인데, 어딜 떠나? 근데 니 아빠가 프로포즈하고 남 너랑 나랑 엄마 아들 되는 건데, 내가 너무 손핸 거 같지, 않니?

정 이 (아이스크림을 먹으며, 웃으며) 뭐, 별로 그런 거 같진 않은데요. 울 아빠.. 내가 아는 진짜 남자거든요. 진짜. 아빠가 전과자였든 몸이 아프든 아줌만, 무조건 땡잡은 거예요,

지 나 (농담조, 삐친 듯) 피. (하고, 웃으며, 아이스크림 먹는)

씬20. 카페 안, 밤.

강칠, 이석 앉아있는,
그 앞에 검사 결과표가 있는,

강 칠 (자료를 뒤적이다, 팽개치고, 이석을 어이없게 보며, 화 참으며) 정이.. 못 데려가.

이 석 니가 허락하고 말고 할 문제가 아냐. 난 법적으로라도 갈 거야.

강 칠 법적으로? (어이없게 웃다, 웃음 가신, 물잔 들어, 이석의 얼굴에 뿌리며) 해, 법적으로. 함 되겠네, 법적으로?

이 석 (손수건 꺼내 얼굴 닦고, 답답하게 보면) 니가 정이한테 이러는 건.. 나도 고맙다. 근데 정이 생각해. 걔 장래를 위해서, 난 최선을 다할,

강 칠 (말꼬리 자르며, 눈가 붉어, 버럭) 최선? 뭐가 최선이야, 돈으로 처바르

는 게 최선이야! 니가 돈이 얼마나 많은지 몰라도 있잖아, 나, 그동안 술도 안 먹고, 담배도 안 피고, 옷도 안 입고, 죽어라 하루 10시간 20시간 일해서.. 정이 공부할 돈, 다는 아니어도 조금은 모아놨어. 알어? (한숨 쉬고, 짐짓 차분하게) 너 있잖아, 내가 분명히 말한다, 법적으로 해. 내가 있잖아, 법을 좀 알거든. 니가 친권 찾겠다고 고소히잖이, 그럼 법원에서 정이랑 날 출두시킬 거야, 근데 우린 이리저리 도망 다니면서 절대 안 나갈 거야. 강제로 우릴 끌고 가기 전엔, 절대. 한 1년 어디서 숨어 사는 거 난 아주 식은 죽 먹기거든. 이 말은 뭐냐? 우리가 그렇게 도망치다 정이가 법정에 서게 될 때... 걘 성인이란 얘기야, 부모 동의 없이 살 수 있는.

이 석 ?

강 칠 넌 돈이 있고, 난.. 정이가 아빠라고 믿는, 빽이 있다. 해봐. 어디, 법적으로. 이.. 개..쌔끼야.. (하고, 일어나 가며, 속이 상한, 왈칵 울음 나도 참는)

이 석 ...

씬21. 병원 복도, 밤.

국수, 강칠, 앉아서 얘기하는,

강 칠 (안 보고, 속상한) 혈액형은 생각해보니까.. 세상에 사 분의 일은 같겠드라고... 지랄, 멍청하게 그것도 모르고..

국 수 (앉은 채, 옆의 벽을 주먹으로 치며) 에우! 어떻게 인생이 생각대로 되는 게 없어, 되는 게!

강 칠 (답답한) ...

국 수 (강칠 보며) 정이 안 보낼 거지?

강 칠 (버럭) 보내긴 어딜 보내, 걔가 소포야, 물건이야, 어딜 보내! (하고, 목발 짚고, 가는)

국 수 (속상한, 보며, 맘 아픈) 그래, 그렇게 강하게 가는 거야, 정이도 지나누나도 강하게! 이제 더는 아무것도 포기하지 말라고, 양강칠, 알았어! (뒤돌아 가며, 혼자 궁시렁거리는) 기적은 만들면 그뿐이니까! 기적은

세 번이 아니라, 엄마 말대로 천 번 만 번 오니까! 우리의 마지막 기적
은 누가 주는 게 아니라, 우리가 만드는 거야, 우리가!

씬22.   몽타주.

1, 병실, 밤.
강칠 모, 보호자석에서 자고, 강칠, 들어와 앉아, 정이를 생각하는,
2, 학교 앞, 낮.
정이, 웃으며 뛰어오면, 강칠, 담벽에 환자복에 목발을 짚고 숨어있다,
‘왁!’ 하고, 정이 놀라고, 웃고, 같이 가는,
3, 떡볶이 가게, 밤.
강칠 모, 강칠, 국수, 정이, 떡볶일 먹는,
국수, 기분 별로고,
세 명 그런 것 모르고, 즐거운, 정이 먹다가, 입가에 국물이 묻으면, 강
칠, 제 손등으로 닦아주는, 즐거운, F. O.

씬23.   병실 밖, 새벽.

카메라, 병원 마당에서 부자(아들이 다리를 다친, 아빠가 옆에서 부축
하며)가 웃으며 걸음마 연습을 하고, 카메라, 그 모습을 보여주다, 병실
로 올라가면, 강칠(목발 없는), 창가에 서서 그 모습을 부럽게 보고, 정
이 생각하는, 그 얼굴 위로, 문소리 나고,

강칠 모   (E) 뭘 그렇게 넋 놓고 보고 있어.

강칠, 뒤돌아보고, 커튼을 닫는,

씬24.   병실 안, 새벽.

강칠 모, 강칠 밥 먹는,

강칠 모 뭐?

강 칠 (보며, 담담한) 정형사님이 총 쏜 거 아니라고, 16년 전 정민호 형이라.. 나한테 오해가 된 거뿐이라고. 그러니까, 엄마도 그분 너무 미워 말라고.

강칠 모 (눈가 붉어져, 그때 생각나는지, 버럭) 닌 누명이잖어!

강 칠 그건 엄마니까, 믿는 거지, 난은 아냐! 내가 지금 누구 사정 봐줄 때 아닌 거 나도 알어. 근데.. 나 좋자고 총도 안 쏜 사람을 총 쐈다고 거짓말 할 순 없잖아, 안 그래? (하고, 밥 먹는)

강칠 모 (답답한, 속상한) 그럼 더더욱이 정샘 그년 만남 안 되겠네!

강 칠 ?

강칠 모 기집앨 만나도 어디서.. 그렇게 연이 드럽게 얽힌 걸 만나가지고, 암튼 둘이 만나는 거 내 눈에 띄기만 해, 니 에미 게거품 무는 꼴을 보여줄라 니까, 아주. (옆의 보온병에서 물을 따라 한 잔 주는) 이거나 묵어, 산삼 이니까, 한 방울도 남기지 마. 큰돈 주고 산 기다.

강 칠 (속상한) 돈 쓸 데가 천진데 이런 걸 왜 사?! 정이 미국 대학 안 보내? 내가 죽을병도 아닌데, 이 비싼 걸 왜 사냐고, 대체!

강칠 모 (불쑥, 속상해, 버럭) 이런 걸 마셔야 살 거 아이가!

강 칠 (속상한) 누가 그래? 내가 이런 걸 마셔야 산다고? 누가 그래?

강칠 모 (속상해, 외면하는)

강 칠 암 걸린 거.. 괜찮아. (달래는) 의사도 엄마한테 그랬다며, 괜찮다고? 아냐?

강칠 모 (맘 아픈, 거짓말하는) 마.. 맞다, 그랬다, (속상한, 참고, 잔 입에 대주 며) 근데 이미 산 걸 어째, 버릴 수도 없고, 그러니까, 묵어, 어서. 어?

강 칠 (잔 잡고, 속상한) 난 말이야, 죽고 싶어도 못 죽어. 엄마한테 효도도 안 하고, 정이 대학도 못 보내고.. 미쳤어, 내가 죽게. 담부턴 이런 거 사지 마. 알았지? (하고, 먹는)

강칠 모 (맘 아프게 보는)

씬25. 병원 일각, 아침.

강칠, 퇴원 준비를 다 한 듯, 평상복을 입고, 화상 통화를 하는 중, 동영 상을 보면, 강원도의 아름다운 풍광이 보이는,

그리고, 지나의 목소리 들리는,

지 나   (E) 오늘 퇴원한다고요? 난, 어제 오후 비행기로 강원도 도착했어요.

씬26.   강원도, 아침.

지나, 편안한 웃음 띠고 길을 가는데, 집 한 채가 보이는,
지나, 핸드폰으로 그걸 찍으며,

지 나   이건 .. 우리가 살 집.. 일본으로 갈까 하다, 여기 일자리가 있어서... 강
칠 씨, 눈 좋아한대서.. 눈 많은 데로.. 왔어요. 그래서 묻지도 않고, 우
리가 살 곳 여기로 정했어요. 자, 그럼 안으로 들어갑니다. (하고, 동영
상 찍으며, 안으로 들어가는)

씬27.   강원도 집 안 + 병원 야외, 아침.

핸드폰 거실 지나쳐, 침실로 들어서는, 이불이 펴져 있는, 지나가 잔 자
리가 보이는,

지 나   거실은 나중에... 별로 궁금하지 않으니까,
강 칠   (웃음 띤, 서운한) 아, 난 궁금한데.. 보여주지?
지 나   그것보다 더 궁금한 거 먼저.. 짜잔.. (하고, 침실을 보여주며) 오른쪽이
내 자리, 왼쪽이 강칠 씨 자리. (하고, 누우며, 전화하며, 웃으며) 어제,
나 여기서 옷 다 벗고 잤다.
강 칠   (깔깔대고 웃으며) 와우! 설마?
지 나   안 믿는 얼굴이네, 내 잠버릇이 진짜 그래요, 옷 입고 못 자.
강 칠   (웃으며, 농담) 아우, 그러셔요? 그럼 난 감사 감사지.
지 나   (웃고, 일어나) 담은... 욕실로 갑니다.
강 칠   와...
지 나   (욕조에 들어가 앉아) 어제 오자마자 여기서 목욕했어요. (농담조) 즐겁
지, 상상하기가?

강 칠   (낄낄대고 웃는)

지 나   자, 담은... (하고, 창가로 가, 하늘과 주변 풍광을 보여주며) 하늘, 바
         람, 구름, 그리고 들판의 눈..

강 칠   (너무 아름다워, 감격한) ..와! 천국이다!

지 나   (화면 보며) 강칠 씨, 우리 여기서 오래오래 재미나게 같이 살자.

강 칠   (눈가 붉어, 웃으며, 고개 끄덕이는)

지 나   엄마랑 정이랑, 국수 씨 살 집은 여기서 5분 거리에 빈집 봐뒀어요.
         음.. 같이 살기엔 집이 넘 작아서.

강 칠   에이, 일부러 그런 거 같은데?

지 나   들켰다. (하고, 깔깔대고, 웃는)

강 칠   (웃고)

지 나   오늘 퇴원하면.. 이번 주는 여기 와요?

강 칠   그럼요... 벌써 걷고 뛰고 다 하는데.... 길 가다가도.. 밥 먹다가도 주변
         잘 살펴봐요, 내가 불쑥 지나 씨 등 뒤에 서있을지 모르니까.

지 나   설마.. 지금 혹시 뒤에.. (하고, 돌아보는)

강 칠   (웃고)

그때, 국수 와서 옆자리에 앉는,

강 칠   (웃고) 가서 봐요. (하고, 전화 끊고, 국수 보며) 지나 씨가 강원도에, 나
         랑 살 집 준비하러 갔어.

국 수   (진지하게, 강칠 보며) 형 넌 맘 정했지?

강 칠   혹시라도 정형사님이 찾아오면,

국 수   (말꼬리 자르며) 내가 막아. (강칠의 얼굴을 두 손으로 잡고) 형 너만 생
         각해. 너만 행복하면 엄마도 나도 정이도 다 괜찮다고, 알어? 만약 지
         나 누나 아빠가 이번에도 딴지 걸면 그냥 빵에 넣어버려. 법대로 가!

강 칠   (국수의 손 내리고, 생각하는)

국 수   안 그러고, 둘이 도망 못 감, 내가 너 가만 안 둬. (일어나며) 나, 일 가.
         (하고, 가는)

강 칠   (생각하는)

씬28.   상천 검찰청, 다른 날, 낮.

주검사, 찬걸 마주 서서 말하고 있는,

주검사   난 널 범인으로 본다.
찬 걸   간만에 여기 와, 인사나 드리려 했는데, 말씀이 심하시네요.
주검사   총기가, 사건 현장 감식 결과 양강칠이나 정형사님 것 외에 또 다른 혈
         액이 나왔어. 양강칠이 지목한 이배식이나, 정형사님이 지목한, 조현재
         것 중 하나겠지.. 다 니가 풀어준 마약 사범이니까.
찬 걸   (지지 않고 보며) 그래서 놈들을 잡았습니까?
주검사   (보며) ?
찬 걸   (보며, 맘은 아픈, 참고) 주검사님이 왜 후배들과 선배들의 선망과 신임
         을 한꺼번에 받으면서도, 검사장이 못 됐는지 알겠네요. 추측 수사는
         검찰의 금기 아닙니까? (하고, 가는)
주검사   (가는 찬걸을 보는) ..

씬29.   바닷가(혹은 냇가), 낮.

         강칠, 택시에서 내려, 주변 살피고, 멀리, 한쪽에 찬걸이 앉아있는 걸
         보고는, 어이가 없는, 그 옆으로 가서, 내려다보며,

강 칠   (찬걸을 어이없고, 화나 서서 보며) 뭐야, 너?
찬 걸   (보며) ?
강 칠   뭐냐고, 너?!
찬 걸   앉아.
강 칠   니가 서.
찬 걸   (착잡한, 일어나 강칠을 보는)
강 칠   (보자마자, 얼굴에 침을 탁 뱉는)
찬 걸   (보기만 하는, 그러다, 수건으로 얼굴을 닦는)
강 칠   (다가서서, 눈을 맞추고) 정형사님은 왜 엮은 거냐?
찬 걸   강칠아,

강 칠   (화나 한숨을 몇 번 내쉬고, 가라앉은) 왜 온 거야? 너? 지난번에 애들
         시켜서, 안 되니까, 왜 이번엔 니가 직접 칼 들었냐, 그래? 어?

찬 걸   아니, 제안하러 왔어.

강 칠   뭐, 제안?

찬 걸   강칠아, 오용학 사건 니가 뒤집어쓰고, 나 대신 감빵 한 번만 더 들어
         가라.

강 칠   (무슨 뜻인지 모르겠는) 뭐, 뭐?

찬 걸   (주머니에서 사진을 주는)

강 칠   (뭔가 싶은, 사진을 뺏어 보는, 정이와 지나의 사진이 여러 장이다, 어
         이없고, 화난, 그러다 찬걸을 보는)

찬 걸   (맘 아픈, 그러나 단호한) 니 아들, 여자, 안 건드리는 조건이야.

강 칠   (눈가 그렁해, 놀라고, 화나고, 두려운, 소리 지르며) 아, 아, 악! (하며,
         멱살 잡고, 마구 주먹을 휘두르고, 발로 여러 번 찬걸 치고, 멱살 잡아,
         바닷가로 끌어, 물을 먹이며, 울부짖는) 아, 아, 악!

         그때, 어느새, 짱구와 일행들 나타나, 강칠을 잡아, 머리만 물속에 넣는,

씬30.   바닷속, 낮.

         강칠, 물속에서 괴로워하는,

씬31.   강원도 돼지 농장, 낮.

         차로, 지나와 수의사 가면, 소독약이 분사되는,

씬32.   강원도 돼지 농장 안, 낮.

         지나, 수의사 다른 수의사와 방역 작업을 하는,

씬33.   바닷가, 낮.

강칠과 찬걸 앉아있는, 둘 다 물에 젖은,

강 칠   (멍하니, 눈가 붉어, 바다를 보는)
찬 걸   (주머니에서 영수증 같은 걸 꺼내, 강칠 옆에 주며) 용학이 칠 때 사용된
         차량 구입 명세표야, (통장도 던져주며) 이건 니가 어깨들을 구입하며
         둘 사이에 오간 돈, 이번 화장실 난동은 놈들하고 니가 돈 때문에 치고
         받은 걸로 가자. 니가 돈을 더 줘야 하는데, 안 준 거지. 통장에 입금 내
         역 그렇게 꾸며놨어. 정형사는.. 니가 엮고 싶음 엮고 말고 싶음 말어.
         가, 그리고, 아까 니가 나를 칠 때, 우리 애들이 사진을 몇 장 찍었어.
강 칠   (짱구를 보면)

* 점프컷 〉〉
짱구, 멀리서 동영상을 찍고 있는,

강 칠   (다시 바다를 보는)
찬 걸   니가 내 제일 거절하면, 여깃는 증거물로 널 엮고, 니 주변도.. 편치 못
         할 거야. 그리고, 의사한테 물었더니, 넌 어차피 한두 달을 넘기기 어렵
         대드라.
강 칠   ?! (멍한 채, 바다를 보다, 이게 무슨 말인가 싶은, 찬걸 보면)
찬 걸   (보며, 눈가 붉은) 여기서나 감방에서나 한두 달이면 끝날 인생, 가족이나
         살게 해라. 니가 빵에 들어가는 날, 내가 가족들이 쓸 돈 원 없이 줄게.
강 칠   의사가 뭐랬..다구?
찬 걸   암이 온몸에 전이됐대. 니 여자나, 니네 가족들은 다 아는데 너한테 말
         하는 걸 원하지 않았다드라?
강 칠   (멍한) ...
찬 걸   보름.. 줄게. 그 안에 정리해, 내가 먼저 조작된 증거물들로 널 엮을 수
         도 있지만, 자수...가 좋지 않을까? 나도 덜 귀찮고,
강 칠   ...
찬 걸   마지막까지 너한테 이렇게밖에 못 해, 미안하다. 민호가.. 살아있는 그
         순간으로, 되돌아갈 수 있다면.. (맘 아픈, 참고) 진심으로 모든 걸 걸고
         나도 되돌아가고 싶다.

강 칠   (눈가 붉어, 화가 나고, 맘 아프고, 억울하지만, 참고, 말하는) 니 말대로
        라면, 난 어차피 한두 달 후면 죽는데.. 왜 내가 다시 감방 가는 게 조건
        이 되냐? 나만, 나만 죽음 다 끝나는 거 아냐? 그런데 왜 이런 제안을 해?
찬 걸   용학이 사건이 미제로 남으면, 주검사가 날 계속 귀찮게 쫓을 테니까.
        (일어나, 보며) 어차피 끝난 인생이야, 넌. 이렇게 죽으나, 저렇게 죽으
        나.. 안 그래? 여자나, 가족이나 위해줘라. (하고, 가는)
강 칠   (멍한, 눈물이 나는, 애써 울지 않으려 하며, 일어나 가며, 전화하는) 저
        엊그제 퇴원한 양강칠인데요, 담당 의사 선생님 좀 바꿔주세요.

씬34.   동물병원 안, 낮.

        영철, 강아지에 인식표를 붙여주며, 아이에게

영 철   앞으로 밖에 데리고 나갈 땐 꼭 이 인식표 다는 거 잊지 마. 그리고, 개
        용변 봉투도?
아 이   (웃으며) 네. (하고, 가고)

        그때, 땡이가, 울리는 핸드폰을 물어다 영철에게 주는,

영 철   (땡이 칭찬해주며) 자식.. 심부름도 잘하지. (하고, 전화받는) 어, 그래,
        지나야.

씬35.   강원도 집으로 가는 길 일각, 낮.

        지나, 장바구니 들고 걸어가며 전화하고 있는,

영 철   (E) 그럴려고 그래, 오늘 아님 아버님이 이송될 거라 그래서.
지 나   부탁 하나 할게, 내 방에 가면 침대맡에 아빠 속옷 사 놨어. 좀 가져다
        드려.

씬36.   동물병원 안, 낮.

영 철 (안쓰런) 알았어, 아버지 가져다 드릴게. (짐짓 밝게) 참 강칠인 갔니?

씬37. 집으로 가는 길, 일각, 낮.

지 나 주중에 올 거야. (사이) 잘 지내, 그리고 담 주에 짐 싸러 갈 때 봐. (사이) 어. (하고, 전화 끊고, 가는, 민식 때문에 답답한)

씬38. 빌딩 옥상, 해질녘.

강칠, 난간에 서서, 울며, 맘 아프게, 생선을 파는 강칠 모를 보는데,

* 플래시백 》

의 사1 만약 통증 심하면, 말씀하세요. 진통제 처방을 좀 더 해드릴 테니까. 그리고.. (답답하고, 걱정스런) 이번에 수술하면서 개복을 해보니까, 암세포가,

그때, 강칠 모, 식판 들고 들어오며,

강칠 모 가요! (간암 애기하는 게 걸리는) 밥 나와서.. 애 밥 먹어야 돼, 할 말 있음 나중에 해요. 죽고 살 일 아님. (하고, 한쪽에 앉으며) 일어나.

* 플래시백 》

강칠 모 (불쑥, 속상해, 버럭) 이런 걸 마셔야 살 거 아이가!

* 현실 》
강칠, 눈가 그렁해, 강칠 모를 보면, 열심히, 가는 손님을 일어나, 잡는,

강칠 모 알았다, 알았다... 삼천 원에 준다, 삼천 원.. (하고, 신문에 싸며) 내 진짜 싸게 주니까, 대신 담에 또 와.

그때, 정이, 와서 '할머니' 하며 그 옆에 앉아, 사 온 호떡을 둘이 나눠 먹는,

의 사   (E) 뭐라 드릴 말씀이 없습니다. 저희도 난감합니다. 항암 치료 땐 자가 치료율도 높고, 분명히 항암제도 잘 들었는데, 백혈ㄱ 수치도 정상이었구요.
강 칠   (E) 그래서, 뭐라는 건데요.. 지금.. 내가 가망이 없다고..
의 사   (E) 통상적으로 이런 경운, 한두 달을 넘기기 힘이 듭니다. 더 이상 저희가 할 수 있는 건 아무것도 없습니다. 미안합니다, 양강칠 씨.

강칠, 둘을 보다가, 등 돌려 주저앉아, 핸드폰의 지나가 보내준 동영상을 보는, 그러다, 맘 아퍼, 주머니에 핸드폰을 넣는데, 전화가 오는, 받으면,

주검사   (E) 양강칠 씨, 나 주검산데,
강 칠   (끊어버리고, 강칠 모를 보며, 엉엉 우는)

씬39.   검찰청 앞, 해질녘.

주검사, 전화하고, 안형사, 그 옆에 있는,

주검사   양강칠 씨, 양강칠 씨?
안형사   왜요? 전화 안 받아요?
주검사   끊어버렸어.
안형사   오늘 대질심문 안 하면, 정형사님은 일단은 낼은 구치소로 이송해야 되겠죠?
주검사   (생각 많은)

씬40.   취조실 안, 밤.

민식, 속옷을 보고, 영철, 그런 민식을 안쓰럽지만, 짐짓 밝게,

영 철   지나가 감각이 없네, 그지, 아부지? 좀 밝은 색깔로 사지, 뭐야, 다 흰
         걸로, 재미없게.
민 식   지나는.. 잘 지내?
영 철   (안쓰럽게 보고 웃으며, 짐짓 밝게) 그럼요.
         그때, 안형사, 식판을 갖고 들어와 민식 앞에 놓는,

안형사   저녁 드세요.
민 식   (먹는)
안형사   (앞에 앉아, 보며) 양강칠이가 연락이 안 돼요.
영 철   ?
안형사   양강칠이 안 만나주면 바로 낼 아침 구치소로 이송되실 겁니다.
민 식   밥 좀 먹자. (하고, 먹는)

씬41.   빌딩 옥상, 밤.

         카메라, 거리로 가면, 아무도 없는,
         강칠, 멍하게, 주저앉아, 생각하는,

         * 플래시백 〉〉

찬 걸   강칠아, 오용학 사건 니가 뒤집어쓰고, 나 대신 감빵 한 번만 더 들어가
         라. 어?

         * 회상, 교도소 안 〉〉
         1, 교도소 내의 황량한 풍경.
         텅 빈 복도,
         황량한 운동장,
         초라하게 자는 죄수들 모습,
         국수, 강칠 다른 죄수들과 말없이 밥 먹는 모습, 컷컷 보여지는,
         2, 독방.
         강칠, 막막하게 앉아있는,

* 현실 〉〉
강칠, 막막한,

찬 결   (E) 용학이 사건이 미제로 남으면, 주검사가 날 계속 귀찮게 쫓을 테니
까. (일어나, 보며) 어차피 끝난 인생이야, 넌. 이렇게 죽으나, 저렇게
죽으나.. 안 그래? 여자나, 가족이나 위해줘라.

강칠, 멍한, 얼굴에서 F. O.

씬42.   검찰청 앞, 낮.

민식(수갑을 찬 채), 주검사와 안형사, 취조실 뒷문에서 나와, 차로 가
는데, 주검사, 전화가 오는,

주검사   (전화받는, 진지한) 네, 여보세요? (사이, 차에 타는 민식에게) 잠깐만!
민 식   (차를 타려다, 주검사를 보는)

씬43.   검찰청 복도, 밤.

강칠과 주검사, 나란히 가고, 안형사, 뒤처져 걱정스레 가는,
취조실 앞에 서는, 그 옆에 경찰들 서있는,
강칠, 주검사를 보면,

주검사   (경찰들에게) 연락할 때까지 다른 데 가 있어요,
경찰들   (가고)
주검사   (취조실 문 열어주고)
강 칠   (들어가면, 문 닫는)
안형사   양강칠하고 선배님만 만나게 해도 될까요?
주검사   양강칠이, 원해요, 안 그러면.. 그 어떤 조사도 응하지 않겠대요. 방법
이 없어요. (하고, 가는)
안형사   (뒤를 한 번 돌아보고, 따라가는)

씬44.　　취조실 안, 밤.

민식, 강칠 마주 보고 앉아있는,

강 칠　　(막막한, 눈가 붉은) 오늘 찬걸일 만났습니다.

민 식　　?

강 칠　　놈이 저한테 경찰에 불랍니다. 오용학이 사건을 제가 했다고.

민 식　　?

강 칠　　그러면서, 저는 한 적도 없는데.. 오용학을 칠 때 차를 구입했단 증거물
　　　　　로 쓰라며 위조된 영수증을 주고, 통장을 줬습니다.

민 식　　?

강 칠　　(가만 민식을 보는데, 눈물이 그렁해지는) 기가 막히죠? 전 차를 구입한
　　　　　적도 없는데, 제가 차를 샀다는 증인이 있고, 제가 사인한 영수증이 있
　　　　　고.. 제가 만든 적이 없는데, 제 이름이 박힌 통장이 있고.. 어떻게 이럴
　　　　　수가 있는 건지.. 멍청한 나는 정말 알 수가 없습니다.

민 식　　(답답한, 뭔지 모르겠는)

강 칠　　박찬걸이가 절더러 지가 한 오용학 사건을 뒤집어쓰고, 다시 빵으로 들
　　　　　어가랍니다.

민 식　　?

강 칠　　(울컥하는, 울지 않으려, 이를 앙다물고) 어차피 나는.. 암 때문에 한 달
　　　　　도 못 살 거니, 지 죄를 다 뒤집어쓰고 가랍니다. 전 안 그러고 싶은데,
　　　　　멍청해서, 배운 게 없어서, 안 그럴 수 있는, 방법을 모르겠습니다. (조
　　　　　금 격앙된) 그래서,

민 식　　(막막한, 걱정되는, 강칠을 보면)

강 칠　　그래서, 저는 그럴라고 합니다. (눈물이 흐르는) 그런데, 하나 묻겠습니
　　　　　다. 정형사님, 정말 절 안 쏘셨습니까?

민 식　　..안 쐈다, 너도 알잖아.

강 칠　　(울며, 이를 앙다물고, 손을 뻗어, 민식의 멱살을 잡아, 벽에 밀치는)

그 바람에 책상이 움직여 소리가 나는,

씬45.   검찰청 복도, 밤.

안형사   (소리에 벌떡 일어나는) ?!
주검사   (말리며) 앉으세요.
안형사   (앉고)
주검사   (답답한)

씬46.   취조실 안, 밤.

강 칠   (민식의 목을 조른 채, 맘 아픈, 울부짖는) 아니! ..당신이 날 쐈어! ..내
가.. 내가 봤어! 분명히! 이 두 눈으로 똑똑히!
민 식   (힘든, 멱살을 풀려 하며) 너, 너, 진짜 왜 그래? 총은 내가 들어도, 방아
쇠는 내 등 뒤에 서있던 놈이 당겼잖아! 너도 봤잖아! 분명히, 그때 나
랑 눈이 마주쳤잖아! 나랑 눈이 마주칠 때 내 등 뒤에 있던 놈 못 봤어,
진짜!
강 칠   아니!
민 식   나, 난 널 구하려고 총을 든 거야! 놈들이 널 칼로 찌르니까! 그래서 놈
한테 총을 쏘고, 만약, 내가 널 죽일 심산이었으면 왜 총을 두 발 다 너
한테 쏘지, 딴 놈한테 쐈겠어?
강 칠   (맘 아픈) 아니, 내가 본 건 당신이 날 총으로 쏘던 모습이야.
민 식   ?
강 칠   하지만, 난! 하지만, 난! (민식의 목을 놓고, 크게 숨을 몰아쉬고, 눈물
을 닦고, 너무 맘 아픈, 민식 보며) 위증..할 거야. 당신이 아닌, 딴 놈이
쐈다고 위증할 거야. 왜냐고! 정지나.. 때문에. (버럭, 울부짖는) 당신
딸, 정지나 때문에!
민 식   (눈가 붉어 보는, 강칠이 말이 사실인가 싶다)
강 칠   (맘 아픈, 울다, 옷을 벗어, 눈물을 닦고, 보며) 민호는 박찬걸이 죽였어
요. 나는 무죄라구요. 당신이 안 믿어도, 난 무죄야. (버럭) 세상 사람들
이 다 안 믿어도, 난 무죄야!
민 식   ...

그때, 주검사 들어오고, 안형사 들어오면,

안형사 (민식 보며) 왜 그래요?
강 칠 (민식만 보며, 심호흡하고, 짐짓 차분히) 그날 기억이 났습니다. 총은..
　　　　정형사님이 아닌 다른 놈이 쐈습니다.
민 식 (강칠을 보는) ...
주검사 (자리에 앉는)

민식의 얼굴 위로, 주검사, 강칠의 목소리가 들리는,

주검사 근데 왜 화약 반응 검사에서 정형사님이,
강 칠 몰라요, 다른 건 정신이 없어서, 기억이 안 나요. 근데 정형사님은 아닙
　　　　니다. 분명히.

씬47.　검찰청 앞, 밤.

강칠, 눈물 흘리며 막막하게 가는,

씬48.　취조실 안, 밤.

민 식 (생각 많은) 제 딸을 위해, 제가 안 쐈다고 말하는 거랍니다. 진짜는 제
　　　　가 쐈는데 말이죠.
주검사, 안형사 ?
민 식 근데.. 이상하게 놈이 거짓말을 하는 거 같지 않아요..
주검사, 안형사 ?
민 식 눈빛이.. 너무나 정직해요.. 너무나... 진짜 놈의 말대로 제가 총을 쐈을
　　　　까요? 이젠 제가 절 못 믿겠네요.

씬49.　작업실로 가는 길, 밤.

강칠, 작업실로 와서, 안으로 들어가려다가, 뒤꼍의 불빛을 보고, 그리

로 가는,

씬50.   작업실 뒤꼍, 밤(회상, 없는 씬 보충).

지나, 뒤꼍에, 태양열 전등을 박으며,

지 나   (병아리에게) 이거 태양열 전등이다, 니네 주인이 알려준 거야, 이젠 밤
에도 안 무서울 거야. (손으로 대충 만든, 닭장에 병아리를 옮겨놓으며)
안 돼, 멀리 가면... 여기 삶 있다고, (병아리에게) 삶이 뭔지 알어, 너?
무서워. 아주. (하고, 닭장에 넣는, 다른 병아리를 잡으러 뛰어가며) 야
야야, 너 어디 가.. 거기 감 안 돼!

* 점프컷 〉〉
병아리를 잡는, 손이, 지나의 손이 아닌, 이번엔 강칠의 손이다,

강 칠   (병아리 들고, 닭장에 넣으며) 니네 엄마가 딴 데 가지 말고 여깃으로라고
했을 건데.. (하고, 병아리 보며) 니들... 자꾸 보니까, 귀엽다. (하고, 근
처에 놓인, 천막 같은 걸로 덮어주는, 작업실로 가면)

씬51.   작업실 안, 밤.

지나, 열심히 주변을 정리하는 게 보이는,
미니어처를 보며, 맘 아픈, 그래도 잘 놓고, 침대보를 바꾸는,
카메라, 한쪽으로 가면, 강칠, 서있는, 카메라, 다시 풀샷 보여주면, 아
무도 없는,

씬52.   상천 공항 주차장, 낮.

트럭, 서있고,

씬53.   트럭 안, 낮.

국 수   (눈가 붉은, 그러나 냉정하고, 차갑게 가라앉은, 골똘히 생각에 빠진)

강 칠   (날으는 비행기를 보다, 국수 보며, 막막한, 얼굴빛이 안 좋은, 입술이
          하얗게 탄) 나쁜 제안은 아냐.. 어차피 난 한 달 후든, 두 달 후든 죽을
          목숨인데, 여기서 죽으나 빵에서 죽으나.. 정이 미국 보낼 돈은 준대니
          까, 엄마 먹고살 것도.. (보며, 국수에게, 막막하게) 나쁜 제안은.. 아냐,
          그지?

국 수   (보며, 차갑게 가라앉은) 넌 감빵 안 가. 내가 안 보내.

강 칠   딴짓 마. 니가 움직이면, 지나 씨, 정이, 엄마.. 안전하지 못해.

국 수   (보면)

강 칠   (맘 아픈, 국수의 손 잡아주는데, 눈가 그렁해지는) 형은 너밖에 없다.
          마지막까지 너한테 미안한데, 우리 엄마, 지나 씨,

국 수   (눈가 그렁해, 운전석에서 내려, 조수석의 강칠의 멱살을 잡아, 끌어내
          리고, 화를 참고, 숨을 고르며, 격앙되는) 니 엄마, 니 아들, 니 여잔 니
          가 지켜. 왜 나더러 지키래! 이 미친 새끼야!

강 칠   (눈가 붉어, 막막하게 보며, 차분한) 넌 내 수호천사잖아.

국 수   (맘 아픈, 눈물 흐르는, 맘 아픈, 비아냥) 수호천사 지랄하고 있네! 쌍
          양아치 씨한테 웬 수호천사! 옛날엔 착한 놈은 어차피 혼자서도 다 잘
          사니까, 진짜 천사가 필요한 건 너 같은 쌩양아치겠지, 그래서 내가 천
          산데 니 옆에 왔겠지 했지만, 골까라 그래! 난 너 같은 쌩양아치에 딱
          어울리는 사람도 천사도 아닌 박쥐 새낄 뿐이야! 날개 남 천사냐! 그럼
          저 새도 나방도, 잠자리도 다 천사겠다! (하고, 옷을 벗어 던지고, 날개
          가 펄럭이는데) 난 오늘부터 니 수호천사 아냐! 아무짝에도 쓸모없이
          퍼덕이기만 하는 이 날개, 오늘 내가 내 손으로 다 부러뜨려버릴 거야.
          알아! (하고, 날개를 접고, 트럭 안의 가방을 바닥에 던져주고 운전해
          가는)

강 칠   (막막하게 보다, 가는 국수의 차를 보다가, 짐 들고 가는)

씬54.   달리는 트럭 안, 낮.

국 수   (가는데, 빛이 내려오는 걸 보고, 눈가 붉어 비아냥) 지랄.. 이제 밤이고
          낮이고 내려온다, 너? 나 안 가, 왜냐, 난 오늘부로 천사 안 할 거니까,

(버럭) 박찬걸이 죽이고, 천사 안 할 거니까! 쌍! (하고, 액셀 밟아, 전력
질주를 하는)

씬55.   강원도, 방 안, 낮.

지나, 꽃병을 침대맡에 두고 보는, 그러다, 여기가 아닌가 싶어, 다른
데 놓는, 그리고, 와인을 가져와 꽃병 옆에 놓고, (꽃병 놓은, 사이드 테
이블 열어, 진통제를 꺼내 보며, 약과 주삿바늘, 약이 잘 있나 확인하
고) 커튼을 쳤다가, 다시 반쯤 열어놓는, 강칠이 온단 기대에 조금 설레
고, 조급하고, 복잡한,

* 점프컷 〉〉
지나, 화장을 하는,

지 나   (강칠 만나는 연습을 하는) 안녕, 강칠 씨. 여기. (손 흔들며, 어색한) 안
         녕. (답답한, 스스로에게 말하는) 정지나.. 한순간도 안 슬프게... 매 순
         간이 처음처럼 즐겁게... 설레게, 오직, 이 순간만 생각하며... 즐겁게,
         안 슬프게. (한숨 쉬고, 다시 정성스레 립스틱을 바르는)

씬56.   강원도 공항, 낮.

지나, 차를 한쪽에 놓고, 시계 보며, 공항으로 달려가는데,
휙 하는 휘파람 소리 나고, 돌아보면,
강칠, 어느새, 지나에게 와서, 입을 맞추는, 맘 아픈, 잠깐 맞추고, 떼
고, 지나의 손에서, 차 키 받아, 차에 타는,
지나, 그런 강칠을 눈가 붉어, 웃으면서 보면서, 차에 타는,

씬57.   집으로 가는 길, 설원의 풍경 + 차 안, 낮.

강 칠   (눈가 붉어, 웃으며, 한 손을 지나에게 주고)
지 나   (그 손을 꽉 잡고, 눈가 붉어, 웃으며 밖을 보는)

강 칠   (그런 지나를 보는)

강 칠   (E) 국수야, 내가 아까 한 말.. 여기서 죽나, 감빵에서나 죽나란 말은 틀
        린 거 같다, 감빵은 잠시라도 살 곳이 못 되고, 여긴 또 죽기엔 너무 아
        름다워.

* 점프컷 〉〉

설원 아름다운 길을 달리는 차.

그 모습에서 엔딩.

제 17 부

그와 그녀의 심장 박동 소리 *Padam Padam…*

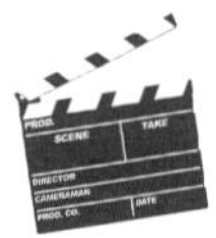

씬1.   도로, 낮.

지나의 차, 가는,
강칠, 아름다운 풍광을 보며, 맘 아픈,

강 칠   (E) 의사가 뭐랬..다구?

* 플래시백 〉〉

찬 걸   암이 온몸에 전이됐대. 니네 가족들은 다 아는데 너한테 말하는 걸 원
하지 않았다드라?

지나, 그런 강칠 느끼지 못하고, 강칠의 손을 꼭 잡고,
강칠, 지나를 보면,
지나, 수줍게 웃고, 주변 풍광을 구경하는,
강칠, 작게 웃고, 앞을 보며, 다시 맘이 무거워지는,

찬 걸   (E) 어차피 넌 한두 달이면 끝날 인생이잖아. 감방으로 도로 가. 가족들
이나 살게 해. 그리고 니 여자도.

씬2.   집 앞(작고 소박하지만, 정갈한), 낮.

지나의 차 와서, 멈춰 서는,

씬3.   차 안 + 차 밖, 낮.

강칠, 집을 보며, 눈가 붉어,

강 칠   (감탄) 와.....
지 나   (강칠만 보며) 집, 이쁘지?
강 칠   (집만 보며, 감격한, 맘 짠한) 어. 무지. (보며) 꼭 공주랑 왕자 사는 데
        같다.
지 나   (자랑하듯) 안엔 더 이쁘다.
강 칠   (맘 아픈, 참고) ..그럼 구경해야지. 잠깐만. (하고, 나가서, 차 문을 열
        어주고)

지나, 차에서 나와, 강칠의 팔짱 끼고, 조금 빠르게, 걸어가며, 강칠을
이끄는,

지 나   가자, 가자, 우리 집에 가자.

씬4.   검찰청 건너편 도로, 낮.

국수, 트럭 서있는,
그때, 찬걸의 차 나오는,
국수, 가만 그 차를 보다 따라가며, 비장한, 그러다, 빛을 보며,

국 수   (빛을 비웃으며) 내가 천사? 웃기고 있네, 안 가? 꺼져! (하고, 운전해
        가는)

씬5.   강원도 부엌, 낮.

지나, 음식을 만들고, 재료를 썰거나, 밥을 하거나, 아주 분주한,

강칠, 문 쪽에 기대서서 지나를 보며 말하는,

강 칠   꼭 무슨 잔칫날 같다? 잡채도 하고, 찌개도 하고, 근데 내가 도와주면
        안 돼요?
지 나   (분주한, 보며, 단호한) 안 돼요.
강 칠   나도 도와주고 싶은데, 간은 못 맞춰도 칼질은 잘해요, 나.
지 나   음식은 칼질이 아니라, 간이거든요. 안 돼. 내가 얼마나 정성스럽게 장
        을 보고, 준비한 건데 망칠라고, 사방 1미터 안, 접근 금지예요.
강 칠   (삐친 듯) 치... 맛없기만 해봐라.
지 나   (웃음 띤) 방에 가서 좀 누워있어요! 시키는 대로 해야, 착한 애인인 거
        알죠?
강 칠   (크게, 거수경례하며) 네! (하고, 가는)
지 나   (웃으며, 음식 간 보는)

씬6.   집 안, 낮.

강칠, 방으로 걸어와 방 안을 구경하는, 바람에 나부끼는 얇고 흰 커튼
을 보다, 문을 닫고, 한쪽에 놓인, 꽃, 와인, 하얀 침대 시트, 베개 두 개
를 보는, 너무 아름다워 맘이 짠해지는, 눈물 참고, 잠시, 침대맡에 앉
는, 그러다, 침대 옆의 조금 열린 사이드테이블을 보고, 열어보면, 약과
기구들이 보이는, 그리고 메모지가 보이는,

* 인서트, 메모지 》
통증이 올 때, 일회 알약 두 알, 30분 간격으로 통증이 올 때, 정맥주사,
통증이 더 잦아지면 24시간 자동 투약기 사용.
황달이 오면, 반드시 병원으로 이송.

강 칠   (먹먹한) ..
지 나   (E) 강칠 씨, 밥 먹어요, 밥 다 됐어.
강 칠   ..
지 나   (E) 강칠 씨!

강 칠   (맘 아픈, 참고) 네.. 가요.. (메모지를 다시 테이블 안에 넣고, 나가는)

씬7.   주방, 낮.

        강칠, 숟가락에 뚝배기 국물을 떠, 식히기 위해 후후 히고 부는,
        지나, 그런 강칠을 귀엽게 보는,
        강칠, 계속 숟가락의 국물을 식히기 위해 후후 불다가, 먹고,

강 칠   (소주 마실 때처럼) 크아... 크아, 크아, 죽인다, 죽여! (하고, 잡채를 먹는)
지 나   꼭꼭 씹어야지, 꼭꼭.
강 칠   꼭꼭.. (하며, 씹고, 지나 보며, 웃는)

        지나, 그런 강칠 보며, 웃고, 강칠이 밥을 숟가락에 많이 담으면,
        지나, 제 숟가락으로 강칠 숟가락의 밥을 반을 덜고,

강 칠   ?
지 나   조금씩.
강 칠   아... 맞다, 조금씩, 꼭꼭.
지 나   (웃고, 강칠의 밥에 반찬 놔주고)
강 칠   (맛있게 먹으면)
지 나   (그제야, 밥 먹으며) 밥 먹고 우리 시내 구경 가요?

씬8.   민식의 집 전경, 낮.

        민식, (피곤한, 일상복 차림), 찬장을 뒤지는,
        영철, 청소기를 들고, 여기저기 청소를 하는,

영 철   (청소하며) 아버지 뭐 해요?
민 식   (찬장에서 뭔가 뒤지며) 여기 봉지 커피 둔 게 어딨냐?
영 철   뭐요?
민 식   봉지 커피.

영 철	(청소기 끄며) 뭐라고?
민 식	에우, 넌 그냥 청소나 해, 내가 알아 할 테니까.. (하고, 찬장의 봉지 커피를 찾다가, 그릇들 뒤를 보다가, 커피 없는 것 확인하고, 찬장 문을 닫으려다가, 잘못해, 그릇이 떨어져, 큰 소릴 내며, 바닥에 떨어져 깨지는, 깨지는 소리가 먼저 들리고, 민식이 그제야 그릇을 본 상황)

* 인서트, 회상 〉〉
탕 하는 총소리,
그때까지 고개 숙인 강칠(고개 숙인 탓에 민식이 총 쏘는 걸 못 보고, 이후 고개 든 상황이다), 이후, 천천히 원망스레 민식을 향해, 고개 들던 강칠.

* 현실 〉〉
민식, 깨진 그릇 보며, 순간 머리가 띵한,

영 철	(뛰어와, 걱정하는) 아버지 안 다쳤어요?
민 식	(놀란, 생각 많은, 가슴이 쿵 하는) ?!
영 철	이런 발에 파편이 튀었어요. 피 난다, 좀 앉아요. 내가 치울게. (하며, 민식을 의자에 앉히고, 주변을 치우는)
민 식	(맞다 싶은 생각이 든다, 전화를 하는, 사이) 안형사, 주검사님이랑 같이 나 좀 봐. 뭐, 서울? 주검사 보고 당장 여기로 오라 그래? 양강칠이 땜에, 그래.
영 철	(보는) ?
민 식	양강칠이가 거짓말을 하는 게 아냐, 양강칠이가 내가 총 쏘는 걸 봤단 말, 거짓말이 아냐. 놈은 계속 진실만을 말하고 있다고.
영 철	?!

씬9.　화장품점 안, 밤.

강칠, 화장품 세트 두 개를 보고 있는, 그런 강칠에게 점원 말하는,

점 원   세트 종류가 이렇게 있는데, 어느 걸로 드릴까요?
강 칠   (어색한, 잘 모르겠는) 어느 게 더 좋아요? 얼굴이 흰 편인데.....

씬10.   웨딩드레스 숍 앞, 밤.

        지나, 강칠, 손에 과일 바구니와 장바구니를 들고 서서, 귤을 먹으며
        (지나가 까서, 강칠의 입에 넣어주는) 안을 구경하고 있는, 숍 안에서
        신부와 신랑이 서로 옷을 입고, 이쁘다며, 수줍게 좋아하는 모습이 보
        이는, 부럽고, 이쁘단 생각이 드는,

지 나   (드레스를 보는, 좋은) 와, 드레스 너무너무 이쁘다.
강 칠   (신부만 보며, 거짓말하는) 별로다. (하고, 가려는데)
지 나   (손을 잡아끌며) 뭐가 별로야, 이쁜데,
강 칠   뭐가 이뻐요, 별로구만. (고개 저으며) 여자가 영. 그러니까, 드레스도
        영. 암튼 별로야. 아주 별로.
지 나   (신부, 신랑 보며) 맞다, 별로다. 신랑이 영, 그러니까 턱시도도 영. 자
        기면 모를까, 다 영.. 별로다.
강 칠   (큰 소리) 맞지, 내 말이! 별로라니까, (목소리 톤 바꿔) 그런 의미에서
        한번 들어가 입어볼까?
지 나   (반색하며) 그러까?
강 칠   그러자. (하고, 손잡고, 웨딩드레스 숍에 들어가는)

씬11.   웨딩드레스 숍 안, 밤.

        강칠, 지나 앉아있고. 주인 서있는,

주 인   (두 사람의 차림새가 맘에 안 드는) 근데, 언제 식을 올리실 건데요?
강 칠   (거짓말하느라, 소극적으로) 저, 그게 그러니까, 아직 날은 안 잡았는
        데, 근데, 날을 안 잡으면 드레스나 양복 못 입어보나요?
주 인   (좀 맘에 안 드는) 그게 저희가 옷들이 전부 예약된 거라.. 날을 안 잡으
        시면 좀.. 저희 숍에서 반드시 옷을 구입하실 분만 저희가 챙겨도 시간

이 없어서.. 지금 시간도 문 닫을 시간이고,

지 나　(말꼬리 자르며) 저희 날 잡았어요, 담주 토요일.

강 칠　(놀라, 지나 보는)

지 나　(강칠 보며, 빠르게 살짝 윙크하고)

강 칠　(앗차 싶어, 주인 보며) 마, 맞아요, 날 잡았어요, 다다, 담 주 토요일!
　　　(지나 보며) 그지, 그지, 우리 담 주 토요일에 결혼하지, 자기야, 담 주!
　　　그담 주 말고 담 주?

지 나　(주인 보며, 당당히) 옷 보여주세요.

강 칠　(호기롭게, 주인 보며) 뭐 해요, 여있는 옷들 전부 가져 나와요, 이 자리
　　　에서 옷 입고 바로 카드 긁을 테니까.

주 인　(반색) 그럼 잠시만 기다리세요. (하고, 가며, 직원에게) 얘들아, 옷 좀
　　　준비해라, 옷 좀.

지 나　(강칠 보며) 근데, 카드 있어요?

강 칠　(웃으며) 내가 무슨 카드가 있겠어요?

지 나　(웃으며, 강칠 치며) 미쳐, 내가!

씬12.　남자 탈의실 안, 밤.

강칠, 남자 탈의실에서, 턱시도를 입고, 거울을 보는, 맘이 짠해지고, 서
글픈, 눈가가 붉어지는, 그때, 커튼 뒤에서, 주인 여자 말소리 들리는,

주 인　(E) 나오세요, 신부님 옷 다 입으셨어요.

강 칠　(나가는)

씬13.　웨딩드레스 숍 안, 밤.

강칠, 나오다, 눈이 휘둥그레지는,
지나, 수줍게 드레스를 입고 서있는,
강칠, 지나 보며, 감격했지만, 그 기분 감추고, 지나 주변을 주머니에
손 꼽고, 제 손으로 제 턱을 받치고, 아래위로 훑듯 보며,

강 칠　별로네.

지 나　(기분 상한 듯) 그지, 별로지? 자기도 별로야, 다른 거 입어. (하고, 탈의
실로 들어가며, 강칠에게 윙크하며, 엄지손가락을 치켜드는)

강 칠　(두 눈을 감고, 웃음 참는)

씬14.　몽타주, 밤.

1, 강칠, 의자에 앉아, 지나가 드레스를 바꿀 때마다, 고개를 젓고,

2, 지나, 의자에 앉아, 강칠이 턱시도를 바꿀 때마다 고개를 젓고,

3, 주인, 첨엔 웃고 있다가, 나중엔 짜증이 가득한,

강칠, 지나, 아랑곳없이, 옷을 입어보고, 같이 서로 보고, 좋아하는,

강 칠　이거 진짜, 이쁘다.

지 나　자기도 진짜 멋있다. 최고 같애.

강칠, 지나　우리 둘이 그냥 이걸로 할까?

주 인　(반색하는데)

강칠, 지나　아니다, 차라리 아까 게 낫다?

주 인　(버럭) 고만 해요, 고만, 안 팔어, 안 팔어! 대체 입었다 벗었달 몇 번
해, 장난치는 것도 아니고, 나가요, 나가! (하며, 둘을 미는)

둘 다, 밀려가며,

강 칠　왜 그래요? 우리 진짜 옷 하나만 더 입어보고 진짜 살 거야.

지 나　진짜예요, 우리 살 거예요!

주 인　안 판다고 했지!

씬15.　웨딩드레스 숍 밖, 밤.

강칠, 지나, 제 옷을 입고, 주인과 직원에 의해, 밀려 나오는, 문 닫히
고, 드레스 숍 불 꺼지고,

강칠, 지나, 깔깔대고 웃고, 가다가, 강칠, 지나 갑자기 생각난, 문을 두

드리며,

강칠, 지나   우리 장바구니 줘요, 거기 우리 장바구니 있어요!
지 나   비싼 딸기도 있어요, 내놔요!

씬16.   강원도 집 욕실, 밤.

강칠, 윗옷을 벗는, 그러다가 힘이 든지, 잠시 세면대에 두 팔을 짚고,
기대서서, 숨을 고르는데, 노크 소리 나고, 강칠, 괜찮은 척, 포즈를 취
하고, 문 열며, 틈으로,

강 칠   왜요?
지 나   (속옷과 가운을 주며, 수줍고, 어색한) 여기.. 속옷하고, 까운.
강 칠   아.. 속옷.. (하고, 받으며, 지나의 손을 잡으며, 농담조) 같이?
지 나   (작게 웃으며) 그..러까..?
강 칠   ?!
지 나   겁먹긴.... (손 빼며, 등 쳐주고) 빡빡 깨끗이 씻어요. (하고, 나가는)
강 칠   (웃고, 문 닫고, 다시 힘이 든지, 심호흡하고, 옷을 벗는)

씬17.   강원도 집 안, 밤.

지나, 과일과 치즈와 와인과 물을 세팅해놓는, 그러다, 욕실 보고, 서랍
을 보고, 열어서, 약을 확인하고, 맘이 걱정스런, 다시 맘 다잡고, 침대
를 말끔하게 정리하는,

씬18.   강원도 집 안, 밤.

강칠, 서서, 샤워기의 물을 맞으며 생각 많은,

찬 걸   (E) 어차피 끝난 인생이야, 넌. 이렇게 죽으나, 저렇게 죽으나.... 안 그
        래? 가족이나 살게 해. 그리고 니 여자도. 감빵으로 다시 돌아가.

* 플래시백 〉〉

빠르게 감방 생활(1부에 힘들게 운동장 뛰던 모습)이 스치는,

* 현실 〉〉

강친, 막막한,

씬19.　음식점 앞, 밤.

　　　찬걸, 다른 검사들과 나와, 악수를 하며 헤어지는,

남　자　서울 지방 검사장 자리 이번에 놓치면 안 되는 거 알지?
찬　걸　그럼요, 열심히 해보겠습니다.
남　자　자네 차는?
찬　걸　전 바로, 뒤에 주차장에 세워놨습니다. 먼저들 가세요.
남자들　그럼 담에 또 보자고. (하며, 앞에 세워진 차들에 타는)
찬　걸　(그들을 보다가, 차를 타기 위해, 건물 뒤로 돌아가는)

　　　국수, 땀이 범벅이 된, 긴장한 얼굴로, 한쪽 트럭 안에서 찬걸을 보다,
　　　품안에 든, 칼을 한 번 보고, 내려서, 따라가는,

씬20.　주차장 뒤, 밤.

　　　찬걸, 차로 가서, 차와 조금 멀리 떨어진 곳에서 자동 키로 문을 여는
　　　데, 그때, 국수, 찬걸의 등을 잡아, 돌려세우고, 바로 칼로 찬걸의 배를
　　　찌르는,
　　　국수, 맘 아프고, 눈물 흐르는, 두려운, 그래도 이를 앙다물고 계속 찌
　　　르는, 카메라, 그런 국수의 얼굴만 보여주는(칼이 들어가는 장면이 아
　　　닌), 그러다, 국수, 뭔가 이상해, 찬걸에게서 몸을 떼고, 제 손을 보면,
　　　칼이 들려있고, 찬걸은 아무렇지 않은 듯 차로 가는,
　　　국수, 뭔가 이상해, 차로 가는, 찬걸을 향해 칼을 들고 쫓아가, 찌르려
　　　고 달려드는데, 찬걸의 몸을 통과해버리고 마는,

찬걸, 국수의 존재를 전혀 못 느끼고, 차를 운전해 가면,
국수, 놀라, 차로 뛰어가, 차 앞창에 엎어지지만, 국수, 차를 통과해 땅에
떨어질 뿐, 찬걸의 차는 그대로 가는, 국수, 가는 차를 보며, 뛰어가는,

국 수　　야, 박찬걸 차 세워, 거기 서, 이 개새끼야, 강칠이 형 죽일 거면, 나도
　　　　　죽여, 나도 죽여, 이 새끼야! 차 세워!

씬21.　　찬걸의 차 안, 밤.

　　　　　찬걸, 무심히 백미러를 보면, 국수가 안 보이고, 무심히 운전하는,

씬22.　　도로, 밤.

　　　　　국수, 뛰어가며,

국 수　　(울며, 악쓰는) 서, 서, 이 새끼야! 너 내 말이 말 같지 않어! 거기서! (하
　　　　　고, 뛰어가는데, 날개가 돋고, 날려고 날개를 퍼덕이지만, 날지 않고,
　　　　　국수, 계속 뛰는데[맞바람이 친다는 설정], 날개에서 깃털이 빠져, 흩어
　　　　　지는, 날개가 볼품없이, 변해가는, 국수, 계속 뛰어가다, 지쳐, 바닥에
　　　　　주저앉아, 숨을 몰아쉬다, 하늘을 보면, 하늘의 빛이 구름 속으로 사라
　　　　　지고, 마른번개가 치는, 국수, 악에 받쳐 울부짖는) 악! 악!

씬23.　　강칠 모의 집 안, 밤.

　　　　　강칠 모와 정이, 빨래를 개는,

강칠 모　(정이 보며) 정말.. 결과가 그리 나왔나?
정 이　　(거짓말하는, 애써 웃으며) 그렇다니까. 임정과 양강칠은 아빠와 아들
　　　　　이 백 프로 맞다, 진짜 그렇게 나왔다니까, 좋지, 할머니?
강칠 모　(화나는, 속상한) 좋긴 뭐가 좋노! 이미 속은 뒤집어질대로 다 뒤집어졌
　　　　　는데, 이제 와 좋긴 개뿔 뭐가 좋노! 멀쩡한 눈깔 갖고 니 낯빤데기 보

면 몰라! 니가 어델 봐, 내 자식이 아니고! 그냥 콱 달려가 물어뜯어 버리라.. 어데서 어데서 감히 남의 새낄 지 새끼라고 우겨싸, 어데서! ...그래, 미국에서 온 그 인간은 미국 갔나?

정 이 (맘 불편해도, 감추고, 거짓말하는) 가겠지.

강칠 모 안 갔나?

정 이 (강하게 부정하는) 몰라, 내가 그걸 왜 궁금해해! 우리 아빠도 아니고 그냥 지나가는 아저씨가 미국을 가든지 말든지지. 난 그런 거 하나도 안 궁금해! 할머닌 궁금해, 그런 게?

강칠 모 안 궁금해, 내가 지금 그런 거 궁금해할 여가가 어딨어! 암튼 별 지랄 같은 일이 다 있지, 눈깔이 있음 몰라, 딱 보면.. 딱이지! 어디 남의 자슥을 지 자슥이라고.. 아이고, 이 갈려.

문소리 나고, 효숙 목소리 들리는,

효 숙 (E) 엄마, 약초 가왔다, 이거 어데 놔!

강칠 모 부엌에 둬라. (하고, 나가고)

정 이 (답답한) ..

이 석 (E) 정이야, 아빠 한 번만 더 만나자. 아빠 곧 미국 가. 연락 줘. 부탁해.

정 이 (맘 아픈, 빨래 개는)

씬24. 강칠 모의 부엌 안, 밤.

강칠 모, 끓는 솥에 약초를 삶는, 효숙, 그 옆에 앉아있는,

효 숙 심마니 아저씨가 지 곳간에 숨기둔 꾸지뽕나무 준 거라며, 아주 좋을 기라데.

강칠 모 당연히 좋은 거 줘야지, 내 돈을 얼맛 퍼다 줬는데?

효 숙 (걱정스런) 강칠 오빠 어데 갔나?

강칠 모 (속상한, 버럭) 몰라.. 뭐 서울 친구 만나러 간댔는데, 아무래도 동물병원 하는 거 만나러 갔지 싶다, 싸우기 싫어, 모른척했는데, 에이그, 진짜. 우짤라고 그라는지, 지 몸이나 살피지.

효 숙   (눈치 보며) 국순 안 왔나?

강칠 모   일 갔다, 서울 간다대. 가서 안 왔음 싶은데..

효 숙   와?

강칠 모   (맘에 없는 말) 지금 내가 우리 강칠이 살리기도 버거운데 그놈 밥까지
하게 생겼나?

효 숙   맘에 없는 소리 마라. 국수가 뭐 밥 차려달래든가, 그냥 엄마 옆에 있게
해라! 갸 있어 나쁠 거 하나 없다, 돈 벌어다 줘, 엄마 심부름해 줘, 강
칠 오빠 아픔 업어 뛸 사람도 있어야지! 정이 학교 가고 엄마 혼자 일
당함 우짤라고!

강칠 모   내도 양심이 있지! 젊은 놈한테 형 병수발에 내 뒤치다꺼리 시켜! 됐다!
국수가 그리 좋음 니가 데려다 밥을 해주든가 어쩌든가 해라. 나랑 강
칠인, 우리끼리 알어 살 테니까. 신경 쓰지 말고.

효 숙   엄마는 엄마 처지나 생각해라! 뭐 한다고 지금 남 생각이가! 암튼, 오지
랖은.. 그라고 국순.. 내랑 몬 산다.

강칠 모   와? 니가 애 있어가 싫대나?

효 숙   (보며, 진지한, 속상한) 갸는.. 사람 아이다, 엄마.

강칠 모   뭐라?

씬25.   강원도 집 안, 밤.

지나, 샤워한 얼굴로 가운을 입고, 머리를 말리며 나오다, '와' 하면,
주변에 촛불이 켜진, 강칠, 와인이 놓인 테이블 앞 의자에 앉아 (의자가
하나뿐인, 그 바람에 지나의 자린, 침대맡이 되는),

강 칠   (지나 보며) 뭘 그렇게 오래 씻어요, 기다리다 지쳐 죽는 줄 알았네.

지 나   (침대맡에 앉으며, 강칠 보고, 따뜻하게 웃으며) 초 언제 샀어요?

강 칠   시내 갔을 때.. (와인병 들고) 한 잔.

지 나   (물병 들고) 강칠 씨 먼저.

강 칠   오늘은.. 나도 와인 먹고 싶은데.

지 나   (강칠만 보며, 고개 젓는)

강 칠   (잔 들고)

지 나   (물을 따라주고)
강 칠   (잔 내리고, 지나에게 와인을 가득 따라주는)
지 나   너무 많아요.
강 칠   뭐가 많아, 나랑 똑같은데. 바꿔 마셔? 난 그래도 돼, 그래? 바꿔?
시 나   (눈 흘기며) 됐거든.

두 사람, 서로 잔을 부딪치는,

강 칠   원샷?
지 나   (고개 끄덕이고)

둘이 마시는, 강칠, 마시며, 지나를 보면,
지나, 와인을 마시는데,

강 칠   (장난스레) 아주.. 독종, 그 많은 걸 원샷을 기어이 할라고, 목젖 봐, 목젖.
지 나   (술 마시며, 그러지 말라고 손사래 치는)
강 칠   (장난치는) 껄떡껄떡껄떡.. 와우, 섹시하다, 목젖이,
지 나   (웃겨, 술을 뿜는)

강칠, 지나 웃고,

지 나   (웃음 띤) 장난이 넘 심해.
강 칠   (웃음 띤) 미안, 미안.. 봐봐요, 내가 닦아줄게. 눈 감아, 눈꺼풀에도 술
         이 튀었다. (하고, 옆에 놓인 수건으로 지나의 얼굴 닦아주다가, 너무
         이쁘단 생각이 드는, 맘이 먹먹해지는, 조심스레 입 맞추고, 다시 깊게
         입을 맞추는, 침대로 쓰러지는)

＊ 점프컷 〉〉
강칠, 등 뒤에서 지나의 가운을 벗기는,
지나, 누운 채, 돌아서서, 다시 강칠의 입을 맞추는데, 눈물이 그렁한,

* 점프컷 〉〉
강칠, 지나의 어깨에 입을 맞추는,

* 점프컷 〉〉
강칠의 배에 붕대가 감긴, 지나, 붕대 위에 입을 맞추는,

* 점프컷 〉〉
강칠, 서로 맘 아프게 울며, 바라보고, 서로의 얼굴을 만지는,

* 점프컷 〉〉
지나, 등 돌리고 자고, 강칠, 의자에 앉아, 그런 지나를 보는데, 고통스
런, 눈물이 나는, 고개 숙여 작게 흐느껴 우는,
카메라, 지나에게로 가면, 지나, 자고 있지 않은, 눈물을 흘리며, 가만
있는, 그런 두 사람의 모습에서 F. O.

씬26.　작업실 뒤꼍 밖, 아침.

국수, 닭장의 닭에게 배춧잎을 주는,
차 소리 나고, 효숙, '국수야, 국수야!' 하는 소리 나고, 잠시 후,

효 숙　(조심스레 와, 국수의 옆에 앉으며) 국수야, 어제 여서 잤나? 여서 잠 여
서 잔다고 말을 해야지, 밤에 아프다꼬 전화하고, 암 연락이 없음, 내
걱정하잖아..
국 수　(무표정하게 보며) 걱정할 게 없네, 사람 새끼도 아닌데 죽든지 말든
지.. (하고, 닭 보며) 나 애들처럼 닭 됐다. (하고, 일어나, 작업실 안으
로 가는)
효 숙　(따라가는)

씬27.　작업실 안, 아침.

국수, 서랍장으로 가서 서랍장 열어, 러닝을 꺼내 갈아입으려는,

효 숙   (들어와, 국수 보며) 니 어제 와 울며 전화했노? 우데가 아팠나? (그러
        다, 놀라) ...악! (하고, 손으로 입을 가리는)

        * 인서트 〉〉
        국수, 등쫙에 날게 깃털이 듬성듬성 닌,

        * 점프컷 〉〉
        국수, 등 돌리고 서서 러닝을 갈아입으려다가, 효숙을 본, 아무렇지 않
        게, 무표정하게 옷을 입으며,

국 수   (자조적인) 털 빠진 재수 없는 닭 새끼 같지?

        효숙, 멍해, 벽을 타고, 주저앉는,
        국수, 옷을 입고, 한쪽에 놓인, 빵 봉지를 뜯어, 빵을 먹는,

효 숙   (놀라고, 걱정스레 국수를 보는)
국 수   (빵 먹으며, 자조적인) 난 천사는커녕, 돌연변이 닭이 됐어. 내가 하는
        짓이 이래. (효숙 보며) 어젯밤엔 차라리 내가 닭밖에 못 될 거면, 사나
        운 개가 되는 게 낫겠다 싶었는데, 진짜 물어 죽이고 싶은 놈이 있었거
        든. 그래서 내가 어떻게 했냐?
효 숙   ..
국 수   칼을 들었어, 놈을 죽일라고.
효 숙   ?!
국 수   그래서 칼을 갖고 가서, 놈을 푹 하고 찔렀는데.. 놈은 안 죽고, 나를 통
        과해서 휙 지 갈 길을 가드라. 내가, 사람이면 놈은 죽었겠지. 근데 난
        천사라 나쁜 짓을 못 하나 봐. 웃기지 않어? 천사가 사람을 살리는 착
        한 짓은 못 하면서.. 또 나쁜 짓도 못 해요.. 그게 뭐야? 뭐든 하난 할람
        제대로 해야지, 그게 뭐야? 안 그래. (웃지 않고, 진지한) 웃기지 않어,
        진짜?
효 숙   국수야.. 니 와 그래.. 눈빛이.. 무서워..
국 수   왜 악마 새끼 같어? (하고, 빵 먹으며) 기분은 엿 같은데.. (눈가 붉어지

는) 또 지랄 맞게 배는 고파, 형이 죽어가는데도.. 썅 개지랄같이.. 난
        배가 고픈 거 있지. (하고, 눈물 흐르면 쓱 닦고, 빵만 먹는)
효 숙   (걱정스럽게 보는, 눈가 붉은)

씬28.   달리는 차 안, 낮.

        주검사, 운전해 가는,

안형사   (E) 주검산 지금 오는 중이에요, 주검사가 뭔가,

씬29.   민식의 집 안, 낮.

        민식, 영철, 안형사 있는,

안형사   박찬걸에 대해서 큰 건을 문 거 같아요,
민식, 영철   (보면) ?
안형사   선배님한테 직접 말한다고 하는데, 내가 벌써 알아냈어요.
민 식   뭔데?
안형사   부산 경찰청 동료들이, (하고, 사진[짱구다, 짱구와 마약을 주고 돈을
        받는 모습이 찍힌 사진이 여러 장이다]을 보여주며) 이 짱구란 놈이, 박
        찬걸의 오른팔일 거란 정볼 줬어요. 주검사가 다녀갔대요. 일단 보안에
        철저하라고 하면서 당부하더래요.
민 식   (사진 보며) 이놈하고 내가 놓친 마약 사범하고 관계 알아봐. 감방 동료
        든, 뭐든 연관된 사건이 있을 거야.
안형사   벌써 알아봤죠. 배식이라고 왜 양강칠이 폭행 사건에 연루됐던 노숙자
        있잖아요. 이번에 화장실 밖에서 양강칠이 덮쳤던,
민 식   (일어나, 제 스크랩북을 보며, 노숙자의 얼굴을 보여주는, 검거 당시의
        사진이다) 이놈.
안형사   (주머니에서 사진 보여주며, 죄수였을 때, 짱구와 배식이 번호판 들고
        서있는 사진을 보여주며) 둘이 오래전 감방 동기드라구요.
민 식   (사진 보는) ?

영 철   그러면.. 강칠이 말대로 폭력 사건은 누명이고, 조작이란 말이 맞는 건
         가요?
민 식   (답답한)

         그때, 초인종 소리 나고,
         안형사, 일어나며,

안형사   주검사님? (하고, 문 열면)
주검사   (들어오며, 숨을 고르며 앉으며) 박찬걸 덜미를 잡았습니다.
민 식   ?

씬30.   산, 낮.

         강칠, 땀이 범벅인, 아픈데 참는, 앞서 가는,
         지나, 뒤에서 가는,
         강칠, 가다가, 잠시 서는,

지 나   (걱정스럽지만, 서서, 그런 강칠을 보며, 강칠 때문에 부러 말하는) 나
         다리 아픈데, 그만 가면 안 돼요?
강 칠   (안 보고, 숨을 고르고) 조금만 더 가면, 풍광이 좋다잖아요, 아까 산 내
         려간 사람이..
지 나   여기도 좋잖아요, 나 못 가겠어. (하고, 앉는)
강 칠   (오기에 찬, 앞만 보고 가며) 내 생각해서 그러는 거 다 알아요. 근데 나
         그런 거 싫어해요.
지 나   (걱정되는, 부러 거짓말하는) 지금 내가 자기 걱정하게 생겼는 줄 알아
         요, 나 힘들다고, 무슨 남자가 그렇게 배려가 없냐, 좀 쉬자!
강 칠   그럼 혼자 쉬어요, 난 갈 거니까! (하며, 가는)
지 나   (걱정되는) 강칠 씨!
강 칠   (가며) 왜 그래, 지나 씨!
지 나   (걱정되는, 일어나, 옆으로 뛰어가서, 막아서며, 걱정되는) 집에 가.
강 칠   (보는)

지 나   (맘 아픈) 나 시내 나가 필요한 책들도 사야 하고, 낼 통영 가서 집 정리
         해서 다시 오려면 오늘 할 일 많아요, 그러니까, 집에 가요. 네? 땀 날
         정도로 운동하는 거 몸에 안 좋아.

강 칠   난 정상에 올라야겠어요.

지 나   왜 꼭 오늘 정상을 가야 하는데요, 어제 비행기 타고, 아침부터 산 오르
         는 거 무리예요. 다음에 가자. 집 정리해서 여기 다시 올 때,

강 칠   (진지한) 오직 이 순간만 있어요, 난.

지 나   (눈가 붉어지는)

강 칠   (애써 밝게) 난 오직 이 순간만 있어, 알잖아. 나한테, 낼은.. 없어, 모레
         도.. 한 달 후도.. 없어. 나한테 오직 지금 이 순간만 있어. (하고, 가는)
         지나 씬 쉬어요.

지 나   (막아서며, 속상한) 꼴통.. 진짜 꼴통. (하며, 물병을 꺼내, 따서 주며)
         이거 마시고 가, 그럼.

강 칠   (마시고) 아, 시원해. (하고, 물을 흘리면)

지 나   (입가 닦아주고)

강 칠   (그냥 가고)

지 나   (걱정스레 따라가는)

씬31.   정상, 낮.

         강칠, 정상에 서서, 주변을 보는, 너무나 가슴이 벅찬, 지나, 옆에 서서
         보는, 강칠, 지나를 등 뒤에서 안고, 풍광을 보며,

강 칠   (지나의 귀에 대고, 작게, 맘 아픈, 그러나 담백하게) 미치게 사랑해.

지 나   (뒤돌아, 강칠의 귀에 대고, 담백하게 작게) 나도 미치게 사랑해.

강 칠   (눈물 그렁해, 참고) 경치 보자. 지금 이 순간은 지금 이 순간밖에 없으
         니까. (하고, 경치 보는)

지 나   (강칠 보다, 경치 보는, 눈물 그렁한)

         잠시, 그렇게 있는데, 그때, 탕 하고 총소리가 나는,
         강칠, 놀라, 눈을 크게 뜨면,

강칠의 눈에 민식이 총을 들고 있는 게 보이고, 총 잡은 손에 다른 남자
의 손이 순간 보이고, 다시 민식 뒤에 있는 남자1의 모습이 부각되는,
강칠이 지나를 안듯, 남자1이 민식을 뒤에서 안고, 민식이 총을 겨눈
모습이 서서히 부각되는(회상),
강칠, 놀라, 눈이 그렁해지는,
다시 '탕' 소리가 들리는,
지나, 놀라, 강칠을 놓고,

지 나 　잠깐만, 여깄어요, 잠깐만. (하고, 밑으로 가면)
강 칠 　(놀라, 무릎을 꿇고 주저앉는)

　　　　* 플래시백 〉〉
　　　　1, 15부에 민식이 강칠의 멱살을 잡고, '너 뭐야, 너 왜 그래!' 하던,
　　　　2, 16부 취조실.

민 식 　(힘든, 멱살을 풀려 하며) 너, 너, 진짜 왜 그래? 총은 내가 들어도, 방아
　　　　쇠는 내 등 뒤에 서있던 놈이 당겼잖아! 너도 봤잖아, 자식아! 분명히,
　　　　그때 나랑 눈이 마주쳤잖아!

　　　　* 플래시백, 화장실 〉〉
　　　　민식, 총을 꺼내, 남자1에게 겨누면,
　　　　남자1, 재빠르게 민식의 뒤에서 민식을 안고, 민식이 겨눈 총을 강칠에
　　　　게 겨누게 하고, 민식이 잡은 방아쇠에 제 손을 얹고, 강칠을 쏘고, 달
　　　　아나는,
　　　　강칠, 총 맞은, 제 배를 보다가, 고개 들면,
　　　　민식, 멍하니, 서 있는,

　　　　* 현실 〉〉
　　　　강칠, 멍한,

지 나 　(속상해, 소리치는, E) 지금 뭐 하는 거예요, 거기!

* 점프컷 〉〉

지나, 화나, 달려가, 총 든 남자의 총을 뺏어 던지는, 남자와 여자, 연인
이 서있는,

지 나 (버럭) 여긴 사냥 금지 구역인 거 몰라요! 뭐 하는 짓이야, 사람 다니는
        등산로에서!
여 자 죄송해요, 그게.. 저희가 그냥 연습 삼아.. (하고, 총 뺏으며) 갈게요, 화
        내지 말아요,
지 나 (눈가 그렁해, 소리치는) 당신은 지금 내가 화내는 게 중요해! 왜 총을
        쏘냐고, 왜? 왜?!

그때, 강칠, 지나를 뒤에서 안고,

강 칠 (두 사람에게) 가, 어서들!
남자, 여자 죄송합니다, 죄송합니다. 아무도 없는 줄 알고, (하고, 가고)
지 나 (울부짖듯) 내가 당신들 신고할 거야, 그러다 사람이 총에 맞으면 어떡
        해! 왜 총을 쏴, 왜! 왜, 왜! 왜!
강 칠 쉬쉬쉬.. 그만 그만 그만.. (하고, 안는데, 맘 아픈, 멍한)
지 나 (울며) 왜 총을 쏴, 왜?!

씬32. 민식의 집 안, 낮.

민식, 영철, 주검사, 안형사 앉아있는,

주검사 그랬군요. 양강칠이가 총을 맞고, 이후에 고갤 드는데 놈이 없어졌다면
        총 든 정형사님을 오해할 수 있었겠네요.
민 식 그러게요, 양강칠은.. 처음부터 거짓말을 한 적이 없어요. 일부러 날 총
        쏜 사람으로, 몰아넣으려는 의도도 없었고.
영 철 (깊게 안도의 한숨 쉬고, 두 손으로 얼굴을 비비는)
안형사 (주검사에게) 양강칠이한테 지금까지 과정을 설명해야 하지 않을까요?
        그리고 우리가 자기 편에 서서 일한단 걸 알려야,

주검사   박찬걸이 오용학 사건을 뒤집어쓰고, 양강칠한테 다시 감방으로 가란
          얘길 했다면, 거기엔 우리가 알지 못하는 둘만의 거래가 있을 겁니다.
          섣불리 접근했다간, 박찬걸에게 역으로 당할 수 있습니다.
안형사   혹시 돈을 받기로 했나?
영 철   ?
안형사   어차피 암 때문에 얼마 살지도 못하고 자긴 죽을 몸이니까, 엄마랑 자
          식 줄 돈을 받고, 죄를 뒤집어쓰기로 한 건가?

          * 플래시백, 16부 취조실 〉〉

강 칠   (눈물을 닦고, 너무 맘 아픈, 민식 보며) 위증..할 거야. 당신이 아닌, 딴
          놈이 쐈다고 위증할 거야. 왜냐고! 정지나.. 때문에. (버럭, 울부짖는)
          당신 딸, 정지나 때문에!

          * 현실 〉〉

민 식   (문득, 멍한) 내 딸.
영철, 주검사, 안형사   ?
민 식   (멍한, 눈가 그렁한) 분명히 내 딸, 지나.. 때문이에요.

씬33.   강원도 도로, 밤.

          지나의 차, 강칠이 운전하고 달리는, 지나, 전화하는,

지 나   (E) 네, 지금 다 와 가요, 곧 도착할 거예요. 일단, 지혈은 했나요? (사
          이) 다행이네요, 네, 조금만 기다리세요.

씬34.   차 안 + 주차장, 밤.

강 칠   정말 곰 새낄 찾았대요? 와..
지 나   (웃으며) 그러게요, 강원도에 곰이 있네요. 멧돼지 덫에 걸렸다는데, 완

전 애기래요, 이제 막 모유 수유 끝난. 들어가 같이 볼래요, 내가 빽 쓰
면 볼 수 있는데.

강 칠　(뭔가 숨기는 듯, 어색하게 웃으며, 주차하고) 아뇨. 난 집에 가, 설거지
할래.

지 나　뭐야, 고작 설거지 때문에. 내려요, 같이 들어가.

강 칠　수술하는 데 방해돼요. 일할 땐 일에 집중. 난 분명히, 아무리, 지나 씨
가 야단을 치고, 주의를 줘도 곰새끼 보면 좋아서 길길이 날뛸 거고, 그
럼 수술에 방해될 거예요.

지 나　(그때, 또 소장에게 전화 오는)

강 칠　급한가 보다, 빨리 가요.

지 나　좋아요, 그럼 밤에 집에서 봐요. (하고, 볼에 입을 맞추고, 가방 들고,
차에서 내려, 보호소로 뛰어 들어가는)

강 칠　(가는, 지나를 맘 아프게 그립게 가만 보는, 눈물 나는, 참고, 차를 뒤로
급하게 후진해, 집 쪽으로 가는)

지 나　(가다가, 차가 너무 급하게 가는 것 같아, 돌아보면)

강 칠　(앞만 보고, 달리는, 사이드미러로 지나를 보는데, 맘 아픈, 기어를 변
속해 급하게 가는)

지 나　(가는 강칠 이상하게 보다, 계속 울리던 전화기를 열어, 말하며 가는)
네, 소장님 지금 바로 문 앞이에요.

씬35.　강원도 집 안, 밤.

강칠, 차를 급하게 몰고 와 세우고, 들어가는,

씬36.　강원도 방 안, 밤.

강칠, 눈물 그렁해, 울지 않으려 이를 앙다물고, 가방에 자기 옷가지들
을 챙기고, 서랍을 열어, 약을 챙기고, 한쪽의 종이에 뭔가를 쓰고, 화
장품 세트 위에 종이 놓고, 핸드폰 들어 문자를 넣고 나가는,

씬37.　민식의 방 안, 밤.

민식, 의자에 앉아, 핸드폰을 열어보면,

강 칠   (E) 제가 오해했습니다. 오늘에서야 정확히 기억이 났습니다. 제게 총
쏜 사람은 정형사님이 아닙니다. 우리 악연은 여기서 끝내죠. 지나 씨,
다신 만나지 않겠습니다.

민 식   ...

씬38.   강원도 공항 앞, 밤.

강칠, 차를 주차장에 주차하고, 가방 들고, 공항으로 가는, 울지 않으려
고, 이를 앙다물고, 걸어가는,

씬39.   강원도 집 안, 밤.

지나, 멍한, 눈가 붉지만, 힘이 없진 않은, 뭔가 모르게 오기에 찬, 침대
맡에 앉아, 숨을 고르는,
카메라, 지나의 손에 들린 메모지를 보여주는,

강 칠   (E) 지나 씨 차는 공항에 있어요. 그동안 우리.. 참 즐거웠죠? 이제 그
만 자기 자리로 돌아갑시다. 정지나 씨, 안녕.

지나, 숨을 작게 고르는, 서랍을 보면, 강칠이 마저 가져가지 못한 약이
몇 개 보이고, 약 사용법 메모가 보이고, 타다 만 초가 보이는, 눈물이
뚝 흘러도, 지나, 그 모습 그대로 정지된 듯, 가만있는,

씬40.   강칠 모의 집 안, 밤.

강칠 모, 혼자 방에서 자고 있고, 다른 방에 정이, 국수 자고 있는,
강칠, 문을 열면,
강칠 모, 일어나 보며,

강칠 모 (졸립기도 하고, 놀라기도 한) 왔어..

강 칠 잠귀도 밝다.

강칠 모 밥은?

강 칠 (강칠 모 쪽으로 와서, 앉으며, 서글프게 웃고) 엄마 생각해 많이 먹었지. 목마른데 산삼 물이나 한 잔 먹을까?

강칠 모 (좋은) 그래.. (하고, 옆에 있는 물병에서 물을 따라, 주는)

강 칠 (정이와 국수를 물끄러미 보고, 맘 아픈, 울음이 나도 참으려 하는)

강칠 모 (물을 강칠에게 주고) 마셔.

강 칠 (맘 아프지만, 짐짓 밝게) 많이도 따랐다. 배 터져 죽겠네. (하고, 다 마시는)

강칠 모 (입가를 닦아주고) 잘 마시네, 내 새끼.

강 칠 옆에서 잘래. (하고, 강칠 모 옆에 눕는)

강칠 모 (마주 보고, 누워) 강칠아.. 니 뭔 일이 있나?

강 칠 (울며, 강칠 모 품에 안기는)

강칠 모 (모르는 척, 맘 아픈, 등을 두들겨주며) 와 이래.. 다 큰 게.. 서울 친구 만나러 간다드니, 뭐 안 좋았나...

강 칠 (울며) 말하지 마.

강칠 모 (맘 아파도, 짐짓 참고) 그라지 뭐. (등을 다독이고) 엄마가 이러고 이러고 등 토닥여줄게, 자라. 기운 빠지게 울지 말고, 애 있는 놈이 왜 울어. 쓸데없이.

강 칠 알았어.. 안 울게.. (하고, 참는, 그래도 안 되는)

국수, 정이 (자는 척 가만있는, 눈물이 나는)

씬41. 강원도 집 안, 밤에서 새벽 되는.

지나, 침대맡에 전날처럼 초와 와인을 놓고, 눈가 그렁해, 미동도 없이 앉아있는, 밤에서 새벽으로 디졸브 되는,

씬42. 시장, 새벽.

강칠, 국수, 장사꾼에게 물건을 사는, 상자를 보며, 생선을 일일이 보고,

강 칠   에헤, 아저씨, 아저씨, 이 아저씨가 정말.. 물건이 경매 보던 거랑 다르
       잖어, 이게 물건이냐? 쓰레기지,

국 수   정말? (하고, 물건 보고, 아저씨 보며, 화난, 생선 상자를 발로 확 뒤집
       고, 장사꾼의 멱살을 잡으며, 팰 듯이) 뭐야, 쌍! 죽을래, 너?

상 칠   (놀라, 국수의 팔을 집아, 아저씨에게시 떼내며) 야, 너 뭐야? 왜 그래?
       (하고, 아저씨에게) 우리도 물건 볼 줄 알거든요. 물건 아까 걸로 바꿔
       와, 어서!

아저씨 (안 지고) 이 사람들이, 진짜로.. 이거나 그거나라니까, 진짜,

강 칠   (답답한, 화나는, 다가서며) 안 바꿔 와?

아저씨 (무서운, 뒤로 물러나며) 누, 누가 안 바꿔 온대요? 에으, 기달리소! 그
       거나 그거나구만. 새벽부터 재수 없구로... (하고, 가는)

국 수   (가는 아저씨 보며, 화난, 소리치는) 저 인간이 끝까지 끝까지, 지가 잘
       했다네, 어디서 썩은 물건을 가져다 사람을 속일라고, 쌍!

강 칠   (국수를 툭 치며) 너 아침부터 뭐가 성질이 나 그래?

국 수   내가 뭘? (하고, 가는)

       강칠, 그런 국수를 이상하게 보다, 뭔가 느낌이 이상해, 한쪽을 보면,
       영철이 서있는,

씬43.   동물병원 안, 낮.

       강칠, 주변을 보면, 짐을 싸놓고, 이사 나가는 느낌이다.
       그때, 땡이 와서 강칠 앞에 앉는,
       강칠, 착잡하던 기분이 땡이를 보니까, 좋아지는,

강 칠   손.

땡 이   (손 주고)

강 칠   니 물건 가져와.

땡 이   (제 조끼를 가져다주면)

강 칠   (조끼를 입혀주며) 너 나중에 눈 아픈 분들 안내 잘하는 훌륭한 개 돼야
       돼? (머릴 쓰다듬어주고) 땡이야, 넌 나보다 나, 그거 아냐? 난 세상에

별로 좋은 일도 못 하고 가게 생겼지만, 넌 아니잖아.

그때, 영철, 차를 준비해 강칠 앞에 주는,

영 철　(담담하게) 지나 아버님이 너 좀 보자드라.

강 칠　(차만 마시는) 됐다 그래.

영 철　아버님이 니가 지나 삼촌 일, 누명 쓴 건지도 모른다고 생각하셔.

강 칠　(보며) 그래서?

영 철　만나, 아버님이 너한테 전해달랬어, 꼭 만나셔야겠다고,

강 칠　너도 아냐, 내 몸 상태?

영 철　(말하기가 뭐해, 차를 마시는)

강 칠　아주 동네방네 소문이 났구만.. (하고, 차를 후후 불어 마시는)

영 철　지나가 강원도에서 전화했드라. 너 여깄냐고.. 잘 있는지 확인하라고, 걱정하드라.

강 칠　(안 보고, 땡이만 만지는) ..

영 철　혹시, 지나랑.. 헤어질.. 생각이야?

강 칠　(보고, 자조적인 웃음 짓고) 어. (땡이 만지고) 잘 살어, 땡이. (하고, 일어나 가는)

영 철　(일어나, 강칠의 팔을 잡는, 안쓰럽고, 맘 아픈) 양강칠.

강 칠　(팔을 빼며, 보며, 맘 아프지만, 차분히) 전에.. 니가 그랬지, 암 걸리고 뻔뻔하게 지나 씨 만나냐고.. 그래서 내가 한 말 기억해? 내가 문제 생김 너 가지라고. 순서가 왔다, 김영철. 니 순서. (하고, 가는)

영 철　(답답한, 전화하는) 국수 씨, 나 영철인데, 강칠이가 지나랑 헤어졌대. 강칠이가 모든 걸 포기하는 거 같애. 그러지 말라 그래.

씬44.　동물원 야외, 낮.

국 수　(목재를 들고, 전화받으며, 심각해지는, 화나는, 한숨 쉬고) 알았어요, 전화 끊어요.. (하고, 목재를 아무 데나 놓고, 가는)

씬45.　공항, 낮.

지나, 게이트에서 나와 가는, 속상하고, 어딘가 오기에 찬 얼굴이다.

씬46. 작업실 밖, 낮.

강칠, 닭장을 들어다, 경운기 탄, 분희에게 주는,

분 희   이걸 날로 줄라고?
강 칠   마당에서 키우세요.
분 희   아이고, 좋다야, 근데, 이걸 진짜 내가 꽁으로 받아도 되나?
강 칠   울 엄마한테 말 좀 살살 해주세요.
분 희   내가 니 엄마한테 을매나 잘하는데, 내 억수로 잘한다, 니 엄마한테. 니
         엄마가 문제지.
강 칠   가세요.
분 희   오냐. (하고, 가는)

         그때, 국수, 걸어오는,

강 칠   (그런 국수를 보고, 그냥 안으로 들어가는)

씬47. 작업실 안, 낮.

         강칠, 목각을 깎는,
         그때, 국수, 화난 얼굴로 와서, 강칠의 조각도를 뺏어, 던져버리고,
         강칠 앞에 서는,

국 수   형 너 뭐하는 짓이야, 지나 누나한테 헤어지자 그랬다며, 너?
강 칠   (조각도 잡으려 하면)
국 수   (조각도을 발로 밟는)
강 칠   (보며) 일 가, 돈 벌어야지. 나 목각하고, 볼일 있어, 바쁘다고.
국 수   너까짓 게, 뭐가 바뻐?
강 칠   정이 아버지 만나기로 했어, 정이 데려가랄 거야.

국 수	(어이없고, 맘 아픈) 뭐?

강 칠	(자조적인, 맘 아픈) 내가 지금 나 살기도 급급해, 근데 정이까지 옆에 서 깔짝대는 거 싫어. 귀찮아. 엄마도 늙으셨고, 좀 편하게 해드리게. 너도 서울 가.

국 수	(눈가 붉어) 비겁하게 포기냐?

강 칠	(담담히) 비겁하게 포기 안 함? 방법 있냐? 너는.. 아무 짓도 못 하는 닭이 됐고, 나는.. (맘 아픈, 눈가 붉은, 진심인) 아빠가 돼서, 아들이 돼서, 한 여자의 남자가 돼서 아무 짓도 못 하는... 진짜, 진짜, 쌩양아치가 됐어. 그런 우리한테 포기 말고, 다른 방법이 있냐?

국 수	(눈물이 그렁해지는, 맘 아픈, 울지 않으려 하며, 진지한) 찾아봐야지. 끝까지 찾아봐야지.

강 칠	(맘 아픈, 담담한) 이국수.. 우리한테 저 하늘이, 엿 같은 기적을 세 번 씩이나 일으키며 가르쳐주고 싶은 건, (강조, 차분히) 의지도, 진실도, 희망도 아닌..... 이 세상에서.. 연기처럼, 조용히 꺼지란 거야. 나는 다시 그 무섭고 지겨운 감빵으로, 너는.. 허접한 박쥐 같은, 인간으로.. 조용히 국으로 주둥이 닥치고, 조용히! 여기 이 세상에서 꺼지란 거라구, 알어? 기적은 없어. 첨부터 내가 맞았어, 인생은 강물처럼 파도처럼 이쁘게가 아니라, 엿같이 흘러가는 게 인생이야. 기적은 없어. 서울 감마. (하고, 조각도 주워, 작업하는)

국 수	(울지 않고, 단호하게 소리치는) 아니! 기적은 있어!

강 칠	..

국 수	하늘이 안 주면 내가 만들어! 형, 니가 포기해도 내가 만들어! 알어! (하고, 가는)

강 칠	(맘 아프게 보다, 목각을 만드는데, 전화 오는, 민식이다, 전화기 끄고 목각을 하는)

씬48.	경찰서 안, 낮.

	민식, 전화기를 내려놓는데, 그때, 안형사, 문 쪽에서 소리치는,

안형사	선배, 양강칠이, 위조 통장 만든 놈들을 잡았어요!

민 식   (보고) 차 빼!
안형사   네. (하고, 가고)
민 식   (총을 챙겨, 나가는)

씬49.   도로, 낮.

국수, 가는 택시를 '택시!' 하고 세워, 타고 가는,

씬50.   카페 안, 낮.

강칠, 이석 앉아있는,

강 칠   담 주... 일요일 밤 6시가 난 좋아.
이 석   (담담히) 왜, 그때여야 하는데, 난 낼모레 미국으로 들어가.
강 칠   그래? 그럼 혼자 가, 정이 놓고.
이 석   .. (답답한 물 마시고) 정이 나한테 보낼 생각을 하면서, 왜 꼭 굳이 담
         주라고 하는지 그 이율 알 수가 없다,
강 칠   (말꼬리 자르며, 버럭) 널 시험한다, 왜?!
이 석   ?
강 칠   자식을 키운단 건 자식아, 매 순간.. 시험이야. 너, 세미나보다 정이가
         중요해? 그럼 세미나 미뤄봐.
이 석   ?
강 칠   니가 하는 일이 얼마나 대단한진 난 몰라. 근데 그게 정이보다 중요해?
         그럼 넌 애비 될 자격 없지. 난 널 시험하는 거야, 세미나야, 정이야?
이 석   (보는)
강 칠   말해, 셋 셀까?
이 석   정이랑 같이 있을 시간이 필요하니?
강 칠   (맘 아픈) 대학 첫 입학금은 내가 준다.
이 석   내가,
강 칠   한마디만 더 하면 그담엔 내 주먹이다.
이 석   알았다. 담 주 일요일날 상천 공항에서 6시.

강 칠   (말 끝나기 전에 일어나, 나가는)

씬51.   카페 밖, 낮.

강칠, 나와, 한쪽 벽에 기대서는 몸이 아픈, 참는, 숨을 후후 고르고, 전
화하는,

찬 걸   (E) 작심한 거냐?
강 칠   내가 전화 끊고, 계좌번호 보낼 거야. 받는 사람은 임정이다. 담주 일요
일에 넣어. 그럼 그다음 주 수요일에 내가 자수할게.

씬52.   찬걸의 사무실 안, 낮.

찬 걸   시간이 너무 길어.

씬53.   카페 밖, 낮.

강 칠   그래, 그럼 말까? 나 죽는데, 남의 아들 신경 쓰는 거 웃기고, 나 죽는
데, 여자 생각하는 거 골깐단 생각이 머릿속을 휙휙 지나가는데, 말어?
왜 내가 돈만 받고 나를까 봐, 걱정이야? 니가 돈 주면... 난 너한테 더
더 깊게 엮여. 이게 다 증거가 되잖아, 내가 널 협박했단. 내가 돈만 쓰
고, 감방은 안 들어가는 일은 없을 거란 얘기야. 어쩔래? (사이) 그지,
그래야지. (하고, 전화 끊고, 아픈, 주저앉는, 약을 먹고, 숨을 후후 고
르다, 뭔가 이상해 앞을 보면)
지 나   (서있는, 눈가 붉어, 팔짱 끼고, 담담한)
강 칠   (고개 틀고, 고통을 참는)

씬54.   찬걸의 사무실 안, 낮.

찬걸, 전화를 끊고, 생각하는, 그때, 주검사, 노크하고,
찬걸, 보면,

주검사   낼 점심때 뭐하나?

찬 걸   법정 갑니다.

주검사   그래, 나 자네 아버님 만나기로 했는데, 같이 가면 싶었는데, 안 되겠네.

찬 걸   아버님을 왜 만나세요?

수검사   선에 사표를 내신댔는데, 아직 안 내셔서 이서 시표 내시라고 권유할
         라고.

찬 걸   ?

주검사   참, 자수는 감형인 거 알지? 아버님의 사표보다, 자네의 자수가 더 시
         급하긴 한데.. 안 그래? (하고, 가는)

찬 걸   (긴장하는)

씬55.   요양원 병실 안, 낮.

         용학, 호흡기를 달고 있는,
         직원, 식도에 꽂은 호스에 죽을 넣고 있는,
         국수, 문 열고 그 옆에 와서 앉는,

직 원   오셨어요, 아버님 나가셨는데... 저희 직원이랑 장 보러.

국 수   호흡기를 다시 꼈네요?

직 원   영 차도가 없네요, 어젠 좋아져서 오늘은 뺄까 했는데, 다시 또..

국 수   제가 죽 주면 안 될까요?

직 원   그러실래요. 전 다른 환자들이 많아서, 그럼 부탁드릴게요. (하고, 죽과
         주사길 주고 나가는)

국 수   (직원 나가는 것 보고, 죽과 주사길 옆에 놓고, 용학을 물끄러미 보며)
         오용학.. 내가.. 지금부터 하는 일이 나쁜 일인지, 좋은 일인지 난 몰라.
         근데, 난 이 방법밖엔 몰라. (하고, 호흡기를 떼고, 심박동기를 떼는)

용 학   ...

국 수   (그리고 서서, 맘 아픈, 용학을 보는) 너는 죽어도 하자 없는 거지? 나도
         뭐 죽어도 하자 없는 놈이지. 근데, 한번 용 좀 써서, 살아나봐. 너도 사
         람이면, 너도 인간이면, 이렇게 죽음 안 되지? 우리 둘 다 양강칠한테
         진 빚.. 갚고 죽어야지, 안 그래. (하고, 손을 보면)

죽은 듯, 미동도 없는,

국 수   (맘 아픈, 눈가 붉어지며) 이런... 정말.. 기적은 없나 보네.

그때, 용학 부, 들어서며,

용학 부   너 뭐냐?
국 수   (보며, 눈가 그렁해, 담담히) 경찰에 신고해요, 내가 천사 짓 좀 할랬는
         데, 얘가 안 일어나네. 신고해요, 경찰에. (하고, 나가는)
용학 부   (놀라, 용학을 잡고, 울부짖는) 용학아, 용학아..

씬56.   요양원 복도, 낮.

국수, 맘 아프게 넋 나간 듯 가는,
용학 부, 용학을 부르는 소리가 여전히 복도에 들리는,

국 수   (자조적인 웃음 짓고, 좀 빠르게 걸으며) 그지, 그지.. 내가 무슨 천사겠
         어... 그때, 강칠이 형이 살아난 건.. 그냥 우연이지... 쌩양아치 양강칠
         말이 맞았네, 기적은.. (눈가 붉어) 개뿔.. 무슨 기적. (하고, 가는데)
용학 부   (용학을 부르다, 갑자기) 국수야! 국수야! 용학이가 살아났다, 국수야!
국 수   (가다, 멈춰서, 놀라, 뛰어가는)

씬57.   작업실 안, 해질녘.

강칠과 지나 조금 떨어져 앉아있는,
강칠(맘 아픈, 감추고, 덤덤한 척), 지나 의자에 (무릎을 세우고, 손으로
제 머리를 받치고, 생각에 빠진, 눈가 붉은, 뭔가 결연한 듯) 앉아있는,

지 나   (안 보고, 생각에만 빠진) 잘 지내라는 말이, 이제 그만 제자리로 돌아
         가잔 말이, 다 무슨 말이야.
강 칠   (보며, 덤덤히) 당신이랑 나 이제 그만 쫑 내자고.

지 나   (안 보고) ..다시.. 말해.

강 칠   (안 보고) 귀가 먹으셨나.. 고만... 우리 (보며) 끝내자고요. 그러니까 다
       신 나 찾지 말라고.

지 나   (안 보고) 다시, 뭐라고?

강 칠   (보고, 차분히) 내 눈 봐봐요.

지 나   (간신히, 힘들지만, 고개만 돌려 보면, 화난, 참는)

강 칠   (지나의 눈을 보며, 담담히) 정지나 씨, 내가 그동안 당신이랑 아주 잘
       놀았다고... 정말정말 죽이게 재밌었다고.. (맘 아픈, 그러나 참고, 차분
       히) 그냥 지금까지의 우리 일은 전부 다 죽음을 코앞에 둔 양강칠 같은
       놈의 쌩쇼라고.. 그렇게 함부로 말하기 전에, 부탁인데, 정지나 씨, 여
       기서 그만 하고, 끝내자.

지 나   (가만 보며, 단호하고, 차분한, 눈가 붉어) 그 말 언제부터 생각했니? 이
       렇게 .. 나한테 말할 준비, 언제부터 했어?

강 칠   강원도 가기 전.

지 나   (맘 아픈, 차분한) 나랑.. 자기 전부터 했네.

강 칠   (가만 보며, 차분한) 어.

지 나   (맘 아픈, 애써 울지 않으려 참고, 힘들게 말하는) 나는... 니가 온다고,
       한없이 들떠서 집을 꾸미고 꽃을 준비하고 와인을 준비했는데, 너는 고
       작 나한테 차는 공항에 있다고, 가져가라고, 즐거웠다고 잘 지내라고
       하는.. 마지막 인사말을 준비했네.

강 칠   (눈가 붉어, 담담히) 미안해.

지 나   (눈물 그렁한, 맘 아픈, 참으며) 니가 아프니까, 봐줄게. 그런데, 이런
       말은 하는 게 아냐, 양강칠. 아무리 니가 아퍼도... 이런 말은 해선 안
       되는 말이야.

강 칠   (맘 아픈) 너 더 아프지 말라고, 내가 주는 선물이라고, 생각해.

지 나   (말꼬리 자르며, 단호한, 애써 차분히, 그러나 맘이 너무 아픈) 주제넘
       은 짓 하지 마. 오늘은 니가, 많이.. 마음이 아픈가 보다, 생각할게. 어
       쩌다 그럴 수 있으니까, 우린 다. 내가 니 처지가 되면, 나도 어쩌면 너
       처럼 이렇게밖엔 결론을 내릴 수 없을 테니까. 이해해줄게. 한 번은. 오
       늘 쉬어, 낼 봐. (하고, 일어나 가는)

강 칠   (눈가 그렁해, 한숨 쉬고, 일어나, 지나 보며, 맘 아픈, 참고, 큰 소리로)

잘 가라! 정지나!

지 나　(가는)

강 칠　고마웠다, 진짜!

지 나　(가다, 멈춰 서서, 돌아와 강칠의 뺨을 치고)

강 칠　(고개 돌린 채, 가만있는, 눈물이 흐르는)

지 나　(맘 아픈, 눈물 흐르는, 버럭) 낼 얘기하잤지, 내가!

지나, 울며, 맘 아프게 돌아서서, 이 앙다물고 가는 데서 엔딩.

제 18 부

그와 그녀의 심장 박동 소리 *Padam Padam…*

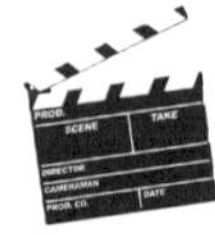

씬1.　　요양원 복도, 낮.

국수, 맘 아프게 넋 나간 듯 가는,
용학 부, 용학을 부르는 소리가 여전히 복도에 들리는,

국 수　　(자조적인 웃음 짓고, 좀 빠르게 걸으며) 그지, 그지.. 내가 무슨 천사겠
　　　　어... 그때, 강칠이 형이 살아난 건.. 그냥 우연이지... 쌩양아치 양강칠
　　　　말이 맞았네, 기적은.. (눈가 붉어) 개뿔.. 무슨 기적. (하고, 가는데)
용학 부　(용학을 부르다, 갑자기, E) 국수야! 국수야!
국 수　　(돌아보고, 놀라, 병실 쪽으로 뛰어가는)

씬2.　　요양원 병실 안, 낮.

국수, 문 열고 들어와, 긴장한,

국 수　　(긴장하고, 조심스런) 아, 아버지, 왜 그래?
용학 부　용학이가, 용학이가.. 움직인다.
용 학　　(손을 들고)
용학 부　(손 잡으며, 울며) 그래, 용학아, 아부지다, 아부지.
국 수　　(그걸 보고) 간호사! 선생님! (하고, 문 열고, 뛰어나가 복도에서 소리치
　　　　는) 간호사 없어요! 의사 선생님 없어요!

씬3.　　작업실 안, 해질녘(엔딩 씬 연결).

지 나　(맘 아픈, 애써 울지 않으려 참고, 힘들게 말하는) 나는... 니가 온다고, 한없이 들떠서 집을 꾸미고 꽃을 준비하고 와인을 준비했는데, 너는 고작 나한테 차는 공항에 있다고, 가져가라고, 즐거웠다고 잘 지내라고 하는.. 마지막 인사말을 준비했네.

강 칠　(눈가 붉어, 담담히) 미안해.

지 나　(눈물 그렁한, 맘 아픈, 참으며) 니가 아프니까, 봐줄게. 그런데, 이런 말은 하는 게 아냐, 양강칠. 아무리 니가 아퍼도... 이런 말은 해선 안 되는 말이야.

강 칠　(맘 아픈) 너 더 아프지 말라고, 내가 주는 선물이라고, 생각해.

지 나　(말꼬리 자르며, 단호한, 애써 차분히, 그러나 맘이 너무 아픈) 주제넘은 짓 하지 마. 오늘은 니가, 많이.. 마음이 아픈가 보다, 생각할게. 어쩌다 그럴 수 있으니까, 우린 다. 내가 니 처지가 되면, 나도 어쩌면 너처럼 이렇게밖엔 결론을 내릴 수 없을 테니까. 이해해줄게. 한 번은. 오늘 쉬어, 낼 봐. (하고, 일어나 가는)

강 칠　(눈가 그렁해, 한숨 쉬고, 일어나, 지나 보며, 맘 아픈, 참고, 큰 소리로) 잘 가라! 정지나!

지 나　(가는)

강 칠　고마웠다, 진짜!

지 나　(가다, 멈춰 서서, 돌아와 강칠의 뺨을 치고)

강 칠　(고개 돌린 채, 가만있는, 눈물이 흐르는)

지 나　(맘 아픈, 눈물 흐르는, 버럭) 낼 얘기하겠지, 내가! (울며, 맘 아프게 돌아서서, 이 앙다물고 가고)

강 칠　(눈물 흘리며, 멍한)

씬4.　　작업실 밖 + 지나의 차 안, 해질녘.

지나, 눈물을 닦고, 걸어와 차를 몰아 가는, 맘을 다잡으려는 모습이다.

씬5.　　몽타주.

1, 강원도, 밤.

강칠과 지나, 웨딩드레스 입을 때.

2, 작업실 안, 밤.

강칠, 울며, 담담히 눈물 닦고, 지나가 웨딩드레스 입은 모습을 목각하는,

3, 지나의 집 안, 밤.

지나, 들어와, 침대 맡에 앉아, 두 손으로 얼굴 가리고 우는,

4, 강원도, 밤.

강칠과 지나, 잠자리할 때,

5, 작업실 안, 밤.

강칠, 목각을 놓고, 후후 슬픔을 참는, 느낌이 이상해, 문 쪽 보면, 강칠 모, 창문에서 들여다보고 있는, 그러다, 들어오는, 손에 찬합과 보온병을 든,

강 칠   (담담히) 뭐야, 귀신처럼? 언제부터 거깄었어?

강칠 모   ...니가 밥 먹으러 하도 안 와, 같이 여서 먹을까 해, 왔다. (하며, 안으로 들어오는)

강 칠   밥 생각 없는데..

강칠 모   니가 나한테 아들이라고 뭐 잘해준 것도 없음서, 에미가 해 온 밥도 못 먹나?

강 칠   (목각하다, 조각도를 놓고, 도시락을 푸는)

강칠 모   (도시락 풀며) 뭐 먹고 싶은 거 있나, 말해, 해주께.

강 칠   (밥맛 없어도 밥을 많이 먹으며, 안 보고) 다 맛있어.

강칠 모   그래도 생각해봐라, 뭐 먹고 싶은 게 있나, 하고 싶은 게 있나, 어디 가고 싶은 데가 있나...

강 칠   (밥을 먹는데, 맘이 아픈, 눈물 참고, 밥만 먹는) 없어, 난 그런 거,

강칠 모   (강칠이 안된, 눈치 보며) 니도 아나, 니 많이 아픈 거?

강 칠   (밥만 먹는) ...

강칠 모   어젯밤 생전 안 울다 우는 거 보이까, 니도 아나 보든데.. 몰랐음 지금 알아둬라, 니 많이 아픈다. 근데 에미가 니 낫게 해줄 기다. 그거 믿나?

강 칠   (안 보고) 어.

강칠 모   (강칠만 물끄러미 안쓰레 보며) 우찌 믿나?

강 칠　(맘 아파, 안 보고) 엄마는.. 한다면 하잖아, 뭐든.. 강우 형 죽고, 같이
　　　　죽어야지 하다가도, 내 생각해 살아야지 하고 맘 다잡고 잘 살고, 아부
　　　　지한테 맞아도, 애들 보며 살자 생각해서 또 살고, 내가 빵에 갔어도,
　　　　이놈이 반드시 오지 기다리자 하면 또 기다리고.. 맘먹은 대로 하잖어.
　　　　그러니까, 이번에도 날 살리지 히면.. 살리겠지 뭐.

강칠 모　(눈가 붉어, 맘 다잡고) 알면 됐다. 많이 묵어. (하고, 젓가락으로 강칠
　　　　의 밥에 반찬 놔주는)

강 칠　(밥 먹는)

강칠 모　(밥 먹다가, 한쪽 미니어처를 보는, 강칠과 지나의 모습을 보고, 맘이
　　　　아픈, 밥을 먹는)

씬6.　　서울 은행 실내 주차장, 밤.

　　　　남자, 나와서 가는, 차를 타는,

　　　　* 점프컷, 안형사의 차 안 〉〉
　　　　민식, 안형사, 타고 남자를 보는,

　　　　* 점프컷 〉〉
　　　　남자의 차 안에 짱구가 타고 있는, 짱구가 남자에게 약을 주는듯한,

안형사　(숨어서, 핸드폰으로 두 사람을 찍는)

　　　　* 점프컷 〉〉
　　　　짱구, 뭔가 이상해, 앞을 보면,
　　　　민식, 재빠르게 안형사와 숨는,
　　　　짱구, 안심하고, 약을 주고, 남자, 주머니에 넣고, 짱구, 차에서 내려서
　　　　다른 차를 타고 가는, 남자의 차, 가는,

　　　　* 점프컷 〉〉

안형사   (핸드폰을 보며) 증거물이 착착 모이네요. 멀쩡한 은행원도 약을 하네,
        젠장.. 세상이 어떻게 돼가는 거야.. 박찬걸한테 위장 서류 만들어주고,
        댓가는 짱구가 약으로 지불하고.. 박찬걸과 짱구가 만나는 것만 잡음
        박찬걸 구속영장은 받을 수 있을 거 같은데..
민 식   (답답한) ..

씬7.   찬걸의 사무실 안, 낮.

        찬걸, 생각하는,

        * 플래시백 〉〉

주검사   그래... 같이 감 좋을 건데, 오늘 아버님이 사표를 낼 용단을 내리실 거
        거든.

        * 현실 〉〉
        찬걸, 답답한, 문자를 넣는,

씬8.   강칠 모의 집 안, 밤.

        강칠, 누워 자는 정이를 그립게 물끄러미 보다가, 핸드폰 보면, 문자가 온,

찬 걸   (E) 정리는 잘하고 있냐? 이번 주 일요일에 우리 거래 끝내자. 돈 넣는
        즉시, 넌 자수해. 만약 안 그러면, 그담 날, 나는 내 식대로 움직일 거다.
강 칠   (핸드폰 닫고, 달력 보는, 화요일에 시선이 가는, 강칠의 시선이 수요일
        목요일, 금요일을 지나 토요일, 일요일에 머무는)
이 석   (E) 이번 주 일요일 6시, 공항에서 정이랑 보자.
강 칠   (정이를 보는)

씬9.   시장 일각, 아침.

리어카 한쪽에 놓여있고, 강칠과 국수 서서 얘기하는,

국 수   (진지하지만, 차분한) 용학이가 꿈틀댔어. 형의 누명을 벗길 오용학이
        가 살아났다고.
강 칠   (안 보고, 딤딤한)
국 수   용학이 만나고, 주검사 만나, 그럼 박찬걸도 끝나.
강 칠   증거물이 없는 이상 안 끝나, 그리고 용학인 증거물이 없어.
국 수   있는지 없는지, 용학이만 알어, 아는척하지 마.
강 칠   됐어, 난 박찬걸의 돈이 필요해.
국 수   우리가 언제 돈으로 살았냐?
강 칠   이제부턴 돈으로 살라고, (보며) 얼마 남지 않은 인생인데, 돈 맛도 알
        아야지. (하고, 가려 하면)
국 수   (속상해, 팔 잡아 돌려세우며, 차분하고 진지한) 뭔가 있지?
강 칠   (보는) ..
국 수   돈 말고, 놈이 형을 목 조르는 뭔가가 또 있지? 정이?
강 칠   ...
국 수   엄마야? 아님 나야? 아님... 정지나, 아님 우리 모두 다? 왜, 놈이 우리
        들 다 가만 안 둔대? 그래서 형 니가 겁먹은 거야, 그래?
강 칠   (국수 보며, 진지한) 나도 사람답게 한번 살다 가자, 국수야.
국 수   (지지 않고, 한 발 다가가 보며, 맘 아픈, 참고) 너 감방 보내고, 너 죽이
        고, 우리만 살면, 우리가 신날 거 같냐?
강 칠   나 같은 놈 잊으면 그뿐이야.
국 수   (눈가 그렁해지는, 맘 아픈, 진지한) 넌 잊을 만큼, 별로지 않어, 양강
        칠. 나한테, 엄마한테, 정이한테, 정지나한테. 천년만년 기억될 거야,
        넌. (눈가 그렁해, 단호한) 누군가, 너한테.. 너를 버리고 남을 위해 희
        생하라고 강요한다면, 난.. 그게 누구든, (강조하는) 엿이나, 먹으라고
        할 거야. 행복해져, 그게 니가 남은 시간 동안, 이 세상에서 풀 숙제야.
        (하고, 가며, 전화하는[강칠은 못 듣는]) 주검사님, 저는 양강칠 동생 이
        국수라고 합니다, 좀 뵙죠.
강 칠   ... (리어카 있는 데로 가는)

씬10.   법원 앞, 아침.

주검사, 차 안에서 핸드폰을 접고(국수와 통화한 것), 나가는.

씬11.   동물병원 안, 아침.

민식, 지나를 기다리는,

씬12.   지나의 거실 + 방 안, 낮.

영철, 소파에 앉아있는데, 지나, 욕실에서 (씻은 얼굴) 나와, 한쪽의 박
스에 이사할 물건들을 담는, 영철, 그런 지나를 보며 말하는,

영 철   아버지가 벌써 1시간째 기다리고 계셔, 안 볼 거야?
지 나   (일만 하는)
영 철   (답답한, 달래는) 지나야,
지 나   (제 일만 하는)
영 철   아버지, 너한테 이렇게 찬밥 신세 당하실 만큼 잘못한 거 없어. 내가 아
버지래도 니들 만나는 거 반대야.
지 나   (맘 아프게, 제 일만 하는)
영 철   세상에 어느 부모가 자기 딸한테 병든 전과잘 만나라 그러니. 그래서 아
버지가 잘했다는 말을 하는 게 아냐, 아버지 입장에선 그럴 수 있다고,

그때, 민식, 들어오며,

민 식   영철이 나가.
지 나   (동시에, 고개 돌려, 민식을 보며, 눈가 그렁하지만, 단호하게, 소리치
는) 살인 전과자 누명 누가 줬는데!
영철, 민식   (지나 보는) ?
지 나   그 사람한테 16년.. 전과자 누명, (소리치는) 누가 줬어요?!
영 철   (깊게 한숨 쉬고, 나가는)

지 나 (민식만 보며) 아픈 게 반대 이유라고? 멀쩡한 사람이, 억울하게 16년
감방에서 살았다면, 그 누구라도 아프겠다. 나라도 생병이 걸리고도 남
겠어! 그 사람이 나랑 헤어지재요,

민 식 (맘 아프게 보는) ..

지 나 근데 난 못 그리겠어. 아버지나, 그 사람이냐 하면 분명히 말씀드려요,
그 사람이에요. 그 사람 다릴 부여잡고 애원해서라도 난 안 헤어질 거
예요. 기대하지 마세요. (하고, 방으로 들어가 문을 쾅 닫는)

민 식 (소파에 앉아, 막막한)

씬13. 지나의 방 안, 낮.

지나, 벽에 기대앉아, 이를 앙다물고 후후 숨을 몰아쉬며 눈물 참지만,
눈물이 나는,

씬14. 찬걸 부의 사무실 안, 낮.

찬걸 부, 주검사 앉아있는,
찬걸 부, 짱구의 사진이며, 배식의 과거(감방에 갈 때)의 사진과 강칠의
폭행 사건이 실린 신문의 배식 사진이며를 보고 있다가 내려놓는,

주검사 (걱정스런, 조심스레 말하는) 이외에도 많은 정황들이 있습니다.

찬걸 부 자네가 나한테 다 보여주진 않겠지?

주검사 제 역할이 그렇습니다, 지금.

찬걸 부 여전히 정민호 사건의 증인과 증거물의 일관된 증거가 없다면, 자네가
찬걸일 아무리 범인으로 지목해도, 모든 정황이 심증이라고밖에 난 말
할 수가 없네.

주검사 (답답한) 법관님,

찬걸 부 (말꼬리 자르며, 맘 아픈, 큰 소리) 지금 내가 하는 말은, 모두, 법관으
로서 하는 말이야, 박찬걸의 애비로서가 아니라, 법관으로서!

주검사 ?

찬걸 부 다시, 그놈을 놓치지 않으려면.. 증거물을 가져와. 이 정도로는, 찬걸일

법정에 세울 수 없어. 확실한, 증거물을 가져와.

주검사   (답답하게 보며) 자수시키십시오.

찬걸 부   (버럭) 증거물 가져오라고 했지!

씬15.   지나의 거실, 낮.

민식, 냉장고에서 물병을 꺼내는데,
지나, 방에서 나와 물잔을 주는,
민식, 잔을 받아서 물을 따라 마시고, 주방 의자에 앉는,

지 나   저, 이번 주에 떠날 거예요, 여기.

민 식   ?

지 나   어디로 가는지 묻지 마세요. (하고, 나가는)

민 식   (보는)

그때, 전화 오고, 민식, 전화를 받는,

민 식   네, 주검사님?

씬16.   작업실 안, 낮.

강칠, 미니어처 만드는데, 효숙, 그 옆에서 말하는,

효 숙   (미니어처 보며) 이쁘네, 이 뭔데?

강 칠   (웃고) 가서 장사해, 왜 아침부터 여기 와서 그래.

효 숙   (강칠이 만드는 거 보며) 이기는 나 같네?

강 칠   닮았어?

효 숙   내가 훨훨 더 이쁘다, (하고, 강칠 모[생선 파는 모습] 보며) 이건 엄마네.

강 칠   너 울 엄마한테 잘해라. 영자 잘 키우고,

효 숙   (속상한) 지랄, 걱정할 거나 안 할 거나 하고, 자빠졌네.

강 칠   (낄낄대고, 웃으며, 목각하는) 자식... 국수랑은 어떻게 진전이 좀 있냐?

효 숙   오빠야도 갸 사람 아닌 거 알제?

강 칠   (맘 안 좋은) 천사도 아닐걸. 진짜 무슨 일인지...

효 숙   전번에 내가 입 맞춰 주이까네, 날개 났든데, 이번에도 맞춰주까? ...엊
        그제 보이, 날개가 이상하게 났든데.. 뭐, 지 말론 나쁜 짓 해가, 그런다
        카든데.. 다시 힌 번 입을 맞차 줄끼... 싶기도 히고..

강 칠   (보면)

효 숙   (서글픈 웃음 지으며) 그람... 훨훨 날라가 버리겠제? 지 엄마한테로?
        낼로 버리고, 영자도 버리고?

강 칠   (안쓰레 보며) 그럼 키스해주지 마. 엄마는 이미 가신 분인데.. 난 국수,
        너랑 살아도 좋을 거 같은데,

효 숙   (보며, 맘 짠한) 오빠야.

강 칠   (따뜻하게 웃으며) 왜?

효 숙   아프나, 아퍼 보인다.

강 칠   (보는) ...

효 숙   엄마나, 국수나, 정이나 정샘한텐 가짜로 말하고, 내한텐 진짜로 말해
        도 된다.

강 칠   (맘 아픈, 애써 웃으며) 아프다.

효 숙   (눈물 나지만, 웃으며, 강칠 손 잡고) 아고, 독 나왔다. 아플 땐 자꾸 아
        프다 캐야, 입 밖으로 독이 톡톡 쏟아져 나온다, 잘했다, 아프지, 당연
        히. 근데, 오빠야, 그라도 니 엄마 생각해가, 악착같이 살아라.

강 칠   (애써 웃으며, 목각하는)

효 숙   (목각으로 만든, 지나 보며) 정샘이 젤로 이쁘네?

씬17.   통영 시장, 낮.

        강칠 모, 생선을 정리하는데,
        분희, 눈치 보다, 신문에 둘둘 만 걸 놔주고, 자리로 가는.

강칠 모   (신문 보고, 분희 보며) 뭐야?

분 희   (어색하게 웃으며) 강칠이 멕이소. 마가 억수로 잘생깄드라.

강칠 모   니가 언제부터 우리 강칠일 생각했노?

분 희   애가 아프,

강칠 모   (화나 보면)

분 희   그기.. 내 소문 들었다, 아주매. 근데.. 뭐 요즘은 워낙 의사들 기술이
       좋은까네.. 넘 걱정 마소 근데.. 한 가지, 걱정이 되는 거는..

강칠 모   ?

분 희   환자가 죽으나 사나 살 맘을 내야 카는데, 포기할 맘을 내는기 영, 내
       거슬린다.

강칠 모   (화나는) 뭔 소리고, 지금? 누가 누가 죽을 맘을 내나?

분 희   날로, 닭을 주대, 강칠이가. 내가 모린척하고 웃으며 받긴 받았지만...
       그렇게 지껄 남 주며, 뭔가 갸가 정리하는 맘을 내는가 싶어, 내 맘이
       영 짠하드라,

강칠 모   (생선을 분희의 얼굴에 던지며) 지랄!

분 희   (겁먹어, 입을 오무리는)

강칠 모   어데서 터진 입이라고, (마를 던지며) 함부로 놀려, 어데서! 내 자식이
       나 두고 와 죽을 맘을 내노! 와! 니 자식이나 그러지, 내 자식이 와! 어
       데서 주둥일 함부로 놀리고.. 있어, 어데서, 죽을라고! (하고, 맘 아픈,
       참고, 손님 오면) 뭐 주까?

씬18.   요양소 앞, 낮.

       주검사의 차 오고, 민식, 안형사, 경찰1 함께 내리는.

국 수   여기요!

네 사람   (국수 보면)

국 수   나 따라와요! (하고, 가는)

씬19.   요양소 병실 밖, 낮.

       경찰1, 안형사, 문 앞을 지키고 선,

씬20.   요양소 병실 안, 낮.

용학, 호흡기를 끼고, 누워있는, 의식이 있는,
국수, 민식, 주검사, 용학 부 앉아있는,

용학 부　용학아, 말해라... 니 그 증거물 있는 데.. 말해라, 용학아.

용 학　(눈만 뜨고 있는) ....

주검사　오용학 씨, 지난번 사고, 박찬걸인 거 인정하시는 건가요?

용 학　...

국 수　(버럭) 야, 너 뭐야? 아까는.. 니 아버지랑 더듬더듬이지만, 속닥속닥 말했잖어, 그런데, 지금은 왜 말 안 해, 왜 말 안 해!

주검사　(국수의 팔 잡는, 진정하라는 눈짓을 하고, 용학에게) 저희는 오용학 씰 도울려고 이러는 겁니다. 양강칠 씰, 도울려고 이러는 거예요. 오용학 씨도 양강칠 씰 돕고 싶어, 했잖습니까?

용 학　...

민 식　날 못 믿냐?

용 학　(그제야 민식을 보는)

민 식　내 동생 죽인 놈이.. 박찬걸이면 난 박찬걸을 잡아 널 거다. 반드시. 만약, 내 동생을 죽인 놈이 너라면, 난 널 잡아 널 거야. 반드시. 말해, 증거물 어딨어?

국 수　(용학 보며, 버럭) 증거물 어딨어!

용 학　(힘들게 말하는) 가..

모두, 용학을 보는,

용 학　(민식을 보며, 더듬거리며) 가, 강치..린... 즈, 증거물이 어딨는지.. 알아..요..

국 수　(놀란) 뭐?

용 학　강칠인.. 알고 있어요..

민식, 주검사　(서로 보며) ?

씬21.　학교 복도, 낮.

정이의 담임과 강칠, 서서 뭔가 얘길 하고,

강 칠   그럼 전 유학 서류 선생님만 믿고, 오늘은 정이랑 조퇴하겠습니다. (하
        고, 가고)
담 임   (서운한, 궁시렁) 요즘은 우리나라 대학도 좋은데, 뭐 한다고 미국 유학
        을 보낸다고 돈도 없는 사람이.. 개나 소나 미국 유학이네.. (하고, 교무
        실로 가는)

씬22.   교실 안, 낮.

정이, 민희, 유진과 밥을 먹는데, 강칠이 와서 옆에 앉는,

정 이   (놀라) 아빠?
강 칠   (민희와 유진 보며, 웃으며) 니들.. 딱 붙어있네, (민희에게) 너 정이 좋
        아하는 거 아니었어?
민 희   정이가 나 싫대요, 그래서 유진이로 갈아탔어요.

학생들, '와와' 하며 탄성을 지르는,

강 칠   (깔깔대고 웃고, 정이 보며) 까였네.
정 이   찼거든.
강 칠   야, 니들 웃기다, 까고, 차고, 마주 앉아 밥 먹고... 야, 난 이해가 안 간
        다. (하고, 정이 보며) 목욕 가자.
정 이   수업 안 끝났는데?
강 칠   땡땡이 까.
정 이   땡땡일 어떻게 까, 난 모범생인데?
강 칠   그냥 까. 가끔은 임마 삐딱하게 살아봐, 언제나 반듯반듯, 멀미 나게..
        나와. (하고, 가며, 유진 등 치며) 좋겠다, 넌? 여자 친구 있어서?
유 진   (창피한) 뭐가 좋아요?
강 칠   여자한테 잘해, 임마. 진짜 남잔 여자한테 잘하는 게 진짜 남자야. (하
        고, 정이에게) 나와. (하고, 가는)

정 이	아빠!

씬23.	작업실 밖, 낮.

지나, 차를 세우고, 안으로 들어가려다가, 병아리가 있는 뒤꼍으로 가면, 병아리가 없는, 지나, 착잡한, 작업실 안으로 들어가며, 핸드폰으로 전화하는,

지 나	어디예요?

씬24.	목욕탕 앞, 낮.

강칠, 정이 가다가, 전화받는,

강 칠	아들이랑 목욕합니다.

씬25.	작업실 안, 낮.

지 나	나, 여기 작업실이에요, 기다릴게요.

씬26.	목욕탕 앞, 낮.

강 칠	그냥 가요. (하고, 전화 끊고, 가는)

씬27.	작업실 안, 낮.

지 나	(전화 끊고, 참담한)

씬28.	목욕탕 안, 낮.

정이, 강칠을 밀며,

강 칠　왜 이래, 얘가.. 나와, 목욕 안 해?

정 이　아까 정선생님이지?

강 칠　(보면) 그래서?

정 이　왜 전활 그렇게 받어, 차갑게? 그리고 왜 기다리지 말래, 목욕은 나중
　　　에 해도 되는데, 가요, 그냥, 정선생님한테.

강 칠　내 일은 내가 알아 해. 들어와. (하고, 목욕탕으로 들어가는)

정 이　(답답한, 따라 들어가는)

씬29.　집으로 가는 길, 밤.

　　　강칠, 정이 가는데,
　　　강칠의 전화 계속 울리는,

정 이　정선생님이면 만나. 아빠.

강 칠　안 만나.

정 이　아빠답지 않어.

강 칠　(보면) 나다운 게 뭔데?

정 이　뭐든 최선을 다하는 거. 만나서 얘기하고 와. (하다가, 핸드폰 보면, 지
　　　나다, 강칠 보며) 나한테까지 왔어. 가.

강 칠　(답답한, 전화받으며) 내가 안 간다고 했지? 왜 자꾸 전화해요? 나 집이
　　　야, 당신도 집에 가.

씬30.　작업실 안, 밤.

지 나　동물병원으로 와요. 안 그러면 내가 집으로 갈 거야. (하고, 끊고, 나가는)

씬31.　집으로 가는 길, 밤.

강 칠　(전화 끊고, 답답한)

정 이　가, 아빠. 남자는 여자한테 잘하는 게 진짜 남자라며. 아줌마 속 태우지
　　　말고 가.

강 칠	할머니 일하고 오면 춥다, 방에 보일러 돌려놔. (하고, 가는)
정 이	(전화하는) 아줌마, 아빠 갔어요.

씬32.	요양원 일각, 밤.

	국수, 강칠과 전화하는,

국 수	뭔가 이상해, 지금 용학이가 깨어나 말하는데, 형이 증거물 있는 델 안
	대, 근데 형은 모르지, 증거물 있는 데?

씬33.	동물병원 가는 길, 밤.

	강칠, 걸어가다 멈추며, 전화받는,

강 칠	(담담한) 넌 대체 언제까지 오용학한테 속을 거야? 증거물은 없어. 괜한
	짓 말고, 거기서 나와. 안 그럼 너 나한테 진짜 죽어. (하고, 가는)

씬34.	동물병원 안, 밤.

	지나, 들어와 보면, 강칠, 한쪽 바닥에 앉아있는, 주변에 지나가 싸놓은
	박스 몇 개가 있는, 지나, 바닥에 주저앉아, 무릎 세우고, 손으로 제 머
	릴 짚는, 생각에 빠져, 가만있는,
	강칠, 그런 지나를 물끄러미 안쓰럽지만, 담담히 보는,

씬35.	요양원 일각, 밤.

	국수, 주검사와 서서 말하는,

주검사	양강칠 씨가 증거 있는 델 진짜, 모른대요?
국 수	(답답한) 모른대요.
주검사	양강칠 씨랑 오용학 씰 만나게 합시다.

안형사 양강칠이 싫댔다면서요,

국 수 패서라도 말 듣게 해야죠, 그것밖엔 방법이 없는데.. (하고, 가는)

주검사 (가는 국수 보며, 한쪽에 있는, 민식에게로 가며) 일단 안형사님은 여기
남고, 저흰 철수하죠.

안형사 아까 이국수가, 박찬걸이 양강칠 주변 인물들을 위협할 가능성이 있다
고 했죠? 그럼 지나한테 경찰을 붙여야 하지 않을까요?

민 식 괜히 티나게 하면 안 돼. 지나한텐 내가 있을게. (하고, 가는)

안형사 (민식 보고, 주검사 보며) 양강칠 주변에도 경찰을 붙여야 하지 않을까요?

주검사 아뇨. 한꺼번에 해야 돼요. 이번에 일 그르치면 다신 기회가 없어요,(민
식에게) 전 급한 일이 있어, 가보겠습니다. 수고하세요. (하고, 눈짓으
로 안형사를 나오라고 하고 나가면)

안형사 (민식 눈치 보며) 잠깐 전 일이 있어서. (하고, 가는)

씬36. 동물병원 안, 밤.

강칠, 지나 그대로 앉아있는,

강 칠 (주변의 짐을 보고, 지나 보며) 짐 다시 풀어요, 강원도 가지 말고 여기
있어, 그냥.

지 나 ... (안 보고, 생각하는 차분한, 눈가 붉은) 왜 이런 결정을.. 내렸어요?

강 칠 (보며, 맘 아픈, 그러나 단호한) 그만 뻔뻔하게 살라고,

지 나 (눈만 들어, 보는, 맘 아픈, 참고, 기운 없는 것은 아닌)

강 칠 (지나의 눈 보며, 담담하게) 그만 하자, 당신 아버지 말이 맞아, 김선생
말이 맞아, 이건 뻔뻔해도 너무 뻔뻔해, 내가 당신하고 있기엔 난 너무
가진 게 없어.

지 나 (가만 보며, 차분히) 첨부터 그쪽이 가진 게 있어서 좋진 않았어. 다른
이율 대.

강 칠 (눈가 붉어, 진지한) 시간이 없어, 난.

지 나 ..

강 칠 당신도 알지.. 내가 얼마 못 사는 거?

지 나 (맘 아픈, 눈을 보며, 왈칵하는, 참고) ...

강 칠	(맘 아픈, 눈가 붉은) 내가 아무리 뻔뻔해도 날 받아놓고, 널 선택할 순 없어. 내가 너랑 도망이라도 가자고 했을 땐, 나는, 기대가 있었어. 내가.. (눈물 나지만, 애써 참고) 아주아주 오래 살 거란 기대가... 근데,이젠 아냐. 기대도 희망도 없어.

지 나	(맘 이프게 보는)

강 칠	그리고 난 한 애의 아빠야, 엄마의 아들이고, 얼마 남지 않은 시간을.. 당신한테 다 쏟아부을 순 없어, 당신이 가져갈 내 시간은.. 끝났어. (맘 아프지만, 단호한) 분명히 말하지만, 남은 내 모든 시간을 당신한테 다 쏟을 만큼 당신은 대단하지 않아, 나한테.

지 나	(맘 아프게 보는, 눈물 흐르는, 보기만 하는) 아니, 넌.. 내가 걱정됐을 거야. 당신을.. 떠나보내고 결국엔 혼자 남을 내가, 걱정이 됐을 거야, 근데,

강 칠	(맘 아프게, 눈물 그렁해, 보는)

지 나	날 보내고, 남은 시간.. 당신은 어떻게 살래?

강 칠	(맘 아프게 보며, 차마 말 못 하다가) ... (어렵게 입을 떼는) 살아져. 살아..질 거야. 못 견딜 만큼 힘이 들, 난 이미 이 세상 사람이 아니겠지. 너무 걱정 마.

지 나	(눈물 흐르는, 맘 아프게 보면)

강 칠	당신이 어제오늘 내가 한 모든 말에 상처받길 바래. 그래서, 내가 정떨어지길 바라고, 잊혀지길 바래. 아버질 버리고, 날 선택한 건 죽는 순간에도 고마울 거야. 결국엔 내가 당신 곁을 떠날 수밖에 없는 줄 뻔히 알면서, 겁 없이 집을 내놓고, 겁 없이.. (맘 아픈) 나랑.. 사랑을 하고, 겁 없이 나한테 지금 이렇게 매달려주고... 고마워. 근데 됐어. 고만 해, 이제. (하고, 가는)

지 나	(이를 앙다물고) 난 당신 포기 안 해.

강 칠	(맘 아픈) 마지막 그말까지.. 참 고맙네. 근데, 난 같이 안 떠나. (하고, 가는데)

지 나	(왈칵하는, 소리치는) 떠날 준비해. 난 당신이랑 같이 떠나! 들었어, 내 말!

씬37.	지나의 마당, 밤.

강칠, 나와, 대문을 쾅 닫고 가는,

지 나　(E) 떠날 준비하란 내 말 들었지, 양강칠!

씬38.　지나의 동물병원 안, 밤.

지 나　(눈물 흐르는, 맘 아프게 소리치는) 들었지, 너 분명히!

씬39.　동네 일각, 밤.

강칠, 맘 아프게 가다, 멈춰 서면,
민식, 서있는,
강칠, 가만 보는,

민 식　(어렵게 보는) 전화했었다.
강 칠　아는 척 말죠, 우리. (하고, 가는)
민 식　오용학이가 깨어났어, 한 번만 만나줘라, 오용학.
강 칠　(그냥 가는)
민 식　(답답한, 보다 가는)

씬40.　강칠 모의 집 안, 밤.

강칠, 방에 들어와, 이불을 뒤집어쓰는,
그때, 정이, 강칠 모의 방에서 문 열어, 강칠을 걱정스레 보고, 문 닫는,

씬41.　강칠 모의 방 안, 밤.

강칠 모, 마늘을 까며, 정이를 보면,
정이, 와서 마늘 까는,

강칠 모　(턱으로 강칠 어떠냐고, 눈빛으로 묻는)

정 이   안 좋아. (하고, 마늘을 까는)

씬42.   지나의 거실 안, 밤.

        지나, 뗑이의 발톱을 깎아주다가, 무릎을 안고, 가만 생각하는,
        땡이, 지나를 핥는, 민식, 소파에 앉아서 지나를 가만 보는,
        지나, 미동도 않는, 민식, 가만 보다가, 나가는,

씬43.   통영 일각, 아침.

        강칠, 리어카를 밀고 가는데,
        그때, 영철이 부르는,

영 철   양강칠!

씬44.   다른 통영 일각, 아침.

        강칠, 영철 서있는,

영 철   (보며, 따뜻하고, 편안하게) 아버지가, 니가 오용학이란 사람, 만났으면
        하시던데, 그 사람을 안 만나는 이유가 뭐야? 그 사람이 니 누명을 벗
        길 증인이라던데.. 왜?
강 칠   (보며, 자조적으로 웃고) 죽어가는데 누명은 무슨.. 이제 와 누명 벗음
        뭐 해?
영 철   지나랑은.. 왜 헤어질려고 그래?
강 칠   (보며, 자조적으로 웃으며) 넌 머리가 돌이야? 임마, 내가 지나 씨랑 헤
        어짐 넌 춤춰야지? 왜 이래? 재수 없는 순둥이처럼?
영 철   (답답한, 보며) 니가.. 아픈 놈만 아님 한 대 까고 싶다.
강 칠   (서글프게 웃으며) 아직 너한테 맞을 만큼 내가 맛이 가진 않았다. (진
        지하게) 지나 씨한테 니가 있어, 다행이다. 진심이야. (하고, 영철의 어
        깰 쳐주고, 돌아서는데, 국수가 어느새 와 서있는, 국수 옆을 지나쳐 가

며) 물건 샀어, 가자.

국 수   (가는 강칠을 화나 보다, 영철에게) 지나 누나랑 정말 헤어진대요?

영 철   (답답하게 가는)

국 수   (영철 보다가, 가려다, 한쪽을 보면)

* 점프컷 〉〉

이석, 한쪽에 서서, 시계를 보고 기다리는 게 보이는,

국 수   (가려다가, 뭔가 이상한, 이석에게로 가서 말하는) 나 본 적 있죠?

이 석   ?

씬45.   강칠의 집 안, 낮.

강칠, 강칠 모, 정이, 밥 먹는,
그때, 국수, 문 열고 들어서는,

강칠 모   (밥을 먹으며) 넌 아침 먹지 어데 갔다, 이제 와?

국 수   (강칠을 빤히 보며, 상에 앉는)

정 이   (핸드폰 문자가 온, 보면, 이석이다, 전화를 꺼버리고, 밥을 먹는)

강칠 모   누구 전환데, 꺼?

정 이   (밥만 먹으며) 쓸데없는 전화.

국 수   니네 아빠 전화가 왜 쓸데없는 전화야?

강칠 모, 강칠   ? (밥 먹다가, 정이 보는)

정 이   (국수 보며, 속상한) 삼촌은 왜 그렇게 말해, 누, 누가 우리 아빠야?

국 수   누구긴 누구야, 이석이지. 집 밖에 나가봐, 이석이 비자 때문에 왔다며,
        너 찾어, 나가봐.

강칠 모   (놀라) 뭔 소리야, 이게, 이게..

정 이   (속상한) 진짜 내가 오지 말라니까.. (하고, 가방 들고 나가는)

강칠 모   정이야! 정이야! (하고, 나가는)

강 칠   (수저 놓고, 국수 보며) 너, 뭐야?

국 수   형 니가 이석한테 정이 데려가랬다며?

강 칠   너랑 싸울 기운 없어.

국 수   오용학도 안 만나고, 정이는 보내고, 지나 누나랑은 헤어지고,

강 칠   (맘 아프게 국수 보며, 말꼬리 자르며, 단호한) 넌 서울 가고.

국 수   (눈가 그렁해 보며) 나는 니가 이 정도밖엔 안 되는 줄 몰랐다, 양강칠.

강 칠   니가 그랬시, 나 죽어, 님 실리면 민 이친 게 흰 별이라고. 나 죽고, 다른
         사람 살려보고, 나도 지옥 같은 세상 떠나, 천국에 함 가보자, 국수야.

국 수   (맘 아픈, 단호한) 천국은 없어! 천사도 없고, 난 이제 그런 거 안 믿어.
         난 그냥 돌연변일 뿐이야. 만약, 진짜 만약 천국과 지옥이 있다면, 넌
         지옥 갈 거야. 왜냐, 이건 착한 짓이 아니라, 모두에 대한 배신이니까.
         (하고, 나가는)

강 칠   (밥 먹는)

강칠 모   (들어오며, 맘 아픈, 강칠 보며) 니.. 진짜 이석인지 뭔지한테 정이 덱고
         가랬나?

강 칠   그랬어요.

강칠 모   (속상한, 울부짖는) 왜, 그랬어, 왜?!

강 칠   (속상한, 강칠 모 보며, 맘 아프지만, 버럭) 몰라 물어? 정인 내 아들이
         아니니까!

강칠 모   (멍한) ?

강 칠   (눈가 그렁해, 보는, 맘 아픈, 그러나 단호한) 유전자 검사 결과가 내가
         친아빠가 아니래, 미안해, 노친네. (눈물 흐르는, 울지 않으려 해도, 격
         앙되고 눈물이 나는) 근데 엄마 팔자가 이래, 자식도 곁에 못 두고, 손
         주도 곁에 못 두고... 그냥, 엄마, 그냥, 엄마.. 그냥 엄마 팔자가 그러려
         니, 해라. (버럭) 어? (맘 아픈) 김미자, 그냥 우리.. 엄마도 나도 이번 생
         은 팔자가 이렇게 드럽구나 하자, 어, 엄마?!

강칠 모   (눈물이 뚝 흐르는, 눈물 닦는, 속상하고, 맘 아픈) .. (그러다, 불쑥, 맘
         에 없는 말) 아고, 잘됐다.

강 칠   ..

강칠 모   니 하나 돌보기도 버거운데, 뭔 손자.. 잘됐다, 아조... 엄마, 누룽지 퍼
         오께. (하고, 나가는)

강 칠   (맘 아픈, 눈물 닦고, 밥을 먹는데)

강칠 모의 엉엉 우는 울음소리 나는,

강 칠   (버럭) 고만 안 울어! 아우, 진짜! (하며, 수저를 내팽개치는, 속상한)

씬46.   강칠 모의 부엌, 아침.

강칠 모, 수건으로 얼굴을 가리고 부뚜막에 가앉아, 엉엉 우는,
국수, 들어와 옆에 앉아, 맘 아프게 안아주는,

씬47.   정이의 학교, 낮.

정이, 수업 시간인데, 멍한,

이 석   (E) 양강칠, 아니, 니 아빠랑은 얘기 끝냈다. 미국 가자, 정이야.

씬48.   정이 학교 운동장, 낮.

강칠, 정이 학교 벤치에 앉아, 정일 기다리는, 그때 민식의 문자 오는,
보면,

민 식   (E) 동피랑길 대로에 있는 커피숍에서 기다리고 있다, 언제든 와라.

강칠, 핸드폰 끊고, 학교 쪽 보면, 정이, 학교에서 나와, 걸어가는, 멍한,
강칠, 휘파람을 불며, 정이를 쫓아가는,
정이, 그냥 가는,
강칠, 뛰어가, 정이 앞에서 웃으며,

강 칠   헤이, 임정.
정 이   (보고, 그냥 가는)
강 칠   (옆에 가서, 어깨동무를 하며) 에이, 자식이.. 보고도 못 본 척.. 야, 우
         리 게임하러 갈래?

정 이   (팔을 풀고, 강칠을 보며, 맘 아픈, 담담한) 내가 그렇게 짐이 됐어, 아
         빠한테.
강 칠   (가만 보다, 괜히 발로 운동장을 톡톡 차며) 갑자기 기분이 확 상하네...
         나, 갈랜다. 맨날 다들 나 보고만 잘못했다 그러고... 다 내가 달래야 하
         고.. 다 내가 잘못했다고 해야 하고, 내 몸도 아파 죽겠는데.... (버럭)
         니 맘대로 해, 자식아. (하고, 가는)
정 이   (가는 강칠 보는, 눈물 나는, 속상한)

씬49.   카페 안, 밤.

         민식, 기다리다 물 마시면, 강칠, 앞에 와서 앉는, 두 사람 마주 보는,

씬50.   지나의 욕실 안, 밤.

         지나, 땡이 목욕을 시키는,
         영철, 걱정스레 지나를 보면,

지 나   (땡이 목욕만 시키며) 너무 걱정하지 마, 내가 이겨. 그 사람은 나한테
         늘 져. 우린 떠나.

씬51.   카페 안, 밤.

         강칠, 민식 마주 앉아있는,

민 식   오용학 만나.
강 칠   ..아뇨.
민 식   니가 오용학을 만나면, 박찬걸을 잡아 널 수 있어.
강 칠   그럴 순 없을걸요, 증거물은 없으니까. 오용학이 거짓말하는 거예요.난
         증거물 있는 데 몰라요. 민호 일은 잊으세요. 그만. (하고, 일어나 가려
         하면)
민 식   앉아.

강 칠   (마지못해, 앉는)

민 식   지나를 가지고 위협했지? 박찬걸이?

강 칠   (맘 아픈, 창가 보는)

민 식   지나는 내가 지켜, 놈이 지나한테 손끝도 못 대게 내가 지켜.

강 칠   (안 보고, 창가만 보며) 믿어요, 아마도 그러실 거예요. 정형사님은.

민 식   그러니까, 겁먹지 말고, 오용학이 만나.

강 칠   지나 씬, (맘 아픈, 참고) 정형사님도 있고, 김선생님도 있고... 그래서,
         걱정 안 합니다, 저. (민식 보며, 눈가 그렁해) 근데, 내 어머닌, 내 아들
         은.. 누가 지키죠?

민 식   (보는)

강 칠   오늘도.. 길을 걸으면서.. 내 뒤를 수십 번은 더 돌아봤습니다, 혹시나
         그놈이 있을까. 저, 지나 씨랑 살다 가고 싶습니다, 근데요, 엄마가 정
         이가 걸려서.. 집을.. 정이 학교 근처를.. 떠날 수가 없어요.

민 식   (맘 아프게 보는)

강 칠   (주변 보며) 그놈이 여깄나.. 그놈이.. 저깄나.. (작게 한숨 쉬고, 민식을
         보며) 지난번 총기 사건 오해는 죄송했습니다.

민 식   사과.. 안 해도 돼.

강 칠   저 다신 찾지 마세요, 제가 오용학을 만난단 건, 다시 지나 씰 만난단
         겁니다. 그렇게 되길 바라시진 않잖아요. 정형사님도. 가세요. (하고,
         가는)

민 식   (가만있는, 창가로 가는 강칠을 보는)

찬 걸   (E) 아버지가 사퐇 왜 내요!

씬52.   찬걸 부 사무실 안, 밤.

         찬걸, 서있고, 찬걸 부, 짐을 챙기는,

찬 걸   (눈가 그렁해, 속상한) 사퐇 왜 내시냐고요, 왜!

찬걸 부   힘들어서 냈어.

찬 걸   절 못 믿으시는 거죠, 주검사 말을 믿으시는 거죠, 그렇죠!

찬걸 부   (짐 챙기다, 찬걸을 보며) 난 널 한 번도 안 믿은 적이 없다.

찬 걸	그런데 왜 그러세요, 제가 무죈 걸 알면서, 왜 사표를..
찬걸 부	(말꼬리 자르며) 내가 널 믿는다고 하는 건, 니가 무죄라는 말이 아니라, 니가 그 어떤 짓을 해도, 그게 결국엔 날 위하는 거였을 거라는 거다.
찬 걸	(맘 아픈) ...
찬길 부	내가 언제니 할아버질 생각했던 거처럼, 너도 언제나 내 생각을 해서, 지금의 상탤 만들었을 거야,
찬 걸	(말꼬리 자르며, 맘 아픈, 나가며, 문을 쾅 닫는)
찬걸 부	(담담히 짐을 챙기는)

씬53. 법원 복도, 밤.

찬걸, 맘 아프게 울며 가는,

씬54. 동네 일각, 밤.

강칠 모, 리어카를 끌고 오는,

* 플래시백 》》

| 국 수 | 엄마, 형 이러면 안 돼. 정이도, 지나 누나도, 다 포기할라 그런다고. 그렇게 다 포기하다 보면 결국은 살아야겠다는 의지도 포기하고 말 거야. 엄마, 형 말려야 돼, 이러지 말라고 말려야 된다고, 어떻게든 살아야겠다는 의질 가지게 해야 한다고! |

* 현실 》》

강칠 모, 답답한, 리어카 몰고, 동물병원 건너다보고, 들어갈까 말까 하는, 그러다, 도저히 용기가 안 나, 다시 되돌아가는, 그때, 정이 오는데, 둘이 스쳐 가는, 정이, 초인종 누르는,

씬55. 지나의 집 안, 밤.

지나, 정이 들어오는,

정 이　(의자에 앉는)
지 나　들어와, 춥지? 차 줄까? 조금만 기다려. (하고, 차를 준비하는)
정 이　아빠가 나 보고 미국 가래요.
지 나　(돌아보는) ?

씬56.　룸살롱 뒷골목, 밤.

주검사, 다른 형사들과 뛰쳐나오며,

주검사　거기 서! (하고, 뛰어가는)

짱구와 다른 남자 두 명 앞서, 뛰어가, 차를 타려다가, 앞에서, 경찰들
이 오는 걸 보고, 놀라, 사방으로 흩어지는, 주검사, '서, 임마, 야, 서!'
하며 죽자사자, 짱구를 쫓는, 짱구, 뛰어가다, 뒤를 한 번 돌아보고, 옆
골목으로 돌아가려는데, 멈춰 서는, 놀란, 손 드는,

안형사　(총을 겨누고, 한 걸음 한 걸음 조심스레 다가가며) 너 너무 나댔어. 그
렇게 나대면 꼬리가 밟히지.
짱 구　(땀을 흘리며, 뒤를 돌면)
주검사　(총을 겨누고, 숨을 몰아쉬며) 박찬걸보다 너 먼저 들어가 있어야겠다?
짱 구　(난감한)

씬57.　취조실 안, 밤.

짱구, 앉아있는, 카메라, 창밖으로 가면, 주검사, 민식 짱구를 보고 서
있는,

씬58.　취조실 복도, 밤.

주검사   조금 전에 박찬걸 검사 구속영장 청구했습니다.
민 식   (보는) ?!

씬59.   지나의 방 안, 밤.

         지나, 소파에 쪼그려 앉아 강칠을 생각하는,

         * 인서트 〉〉

정 이   (눈가 그렁해) 아빠가 저더러 일요일날.. 떠나래요.. 아빠 좀 말려주세
         요, 아줌마.

         * 현실 〉〉
         지나, 답답한,

씬60.   효숙의 방 안, 밤.

         효숙, 영자를 안고 자고 있는,
         그때, 문소리 나고, 국수, 작게 부르는,

국 수   누나..
효 숙   (자는)
국 수   누나..
효 숙   ...
국 수   (천천히 와서, 침대맡에 앉는, 그러다 효숙을 보고, 잠시 생각하다가,
         입을 맞추려 하는)

씬61.   강칠 모의 방 안, 밤.

         정이, 강칠 모 자고,
         강칠, 아픈지 고통스런, 땀을 흘리며, 일어나, 물과 약을 먹고,

강칠 모가 뒤척이자, 빠르게 누워, 숨을 고르는,

씬62.　　효숙의 집 안, 아침.
　　　　국수, 러닝 입고 (그 사이로 날개 듬성듬성 난 게 보이는, 앞 씬처럼 변
　　　　화가 없는) 창가에서 문 열고 서서 멍한 (거실에 잠자리 있는),
　　　　효숙, 그런 국수를 보며, 말하는,

효 숙　　밤새 안 자고, 와 추운데 문을 열어놓고, 그래 있어, 닌?
국 수　　(하늘만 보며, 막막한) 나.. 서울 가얄 거 같애, 누나...
효 숙　　(조금 놀라는) ?
국 수　　(하늘만 보며, 막막한) 아버지가 뭐라실까, 출세해서 오랬는데 돈도 많
　　　　이 못 벌어 오고, 털 빠진 닭 같은 돌연변이가 돼서, 내가 나타남... 뭐
　　　　라실까? 많이 놀래 뒤로 넘어지시지나 않으셨으면 좋겠는데..

씬63.　　지나의 거실, 아침.

　　　　민식, 싱크대 밑을 뒤지는,
　　　　지나, 나오면,

민 식　　(보고) 깼냐? 쌀이 어딨냐? 내가 밤샘 일을 해서 배가 넘 고프네.
지 나　　앉아계세요, 제가 할게요.
민 식　　(어색한, 소파로 가 앉아, 신문을 펴 드는)

　　　　* 점프컷 〉〉
　　　　지나, 주방에서 밥을 차리고,
　　　　민식, 와서, 앉는,

민 식　　(찌개 먹고) 얼큰하니, 좋네, 두부찌개가. (하고, 지나 눈치 보고 밥을
　　　　뜨는데)
지 나　　(반찬을 민식에게 놔주는)
민 식　　(보면)

지 나   (밥 먹는)

민 식   니 삼촌 일.. 말이다.

지 나   (보면)

민 식   양강칠이.. 누명 쓴 거.. 조만간 그 누명을 벗길 수 있을 거 같다.

지 나   ?

민 식   양강칠이가.. 증인 한 사람을 만나주면 되는데.. 말을 안 들어, 니가 듣
         게 해라. 니 말은 들을 거 아니냐. (하고, 밥 먹는)

지 나   (보는)

씬64.   강칠 모의 마당, 낮.

         강칠 모, 쌀을 씻는,
         강칠, 방에서 나오며,

강 칠   (아픈, 참고) 엄마, 지금이 몇 신데 여깄어, 시장 안 가?

강칠 모   (쌀만 씻으며) 물건이 안 좋아, 그냥 하루 쉬게.

강 칠   (속상해, 짜증스런, 아픈) 장사꾼이 물건 안 좋다고 장사 쉬냐? 장사 가
         셔. 그리고 점심밥을 뭐 한다고 또 해, 그냥 있는 찬밥 먹음 되지!

강칠 모   (안 보고) 내가 찬밥 먹기 싫어 그래, 들어가, 추워.

강 칠   (맘 아픈) 나 죽으면, 장사도 안 하고, 집구석에 틀어박혀 손가락 빨고
         살 거야?!

강칠 모   (눈가 붉어 보며, 어이없는)

강 칠   (속상해, 격앙되는) 내가, 말을 안 하니까, 매일 약초는 무슨 약초를 그
         렇게 달이고, 집구석 온통 약 냄새 풍기면서, 비위 상하게. 구지뽕, 산
         삼, 장뇌삼, 온갖 이름도 모르겠는 약초를 디리디리.. 환자가 아프면 늦
         잠도 자고 그런 거지, 그게 무슨 큰일이야! 그게 무슨 큰일이라고 장살
         안 나가냐고?! 나 없을 때처럼 좀, 강하게, 강하게, 좀 못 해!

강칠 모   (속상한) 어이고, 시끄러, 진짜... (하고, 쌀 그릇 들고 부엌으로 가는)

강 칠   (가는 강칠 모 맘 아프게 보다, 뭔가 이상해, 문 쪽 보면)

지 나   (문밖에 서있는)

강 칠   (어이없는, 답답한, 아픈 것 참고) 뭐예요?

지 나   (담담한) 전화했어요, 근데 안 받아서.

강 칠   (가만 보다, 한숨 내쉬고) 가요, 그냥. (하고, 방으로 들어가는)

지 나   (서있는)

그때, 강칠 모, 부엌에서 나와 보는,

지 나   (인사하고) 강칠 씨랑.. 할 얘기가 있어요.

강칠 모   (가만 보는)

지 나   부탁드려요, 강칠 씨 좀 만나게 해주세요. 어머니.

강칠 모   ...

지 나   ...

강칠 모   .. (어색한, 어렵게 말하는) 방에 들어가 보든가, 그럼. (하고, 부엌으로
가는)

지 나   (방으로 들어가는)

씬65.   강칠 모의 부엌, 낮.

강칠 모, 들어와 부뚜막에 앉는,

강 칠   (E, 답답한, 가라앉은) 어쩌자고, 이래?

씬66.   강칠 모의 방 안, 낮.

강칠, 지나 서로 마주 보고, 각각 벽에 기대앉아있는,

강 칠   (답답하고, 맘 아프게 지나를 보는)

지 나   (강칠 보고, 눈가 붉지만, 담담한)

강 칠   (답답하고 맘 아프게 보는) 정지나 씨, 어쩌자고, 이러냐고?

지 나   (담담하고, 차분한) 당신을 만나면서 첨으로 실망감이 들어.

강 칠   (지나의 눈 피하지 않고, 보는, 맘 아픈, 짐짓 덤덤한) 잘된 일이네.

지 나   당신은.. 가진 게 없다고 했지만, 난 당신이 가진 게 많아서 좋았어요.

강 칠   (못 보는, 맘 아픈, 울지 않으려 이를 앙다물고, 있는) ...

지 나   그 어떤 순간에도 살려는 의지.... 포기하지 않는 배짱... 언제나 오직
        지금 이 순간인 거. 근데, 지금 당신은 정말 가진 게 없어 보여. 의지도,
        배짱도, 이 순간도 없어. 아직 오지도 않은 죽는 날을 기다리지. 지금
        내 앞의 당신은, 내가 사랑한 양강칠이 아냐.

강 칠   (아프지만, 참고, 애써 덤덤히, 목에 땀이 범벅인, 벽에 기대) 잘 봤네.

지 나   ..

강 칠   지금 난 정지나가 사랑한 양강칠이 아냐. 그냥 말기.. 암 환자일 뿐이
        야. 이제 약이 없으면 잠 한숨 편히 못 자고 통증에 시달리는...

지 나   (맘 아프게 보는, 눈물이 흐르는)

강 칠   사랑하는 너보다, 진통젤 원할 때가 더 많은... 살려는 의지보다, 이 고
        통이 끝나면, 정말 참 좋겠다 생각하는.. 나는.. 말기 암 환자일 뿐이야.

지 나   (맘 아픈, 그렇게 아픈가 싶은)

강 칠   (눈물 그렁해, 참고, 담담히) 이게 지금 내 상태야. 이런 말까진 안 하고
        싶었어. 당신도 상상하기도 싫었겠지.

지 나   (맘 아픈 것 참고, 눈물 닦고, 말꼬리 자르며, 짐짓 담담하게) 열 번도
        더 상상했어, 백 번도 더.. 예상했어.

강 칠   ..

지 나   당신을 첨 봤을 때부터 나는 당신 병을 알고 있었어. 당신이 통증이 없
        다고, 마냥 아이처럼 웃을 때도.. 나는 의사를 만나고, 당신의 약을 준
        비하고, 언젠간 이런 날이 오겠지, 불안해하면서 잠을 뒤척였어.

강 칠   ..

지 나   .. 우리 이러면 안 될까? 당신은 아프면 약을 먹고, 나는.. 그런 당신 지
        켜보고. 그게 당신이 내가 우리가 할 수 있는 전부래도, 그렇게 서로한
        테 최선을 다하면서... 난, 삼 일 후에 강원도로 가요.

강 칠   ...

지 나   난 당신한테 이제 전화도, 같이 가자고 매달리지도 않을 거예요.

강 칠   ... (아픈, 참으려 애쓰는)

지 나   아무리 생각해도 난 당신을 데려갈 방법을 모르겠어. (눈물 나는, 맘 아
        픈, 따뜻하게) 그러니까, 늘 그랬듯 당신이 움직여. 당신답게. 포기하고
        싶어져도, 이를 앙다물고, 한 번만 더 기운을 내서, 나한테 오길 바래.

(하고, 일어나, 나가는)

강 칠 (몸도 맘도 아픈, 모로 쓰러져 통증을 참으려 눈물을 흘리며, 후후 숨을
뱉는)

그런 강칠의 아픈 모습에서 엔딩.

제 19 부

그와 그녀의 심장 박동 소리 *Padam Padam…*

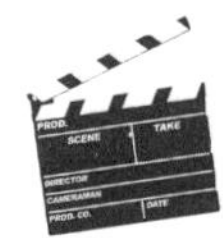

씬1.   강칠 모의 부엌, 낮.

강칠 모, 부뚜막에 앉아, 눈가 그렁한, 안에서 나오는 얘길 듣고 있는,

강 칠   (E) 지금 난 정지나가 사랑한 양강칠이 아냐.

씬2.   강칠 모의 방 안, 낮.

강칠, 지나 서로 마주 보고, 각각 벽에 기대앉아있는,

강 칠   사랑하는 너보다, 진통젤 원할 때가 더 많은... 살려는 의지보다, 이 고통이 끝나면, 정말 참 좋겠다 생각하는.. 나는.. 말기 암 환자일 뿐이야.
지 나   (맘 아픈, 그렇게 아픈가 싶은)
강 칠   (눈물 그렁해, 참고, 담담히) 이게 지금 내 상태야. 이런 말까진 안 하고 싶었어. 당신도 상상하기도 싫었겠지. (아픈 걸 참는)
지 나   열 번도 더 상상했어, 백 번도 더.. 상상했어.
강 칠   ..
지 나   당신을 첨 봤을 때부터 나는 당신 병을 알고 있었어. 당신이 통증이 없다고, 마냥 아이처럼 웃을 때도.. 나는 의사를 만나고, 당신의 약을 준비하고, 언젠간 이런 날이 오겠지, 불안해하면서 잠을 뒤척였어.
강 칠   ..
지 나   ..우리 이러면 안 될까? 당신은 아프면.. 약을 먹고, 나는.. 그런 당신을

지켜보고. 그게 당신이 내가 우리가 할 수 있는 전부래도, 그렇게 서로
한테 최선을 다하면서... 난, 삼 일 후에 강원도로 가요.

강 칠　...

지 나　난 당신한테 이제 전화도, 같이 가자고 매달리지도 않을 거예요.

강 칠　... (아픈, 침으려 애쓰는)

지 나　아무리 생각해도 난 당신을 데려갈 방법을 모르겠어. 그러니까, 당신이
움직여. 당신..답게. 포기하고 싶어져도, 이를 앙다물고, 한 번만 더 기
운을 내서, 나한테 오길 바래. (하고, 일어나, 나가는)

강 칠　(몸도 맘도 아픈, 모로 쓰러져 통증을 참으려 눈물을 흘리며, 후후 숨을
뱉는)

씬3.　강칠 모의 마당, 앞.

지나, 방에서 나와, 대문을 열고, 걸어가는데, 눈물이 쏟아지는,

씬4.　강칠 모의 부엌, 낮.

강칠 모, 눈가 붉어, 화난, 속상한, 한쪽에 차려놓은 밥상을 내동댕이치
고, 옆에 있는 물건들을 죄다 던져버리고, 나가는,

씬5.　강칠 모의 집 안, 낮.

강칠 모, 들어와, 강칠 앞에 쪼그려 앉아,

강칠 모　나가자.

강 칠　(안 보고, 힘든 걸 참고, 앉으며) 어딜?

강칠 모　(속상한, 울음 참고, 맘 아파 말하는) 죽을 날을 와 기다리노, 뭐 하러 죽
을 날을 기다리노! 그냥 지금 당장 처나가 니랑 나랑 손잡고 시퍼런 바
닷물에 기어들어가 디지면 되지, 뭐 죽고 싶은데 죽을 날을 기다리노!
(일으키려 하며) 일나, 그렇게 처죽고 싶음 지금 죽자, 니랑 내랑, 일나.

강 칠　(맘 아픈, 벽에 기대, 울음 나는) 엄마!

강칠 모   (강칠의 가슴팍을 때리며, 가슴팍 옷을 잡고 흔들며, 울부짖는) 에미라
          고 부르지도 마! 이 독한 새끼야! 니가 날로 에미로 알면 이러는 건 아
          니지, 이 독한 새끼! 정이 미국 보내고, 국수 서울 보내고, 니 좋다 하는
          여자 떠나보내고, 이제 뭘 더 정리할 끼고? 큰아들놈 비명횡사해 보내
          고, 16년 감방 살다 온 니 기다리다, 늙어 지친 니 에밀 정리할래! 그래,
          정리해라, 이놈! 싹 다 정리해, 니 에미도 정리해, 불쌍한 니 에미도 정
          리해! (하고, 울부짖는)
강 칠   (맘 아프게 안고, 이를 앙다물고, 맘 아파, 소리도 못 내고, 우는) 아아
          아아...
강칠 모   (울며) 니까짓 게 뭘 정리할 게 있노.. 그냥 놔둬도 드럽게 끝날 인생인
          데... 뭘 정리할 게 있노, 뭘!

씬6.   지나의 거실, 낮.

          지나, 땡이를 훈련시키고 있는, 밥그릇이 앞에 놓인,
          땡이, 밥이 먹고 싶은,
          영철, 소파에 앉아, 그런 지나를 보는,

지 나   땡이 기다려.
땡 이   ..
지 나   가만 기다려. 아직 안 돼. 기다려.
땡 이   ..
지 나   됐어. 먹어.
땡 이   (먹는)
지 나   (땡이를 만지며) 먹는 거 못 참는 게 젤 걱정됐는데, 이제 아주 제법이
          네. 나중에 안내견 돼도, 이건 잊으면 안 돼. 그래야 훌륭한 안내견이
          되지.
영 철   너 정말 혼자서라도 삼 일 후에 떠나?
지 나   내가 선견지명이 있었나 봐. 퍼피워커 할 때 땡이 보호자를 오빠랑 나
          랑 둘 다 쓴 거.. 땡이 강원도엔 못 데려갈 거 같애, 다음 달이면, 퍼피
          워킹 끝나는 거 알지? 잘 데리고 있다가, 보내줘.

영 철   (지나가 안쓰런, 보는) ...
지 나   (땡이 먹는 거 보며) 잘 먹네.

씬7.   검찰청 복도, 낮.

        주검사, 화가 나, 문을 쾅 닫고 나오는데, 찬걸이 오는, 주검사, 화가 나
        어깨로 찬걸을 탁 치고, 가는,
        찬걸, 작게 웃고, 취조실로 들어가는,

씬8.   취조실 안, 낮.

        짱구와 찬걸이 마주 앉은,
        찬걸, 담담하고, 짱구, 미안하게 웃으며,

짱 구   불구속이죠?
찬 걸   한 번만 더, 일 치면 그땐 바로 구속이야.
짱 구   (웃고, 나가는)

씬9.   주검사의 사무실 안, 낮.

        주검사, 들어와, 서류를 바닥에 내팽개치고, 두 손으로 얼굴을 비비며,
        한숨을 쉬는,
        민식, 안형사, 소파에 앉아, 그런 주검사를 걱정스레 보는,

안형사   (일어나며) 왜, 그러세요, 주검사님?
주검사   박찬걸 구속영장을 거절당했습니다.
민식, 안형사   ?
주검사   짱구랑 이런 일을 대비해 벌써 입을 맞췄드라구요. 며칠 전 우리가 탐
        문한 은행원은 직장 관두고 이미 오늘 해외로 떴고, 짱구는 박찬걸 손
        에 넘어갔어요. 얼마 전 박찬걸이 동료 검사들을 모아놓고 짱구란 놈
        이, 자신을 돕고 있다고, 그런 외부 조직원이 없으면, 마약 검거는 힘들

다고.. 선술 친 바람에, 나만.. 동료의 출세를 시기한 놈이 되고 말았어
요. 짱구는 풀려났고, 박찬걸 구속영장은 나오지 않을 겁니다.

안형사 룸싸롱 손님들 술에 약 타고, 마약범으로 몰아넣은 놈을 현장에서 검거
했는데, (버벅대며) 뭐뭐뭐 풀려나요? 그게 말이 돼요? 말이!

주검사 (민식을 보며) 양강칠이의 진술과 오용학의 증거물 외엔 더 이상 방법
은 없어요.

민 식 (생각 많은)

씬10. 바닷가, 해질녘.

국수, 생각 많게 걸어가는,
효숙, 그 뒤를 담담히 따라 걸어가는,

효 숙 국수야, 니 정말 서울 갈 끼가..

국 수 (안 보고, 가며) 여기 남아있을 이유가 없잖아.

효 숙 (짐짓 밝게) 와, 내는 이유가 안 되나..

국 수 (보며, 작게 웃고, 뒤걸음치며) 난 사람이 아니라고 몇 번을 말해, 누나.
인간이랑 사랑 같은 거 못 한다니까? 맘이 안 나. 누날 보면 설레는데,
그게 그냥 소주 석 잔 먹은 기분과 별로 다르지 않다고, 난. 사람이 아
니라서.

효 숙 (멈춰 서서, 보며, 맘 아프지만, 짐짓 밝게 웃으며) 어차피 가는 놈. 그
라면.. 입이라도 맞차줄까?

국 수 (보면)

효 숙 우리 거래하자. 니 날개 나도 어데 안 가고, 내 옆에 1년만 더 있어줌
내 니 날개 돋게 입 맞차 줄게. 강칠 오빠도 아프고, 정이 가고, 니까지
여 없음... 내는 내라도 엄마 진짜 속상할 거 같은데, 우때? 거래할래?

국 수 (가만 보고, 서글프게 웃고) 누나 입술은 필요 없어.

효 숙 ?!

국 수 어제 누나 잘 때 혹시나 싶어서, 입 맞췄는데, 날개가 안 돋드라.

효 숙 ...

국 수 지난번 그런 건 그냥, 우연이었나 봐. 그래도, 날

효 숙   ..

국 수   좋아해준 건 고마워.

효 숙   (버럭, 맘에 없는 말) 좋아하긴 뭘 내가 닐 좋아해! 웃기고 자빠졌네, 그
          냥 쫌.. 흔들린 기지.

국 수   그거나, 그거나지. 누나, 제발, 남자 보는 눈 좀 고쳐. 주머질하는 놈 하
          고 산 것도 모자라, 이제 인간도 아닌 돌연변이 사랑하고... 왜 그렇게
          사냐? 불쌍하게! 헛똑똑이 진짜. (하고, 답답하게 가는)

효 숙   (가는 국수 속상하게 보며) 안 좋아했단까네, 지랄하네, 저게! (하고, 따
          라가며, 작게 궁시렁) 에우, 드런 년의 팔자.. 하필 왜.. 저런 걸..

씬11.   약국, 밤.

          민식, 약사, 얘기하고 있는,

약 사   (수줍게 웃으며) 선 보고 나서, 한 세 번 만났나. 말수 적은 것도 뭐 나
          쁘지 않고, 매너도 좋고, 직장도 든든하고...

민 식   그럼 결혼하면 되겠네. 다 괜찮은데 뭐가 걱정이야?

약 사   (수줍게 웃으며) 근데 그게.. 맘이 선뜻 안 나요. 돌아가신 아버지 같은
          사람이 없어요. (농담처럼 웃으며) 정형사님이 10년만 젊으셨어도 좋았
          을 텐데...

민 식   (드링크제 따서 마시고, 농담하듯) 내가.. 10년만 젊었음 내 마누라한테
          잘했지, 손약산 아니지...

약 사   (웃고)

민 식   손약사는 아버지 살아생전에 사이가 좋았나?

약 사   (쓸쓸하게 웃으며) 아뇨. 그땐 아버지가 싫었어요. 말수 적은 것도, 성
          미가 욱욱하시는 것도... 근데, 이상하죠, 만나는 남자마다.. 아버지하
          고 뭐가 같은가 찾게 돼요.

민 식   (서글프게 웃으며) 내 딸년도.. 그러려나? 날 나중엔 좀 좋아해주려나.

약 사   언젠간, 아마도요.. 참 근데 사표는 수리되셨어요?

민 식   아니... 정년까지 있을라고 그냥.. 집도 도로, 놔뒀어. 갈게요, 손약사.
          드링크 값은 달아둬. (하고, 가는)

약 사   (보고, 웃고, 일하는)

씬12.   동물병원 안, 밤.

        지나, 민식 술을 마시는,
        지나, 민식에게 술을 따라주는, 민식, 술을 단숨에 마시고, 지나, 민식
        에게 다시 잔을 채워주고, 민식, 잔을 보는,
        지나, 자기 잔에 남은 술을 마시는,

민 식   (주변을 보고, 어렵게 말 꺼내는) 너한테.. 내가 무슨 말을 해야 하는지
        모르겠다.
지 나   (가만있는, 안 보는)
민 식   너도 나중에 부모가 되면, 부모 맘을 알겠지만, 아버진 지금 도저히 너
        한테 양강칠을.. 만나라곤 못 하겠다, 지나야.
지 나   (안 보고, 진심인) 이해..해요.
민 식   한 달을 살지, 두 달을 살지 모르는 놈한테 어떻게 널 보내.
지 나   내가 아빠래도 그렇게 말할 거야.
민 식   내가 오해한 놈의 전과자 누명은.. 그래, 참 억울할 노릇이지, 나도.. 그
        거는 정말 놈한테 미안해. 근데, 지나야, 아무리 그렇다고 해도, 너흰
        안 돼. 그냥.. 잊어, 어?
지 나   (안 보고, 생각하는) 잊어지면 좋겠어, 나도.
민 식   시간이 해결해줄 거야. 시간 앞에 장사 없어.
지 나   (보며, 맘 아프게 보며, 따뜻하게) 아빠는 시간이.. 해결해줬어요?
민 식   (보는데, 눈가 붉은) ...?!
지 나   엄마가 시간이 가니까, 잊혀져?
민 식   (술 마시고, 안 보고) 그거야, 난 니 엄마한테 못 했으니까.. 미련이 있지.
지 나   (안 보고) 나도 그래.
민 식   (보는)
지 나   (맘 아픈, 참고) 그 사람은 후회도 없을 만큼 미련도 없을 만큼 나한테
        잘했는데.. 그래서, 나한테 가라고 당당하게 말하는데, 난 그러질 못해
        서... 난, 아빠 딸이니까, 아빠 닮아서... 미련이 너무 남아요.

민 식   (맘 아파, 외면하는)

지 나   어떤 날은 솔직히 기대도 있었어. 시간이 가면 그 사람도, 다 지나가는
         숱한 사람들 중 하나일 거다.... 그러다, 아빠 생각이 났어. 아빠..처럼..
         나도 시간이 가도.. 미련이 남겠다. (보며) 난 그러고 싶지 않아. 아빠
         사는 게 너무 외롭고, 쓸쓸하고, 안쓰러워서 나는 그러고 싶지 않아요.
         그래서, 포기 못 해요, 난. (하고, 술을 마시는)

민 식   (지나를 보는, 술을 마시는)

씬13.   핸드폰 점, 밤.

         강칠 모, 핸드폰을 고르는,
         정이, 그 옆에서 생각 많은,

강칠 모   (핸드폰 고르며) 이기 낫나, 이기 낫나. 낸 통 뭘 봐도 모르겠네. 정이
         야, (정이 보며) 니 꺼니까, 니 함 봐봐라. 뭐가 낫겠노?

정 이   (안 보고) 사지 마.

강칠 모   와? 니 미국 감 헬미가 언제든 전화하면 받게, 비밀 전화 갖는 게 싫나?

정 이   나, 미국 안 가. (하고, 나가는)

강칠 모   (가는 정이 보다, 직원에게) 미국 가서 잘 터지는 전화로 하나 줘라.

강 칠   (E) 이 자식은 나한테 올 때도 짐이 없드니.

씬14.   강칠 모의 집 안, 밤.

         국수, 벽에 기대 천장만 보며, 앉아있는,
         강칠, 정이의 짐을 챙기며, 짐짓 밝게,

강 칠   갈 때도 뭐, 짐이라고 할 게 없네. 옷 좀 많이 사줄걸.

국 수   ..

강 칠   (짐을 챙기며) 국수야, 너 나중에 돈 많이 벌면 미국에 한번 가봐라. 가
         서, 우리 정이가 정말 의사 공부를 하는지, 아니면 농땡일 치는지 알아
         봐. 그래서, 농땡이 치면 반 죽게 패. 어?

국 수   (천장만 보는, 강칠 안 보는)

강 칠   (가방을 한쪽에 놓고) 젠장 진짜 뭐 더 싸줄래도 싸줄 게 없네. (국수 보
         며) 국수야, 간만에 우리 술 한잔할래? 형이 술 사올까? 어?

국 수   (보며, 맘 아픈, 담담히) 헤어지는 마당에 무슨 술?

강 칠   (보는) ?!

국 수   내일 정이 갈 때, 나도 갈게.

강 칠   (순간 가슴이 쿵 하는, 맘 아픈) 그, 그래라. 근데.. 생각이 많아 보인다,
         무슨 생각 해?

국 수   엄마한테 마지막 인사를 뭐라고 할까, 생각해.

강 칠   (맘 아픈, 시선 피하며) 근데.. 엄만 밤에 나가 왜 이렇게 안 오냐? (하
         고, 나가는)

국 수   (천장만 보며, 생각 많은, 쓸쓸해 보이는)

씬15.   강칠 모의 마당, 밤.

         강칠, 평상에 앉아 속상한, 막막한,

씬16.   커피숍 안, 밤.

         강칠 모, 정이 차를 마시고 있는,

강칠 모   (차 마시고, 주변 보며) 와 이런 데 와서, 사람들이 돈을 쓰나 했드니..
         돈 쓸만하네, 분위기가 죽이게 좋네.

정 이   (눈물이 뚝 흐르는)

강칠 모   (보며) 뚝 해라.

정 이   (소매로 눈물을 닦는)

강칠 모   몇 시 비행기노?

정 이   할머니 나, 정말 안 가면 안 돼요?

강칠 모   가야지, 와 안 가?

정 이   나 가면 할머닌? 아빠도 아픈데, 할머닌?

강칠 모   내는.. 장사하고 밥 먹고, 우에든 산다. 니가 의사 됐나 말았나 궁금해

하면서. 가을엔 올까, 봄엔 올까 하면서. 핼민, 그리 살면 돼, 괘않다.

정 이   할머니 난 이건 아닌 거 같아요?

강칠 모   핼민 이기 긴 거 같다.

정 이   (보면)

깅칠 모   니 이비지, 말이 천 번 만 번 맞다. 지식이 아무리, 이쁘다꼬.. 뻔히 환
         한 길 놔두고, 가지 마라 하는 기는 이치에 안 맞다.

정 이   (맘 아픈, 보며) 난 여기서도 의사 될 수 있어. 날 위해서라면 안 그래도
         돼. 대학도 내 힘으로 갈 수 있어, 난. 할머니.

강칠 모   (물끄러미 보며) 물론 닌 그랄 수 있다. 근데. 니 아버진... 지 아픈 거
         니한텐 안 보이고 싶은데, 우째.

정 이   (보는)

강칠 모   정릴 해얄 때가 왔다. 니 아버지가 좀이라도 힘이 남았을 때. 핼민, 니
         아버지 하잔 대로 해줄란다. 그게 좋은지 안 좋은진 몰라도, 핼민 니 아
         버지가 하잔 대로 할라 그래. 자식이라고 뭐 해준 것도 없는데, 그거라
         도 들어줘야지.

정 이   (두 손으로 얼굴 가리고 우는)

강칠 모   (눈물 참고) 니 아버지가 너 낼 가는 거 못 보겠다드라. 오늘 효숙이 아
         줌마네 있다가, 낼 시간 맞차 가.

정 이   ...

강칠 모   서운하다 생각 말고. 니가 좋아, 혹여라도 잡을까 봐, 그래. 맘만, 니 아
         버지 맘만 받아 가라.

정 이   (흐느껴 울고)

강칠 모   (주머니에서 돈다발을 꺼내, 정이의 가방에 넣어주며) 이건 핼미가 주
         는 용돈, 받아라.

정 이   (못 보고, 외면하는)

강칠 모   반드시 의사 돼가 니 아버지같이 아픈 사람 많이 고치라. 그게 효도라.
         (하고, 차를 마시며, 주변 보고) 니 친아버지가.. 신사라.. 참 다행이다
         싶다. (눈물 참고, 하늘을 보며) 눈이나 펑펑 좀 오지. 겨울 가뭄이 들어,
         속이 타누만. (하고, 정이 보며) 핼미도 그만 일어날란다. 낼 잘 가고. 도
         착하면 전화해라. (하고, 일어나 가는데, 눈물이 나는, 참고 가는)

정 이   (울고)

씬17. 카페 밖, 밤.

창가로 보면, 효숙이가 정이를 데려가기 위해, 기다리고, 정이, 힘들게
일어나, 같이 카페를 빠져나와 둘이 가는 게 보이는, 카메라, 한쪽으로
가면,
강칠 모, 멀리서 가는 정이를 보고, 맘 아프게 돌아서다, 힘이 든지, 주
저앉아, 울지 않으려 후후 한숨을 몰아쉬고, 다시 일어나 가려다가, 그
러지 못하고 엉엉 우는,

씬18. 효숙의 집 안, 아침.

정이, 핸드폰에 문자를 넣는,

* 인서트 〉〉
아빠.. 몸조심해, 내가 미국 가서 전화할게요.

그때, 효숙, 방에서 나와, 정이 보며,

효 숙   정이야, 이 씻어야 돼?
정 이   네. 문자 몇 개만 더 하고..
효 숙   그래, 그람 내 먼저 씻는다. (하고, 가고)
정 이   (문자 넣는)

씬19. 강칠 모의 방 안, 낮.

강칠 모, 강칠, 국수, 밥 먹는,
강칠의 전화가 삐삐 울리는,

강칠 모   (강칠에게) 니 핸드폰에 뭐 왔다? 아까부터, 울리는데 와 안 받노?
강 칠   (밥만 먹으며) 정이야.
국수, 강칠 모   (강칠을 보면)

강 칠   내가 잘 가라고, 문자 넣더니, 잘 있어라, 몸조심해라, 구구절절 문자가
         자꾸 와. 귀찮게.
강칠 모   (속상한) 귀찮을 것도 되게 없네. 뭐 이제 정이가 미국 가면, 천 날 만
         날 그런 걸 보낼 줄 아는갑네. 가는 길에 얼굴도 안 보면서, 구구절절
         문자 오면 구구절절 답해주면 되지, 뭐가 귀찮아, 그게... 성질도, 진짜
         로. (하고, 밥 먹는)
강 칠   (말꼬리 자르고, 일어나 나가며) 잘 먹었어요.
강칠 모   (강칠의 밥그릇 보고) 밥을 벌써 다 처먹고.. 아주 씹지도 않고, 입에 쑤
         셔 넣네.. (하고, 속상해 밥 먹는)
국 수   (밥 먹는)

씬20.   동네 일각, 낮.

         강칠, 생각 많게 걸어가는데,

영 철   강칠아!
강 칠   (소리 난 쪽 보면)
영 철   (큰 상자를 두 개 짊어지고) 차가 고장 나서.. 이걸 병원에 옮겨야 하는
         데.. 좀 도와주라.

씬21.   수로 근처, 낮.

         지나의 차 와서 서고,
         지나와 땡이 내리고, 지나, 수로로 가는,
         그리고는, 자루에서 먹이를 꺼내, 강칠이 만든 먹이통에 먹이를 주다
         가, 전화 오면, 핸드폰 열어보는, 정이다, 받는,

지 나   (짐짓 밝게) 안녕, 임정 씨?

씬22.   수로 근처 도로, 낮.

효숙, 주변을 구경하고 있고, 카메라, 한쪽으로 가면,
세워둔 효숙의 차 안에, 정이와 지나가 뒷좌석에 앉아있는,

씬23.   효숙의 차 안, 낮.

정이, 핸드폰을 만지작거리는, 지나, 그런 정이를 따뜻하고 안쓰럽게
보는,

정 이   (눈가 붉어, 맘 아픈, 참고, 짐짓 담담히, 지나 안 보고) 아빠한테.. 새벽
         에 일어나 문자를 열 개도 더 넜어요.
지 나   그랬구나..
정 이   (맘 아픈, 창가 쪽 보며) 마지막으로 부탁하는데, 한 번만 다시 생각해
         주면 안 되냐.. 미국 안 가고 싶다.. 아빠가 그리울 거다... 몸조심해라,
         컴퓨터 배워라, 그래야 내가 멜을 보낸다.. 별별 말을 다 했어요. 근데,
지 나   ..
정 이   아빠한테 달랑 문자가 하나밖에 안 왔어요.. 미국 아빠 엄마 속 썩이지
         말고, 잘 살아라. 나한테 전화하지 마라.
지 나   (맘 아픈) ..
정 이   (지나 보며, 맘 아픈) 아줌마, 난 이기적인 놈이에요.
지 나   ..
정 이   (못 보고) 아빠한테.. 날 잡아달라고, 할머니한테 날 여기 있게 해달라
         고.. 말한 건 어쩌면 다 거짓말이에요. 진짜 내가 가기 싫으면 난 안 갈
         수 있어요. 미국에. 근데.. (울먹이며, 참으려 해도 눈물이 나는) 난 이
         렇게 가요. 내가 왜 가는지 나도 모르겠어요. 진짜 아버지가... 거기 있
         어선지, 내가 원하는 공부를 맘껏 할 수 있어선지, 그냥 나란 놈은 이렇
         게 약삭빠르게 생겨 처먹은 놈인 건지... 아빠를 정말 찾고 싶었나 봐
         요, (이를 앙다물고 울며) 아빠가 정말 잘해줬는데, 할머니도, 국수 삼
         촌도 너무 잘해줬는데.. 왜, 못 가겠다고 끝까지 버티질 못하는지 나도
         내 맘을.. 잘 모르겠어요.
지 나   (손을 잡아주는, 맘 아픈, 눈물 그렁한) 그냥.. 정이야, 너한텐 아빠가 둘
         일 뿐이야. 여기도, 미국에도 아빠가 있을 뿐이야. 아빤 니가 선택할 수

없어. 니가 미국 아빨 선택했다고 생각하지 마. 넌 여기서 양강칠 씨, 너의 아빠한테 좋은 아들이었고, 이제 미국에 있는 아빠에게도 좋은 아들이 되러 갈 뿐이야. 그리고, 여긴 또 올 수 있잖아. 이게 끝이 아냐.

정 이   (두 손으로 얼굴 가리고, 엉엉 우는)

지 나   (대견하게 보며) 니 아빠가 참 아들 하난 진짜 잘 뒀다.

* 점프컷. 시간 경과 〉〉

정 이   (울음을 멈춘) 아빠가 전화도 하지 말래요.

지 나   니가 하고 싶으면 해.

정 이   (안 보고) 아빠 부탁해요.

지 나   (맘 아픈, 눈가 그렁해 따뜻하게 웃고) 내가 너한테 할 말이 많은데 안 할게, 우린 또 볼 거니까, 그치?

정 이   (고개 끄덕이며) 네. 이제 가세요..

지 나   (맘 아픈, 정이 손을 한 번 꽉 잡아주고, 나가는)

씬24.   수로 근처, 낮.

지나, 효숙의 차에서 나와, 자기 차를 타고 가는,
효숙, 가는 지나를 막막하게 보고,
정이, 가는 지나를 보다가, 맘 아픈,

씬25.   동물병원, 낮.

강칠, 앉아있고, 영철, 차를 타는,

영 철   (차 타며, 편하게, 웃으며) 몇 날 며칠 고민했지, 서울을 갈까, 말까, 그러다 그냥 난 여기 동물병원에 있는 게 낫겠다 싶드라고. (강칠 앞에 앉으며, 차 한 잔 강칠 주고, 자기도 마시며) 지나가 짐 싸는 거 보니까, 뭐랄까, 통영의 동물들은 이제 다 어쩌지 싶으면서, 갑자기 사명감이 일었다고나 할까. 그래서.

강 칠   (안 보고) 안 물었다. (하고, 차 마시는)

영 철   지나랑 떠나.

강 칠   (보는) ?

영 철   니가 지나가 걱정돼서 이러는 거 알아. 더 상처받는 게 두렵겠지.

강 칠   (외면하며, 담담히) 알면 입 닫어라.

영 철   니가 지날 보내줄려면 지금이 아니라, 좀 더 일찍 보내줬어야 했어.

강 칠   (보는) ?

영 철   이건 니가 지금까지 해온 양아치 짓과 하나도 다를 게 없어.

강 칠   맞아, 난 양아치야. (일어나 가는)

영 철   아니, 넌 내 친구야.

강 칠   (멈춰 서면)

영 철   그래서 난 내 친구가.. 현명하길 바래. 행복하길 바라고.

강 칠   (맘 아픈, 그냥 가는)

영 철   (가는 강칠을 보다, 일어나, 상자를 푸는)

씬26.   강칠 모의 집 안, 낮.

　　　　국수, 옷장에서 옷을 꺼내 마구잡이로 대충 가방을 챙기는데,
　　　　강칠 모, 그런 국수를 멍하니, 보다,

강칠 모   (국수의 팔을 잡아, 밀치며) 나와봐.

국 수   (보면) ?

강칠 모   (가방에서 옷가지를 꺼내며) 무슨 누무 짐을 이따위로 싸.

국 수   (보는, 안쓰런)

강칠 모   (옷을 꺼내, 다시 개며) 빨랫거리도 아니고, 다 해논 빨래를.. 이렇게 구
　　　　　 겨 넣음 우째.

국 수   (안쓰럽지만, 짐짓 밝게) 엄마, 밥 잘 먹고 있어야 돼?

강칠 모   (안 보고, 가방만 챙기며) 자식이 뭔 에미 걱정을 하노, 너나 잘 먹어.

국 수   (맘 짠한) 내가 엄마 자식이야?

강칠 모   자식이지, 그럼 남이야. 남 같음 너한테 그리 욕도 안 해.

국 수   (눈가 붉은) 나도.. 엄마, 가짜 엄마 아니고, 진짜 엄마야.

강칠 모   (눈가 붉어, 맘 아픈 것 참고) 알어. (하고, 짐을 챙기다, 속상해, 그냥
          마구 가방에 넣는) 이리 잘 개면 뭐하나 싶다, 서울 가면 도로 열 거. 서
          울 가 니 장농에 널 때 니가 다시 개라. (하고, 나가는)
국 수   (맘 아픈, 참고, 담담히 가방에 짐을 챙기는)

씬27.   동네 동산, 낮.

         강칠, 앉아있는,
         국수, 그 옆에 앉는, 옆에 정이와 자신의 가방이 있는,

국 수   (가만 생각하다, 강칠 보고) 오늘.. 드디어 이제 형 너는 감방으로 돌아
          가는 건가?
강 칠   (안 보고) 어.
국 수   니 결정, 우릴 위해서였다고 하지 마라, 우린 아무도 원하지 않았어. 그
          래도, 난 형, 니 말 듣고 간다.
강 칠   (맘 아픈)
국 수   감방에서 형 너 첨 만나 지금까지 4년 동안 그랬던 것처럼. 언제나 니
          가 밥 먹으라면 밥 먹고, 자라면 자고, 오라면 오고.. 가라면 간 것처럼
          이번에도 난 정말 가기 싫지만, 형 니 말 듣고 가.
강 칠   (눈가 붉어, 맘 아픈, 안 보고) 고맙게.. 생각한다.
국 수   (서글픈) 우리한테 기적은 없었어, 그지?
강 칠   (맘 아픈, 눈가 붉은, 고개 끄덕이며) 그래, 기적은 없어.
국 수   우리한테 기적이 없다면, 난 형 너랑 같이 기적을 만들고 싶었어.. (눈
          가 붉어지는, 울지 않으려 참고, 담담한)
강 칠   ...
국 수   인간답게라곤 단 한 번도 살아본 적 없는, 철부지 쌩양아치 둘이 운명
          적으로 감방에서 만나, 세상과 한 판 뜨겁게 맞짱 떠서, 한 번쯤 미치게
          꿈꾸던 멋진 인생을 살고 싶었어.
강 칠   ..
국 수   그래서 그렇게 천사가 되길 바랬으면서도 내가 하늘을 날 수 없을 때도
          울지 않았어. 하늘 까짓 거 안 날면 어때, (하늘 보며) 천국 까짓 거 그

래 못 가면 어때, 여기 내가 사랑하는 형 (강칠 보며) 니가 있고, 생선
장사 엄마가 있고, 따뜻한 우리 아빠가 있는데... 됐다, 필요없다, 그렇
게 생각했어. 형, 니가 불행하면, 천국도 의미가 없었어, 난.

강 칠　(눈물 그렁한, 눈물 참고, 맘 아픈) ... 알아.

국 수　넌 몰라, 날 수호천사가 아닌 돌연변이로 만든 건 너야. 너는 날 믿었어
야 됐어, 내가 만드는 기적을 도왔어야 했어. 그래서 살아있는 동안은
행복했어야 했어. 이렇게 니 멋대로 지옥 같은 감방으로 돌아가지 말았
어야 했어. 기적은 니가 망친 거야.

강 칠　...

국 수　용학이한테 가.

강 칠　(맘 아픈, 안 보고, 화가 나는, 참고) 가서, 다시 실망하고 싶지 않아. 됐
어, 이젠 지쳐, 그런 일. 놈한테 가도 증거물은 없어. 놈이 다시 우릴 속
이는 거야, 세상이 늘 우릴 속였듯. 그리고 난 어차피 살아도 몇 달이야.

국 수　어쩌면 형 니가 그렇게 말했던 오직 지금 이 순간이,

강 칠　..

국 수　기적을 만드는 열쇠지도 몰라, 양강칠. 나중 일은 나중에. 내가 가도,
지금 이 순간 니가 가장 원하는 걸 해. 널 보낼 준비는 우리가 해. 니가
해줄 필요가 없어. 주제넘게. (하고, 가는)

씬28.　도로, 낮.

효숙의 차 서있고, 그 안에 정이 있는, 국수, 정이와 제 가방을 트렁크
에 넣고, 정이 옆 좌석에 타는,

씬29.　효숙의 차 안, 낮.

국 수　(정이 보며, 웃으며) 눈탱이가 밤탱이네, 자식. (하고, 정이의 머릴 헤드
락 하듯 안고, 맘 아픈)

그때, 문 열리고, 효숙, 닭 봉지를 국수 무릎에 던지고, 운전석에 타는,

국 수   뭐야?

효 숙   엄마가 잠깐 보자 캐서, 갔드니, 닭을 사 주드라. 니들 좋아한다꼬, 공
        항에서 비행기 기달리면서 먹으란다. 얼굴 한 번 더 보고 가라 캐도, 굳
        이 굳이 그냥 갔다. 암튼, 노친네.. 하곤. 이자 출발한다. (하고, 가는)

국 수   (봉지 열어, 닭다릴 두 개 꺼내, 정이 주고, 먹으며) 먹자, 할머니 성월
        봐서.

정 이   (맘 아픈, 먹는)

씬30.   통영 시장, 낮.

        강칠, 생선 상자에 얼음을 쟁여 넣는, 그때, 문자 오고, 보면,

찬 걸   (E) 니 아들 통장에 돈 넜다. 이제 나한테 와야지.

강 칠   (핸드폰을 닫고, 얼음을 넣는)

씬31.   찬걸의 사무실 안, 낮.

        찬걸, 핸드폰을 만지며, 생각 많은,

씬32.   통영 시장, 낮.

        강칠, 얼음을 넣는데,
        그때, 강칠 모 오며, 소리치는,

강칠 모   뭐 하노, 닌?

분 희   (그 소리에 손님에게 생선 팔다 보면)

강 칠   (일만 하며) 얼음 너.

강칠 모   (강칠 손의 얼음 봉질 뺏으며) 날 추워 죽겠는데, 얼음은 와! 돈 아까운
        지 모르고,

강 칠   (봉지를 뺏으려 하며) 줘봐, 좀!

강칠 모   놔두라니까!

강 칠   (답답한) 엄마 생선이 분희 아줌마보다 왜 안 팔리는 줄 알어? 얼음을 덜 너 덜 싱싱하니까!

분 희   맞다, 그건!

강칠 모   맞긴 뭘 맞노! 굵은 생선에 괜히 얼음만 넣어가, 사람들 속이는 거 내 모릴 줄 아나. 어데서, 장사꾼을 속일라꼬.

강 칠   (생선을 정리하는)

강칠 모   (강칠 손 잡고) 비린내 나, 그만 해라! (밀치며) 뭐 한다꼬 추운데 나돌아 댕겨. 언제 에미가 니 보고 생선 만져달라 쿠드노! (하고, 생선 만지는)

강 칠   (속상해 보는)

분 희   아이고, 아들내민 엄마 생각한다꼬 그러누만, 뭐 그걸 갖고 성을 내고..

강칠 모   (생선 만지며) 니 에미 생각을 그리 하면, 지 좋다는 여자나 찾으러 가든가, 그림!

강칠, 맘 아픈, 답답하게 있다가, 한쪽에 세워진 트럭으로 가는,

강칠 모   (보며) 어데 가!

강 칠   (맘 아픈, 그냥 가는)

강칠 모   (속상하고, 답답한) 어깬 왜 그리 처져가 있노! 니 뜻대로, 정이도 국수도 다 갔는데, 와 어깨가 축 처져 다녀, 다니길!

강 칠   (안 보고, 속상한, 차에 타는)

강칠 모   (앉아서, 강칠 쪽에 대고 소리치는) 그라게, 왜 맘에도 없는 짓을 해, 왜! 어떻게 그렇게 한 번도 에미 말을 안 들어 처묵어, 어떻게, 한 번도!

씬33.   달리는 트럭 안 + 통영 시장, 낮.

강칠, 속상한, 눈가 그렁해, 차를 모는,
그 얼굴 위로, 강칠 모 말소리 들리는,

강 칠   사람 말귀 못 알아 처먹는 개도, 이리 목이 쉬게 말함 다는 몰라도 반은 알아듣는 척이라도 하겠다!

씬34.　　통영 시장, 낮.

　　가는 강칠의 차를 보며,

강칠 모　이렇게 그렇게 지지리 말도 안 듣고, 에미 속을 썩여, 썩이긴!

씬35.　　강칠의 트럭 안, 낮.

　　강칠, 맘 아프게 백미러를 보면,

강칠 모　정샘한테 안 갈 거면, 집에 가, 밥 먹어! 에미 말 듣나, 니! 이 말도 지지
　　리도 처 안 듣는 누무 새끼야!
강　칠　　(울음 참고, 기어를 움직이는)

씬36.　　몽타주.

　　1, 2부에 강칠 생선을 밟던,
　　2, 3부에 강칠, 강칠 모 노래를 부르던,
　　3, 11부에, 강칠, 먹이 주러 들판에 갔을 때 강칠 모,
　　4, 17부에 우는 강칠을 안아주던,

씬37.　　해안도로, 해질녘.

　　강칠, 울며 가는데,

씬38.　　몽타주.

　　1, 19부 초반.

강칠 모　(강칠 밀치고, 독하게 울부짖는) 이제 뭘 더 정리할래? 큰아들놈 비명횡
　　사해 보내고, 16년 감방 살다 온 너 기다리다, 늙어 지친 니 에밀 정리

할래! 그래, 정리해라, 이놈! 싹 다 정리해, 니 에미도 정리해, 불쌍한
니 에미도 정리해! (하고, 울부짖는)

2, 7부, 회상에서 강칠 부에게 맞던 강칠 모,
3, 초라하게 쪼그리고 자던 강칠 모.

씬39.   해안도로, 해질녁.

강칠, 울며 차를 몰고 가는데, 지나, 야생동물 팻말을 박다가, 차가 급
하게 가는 걸 보고, 고개 들면, 강칠의 차다, 지나, 그 차를 맘 아프게
보는,

씬40.   차 안, 해질녁.

강칠, 백미러로 자기를 보는 지나를 보는, 울며, 가는,

국 수   (E) 우리한테 기적이 없다면, 난 형 너랑 같이 기적을 만들고 싶었어..

씬41.   몽타주.

1, 19부 앞 씬.

국 수   (눈가 그렁해, 왈칵하지만, 참고, 차분히) 인간답게라곤 단 한 번도 살
아본 적 없는, 철부지 쌍양아치 둘이 운명적으로 감방에서 만나, 세상
과 한 판 뜨겁게 맞짱 떠서, 한 번쯤 미치게 꿈꾸던 멋진 인생을 살고
싶었어.

2, 3부, 지나와 고라니 보고, 깔깔대고 웃던,
3, 17부, 강원도에서 지나와 잠자리하던,

씬42.   달리는 강칠의 차 안, 해질녁.

강칠, 이를 앙다물고 고통스레 가는데.

* 플래시백 〉〉

지 나   넌 내가 걱정됐을 거야. 당신을.. 떠나보내고 결국엔 혼자 남을 내가,
       걱정이 됐을 거야, 근데,
강 칠   (맘 아프게, 눈물 그렁해, 보며)
지 나   날 보내고, 남은 시간 당신은 어떻게 살래?

강칠, 맘이 흔들리는, 고통스런, 지나가 점처럼 작게 보이는,

* 플래시백 〉〉

영 철   니가 지날 보내줄려면 지금이 아니라, 좀 더 일찍 보내줬어야 했어.
강 칠   (보는) ?
영 철   이건 니가 지금까지 해온 양아치 짓과 하나도 다를 게 없어.

* 플래시백 〉〉

국 수   어쩌면 형 니가 그렇게 말했던 오직 지금 이 순간이 기적을 만드는 열
       쇠일지도 몰라, 양강칠. 나중 일은 나중에. 내가 가도, 지금 이 순간 니가
       가장 원하는 걸 해.

* 교차씬 〉〉
강칠의 우는 모습과, 감방의 막막한 장면들과, 정이, 국수, 지나, 강칠
모의 웃는 모습이 빠르게 교차되는,

* 플래시백 〉〉

지 나   아무리 생각해도 난 당신을 데려갈 방법을 모르겠어. 그러니까, 당신이
       움직여. 당신..답게. 포기하고 싶어져도, 이를 앙다물고, 한 번만 더 기

운을 내서, 나한테 오길 바래.

강칠, 작심을 하고, 이를 앙다물고, 차를 급하게 유턴해서 돌려, 지나에
게로 가는,

씬43.   도로, 해질녘.

강칠의 차, 지나가 일하는 곳에 멈춰 서는,
지나, 가슴 뛰게 강칠을 보면,
강칠, 차 창문 내리고, 지나를 보며, 가슴 뛰는, 말하는,

강 칠   (눈물 그렁해) 정지나 씨,
지 나   ?!
강 칠   당신 정말 나랑 정말 강원도 가, 살래?!
지 나   (보다, 눈가 그렁해, 고개 끄덕이면)
강 칠   (벅찬, 숨을 깊게 들이키고, 뱉고) 그래 그러자. 집에 가 있어요, 전화할
게. (하고, 차를 움직여, 급하게 달리는)
지 나   (가는 강칠을 보는)

씬44.   달리는 차 안, 밤.

강칠, 가며, 스피커폰으로 전화하는, 신호음 가다, 연결되는,

주검사   (E) 여보세요?
강 칠   저 양강칠입니다. 지금 용학이한테 갑니다.

씬45.   주검사 사무실 안, 밤.

주검사   그럼.. 자네 주변 사람들한테 사람을 붙이지.

씬46.   달리는 차 안, 밤.

강 칠	부탁합니다. (하고, 기어를 변속해, 가는)

씬47.	상천 경찰서 일각, 밤.

	민식, 안형사 있는,

민 식	(전화하는) 네, 네, 알겠습니다. 그렇게 하겠습니다. (하고, 전화 끊고,
	안형사에게) 동피랑에 양강칠 생모 집에 경찰 붙여.
안형사	(좋아, 박수를 크게 치고) 아싸 가오리, 네. (하고, 뛰어가는)
민 식	…

씬48.	상천 공항, 밤.

	정이, 국수 효숙의 차에서 내리고,
	정이, 앞질러 가고,
	효숙, 악수를 하자고 국수에게 손을 내밀면,

국 수	우리가 이 정도밖에 안 돼? (하고, 효숙 꽉 안아주고) 또 보자, 누나. (하
	고, 가며) 정이야, 같이 가.
효 숙	(가는 국수 맘 짠해 보고, 차에 타고 가는)

씬49.	상천 공항 안, 밤.

	현금인출기에서 통장 정리를 하는,
	정이, 통장 보고, 놀라, 국수 보며,

정 이	아빠가 비행기 타기 전에 찍어보래서 본 건데..
국 수	(통장 보고, 착잡한)
정 이	이게 무슨 돈이에요?
국 수	이건 돈 아냐. 잊어. 갑자기 내가 니 아빠 말을 왜 들어야 하나 싶다, 이
	렇게 끝까지 내 말은 하나도 안 들어주는데..

그때, 이석 목소리 들리는,

이 석   정이야.
정 이   (소리 난 쪽, 보면)
이 석   (조금 멀리서, 환하게 웃으며, 손 흔드는)
국 수   (정이에게) 먼저 가라. (통장 흔들며) 이건 삼촌이 갖자. 연락하자.(하
          고, 뛰어가는, 화가 난) 꼴통, 진짜..
정 이   (가는 국수 보다가, 이석에게로 가는) …

씬50.   요양원 전경, 밤.

용학 부   (E) 그럼 둘이 얘기해라,

씬51.   요양원 병실 안, 밤.

          강칠, 의자에 앉아있고,
          용학, 휠체어에 앉아있는,
          용학 부, 일어나며,

용학 부   난 밖에 있을 테니. 뭐 필요한 거 있음 전화해. (하고, 가는)
용 학   (편하게 웃으며) 이렇게 가까이서 서로 얼굴 맞대고 보는 거, 참 오랜만
          이다, 그지, 강칠아?
강 칠   (착잡하게 보며) 니가 증거물을 줄 거라는 기대는 없어. 다만, 내가 여
          기 온 건.. 마지막까지 세상인심 한번 믿어보고 싶어서야. 너도 사람인
          데, 날 끝까지 갖고 놀진 않을 수도 있겠다 싶어서. 그러니까, 있든 없
          든, 더는 날 가지고 장난치지 마라. 진짜만 말해.
용 학   (담담하고, 맘 아프게 보며) 16년 전 위증한 그때 이후로…. 난 너한테
          장난친 적 없어. (미안한 맘에 힘들게 말하는) 그땐 그냥 무서워서…
          우리 아버지 너도 봤겠지만, 너무 어눌하잖아, 모자른 사람처럼. 모자
          른 아버질, 못 배운 내가.. 지킬 방법은 그땐 그게 전부였어.
강 칠   (막막하게 보며) 증거물이 어딨는지 난 몰라.

용 학   내가 너한테 준 핸드폰...

강 칠   ?

용 학   첨에 보낸 사진들.

강 칠   (뭔가 싶은, 핸드폰을 열어, 검색하는)

지나의 동영상이 있고, 용학 부의 사진이 있고, 뭔가 다른 게 있는, 열
어보면,

* 인서트 〉〉
밤과 낮이, 여러 측면에서 찍힌, 동작대교 근처 토끼굴.

강 칠   (사진을 보면서도, 잘 모르겠는) 이게 뭔데....

용 학   내가 죽어도 니가 알 수 있는 곳.

강 칠   대체 뭐라는 거야... 난 니가 무슨 말을 하는지 하나도 모르겠(어) (하다
가, 문득, 생각나, 다시 사진을 보면)

* 인서트 〉〉
과거 민호와 싸우던 장소와 현재 사진의 장소가 빠르게 겹쳐 보이는,
칼이 떨어진, 하수구, 그리고, 현재의 하수구가 겹쳐지는,

강 칠   (눈물이 그렁해지는, 입술이 떨리는)

용 학   (창가 보며) 니가 첨에 칼을 놓친 그 장소에 가면.. 진짜 칼이 있어.

강 칠   ..

용 학   이제.. 민호 일이 진짜 정리가 되겠다. 강칠아, 나 너무 미워하지 마라.
우리 다.. 그땐 넘 어렸잖아. 젠장.

강 칠   (눈 감고, 가만있는, 핸드폰을 두 손에 쥐고, 고개 숙여, 눈물 흘리고,
숨을 고르는)

씬52.   찬걸의 사무실 안, 밤.

찬걸, 초조하게 시계를 보면, 9시가 넘어선,

그때, 전화 오고, 받으며,

찬 걸　　(버럭) 너 왜 안 와!

씬53.　　요양원 주차장, 밤.

강 칠　　(전화기 들고, 바깥을 보면)

　　　　　용학, 외출복 차림으로 택시에 타고,
　　　　　용학 부, 강칠에게 와서, 문 열고,

용학 부　(감격한, 어눌해도, 힘이 있는) 나, 용학이랑 주검사님이 오라는 데로
　　　　　간다, 내가 말했지, 내 아들, 거짓말 안 했다. 그지? (하고, 가는)
찬 걸　　(E) 너 왜 안 와! 왜 안 와!
강 칠　　난 안 가.

씬54.　　찬걸의 사무실 안, 밤.

찬 걸　　뭐?

씬55.　　요양원 주차장, 밤.

강 칠　　동작대교 근처 토끼굴로 가.

씬56.　　찬걸의 사무실 안, 밤.

찬 걸　　(긴장한) ..

씬57.　　요양원 주차장, 밤.

강 칠　　증거물이 있는 곳이야. 너와 내가, 민호랑 용학이랑 얽힌 곳.

씬58.   찬걸의 사무실 안, 밤.

찬 걸   (땀이 나는) ?!

         * 플래시백 〉〉
         과거, 싸움이 일던, 토끼굴의 풍광.

찬 걸   증거물은 없어. 안 믿어.

씬59.   요양원 주차장, 밤.

강 칠   안 믿어도 돼. 그럼 날 찾아와, 내가 널 반겨줄 테니까. 근데, 니가 지금
         안 가면.. 민호 형님, 정형사님이 증거물을 손에 넣으실 거야. 이 전화
         를 끊고, 나는 그분께 연락을 할 거거든. 니가 선택해. 날 찾아오든가,
         증거물을 찾으러 가든가. (하고, 전활 끊고, 민식에게 전화를 하는)

씬60.   검찰청, 밤.

         찬걸, 문을 있는 힘껏 열어젖히고, 죽어라, 복도와 계단을 뛰어선,
         주차장으로 가는,

씬61.   검찰청 도로, 밤.

         찬걸, 거칠게 차를 몰고 나와, 도로를 질주하는,

씬62.   도로, 밤.

         민식의 차와, 경찰차 두 대(각각의 차에 주검사와 안형사가 탄, 경찰들
         도 탄), 달려가는,

강 칠   (E) 찬걸이가 출발했습니다.

씬63.   민식의 차 안, 밤.

민 식   (다급하고, 맘 아픈 얼굴로, 전화받는) 놈이 증거물이 있는 장소는 어딘
         지 모르지?

씬64.   요양원 주차장, 밤.

강 칠   모릅니다. 찬걸이가 먼저 도착해도, 증거물 찾기는 쉽지 않을 겁니다.
         그 장소는 용학이랑 저랑만 아니까요..

씬65.   민식의 차 안, 밤.

민 식   알았다, 끊어. (하고, 끊으려는데)
강 칠   (E) 전, 지금 지나 씨 만나러 갑니다.

씬66.   요양원 주차장, 밤.

강 칠   정형사님의 허락을 구하는 게 아닙니다, 그냥 알려드리는 겁니다. 그게
         도리 같아서요.

씬67.   민식의 차 안, 밤.

민 식   (눈가 그렁한, 맘에 없는 말) 난 지금 거기엔 관심이 없다, 내 동생을 죽
         인 놈을 잡는 게 급해, 둘이 만나든 말든 그건.. 니 둘 문제야. 증거물
         장소 사진, 지금 당장 보내. (하고, 전화 끊고, 가는)

씬68.   요양원 주차장, 밤.

         강칠, 고맙고, 가슴이 먹먹한, 핸드폰을 접고, 뭔가 이상해, 하늘을 보
         면, 눈이 오는, 강칠, 편안하게 웃고, 기어를 움직여 가는,

씬69.   도로, 밤(장소가 다르므로 눈이 안 오는).

찬걸, 차를 급하게 몰아 가는,

씬70.   동작대교 토끼굴 근처, 밤.

찬걸, 차를 급정거해 내려 다리 위에서, 아랠 내려다보고,
사건이 일어난 장소로, 뛰어가는,

씬71.   사건 장소, 밤.

찬걸, 주변을 돌아보며, 증거물이 있는 델 찾으려 하지만, 어딘지 모르
겠는, 그러다, 한 장소를 보면,

* 플래시백 >>
어린 찬걸, 민호를 등 뒤에서 찌르던, 장면이 보이고,

* 현실 >>
찬걸, 그 장소로 조심스레 걸어가다가, 뭔가 이상해, 한쪽의 하수구를
보는, 눈이 커지는,
그때, 경찰차가 오는,
찬걸, 놀라, 다른 쪽을 보면, 주검사, 안형사, 두 사람이 내리는, 경찰
들, 주변에 둘러서는,
찬걸, 숨을 몰아쉬며, 긴장해 보면,
주검사, 찬걸을 담담히 보고, 이후에 민식이 내려 찬걸을 보고, 하수구
로 가는,
찬걸, 눈으로 민식을 쫓는, 긴장해 보면,
주검사, 찬걸 옆에 와 서서 민식을 보는,

찬 걸   (민식만 보는, 긴장하고, 두려운 느낌)
주검사   (민식을 보며, 말은 찬걸에게 하는) 자네 아버님이 그러시더군, 만약 자

네가 법관 집안에서 태어나지 않았다면, 아마도 처음 정민호 사건이 일어났을 때 비극이 끝이 났을 거라고. 지금 같은 일을 만들진 않았을 거라고. 다, 당신 탓이라고. 너무 자넬 버겁게 했다고.

* 점프컷 〉〉
민식, 하수구를 열어, 손을 넣으면, 뭔가 잡히는,
안형사, 렌턴을 비춰주는,
시멘트 더미가 보이고, 비닐이 삐죽이 조금 보이는,
민식, 손으로 약해진 시멘트를 뜯어내고, 그 안의 비닐봉지를 꺼내 보면, 비닐봉지 안에 칼이 보이는, 눈가 그렁해, 막막한,

* 플래시백 〉〉
1, 살려달라고 울부짖던 어린 강칠을 짓밟던 민식,
2, 17부에서 무죄라고 소리치던 강칠.

* 현실 〉〉
민식, 증거물을 안형사에게 주는,
찬걸, 멍한, 포기한 듯 허탈하게, 한쪽에 앉는,
민식, 찬걸의 얼굴을 발로 차고, 경찰들 말리면, 뿌리치고 가는,

씬72.   작업실 앞, 눈 오는 밤.

지나의 차, 서고, 지나, 차에서 내려 작업실로 가려는데,
강칠의 목소리 들리는,

강 칠   헤이, 겁 없는 아가씨!
지 나   (고개 들면, 문 쪽에 강칠이 서있는)
강 칠   (눈가 그렁해, 웃으며, 손을 벌리면)
지 나   (울컥하는, 뛰어가, 안는)

강칠, 지나, 안고, 울며, 입을 맞추는,

씬73.   작업실 안, 밤.

창가로, 눈이 오는 게 보이는,
지나, 강칠, 침대에 옷을 벗고, 누워있는,
지니를 등 뒤에서 강칠이 안은,

지 나   (눈가 그렁해, 담담한)
강 칠   (등 뒤에서 안고, 눈가 붉어, 차분히, 따뜻하게 말하는) 나는, 당신한
         테.. 당신이 바라는 희망만 줄 순 없어.
지 나   ..
강 칠   안 아프겠다, 끝까지 버텨보겠다. 절대 죽지 않을 거다. 기어이 살 거
         다. 지금 이 순간에, 그런 말은... 나한텐 희망이 아냐.
지 나   (울지 않으려 하며, 고개 끄덕이는)
강 칠   난 살아볼라고 최선을 다하겠지만, 그러지 않을 이유도 없지만, 그렇게
         안 될지도 몰라.
지 나   .. (맘 아픈, 이를 앙다무는)
강 칠   약을 먹고, 통증을 참아보려 하겠지만, 약도 듣지 않는 순간엔, 난 두려
         움 없이 내가 가장 편한 걸 선택할 거야. 그땐 날 편하게 보내. 강제로
         먹이고, 강제로 숨 쉬게 하지 마. 그냥 내가 숨을 멈추면 멈추게 놔둬.
         그런 내 선택을 최선이 아니라고 하지 마. 당신 어머니가 당신을 떠날
         때처럼. 나 역시 내 힘으로 안 될 땐 맘 편하게 떠날 거야.
지 나   (울며, 고개 끄덕이는)
강 칠   지금부터 두려워도, 내가.. 없는 순간을 천 번 만 번 상상해, 그래도 살
         아질 거 같을 때, 나랑 강원도로 가자.
지 나   ... (몸을 웅크리고 우는)
강 칠   (꼭 안고, 울지 않으려 하며) 내가 죽어도, 당신 걱정 때문에 편히 가지
         못하게 하지 마. 나는.. 당신한테 마지막 순간 그렇게 말하고 싶어. 난
         좋은 데 간다. 당신 엄마가.. 내 형이, 내 친구 민호가 간 곳이면, (울음
         나는, 울지 않으려 하며) 그곳은 그리 나쁜 곳이 아니다, 두려워할 곳이
         아니다. 반드시 가야 하는 곳이면 (강조) 아마도 가볼 만한 곳일 거다.
         그러니까, 걱정 마라. 때론 나를 잊고, 제발 활짝 웃어라, 그러다, 내가

그리우면 잠시만 울고, 다시 힘내, 오직 그 순간을 살아라. 난 참 당신이랑 살아, 정말 행복했다. 그리고 많이 사랑한다.

지나, 등 돌려, 강칠을 품에 안고, 둘이, 소리 내 엉엉 우는 데서 엔딩.

제 20 부

그와 그녀의 심장 박동 소리 *Padam Padam…*

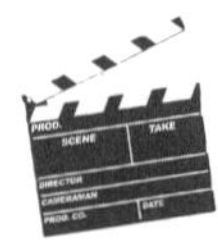

씬1.   공사장(서울), 낮(19부 엔딩과 다른 날).

국수, 모래를 등짐에 담는,
옆의 늙은 인부, 모래를 등짐에 담는,

인 부   (국수에게) 국수야, 조금씩만 담아, 힘들어.
국 수   제가 많이 날라야, 아저씨가 덜 고생하죠. 괜찮아요, 전 젊으니까.

효숙, 소리치는,

효 숙   국수야!
국 수   (보는) ?

씬2.   강칠 모의 방 안, 낮.

강칠, 빨래를 개는데, 강칠 모, 돋보길 끼고, 핸드폰 안내 책자를 보고,
문자 쓰기 공부를 하는, 잘 모르겠는,

강칠 모   그러니까, 이걸 누르고 (하며, 샵을 누르고) 그담에.. 정이를 누르려면..
           (짜증 나는, 울상) 아이그, 뭐래, 이거.
강 칠   그냥 전화해, 엄마가 그 나이에 문자 넣는 걸 뭘 배워, 배우긴? 늙어 가
          지고, 머리도 굳어서 안 돌아가면서.

강칠 모   전화하면 돈이 얼만데! 문자는 돈 안 든다며?

강 칠   (전화기 뺏으며) 뭐라고 쓰고 싶은데?

강칠 모   (뺏으며) 내가 해. 뭐 니가 천 날 만 날 해줄 거야, 내가 배워야지.. (하고, 다시 책자를 보는, 궁시렁) 이거를.. 누르고.. 다시 이거를 누르고.. 이거 하고 이거 하고. (좋은) 됐다, 정이 썼다!

강 칠   정이만 쓰면 뭐해? 이제 쌍시옷, 쌍디귿, 받침 나옴 또 헤맬 거면서.

강칠 모   (안내 책자 덮으며) 어쨌든 오늘은 이거 배웠잖아.

강 칠   (서운한) 정이가.. 문자 뭐라고 왔어?

강칠 모   (빨래 개며) 잘 계시냐고, 진 잘 있다고, 국수 삼촌은 뭐하냐꼬?

강 칠   (눈치 보며) 나, 나는.. 나는 잘 있냐고 안 물어봐?

강칠 모   (빨래만 개며) 그기, 그렇게 궁금하면 니가 한번 전화해보든가?

강 칠   미쳤어, 내가! (하고, 빨래 개며) 자식이 아빠 안불 물어야지, 내가 왜 지 안불 물어? 암튼 싸가지, 바가지 같은 놈의 새끼. (확인하듯) 정말 내 안부 안 물었어? 개는 안부 물었는데, 엄마가 씹은 거 아니고? 잘 있냐, 잘 자냐, 그딴 것도 안 물어?

강칠 모   (아랑곳없이, 빨래를 보며) 낼모레 여행 갈 때 이기 낫나.. 아님.. (다른 빨래 보며) 이기 좋나?

강 칠   (어이없이 보며) 몸뻬가 그게 그거지, 뭘 골라?

강칠 모   내 꽃치마 하나 사주라?

강 칠   (웃고) 꽃치마는 무슨... 돼지 목에 진주 목걸이지.

강칠 모   (강칠 치며) 이게 이게 에미 보고 못 하는 소리가 없어, 내가 돼지면 닌 돼지 새끼가!

강 칠   (웃으며, 아파하는, 장난) 아퍼!

강칠 모   뭐시 뭐시 아퍼.

강 칠   (강칠 모 손목 잡고) 아이고, 이 힘 봐라, 이 힘. 아주 그냥 아직도 멧돼지 한 마린 너끈히 두들겨 잡겠네!

강칠 모   손모가지 안 놔!

강 칠   안 놔, 안 놓음 어쩔 건데, 엄마가? 어? 어?

강칠 모   머리로 치받는다. 놔,

그렇게 장난치는 두 사람 모습 위로,

국 수   (E) 형이 정말 지나 누나랑 강원도 간대?

씬3.   까페 안, 밤.

효숙, 국수 차를 마시는, 둘 다 편안한, 웃음 띤,

효 숙   간다드라. 잘됐지? 근데 그걸 엄마한테 말을 못 했다 카드라.
국 수   (걱정스런) 엄마는.. 잘 지내?
효 숙   워낙 강해가 겉으론 맨날 깔깔대고 웃는데, 웃는 속이 오죽하겠나 싶
          다. 국수야, 니, 통영 옴 안 되겠나? 형수가 조카 나, 친정 엄마 와 있
          어, 니 있을 방도 없다매?
국 수   왜, 내가 그리워?
효 숙   꼬시지 마라, 자슥아, 간신히 참는구만. (웃고, 걱정) 근데, 니 강칠 오
          빠한테, 와 연락 안 하노? 오빠야가, 전화해도 안 받는다 카대.
국 수   (서글프게 웃으며) 할 말이.. 없어.
효 숙   ...날갠 영 다시 안 나나?
국 수   듬성듬성.. 꼴사납게 그래. 하늘에서 내려오던 빛도 없어지고, (쓸쓸히
          웃으며) 이제 난 그런 거 신경 안 써. 천국은 있을지 모르지만, 천산 없어.
효 숙   (안쓰레 보면)
국 수   그런 눈빛으로 보지 마. 난 천사가 아닌 돌연변이래도 괜찮아. 누군 사
          람으로, 누군 돌연변이로, 저마다 각자 다른 모습으로 사는 게 인생 아
          니겠어? (랩하듯) 형은 통영에, 난 서울에, 정인 미국에, 울 아빠 산동
          네, 울 엄만 하늘에! 헤이요, 헤이요! 컴 온 베이비, 다같이! 헤이요, 헤
          이요!
효 숙   (쓸쓸해지는)

씬4.   민식의 집 안, 밤.

지나, 오징어채를 맨손으로 무치고 있고, 다른 반찬거리도 있는,
민식, 세수한 얼굴로 화장실에서 나오며,

민 식   비닐장갑 끼지, 왜 손 아리게 맨손으로 그래?

지 나   비닐장갑도 공해야. (오징어채 무친 걸, 맛보고, 민식의 입에도 넣어주
        며) 맛봐봐요.

민 식   (맛보고) 참기름 더 넣어.

* 점프컷 >>
지나, 냉장고와 냉동실에 반찬 넣으며,

지 나   차근차근 잘 찾아 드세요, 괜히 비싼 돈 주고 산 건데, 잊어먹어서 나중
        에 버리지 말고.

민 식   (한쪽에 앉아, 신문 보며) 없어서 못 먹어, 걱정 마.

지 나   내가 강원도 가서도 반찬 해 부칠 거예요. 없으면 전화해. 혼자 해 드신
        다고 이것저것 재료 사서, 망치지 말고.

민 식   알았어.

지 나   (칼과 접시 들고 와, 앉아, 사과 깎으며, 안 보고) 아빠..

민 식   말해.

지 나   (사과를 깎으며, 눈치 보며) 아빠.. 나.. 강원도... 혼자 가는 거 아닌 줄
        알죠?

민 식   (신문만 보며) 요즘 사람들은 왜 그렇게 경제만 관심이 있는지, 온통 신
        문에 경제 얘기밖에 없고, 부모 자식 사이 삭막해지고, 학교 왕따 애들
        안쓰러워 대책 마련한단 얘긴 없고... 그저 돈돈돈...

지 나   (안쓰레 보며) 아빠 내 얘기.. 들었어?

민 식   (신문만 보며) 들었어. 혼자.. 안 간다며. 그럼 강칠이랑.. 가겠지 뭐. 알
        아들었어.

지 나   ..

민 식   (안 보고) 사과나 한 쪽 줘.

지 나   (민식 안쓰레 보다, 사과 주며) 자주 전화할게요.

민 식   그래야지.

지 나   (안쓰레 보다, 사과 깎는)

씬5.   효숙의 집 안, 낮.

강칠, 영자를 안고, 컴을 보고 있는.

강 칠　(마우스를 움직여, 호텔이며, 부대시설 등을 보는)
효 숙　(차를 준비하며) 내가 다 알아서 했다니까네, 그러네.
강 칠　방이.. 이거 맞어?
효 숙　(컴 보며) 이건 비싸다. 글고 이건 신혼들이 가는 방이다. 싼 방 해라.
강 칠　(웃으며) 울 엄마랑 난 아직 뜨거운 신혼이거덩? 그러니까 신혼 방으로
　　　　해. (영자 보며) 그지, 그지, 호빵, 울 엄마랑 나랑은 신혼이지, 언제나,
　　　　늘, 뜨거운 신혼, 그지?!
효 숙　그래도 돈 이래 씀 안 된다, 돈을 아껴야,
강 칠　(말꼬리 자르며, 영자만 보며) 아껴 뭐 하게? 쓸데 쓸라고 번 돈이야. 입
　　　　닫고, 최고급으로 해.
효 숙　(안쓰런) 근데 오빠 니 정샘이랑 강원도 가는 건 엄마한테 허락받아야
　　　　안 되나?
강 칠　(맘 아픈) 말해야지. (하고, 영자 안고, 웃으며, 장난치는) 둥기둥기둥기
　　　　야, 둥기둥기둥기야, (효숙 보며) 요런 놈 하나 있음 진짜 시간 가는 줄
　　　　모르겠다, 그지?

씬6.　거리, 낮.

민식, 트레이닝복으로 조깅을 하는,

강 칠　(E) 병원 왔어요, 약 타러.

씬7.　민식의 집 안, 낮.

지나, 빨래 건조대에 빨래를 널며,

지 나　(웃으며, 전화하는) 그랬구나, 그렇잖아도 갔나 궁금했는데, 잘했어요.

씬8.　병원 벤치, 낮.

강칠, 전화하며, 앉는, 땀이 범벅이다. 아픈 걸 참고 말하는,

강 칠　(애써 웃으며, 밝게) 나야, 늘 하는 짓마다 잘하죠 뭐. 엄마랑 여행 갔다
와서 전화할게요, 아버지랑은 잘 지내다.. 강원도에서 봐요. 그래, 차
조심하고.. (사이) 네, 끊어요. (하고, 전화 끊고, 고개 숙이고, 고통을
참는, 힘이 든)

씬9.　민식의 집 안, 낮.

지 나　(끊고, 빨래 너는)

씬10.　도로+달리는 트럭 안+트럭 밖, 낮.

강칠 모, 가방에서 달걀을 까서, 먹는, 가방 안에 고구마, 감자 먹을 게
잔뜩인,
강칠, 운전하는,

강 칠　(웃으며) 아조 그냥 생선 팔아 모은 돈 먹어 조지네, 먹어 조져.
강칠 모　줘?
강 칠　됐어, 아, 물이나 마시고 먹어, 그러다 목메면 어쩔라고, 그래?
강칠 모　괘안아, 목 안 메.
강 칠　에헤, 물 마시라니까.
강칠 모　(물 마시고, 또 먹는)
강 칠　고만 먹어, 강원도 가서 감자 수제비 먹게.
강칠 모　그거 들어갈 배는 따로 있다, 아, 잔소리 그만하고, 운전이나 잘해라.
강 칠　아들이 엄마 생각해서 말을 하면 좀 들어라, 꼭 맛없는 걸로 배 채우고,
맛있는 거 못 먹게. 내가 수제비랑 갈비 사준다고 했잖아, 그럼 아무리
먹고 싶어도 좀 참고, 그거 들어갈 배는 남겨둬야지. 그거 그렇게 먹고,
내가 사준 거 깨작거리면 내가 얼마나 서운하냐?
강칠 모　아우, 알았다, 알았다.. 간만에 뭐 하나 사주나 보네. 생색은 몇 날 며칠.

그때, 차가 서는,

강칠 모   와 그래?

강 칠   (시동 걸지만, 이내 푸르륵 소리 내며, 꺼지는)

강칠 모   와, 그라는데?

강 칠   몰라. (하고, 밖으로 나가, 눕다시피 해, 차 밑을 보고, 뭔갈 고치는)

강칠 모   (차에서 내려, 길바닥에 쪼그려 앉아, 강칠 하는 양 보다, 일어나, 차를
　　　　　손바닥으로 탁탁 치는)

강 칠   (일어나며, 옷의 먼지 털며) 뭐 해?

강칠 모   테레빈 이람 나오든데.. (하고, 탁탁 치는)

강 칠   모질라, 모질라, 진짜 가만 보면 한참 모질라요.. 좀 밀어. (하고, 운전
　　　　　석으로 가려 하면)

강칠 모   나가? 차를?

강 칠   그럼 엄마가 밀지, 내가 밀어? 난 운전해야 되는데? 많이 먹었잖아, 힘
　　　　　좀 써. (하고, 웃으며, 차에 타는)

강칠 모   (미는)

강 칠   (운전석에 앉아 내다보며) 더 더 더.. 더더더더.. (하며, 웃는)

강칠 모   언제까지 이래야 되나? 팔도 허리도 아프구만.

강 칠   (웃고) 뭐가 아퍼, 엄살은..

강칠 모   (밀며) 니 에민 천날 만날 힘이 좋은 줄 아나..

강 칠   (한손으로 천천히 운전해 가며, 강칠 모를 이쁘게 보며) 꽃치마 잘 샀
　　　　　다, 그거 누가 사줬나?

강칠 모   (밀며, 힘든) 아들이.

강 칠   좋은 아들, 나쁜 아들.

강칠 모   (밀며, 힘든) 좋은 아들. (하고, 손 놓고, 버럭) 아우, 내 더는 몬 한다.
　　　　　(하고, 발로 차바퀴를 차며) 이 개 같은 똥차. 이거 여다 버리고, 버스
　　　　　타고 가자, 강칠아!

강 칠   (웃고) 차 다 고쳤어, 타.

강칠 모   (가며, 이상한) 찰, 언제 다 고쳐?

강 칠   쫌 아까, 내가 차 밑 봤을 때.

강칠 모   (차에 타며) 으이그, 그런데 와, 차를 밀래, 에미 힘들게! 못돼 처묵어

갖고.

강 칠　(강칠 모 짠하게 보며) 울 엄마 힘이 얼마나 센가 볼라고. 근데 쎄네. 앞
　　　으로 천 년은 더 살겠네.

강칠 모　콱, 욕을 해라, 욕을!

강 칠　(웃으며, 강칠 모에게 안전벨트 해주는)

강칠 모　(몸을 누이고, 편안하게 있는)

강 칠　아주 그냥 팔자가 늘어졌네. 아들이 안전벨트도 딱 해주고. (하고, 볼에
　　　입 맞추고) 뽀뽀도 해주고. 좋아, 안 좋아?

강칠 모　(강칠의 얼굴을 손으로 밀며) 운전이나 해.

강 칠　(운전해 가고)

강칠 모　(창 밖 보며) 아이고... 좋다.

씬11.　호텔 로비, 낮.

　　　강칠, 키를 받아서, 한쪽에 앉아 휘황찬란한 주변을 입 벌리고 구경하
　　　는, 강칠 모 보며,

강 칠　따라와.

강칠 모　(따라가며, 작게) 우리 짐은?

강 칠　(어깨동무하고 가며) 저 뒤에 사람이 가져오잖아.

강칠 모　와 우리 짐을 남한테 맡기노?

강 칠　그냥 들어준대.

강칠 모　설마 거저? 돈 달래겠지?

강 칠　달람 주지 뭐, 돈 많잖아, 우리? 안 그래?

강칠 모　(웃으며, 강칠의 허리 두르며) 맞다, 돈 있다! (주변 보며) 야, 좋네.

씬12.　스키장, 낮.

　　　강칠 모, 강칠, 리프트 타고,
　　　강칠 모, '어머머머' 하며, 무서워, 강칠의 품에 숨고,

강 칠　(강칠 모 안고, 깔깔대고 웃으며) 괜찮아, 눈 뜨고 봐봐, 풍경이 얼마나 이쁜지 몰라. 봐봐,

강칠 모　(소리 지르며) 싫다, 싫다, 내는 안 볼란다, 내리라, (한 번 보고) 악! (하고, 강칠 품에 달려들고)

강 칠　(다독이며) 알았어, 알았어, 보지 마, 보지 마. (하고, 주변을 보고, 엄마를 보는데, 맘이 짠한, 애써 밝게, 애 달래듯) 보지 말자, 무서우면, 보지 말자.

씬13.　레스토랑, 밤.

　　　강칠, 강칠 모 오는,
　　　강칠, 의자를 빼서 강칠 모에게 말하는,

강 칠　사모님, 이리 앉으시죠?
강칠 모　(앉는)

　　　* 점프컷 〉〉
　　　강칠, 메뉴판 보며, 뭔갈 짚고, 종업원 가면,

강칠 모　(강칠 보며) 뭐 시켰어?
강 칠　몰라.. 다 영어야. 그냥 비싼 거 시켰어.
강칠 모　잘했네. 뭐 비싸면 맛있겠지. (하고, 주변 보면, 가족들과 연인들이 보이는, 강칠 보며, 좋은) 에미랑, 아들내미랑은.. 우리 둘뿐이다.
강 칠　(주변 보는)
강칠 모　딸내미랑 에민 저기 있는데, 아들내미하고 에민 우리 둘뿐이네. 아들 키워 소용없단 말은 내한텐 안 맞는다. 그쟈?
강 칠　(웃고, 맘 짠해, 물 마시고)

　　　* 점프컷 〉〉
　　　강칠, 스테이크를 썰어, 강칠 모 먹여주고,
　　　강칠 모, 잘 먹는,

강칠, 스테이크 먹는,

씬14.   호텔 안, 밤.

강칠, 가운 입고, 의자에 앉아, 기타 줄을 고르는,
강칠 모, 와인을 마시는,

강칠 모   술이 싱겁네.
강 칠   엄마.. 아버지 혹시라도 집에 오면.. 근데, 그때 만약 내가... 없으면 국
수한테 연락해. 그럼 국수가 올 거야.
강칠 모   (와인을 마시며) 와, 갸가 와?
강 칠   왜 오긴 아버지 행패 안 부리게 할라고 오지.
강칠 모   행패 부림 누가 뭐 무섭나? 젊어서나 힘 쓰지, 뭐 그 인간이 지금도 힘
쓸까 봐. 괘않다. 이제 힘없는 늙다리다. (술 마시고) 그라고, 니도 니
애비 너무 싫어라 하지 마라. 강우 죽고, 지도 속상한데 내가 니 덱고
없어지니까...
강 칠   (말꼬리 자르며) 아버진 형 살았을 때도 주먹 썼거든?
강칠 모   술이 망쳐 그렇지 천성은 괘않은 사람이다, 니 성격 보면 모리나. 나쁜
사람 아이다. 니도 이제 니 아부지 이해할 만큼 나이 묵었다. 노래나 불
러라.
강 칠   엄마가 불러, 난 엄마만큼 노래 못해.
강칠 모   (옆에 와인을 따라 꿀꺽꿀꺽 마시면)
강 칠   그건 야금야금 먹는 거야, 그게 무슨 막걸린 줄 알어?
강칠 모   노래나 불러라. (하고, 다시 술 따르는)
강 칠   엄만 진짜 호강하는 줄만 알면 돼. 엄마도 드라마 봤지? 나같이 멋지게
생긴 남자가 탁 이렇게 기타나, 피아노 같은 악기 앞에서.. 사랑하는 여
자 앞에서 노래 부르는 거? 봤어, 못 봤어?
강칠 모   봤다.
강 칠   근데 나처럼 아들이 엄마한테 해주는 건.. 봤어, 못 봤어?
강칠 모   못 봤다.
강 칠   그럼 이게 호강이야, 아니야?

강칠 모   (술을 마시는데, 맘 아픈) 호강이다.

강 칠   (기타 줄 고르며, 노래하는) 당신은 가시렵니까.. 이대로 가시렵니까..
동지섣달 긴 밤을 내게 남겨놓고서.. (노래를 부르는)

강칠 모   (눈가 붉어져, 덤덤히) 노랠 골라도 어디서..

강 칠   (기타 줄 고르며, 강칠 모 보며) 진짜 그러네, 부르지 마까?

강칠 모   불러, 그냥.. (하고, 술 따라 마시는)

강 칠   (노랠 부르는, 그러다 눈가가 붉어지는, 짐짓 담담히 부르는) 바람 부는
이 밤을..

강칠 모   (눈물이 나는, 고개 떨군)

강 칠   (2절까지 부르다가, 중간에 멈추고, 눈물 나는, 참고, 강칠 모 보며) 엄
마..

강칠 모   (안 보고, 눈물 닦고, 술을 다시 따르는) 말해.

강 칠   (맘 아픈, 힘들게 말하는) 나.. 엄마한테 불효 한 번 더 할라고.. 그래..

강칠 모   (안 보고, 술 마시고) .. 뭔데, 말해.

강 칠   엄마랑 낼 여행 끝나면... 나, 지나 씨랑.. 강원도 가게.. 엄마 혼자 집에
두고, 나만.. 가게.

강칠 모   (맘 아픈, 왈칵 눈물 나는, 가운을 들어, 눈물 닦고, 술 마시고) 니가 뭐
에미한테 불효 한두 번 하나, 그딴 건 여적 니가 한 불효에 비함 불효도
아이다, 잘 생각했다, 니 병구환 내도 힘겹다, 가라.

강 칠   미안해. 근데, 엄마.. 엄마 곁에선 내가 넘 힘들다. 엄마 보기가.... 그래
서 나 편할라고 가게. 아들놈 하나 있는 게 이렇게 못됐다, 김 여사.

강칠 모   (가운으로 얼굴 가리고 엉엉 우는)

강 칠   (맘 아픈, 옆에 와, 강칠 모 손을 잡고, 애써 웃고) 엄마, 고만. 고만.

강칠 모   (안고) 아이고, 내 새끼. 아고, 내 새끼. 아이고, 내 새끼..

씬15.   민식의 집 안, 밤.

　　　지나, 전화하는,

지 나   왜 안 오나 싶어서. 벌써 10시 다 돼가는데.

씬16.   술집 안, 밤.

        민식, 전화하는, 안형사, 영철, 술 마시며 있는,
        영철, 민식 안쓰레 보는,

민 식   그게.. 아빠가 회식이.. 있어.

씬17.   민식의 집 안, 밤.

지 나   나 오늘 통영에 갈 건데.. 낼 강원도 가야 돼서.. 언제 와요, 내가 늦어
        도 기다릴게.

씬18.   술집 안, 밤.

민 식   (전화하며) 그냥 가.. 뭐 니가 어디 가면 아주 가.. 또 보면 되지. 가, 그냥.

씬19.   민식의 집 안, 밤.

지 나   (맘 짠해, 눈가 그렁해, 웃으며) 맞다, 아빠 말이... 우리 또 보면 되지,
        그럼 오늘은 그냥 가고, 담에 또 올게요. 술 드실 때 안주랑 드세요, 너
        무 많이 마시지 말고. 끊어요. (하고, 전화 끊고, 지갑에서, 엄마와 제
        사진을 꺼내 사진집에 넣어주는)

씬20.   술집 안, 밤.

        민식, 전화기 들고 맘 아픈,
        영철, 안형사, 술잔 주며, '받으시오, 받으시오' 하고 노래 부르듯 술을
        권하고, 민식도 같이 노랠 부르며, 술을 받는데, 그때, 손약사 오는,

민 식   (놀라 보면)
안형사   (귀에 대고) 내가 불렀어요. 꺾긴 뭐해도 보기만 해도 좋은 꽃이 있죠,

많이 보십시오.
영 철   (약사에게) 이리 앉으세요.
민 식   손약산 술 안 해, 아니 왜 술도 안 하는 사람을 부르고,
손약사   저 술 잘해요,
영 철   앗싸, 여기 소주요!
안형사   (손약사에게 술 따르고) 건배!

다들, 건배하고, 민식, 손약사 수줍게 술을 마시고,

씬21.   호텔 안, 새벽.

강칠, 침대에서 자고,
강칠 모, 외출복으로 갈아입고, 자는 강칠의 옆에 와서, 눈이며, 코며,
입을 가만 보다가, 핸드폰을 들어, 문자를 쓰는, 어렵고 힘든, 그래도
다 썼는지, 작게 웃고, 가방을 들고, 기타를 메고 나가는,
강칠, 자고,
강칠, 핸드폰 문자가 울리는,

씬22.   도로+달리는 트럭 안, 아침.

효숙, 운전해 가고,
강칠 모, 조수석에서 밖을 보는,

효 숙   진짜 성질 별나다, 별나.. 그래도 간다 만다 소리는 하고 와야지, 자는
         걸 그냥 두고 옴 우째? 오빠야가, 깨나, 엄마도 없고, 차까지 없는 줄
         알면 을매나, 놀랠끼고.
강칠 모   놀랠 일이 없네, 그깟 걸로 놀래게. 내 없음 집에 갔나 보다 하겠지, 뭐.
         내가 어데 딴 데 갈 데가 있는 것도 아이고.. (노래 부르는) ...

씬23.   호텔 안, 아침.

강칠, 핸드폰을 보고 있는, 철자가 엉망인,

* 인서트, 문자 〉〉

강치라 엄마 지베 가, 새선 파고 이으게 너는 자 노다와. 드판에 쑥 남 정새미랑 같이 손자고 집에 오이라. 엄마가 두다리 쑥국 ㄲ라주게.

강칠 모　(E) 강칠아, 엄마 집에 가 생선 팔고 있을게, 넌 잘 놀다.. 오이라. 들판에 쑥남 정샘이랑 같이 손잡고 오이라. 엄마가 도다리 쑥국 끓아 주게.

문자와 음성이 동시에 보이고, 들리는,

강 칠　(눈물이 그렁한, 핸드폰을 접고, 눈물 안 흘리려 창가를 보고, 숨을 고르는)

씬24.　동물병원 안, 낮.

강칠 모, 지나와 차를 가운데 두고 마주하고 앉아있는.

지 나　(어려운, 맘 아픈) 지금.. 막 나가려고 했어요, 3시 비행기라.
강칠 모　우리 강칠이 잘해주지만 말고, 뭐든.. 일을 시키라.
지 나　.. 네?
강칠 모　(못 보고) 우리.. 강칠이.. 그냥 두지 말고, 뭐든 일을 시키라꼬, 그래야.. (눈가 붉은) 지가 아직 필요한가 보다 싶어, 살 맘을 낸다.. 환자라꼬, 오냐오냐하면.. 어느 날은 지가 니한테 짐짝인가 싶어서가.. 맥 놓는다. 그라니까 일을 시키라꼬... 오냐오냐, 받자받자, 다 해주지 말고. 빨래도 시키고, 못질도 시키고, 자꾸 일을 시끼라꼬,
지 나　(맘 짠한, 눈가 그렁해) 네... 그럴게요.
강칠 모　전화하고.
지 나　그럼요. 자주 드릴게요.
강칠 모　어쩌다 해라, 맬 하다 보면 내가 하루만 전화가 안 와도 가슴이 쿵 하니까,

지 나   매일 할게요.

강칠 모   하지 마라. 내 전화통 앞에서.. 이제나 저제나 전화가 올까 하며 보낼
여가도 없고.... 정이 학비도 벌어야 되는데.. (일어나며) 어쩌다만 해
라. 아주 어쩌다. 가끔.

지 나   (맘을 알겠는, 일어나며) .. 네..

강칠 모   (손을 잡고, 차마 못 보고) 서둘러 가라, 나 배웅 말고.. 그라고, 니도..
잘 먹고.

지 나   네.

강칠 모   (가는)

지 나   (맘 아픈) 조심해 가세요, 어머니!

강칠 모   (보고, 맘 아프게 웃고, 고개 끄덕이며, 가는)

지 나   (맘 아프게 보다, 옆의 땡이에게) 악수.

땡 이   (손 주면)

지 나   (손을 흔들며, 웃으며) 누나 없어도 훌륭한 안내견 되는 거야, 땡이. (하
고, 꼭 안아주는, 맘 짠하지만, 밝게) 이쁜 땡이.

그때, 톡톡 소리 나고,
지나, 고개 들어 소리 난 쪽 보면,

영 철   가자, 바래다 줄게.

씬25.   강칠 모의 집 안(혹은 동네 일각), 낮.

강칠 모, 강칠이 불러준 노랠 부르며 가는데,

국 수   (휘파람을 휙 부는)

강칠 모   (앞을 보면)

국 수   (배낭 옆에 두고, 참외를 먹고, 웃으며) 잘 있었어? 참외가 요즘도 있드
라, 맛있다.

강칠 모   (안 웃고, 옆에 앉으며) 뭐 한다고 닌 여기 와 있노, 니 집에서 아버지
안 모시고?

국 수   아버지가 보기 싫대. 어젯밤 나보다 이쁜 손주가 생기셨거든. 그래서
           집에 방도 없고. 아빠, 내가 나중에 아빠 힘 없어지면 모시기로 했어.
           이리로.

강칠 모   이리, 어디로?

국 수   여기, 엄마 집.

강칠 모   미쳤나, 내 집에 니 아버지가 와 와, 살어?

국 수   (웃으며, 농담) 왜 남자라... 부끄러?

강칠 모   지랄하네, (하고, 수돗가에서 손 씻으며) 니도 집에 가. 내가 이 나이에
           니 아버지 밥 해줄 일 있냐? 말 같지도 않은 소릴 씨부리고 있어. 내 입
           에 들어갈 밥 해 먹는 것도 귀찮아, 죽겠구만. (하다, 나가는)

국 수   (웃으며) 근데, 어디 가?

강칠 모   (가며) 찬거리 사러 간다.

국 수   (서서, 보며) 그냥 대충 먹어, 뭔 찬거릴 사?

강칠 모   쌀이나 씻어놔, 너 환장하는 닭 사오게.

국 수   (웃으며) 내가 오니까, 좋구나, 닭을 살라 그러고?!

강칠 모   (보고, 수줍게 웃으며) 그럼 안 좋냐, 아들이 왔는데.. (하고, 가는)

국 수   빨리 와, 엄마! (하고, 참외 먹는)

씬26.   통영 바다, 낮.

           지나와 영철, 음료를 마시고 있는,

영 철   통영 살면 너랑 어머니 뼛가루 뿌린 여기 자주 올 줄 알았는데, 그것도
           아니네.

지 나   (바다를 보며, 음료를 마시는) 그러게.

영 철   (지나를 찬찬히 보며) 내 생애 가장 잘못한 일이 있음, 널 놓친 거야.

지 나   (서글프게 작게 웃으며) 맞아.

영 철   넌 이기적이지 않어,

지 나   (영철을 친구 보듯 따뜻하게 보며) 난 이기적이야.

영 철   (쓴웃음 지으며, 자조적으로) 내가 두 번이나 바람 폈는데도 니가 날 친
           구 대하듯 대해줄 때 알아봤어야 하는데, 니가 정말은 아주 괜찮은 놈

인 거. 내 잔머리에 내가 넘어갔다. 난 너한테 헤어지자 그럼, 니가 아
이고 무서워라 하면서.. 나 바람 피는 거 받아주면서, 그냥 옆에 있을
줄 알았어.

지 나   (서글픈 농담) 내가 물로 보였구나?

지 나   (웃으며) 어. (바다 보며) 내가 어딜 가든 바다는.. 하늘은 다 통해있으
         니까, 엄만 내가.. 가도 괜찮겠지? (바다만 보는)

영 철   (맘 아픈)

씬27.   강원도, 집 앞, 석양.

         택시 오고, 지나, 내리고, 트렁크에서, 짐을 내리고,

         택시 가면, 지나, 집으로 가는, 그러다, 키로 문을 열다, 놀라면,

         강칠, 문 앞에 무릎을 꿇고, 반지 함을 들고 웃고 있는,

강 칠   우리 결혼하자.

지 나   (울컥하고, 맘 짠한, 애써 밝게) 반지 먼저 보고.

강 칠   (반지 함에서 나무 반지('ㅇ'이 모양으로 새겨진)를 꺼내 일어나, 지나의
         손가락에 끼워주며) 대추나무로 내가 만든 거예요. 강칠이의 강의 이
         응.. (제 손가락의 반지를 보이며) 난 지나 씨의 지읏..... (같은 ㅇ, ㅈ의
         목걸이로 하난 자기가 하고 있고, 하난 지나에게 걸어주는) 다이알 살
         까 하다, 문득 별로드라고.

지 나   (반지와 목걸이가 좋은, 그걸 이쁘고, 감격스레 보는)

강 칠   (등 뒤에서 지나를 안고, 둘이 걸어, 침대로 걸어가며) 내가 곰곰 생각
         해봤거든요. 대체 요즘 사람들이 왜 그렇게 사랑을 함부로 막 하나..

지 나   그랬더니?

강 칠   전부 다이아 때문이드라고.

지 나   (보며) 설마?

강 칠   (지나를 제 무릎에 안고, 침대에 앉는) 정말?

지 나   왜요?

강 칠   다이안, 잘 안 깨지잖아, 그러니까 사랑도 안 깨질 줄 알고, 함부로 하
         는 거예요. 근데 이 나무 반진 잘 깨져, 조심해서, 안 다루면. 그러니까,

우린 아주아주 매일매일 사랑에 감사하면서, 조심스레 살아야 된다, 이
말씀. 안 그럼 사랑이 깨지니까, 이 반지랑 목걸이처럼. (하고, 입을 내
밀고)

지 나　(웃고, 입 맞춰주고) 명심할게요. (하고, 반지 보며, 좋은) 너무 잘 만들
었다.

강 칠　(지나의 목에 입 맞추고)

지 나　잠깐만, 나 씻고.

강 칠　(계속 목에 입 맞추며, 장난하고)

지 나　간지러.. (누워), 씻고...

강 칠　씻고 뭘 할 건데? (하고, 목에 입 맞추고)

지 나　(웃고) 간지러 하지 마! (하며, 장난치는)

씬28.　　몽타주.

　　　1, 산, 새벽.
　　　지나와 강칠, 덫을 제거하는,
　　　2, 동물 보호소 안, 다른 날, 낮.
　　　지나, 다친 동물을 치료하는,
　　　3, 집 안, 밤.
　　　강칠, 컴퓨터 게임을 하는,
　　　지나, 침대에 앉아, 말하는,

지 나　게임 재밌어요?

강 칠　(열심히 게임만 하며) 네.

지 나　정이.. 멜 안 와서, 기다리죠?

강 칠　(게임만 하며) 아뇨. 지나 씨한텐 왔잖아요. 거기에 나 잘 있냐고 물었
잖아, 그놈이.. 그럼 됐어요.

지 나　자기가 먼저.. 정이한테 멜 쓰지?

강 칠　(게임만 하는) 안 해요. 싫어요..

지 나　(걱정스런, 핸드폰 문자하는, E) 정이야, 아빠가 너랑 너무 똑같아. 니
가 져주면 안 되니? 니가 아빠한테 멜 먼저 써, 어, 부탁해..

강 칠   (게임만 하며) 그 문자 정이한테 넣는 거면 내 얘긴 빼요. 안 그럼 화낼
        거야.
지 나   (핸드폰 닫고) 나 아무 짓도 안 했는데.

        4, 동네 다른 날, 낮.
        강칠, 시골 집 지붕에 올라가, 수리를 해주는,
        그 밑에 할머니, 서서 보는,
        5, 집 앞길, 밤.
        지나, 집 앞에서 시계를 보며, 초조하게 전화를 하는, 신호음 가지만 안
        받는, 그러다, 전화 끊고, 길 쪽을 보면,
        강칠, 멀리 자루를 들고 신나게 오는,

강 칠   (손 흔들며, 좋은) 여보, 내가 춘자 할머니네 지붕이랑 닭장 고치고, 고
        구마랑, 호박 벌어 왔어요!
지 나   (걱정스레 보는)

씬29.   집 화장실 안, 밤.

        강칠, 땀을 흘리며 몸이 좀 힘든 모습이다, 그래도 열심히, 공구로 샤워
        기를 교체하는, 지나, 한쪽에 서서 그런 강칠을 보며,

지 나   강칠 씨, 낼 해요.
강 칠   (일만 하며) 오늘 할 거예요. 꼭 오늘 하고 말 거야. 내가 이놈이 첨 여
        기 왔을 때부터 눈엣가시처럼 걸렸어요... 물이 질질... 새고.. 고칠 거
        야, 꼭, 오늘..
지 나   그럼 밥 먹고 해요.
강 칠   (일만 하며) 다 돼가요.
지 나   땀 나잖아, 밥 먼저 먹고,
강 칠   (말꼬리 자르며, 버럭) 아, 좀, 그만!
지 나   (놀란, 가만 보는) ..
강 칠   (미안한, 그래도 다시 수도꼭질 고치는)

지 나   (나가는)

강 칠   (수도꼭지만 고치는, 땀이 나는, 힘든)

씬30.   주방, 밤.

        지나, 냉장고 문을 열어, 얼음을 대야에 마구 붓고, 물을 붓고, 대야 들
        고, 방으로 가는,

씬31.   집 안, 밤.

        둘 다 잠옷 차림이다.
        강칠, 온몸을 떨며 방바닥에 누워있고,
        지나, 맘이 힘들어도 다부진, 모습이다.
        지나, 수건을 얼음물에 담가 짜서는, 강칠의 얼굴을 닦아주고,

지 나   바로 누워봐요, 바로..

강 칠   (이를 앙다물고, 바로 눕는, 몸이 자꾸 접치는, 애써 참는)

지 나   (일어나, 서랍에서 주사와 약을 꺼내, 주사기에 약을 넣고, 강칠의 팔뚝
        에 주사를 놔주고, 다시, 강칠의 머릴 안고, 꼭 안아주는, 눈가 붉지만,
        따뜻하고, 단호한) 좀만 기다려요, 쫌만.. 이제 약기운 돌 거야.. 내가
        너무 잠을 깊게 잤죠.. 미안.. 미안.. 혼자 힘들었겠다. (얼굴 만져주며)
        이 너무 앙다물지 말고.. 입 벌리고... 이 다쳐요, 입 벌려, 그리고 숨을
        후후..

강 칠   (그 와중에도 따라 하는, 후후 숨을 뱉는)

지 나   (안고, 토닥여주며) 잘한다, 아주 잘해, 우리 신랑.

        * 점프컷 ≫
        강칠, 지나의 품에 얼굴을 묻고, 아이처럼 안겨있는,
        지나가 강칠을 아이처럼 안은,

강 칠   (먹먹하게) 지나 씨, 난 몇 점짜리 인간이야.

지 나 　백 점.

강 칠 　아니, 오십 점.

지 나 　왜?

강 칠 　당신 말 안 들으니까.. 오늘은 밥도 덜 먹고.. 쉬라는데, 일도 많이 하고, 결국은 버럭버럭 소리까지 지르고..

지 나 　(강칠의 머리에 입 맞춰주고, 따뜻하게) 까칠한 게 매력 있던데 뭐, 맘에 담아두지 마요.

강칠, 일어나 앉으며,

강 칠 　지나 씨, 국수 천산 거 알죠?

지 나 　(일어나, 마주 보고, 앉아) 잘 모르겠지만... 당신이 그렇다면 그럴걸요, 아마도.

강 칠 　국수가 내가 착한 짓하면 별을 그려줘요.

지 나 　(따뜻하게 웃고) 알아요, 말했잖아.

강 칠 　전에 놈이 그러는데 난 착한 짓 한 흰 별이 몇 개 안 된대요.. 나쁜 짓 한 검은 별로 다 까먹어서.. 거의 똔똔이래요.

지 나 　(귀여운, 맘 짠해 웃고) 그럴 리가 없는데, 우리 신랑이?

강 칠 　(눈가 그렁해 보며) 아니, 그럴 리가 있어.. 당신이랑 사는 게 난 너무 좋은데.. 당신은 손해야, 아무리 생각해도..

지 나 　(눈가 그렁해, 따듯하게 머리 만져주고, 손 내리고, 강칠 보며) 아뇨, 그렇지 않아.

강 칠 　아까.. 놀랬죠?

지 나 　(고개 천천히 끄덕이는) 그래도, 옆에서 보는 게 나요. 만약, 지금 우리가 같이 안 있다면... 난 진짜 힘들 거예요. 강칠 씨, 분명히 말하는데, 난 단 한 순간도 나 자신 말고는 그 누구도 생각해본 적이 없어요. 당신조차도.

강 칠 　거짓말이야.

지 나 　아니, 진짜야. 내가 당신 없인 힘들어서 당신을 선택한 거야, 당신이 힘들까 봐가 아니라. 난, 언제나 내가 먼저야.

강 칠 　(울컥) 정이.. 보고 싶어. (하고, 고개 돌리는, 맘 아픈)

지 나   (맘 아픈, 시계 보고) 아주 딱 맞췄네.

강 칠   (보는) ?

지 나   정이랑 화상 통화하기로 했거든, 지금. 정이가 하고 싶대, 자기랑. (하
        고, 일어나며) 자, 우리 자기, 옷 갈아입자, 이쁜 걸로.

강 칠   (조금 설레는) ..나.. 나... 체크무늬 남방 입을래요. 체크 남방.. (하고,
        일어나는)

씬32.   강칠의 작업방, 밤.

        미니어처와 조각도가 있는,
        지나, 미니어처(통영 시내와 곳곳에 효숙, 강칠 모, 정이, 국수가 있고,
        민식, 영철도 있는, 지나와 강칠의 모습은 여러 개인, 땡이도 보이는)를
        보다, 민식을 보고, 편안하게 웃음 띤,

씬33.   집 안, 밤.

        강칠, 컴 앞에 앉아, 고개 숙이고 있는, 화면에 정이가 맘 아프게 강칠
        을 보며 있는,

정 이   아빠.. 나 봐.

강 칠   ...

정 이   나 봐, 아빠..

강 칠   (눈물 나는, 소매로 닦고) 아까.. 봤잖아..

정 이   (울음 참고, 짐짓 밝게) 여기 동네 되게 좋다, 미국은 산이 잘 없는데,
        여긴 산이 있어.. 곰도 있다.

강 칠   (안 보고) 안 신기해. 나도 곰 봤어. 지나 씨랑 동물원 가서. (눈물 참고,
        정이 보며) 가족들은.. 좋아?

정 이   (작게 웃으며) 어.

강 칠   가족들이 너무 잘해줘서.. 아빠 생각.. 안 했어?

정 이   (눈물 참고) 아니.. 아빠 생각했어.

강 칠   근데, 왜 연락 안 했어.

정 이   (눈물 그렁한) 아빠 목소리라도 들으면 한국 가고 싶을 거 같아서.. 그
         래서..

강 칠   (맘 아픈) 자식... 미국이 얼마나 먼데, 여길 와, 니가.. 한번 가면 끝이지.

정 이   가는 데 몇 시간 안 걸리거든, 바보.

강 칠   나중에 와, 나중에.. 한.. 1년이나 2년 있다.

정 이   그때까지 몸조심할 거지, 그럼.

강 칠   ... (물을 마시고, 정이 보며) 나중에 게임 한 판 뜨겁게 붙자. (애써, 웃
         고) 학교 가야 한다며, 가, 이제.

정 이   (울고, 눈물 닦고) 또 전화할게. 몸조심하세요.

강 칠   그래, 아들도 몸조심하고... 사..랑해, 아들.

정 이   나도.. 많이.. 사랑해요, 잘 있어, 아빠.

강 칠   어. (컴 끄고, 눈물 흐르는, 고개 숙이고 가만있는)

씬34.   강칠 작업방, 밤.

         강칠, 문을 열면, 지나, 한쪽에 엎드려 자는,
         강칠, 나가서 잠시 후 베개와 담요를 들고 들어와 지나의 머리에 베개
         를 받쳐주고, 이불을 덮어주고, 작업대 의자에 앉는, 그러고는, 미니어
         처를 보고, 그중, 정이를 들어 보면,

씬35.   회상.

         1, 1부,
         정이가 강칠에게 침 뱉고, 강칠이 정이 뒤통수를 때리던,
         2, 7부,
         정이와 목욕하던,

씬36.   작업방, 밤.

         강칠, 맘 짠해 웃고, 정이를 놓고, 그담에 효숙을 집는,

씬37.   회상.

　　　1, 7부,
　　　효숙, 강칠에게 입을 맞추던,
　　　2, 4부,
　　　트럭 사 왔을 때, 영자 안고, 웃고, 효숙, 그런 강칠 보고, 웃던,

씬38.   작업방, 밤.

　　　강칠, 영철을 집는,

씬39.   회상, 밤.

　　　1, 8부.
　　　강칠, 영철 육탄전을 벌이던,

씬40.   작업방, 밤.

　　　강칠, 웃으며, 영철을 놓고, 땡이를 물끄러미 보는,

씬41.   회상, 밤.

　　　1, 2부,
　　　땡이와 강칠, 폐가 근처에서.

씬42.   작업방, 안.

　　　강칠, 강칠 모를 물끄러미 보는,

씬43.   회상.

1, 3부, 노래 부르던,
모든 회에서
2, 강칠과 다투던 강칠 모. 그 모습이 정겹게. 호텔에서 입을 벌리고 코
골며 자는 강칠 모를 보던, 강칠.

씬44.　작업방, 밤.

강칠, 눈물 흘리며 조각도로 물고기를 깎아, 강칠 모 미니어처에 놔주
는, 그리고, 자는 지나를 보면,

씬45.　회상.

지나와 즐거웠던 순간, 힘들었던 순간들이, 몽타주로 보이는,

씬46.　작업방, 밤.

강칠, 지나의 옆에 누워, 지나를 안는, 울음 나는,
지나, 잠결에 강칠의 품속으로 파고드는,
강칠, 울음을 참고, 입 맞추고, 지나, 입 맞추고, 강칠의 눈물을 닦아주
고, '우리 신랑, 울보다' 하고, 다시 입 맞추고,

강 칠　(E) 국수야, 형.. 오늘.. 무지 아팠다.

씬47.　강칠 모의 집 마당, 어두운 새벽.

국수, 자다 깬 얼굴로 나와, 걱정스런, 한쪽에 앉으며,

국 수　(맘 아픈, 눈가 붉은) 지금도.. 아퍼?

씬48.　집 거실, 어두운 새벽.

강칠, 아픈, 담요로 몸을 감싸고, 창가와 떨어진 의자에 앉아, 전화하는,

강 칠   조금.. 많인 아니고..
국 수   (맘 아픈, 고통스런, 그러나 담담하게, E) 내가.. 가? 형한테?

강칠, 멀리 보면, 해가 떠오르는 게 보이는,

강 칠   아니.. 근데.. 국수야, 형이 오늘 기적을 봤다.

씬49.   강칠 모의 마당, 어두운 새벽.

국 수   (화나는, 맘 아픈) 기적은 무슨.. 그딴 건 없거든. 난 이제 그런 거 안 믿어.
강 칠   (E) 아니,

씬50.   집 안, 새벽.

강 칠   (눈가 붉어, 따뜻하게) 기적은 있어, 그리고 넌 누가 뭐래도 천사야. 날
         개가 없어도, 하늘로 못 가도.. 넌 나한테 천사야. 내가 만약... 감방에
         서 널 못 만났다면.. 형 무지무지 무섭고.. 막막했을 거야, 정말. 그리고
         내 아들 정이도 니가 데려다 줬잖아, 지금도 엄마 곁에 있고.. 니가.. 아
         니었음.. 형, 지나 씨랑 여기 못 있어, 너 믿고, 형 여깄어, 알지? ..국수
         야, 넌 이 못난 양아치 형한테 단 한 순간도 천사가 (왈칵하는, 눈물이
         나는) 아닌 적이 없었어.

씬51.   강칠 모의 마당, 새벽.

국 수   (참지만, 눈물 나는)

씬52.   집 안, 새벽.

강 칠   (맘 아픈) 국수야, 기적은 있어. 니가 나한테 단 한 순간도 천사가 아닌

적이 없었던 거처럼. 지나간 모든 시간, 나한테 단 한 순간도 기적이 아
닌 적은 없었어.

씬53.　몽타주.

　　1, 2부,
　　강칠, 첫 번째 기적을 만날 때,
　　2, 회상
　　민식에게 맞던,
　　그 모습 위로, 강칠의 대사 흐르는,

강　칠　널 만나기, 어쩌면 그 이전의 시간부터, 윤미혜 씨... 나를 위해 죽기를
　　　　각오한 강우 형..

　　3, 1부,
　　국수, 교도소에서 울며 주먹을 치려던 강칠을 말리는,

강　칠　나 하나 사람 만들겠다고, 죽어라 달려든 너..

　　4, 16부.
　　잠자리하던 지나와 강칠,

강　칠　너무 아름다워 보기도 아까운 내 여자.. 정지나까지,

씬54.　강칠 모의 마당, 아침.

국　수　(울음 참지만, 우는) ..

씬55.　집 안, 아침.

강　칠　(울음 참고) 그리고.. 그리고 엄마.. 나를 위해, 울지도 못하는 엄마.. 그게

다 기적이 아님.. 뭐가 기적이야.. 이제 알겠어. 나한테 기적이 아닌 순간
은.. 단 한 순간도.. 단 한 순간도 없었어. 국수야, 형은.. 정말 행복해.

씬56.   강칠 모의 마당, 아침.

국수, 전화받고 울다, 순간 눈이 커지는 (클로즈업) 국수, 땀이 나며 힘
든, 그 얼굴 위로,

국 수   행복해?
강 칠   (E) 그래, 아주 많이 행복해.

풀샷으로 갑자기 카메라 벌어지면,
국수, 전화하고 있는데, 옷이 터지며, 찬란한 날개가 활짝 펴지는,

국 수   (땀이 들어가고, 붉은 얼굴이, 평안해지며, 담담히) 형이 말한, 오직 지
금 이 순간이.. 기적이었네...

씬57.   집 안, 아침.

강 칠   (울며) 국수야, 언젠가 내가.. 말했지? 세상하고 뜨겁게 맞장 한 판 뜰
거라고.. 그 맞장에서, 내가.. 이 형이.. 이겼어. 세상이 아무리 무섭게
덤벼도 난 행복하니까, 내가 이겼어.

씬58.   강칠 모의 마당, 아침.

국 수   (울며) 그래, 형 니가 이겼어.

씬59.   집 안, 아침.

강 칠   국수야, 이제.. 형 졸려, 전화 끊어야겠어.

씬60.   강칠 모의 마당, 아침.

국 수   (맘 아픈) 그래, 자, 형... 푹.. 자.. (전화 놓고, 거울 앞에 서서 날개를
        보는) 양강칠, 내가 니 수호천사가 아니라, 니가 내 수호천사였나 보다.
        젠장. (한쪽을 보면 빛이 내려오는, 그걸 보며) 담 생에 만나, 엄마... 이
        번 생엔 난 여겼을게, 여전히 돌연변이로.. 엄마 같은 엄마 곁에서. (하
        고, 방에 들어가는)

씬61.   강칠 모의 방 안, 아침.

        강칠 모, 자는, 국수, 강칠 모를 보고, 강칠 모의 팔을 빼서, 베고, 안고,
        눈 감는,

씬62.   집 안, 아침.

        강칠, 몸이 힘든지, 담담히 국수가 봤던 빛을 보며, 의자에 앉아있는,
        그리고, 일어나 (여전히 담요를 두른 채) 빛 쪽으로 몇 걸음 가는데,

지 나   (자다 일어나서 나오는) 강칠 씨.
강 칠   (지나를 돌아보고, 담요를 펼치면)
지 나   (와서, 안기는) 졸려..
강 칠   (안고, 집으로 가며) 그래, 그럼 더 자지 뭐. (하고, 가다가, 뒤돌아보면)

        빛이, 찬란한,

씬63.   작업실 안, 다른 날, 눈이 오는, 낮.

        지나, 컴퓨터로 메일을 쓰는,

지 나   (E) 국수 씨한테 멜을 쓰는 날은 늘 그렇듯 눈이 오네요.

씬64.   통영 시장, 낮.

강칠 모, 분희와 손님 갖고 싸우는, 국수 말리는,

국 수   그만 해요, 그만. 엄마가 참어, 안 그럼 검은 빌 백 개 준나.
강칠 모   내가 와 참어? 언제 그 손님이 너한테 먼저 갔나, 나한테 먼저 왔지, 이
          년아!
분 희   이년이라니, 이년이라니, 나도 낼모레 아들내미 장가보내 며느리 맞는
          데, 이년이라니!
강칠 모   (머리 뜯다, 놓고) 니 아들 결혼하나?
분 희   한다, 낼모레?
강칠 모   (생선 있는 데로 오며) 그람 진작 말하지, 미친 여편네.
국 수   (어이없이 웃고) 싱겁긴...

그 그림 위로,

지 나   (E) 어머니는 여전히 건강하신지, 전화로는 괜찮다고 하시는데, 정말
          그런 건지, 궁금하네요. 들판에 쑥이 났나요? 여긴 아직 눈밭이지만,
          통영은 따뜻하니.. 혹시 몰라서 물어요. 어머니가 들판에 쑥이 나면 도
          다리쑥국.. 해주신댔는데, 쑥이 나면 연락주세요.

씬65.   수로, 낮.

지나, 수로에 (강칠이 만들어놓은, 예전의 것은 아닌) 배낭을 메고 와,
수로 먹이통에 먹이를 놔주고, 돌아서려는데, 검은 토끼가 지나가는,
따뜻하게 웃는,

지 나   (E) 이즘은 하루하루 매 순간이 기적 같네요. 지난주엔 강칠 씨가 만들
          어놓은 기적 속에서 새끼 너구리가 행복하더니, 오늘은 작고 검은 토끼
          가, 저만큼 행복해했습니다.

씬66.　　작업실 안, 다른 날, 눈이 오는, 낮.

지나, 메일을 쓰는,

지 나　　(E) 어머니에게 전해주세요. 저는..

그때, 강칠, 문 벌컥 열고,

강 칠　　지나 씨,
지 나　　(눈물 닦고, 단호히) 안 돼. 안 가.
강 칠　　(뒤에서 안고) 가자. 딱 한 번만, 어? 이번 눈이 올해 마지막 눈일지도
　　　　모른대요. 가자. 어?
지 나　　(보며, 달래듯) 안 돼요. 지난주 내내, 아파서,
강 칠　　이번 준 내내 좋았는데, 그건 잊었나 보다.
지 나　　(할 말이 없는) ..
강 칠　　눈이 몸에 닿는 느낌이 뭔지 알고 싶어. 알고 싶어, 미치겠어, 어, 지
　　　　나 씨?
지 나　　난 여기 눈 너무 많이 와 질리는데, 강칠 씬 질리지도 않어?
강 칠　　(제 눈을, 지나 눈앞에 바짝 두고) 안 질려, 난 정지나도 눈도 안 질려,
　　　　그러니까, 가자.
지 나　　절대 안 돼.
강 칠　　(빤히 보는)
지 나　　안 넘어가요,
강 칠　　(빤히 보며) 넘어가줘. (지나, 등 뒤에서 안고) 가자.
지 나　　왜 이렇게 떼를 써, 정말! 미워, 진짜. 애도 아니고, 매일 떼나 쓰고.
강 칠　　가자. 가자, 어?

씬67.　　눈 오는 들판, 한쪽에 차 놓인, 낮.

강칠, 지나 모잘 뒤집어쓰고, 담요로 몸을 다 가리고, 창밖으로 밖을
보는,

강칠, 보온병의 물을 뜨거운지 후후 불어 마시는,

씬68.   차 안, 낮.

강 칠   (밖만 보며) 몇 분 됐어요?
지 나   (밖만 보며) 30분.
강 칠   히히, 눈이 많아 이 길로 가는 등산객이 안 오나 보다..
지 나   (그러다 보며) 근데 꼭.. 해야 될까?
강 칠   (보며)
지 나   (눈을 보며, 작심하고) 단 3분. 1분도 더 안 돼.
강 칠   단 3분, 1분도 더 안 돼. 만약 1분이라도 더 하면, 지나 씨가 농가에 일
        못 가게 해. 난 일하고 싶으니까, 딱 3분만 해.
지 나   (체념한) 진짜... 미친다. (보온병 주며) 물 더 마셔요.
강 칠   (뜨겁지만 불어가며 서너 모금 마시고, 보온병 주며) 지나 씨도 마시고.
지 나   (두어 모금 마시고) 가자. (하고, 먼저 나가고)
강 칠   (나가는)

씬69.   들판, 눈 오는 밤.

        강칠, 지나, 담요를 뒤집어쓰고, 맨발로 눈밭을 뛰어다니며, 악! 하고,
        소리치며, 좋은,
        강칠, 지나 즐거운,
        강칠, 혼자 멀리 뛰어가는,

지 나   같이 가요.
강 칠   (담요를 펼치면)

        알몸이다.

지 나   (장난하는) 악! 미쳤나 봐, 저 아저씨! (하고, 반대로 뛰며) 악!
강 칠   (담요로 몸 가리고) 어디 가! 지나 씨, 나도 같이 가! (하고, 달려가, 지

나를 안고, 뒹구는)

두 사람, 몸은 담요로 가려있고, 뒹구는 맨발이 보이고, 즐거운,
강칠, 지나 입을 맞추고, 같이 뒹구는, 즐거운,

지 나   (E) 국수 씨, 어머니한테 전해주세요. 강칠 씨랑 저랑은 정말 잘 지낸다
          고. 강칠 씬, 매일 새로운 기적을 만들며, 오늘도, 지금 이 순간도 나를
          웃게 한다고. 그렇게 우린 매 순간을 감사하며 잘 지낸다고. 그리고 봄
          에 통영으로 가겠다고, 약속 잘 지키는 강칠 씨가 반드시 약속 지킨다
          고 말했다고, 전해주세요. 국수 씨, 우린 행복해요.

          엔딩.

이 책의 저자 인세와 출판사 수익의 일부는
기아 · 질병 · 문맹이 없는 세상을 만들어 가고자 하는
JTS에 기부합니다.

배고픈 사람은 먹어야 합니다.
아픈 사람은 치료 받아야 합니다.
아이들은 제때에 배워야 합니다.

이것은 인종과 국가, 민족, 종교, 계급, 남녀에 관계없이
모든 인간이 누려야 할 기본 권리입니다.
그러나 이 지구상에는 이 기본적인 권리마저
누리지 못하는 사람들이 많이 있습니다.

JTS는 이렇게 고통받는 사람들을 돕고자 하는
따뜻한 마음을 가진 사람이라면
누구나 각자가 가진 것을 내어놓아
서로 만나서 함께하고자 합니다.

희망을 일구어 가는 사람들 JTS와 함께하고 싶으신 분들은
www.jts.or.kr을 통해 회원 가입하시거나
02-587-8992로 문의 전화 주시기 바랍니다.

JTS는 유엔 경제 사회 이사회로부터
특별 협의 지위를 부여받은 국제 개발 및 구호 NGO입니다.

· 전화 02-587-8992 · 홈페이지 www.jts.or.kr
· 후원 국민은행 086-01-0339-254 (사)한국JTS

| 좋은벗들 www.goodfriends.or.kr | 평화재단 www.peacefoundation.or.kr |